LE COTTAGE

DU MÊME AUTEUR
CHEZ LE MÊME ÉDITEUR

Album de famille
La Fin de l'été
Il était une fois l'amour
Au nom du cœur
Secrets
Une autre vie
La Maison des jours heureux
La Ronde des souvenirs
Traversées
Les Promesses de la passion
La Vagabonde
Loving
La Belle Vie
Un parfait inconnu
Kaléidoscope
Zoya
Star
Cher Daddy
Souvenirs du Vietnam
Coups de cœur
Un si grand amour
Joyaux
Naissances
Disparu
Le Cadeau
Accident

Plein Ciel
L'Anneau de Cassandra
Cinq Jours à Paris
Palomino
La Foudre
Malveillance
Souvenirs d'amour
Honneur et Courage
Le Ranch
Renaissance
Le Fantôme
Un rayon de lumière
Un monde de rêve
Le Klone et moi
Un si long chemin
Une saison de passion
Double Reflet
Douce Amère
Maintenant et pour toujours
Forces irrésistibles
Le Mariage
Mamie Dan
Voyage
Le Baiser
Rue de l'Espoir
L'Aigle solitaire

Danielle Steel

LE COTTAGE

Traduction de Zoé Delcourt

Roman

Titre original : *The Cottage*

Le Code de la propriété intellectuelle n'autorisant, aux termes de l'article L. 122-5, 2e et 3e al., d'une part, que les « copies ou reproductions strictement réservés à l'usage privé du copiste et non destinées à une utilisation collective » et, d'autre part, que les analyses et les courtes citations dans un but d'exemple et d'illustration, « toute représentation ou reproduction intégrale ou partielle faite sans le consentement de l'auteur ou de ses ayants droit ou ayants cause est illicite » (art L. 122-4).
Cette représentation ou reproduction, par quelque procédé que ce soit, constituerait donc une contrefaçon, sanctionnée par les articles L. 335-2 et suivants du Code de la propriété intellectuelle.

© Danielle Steel, 2002
© Presses de la Cité, 2003, pour la traduction française
ISBN 2-258-06196-2

A mes merveilleux enfants,
Beatie, Trevor, Todd, Sam, Nick,
Victoria, Vanessa, Maxx, Zara,
Qui sont le soleil de mes jours,
Le bonheur de ma vie,
Mon plus grand réconfort dans le chagrin,
Ma lumière dans la nuit,
Et l'espoir de mon cœur.
Il n'est pas de plus grande joie que vous,
Et si vous avez un jour des enfants à votre tour,
Je vous souhaite d'être aussi chanceux que moi je l'ai été
De vous aimer et d'être aimée de vous.

Avec tout mon amour,
Maman / d.s.

1

Alors que la voiture empruntait le dernier virage de la longue allée menant au Cottage, le soleil fit scintiller les ardoises de la superbe toiture Mansart. La splendide bâtisse apparut bientôt dans son entier, vision qui eût coupé le souffle à tout autre conducteur qu'Abe Braunstein. Mais ce dernier était déjà venu là maintes et maintes fois.

Le Cottage était l'une des dernières propriétés de légende d'Hollywood. Elle rappelait les palais édifiés au début du siècle par les Vanderbilt et les Astor à Newport, dans le Rhode Island. Construite dans le style des châteaux français du XVIIIe, elle se dressait fièrement, imposante et magnifique, raffinée dans le moindre de ses détails architecturaux. C'était pour Vera Harper, grande star du cinéma muet, qu'elle avait été bâtie en 1918. Contrairement à beaucoup d'autres actrices célèbres de l'époque, Vera Harper avait su préserver sa fortune au fil de ses nombreux mariages et avait habité la noble demeure jusqu'à sa mort en 1959. Cooper Winslow l'avait rachetée un an plus tard à l'Eglise catholique, à qui Vera, décédée sans héritiers, avait légué tous ses biens. L'acteur, dont la carrière était à son apogée à l'époque, avait dépensé une somme considérable pour cette acquisition, ce qui avait fait couler beaucoup d'encre : même pour une vedette comme lui, posséder une telle propriété à seulement vingt-huit ans semblait presque incroyable. Mais le jeune Cooper, lui, s'accommodait très bien de cette vie de châtelain, qu'il estimait tout à fait conforme à son statut.

La maison trônait au milieu d'un parc de sept hectares impeccablement entretenu, en plein cœur de Bel Air. Elle possédait un court de tennis, une immense piscine en mosaïque bleu et or, et plusieurs fontaines disséminées à travers des jardins paysagers directement inspirés de ceux de Versailles. L'ensemble formait un cadre extraordinaire.

Dans la maison, nombre des hauts plafonds voûtés avaient été peints par des artistes venus tout spécialement de France. La salle à manger et la bibliothèque étaient ornées de magnifiques boiseries et, dans le grand salon, marqueteries et parquets provenaient directement d'un château français. Ce décor avait constitué un véritable écrin de bonheur pour Vera Harper, et Cooper Winslow avait su le préserver et aménager un splendide intérieur. Abe Braunstein se félicitait que l'acteur eût acheté le domaine tout entier lors de la vente en 1960, même s'il avait dû depuis contracter deux hypothèques. Elles n'avaient d'ailleurs en rien diminué la valeur inestimable de la propriété, qui demeurait la plus somptueuse de Bel Air. Aucune autre ne pouvait rivaliser avec elle dans les environs, ni nulle part ailleurs, d'autant que Bel Air demeurait bien mieux coté que n'importe quel autre quartier, malgré une tendance récente à la baisse.

Lorsque Abe descendit de sa voiture, deux jardiniers arrachaient des mauvaises herbes autour de la fontaine principale. Deux autres bêchaient un massif de fleurs un peu plus loin, et Abe songea qu'il allait falloir réduire au moins de moitié le personnel affecté au parc. En regardant autour de lui, il avait l'impression de voir les dollars s'envoler par les fenêtres. Il connaissait à la virgule près ce que coûtait l'entretien du domaine, et le chiffre atteignait des sommets qui eussent paru indécents à quiconque.

En tant que comptable attitré de la plupart des grandes stars d'Hollywood, Abe avait appris depuis longtemps à ne plus s'étonner, s'alarmer ou s'indigner des sommes que celles-ci dilapidaient en maisons, voitures, fourrures et colliers de diamants destinés à l'une ou l'autre de leurs maîtresses. Cependant, même dans ce monde extravagant, le train de vie de Cooper Winslow restait impressionnant. Et cela durait depuis cinquante ans. L'argent coulait à flots de ses poches, alors qu'il n'avait pas décroché un seul grand rôle depuis plus de vingt ans. Au cours des dix dernières années, il avait dû se contenter de jouer des personnages mineurs, voire de faire de la figuration, ce qui ne lui rapportait presque rien. Néanmoins, quel que fût le film, le rôle ou le costume, il demeurait encore très séduisant. Malgré son âge, son pouvoir de séduction était intact à l'écran, ce qui n'empêchait pas, hélas, qu'on lui confiât de moins en moins de rôles. En fait, songeait Abe en attendant que quelqu'un vînt lui ouvrir la grande porte de l'entrée principale, depuis deux ans Cooper n'avait plus tourné du tout. Mais, à l'entendre, il ne cessait de rencontrer producteurs et metteurs en scène à propos de leurs prochains films en préparation. Abe avait fini par aborder le sujet de front avec lui et lui avait dit qu'il devait s'apprêter à réduire massivement ses dépenses dans un avenir proche. Il y avait maintenant cinq ans qu'il vivait de dettes et de promesses illusoires, et la situation ne pouvait plus durer. Il lui fallait décrocher des contrats coûte que coûte, quitte à tourner des publicités pour l'épicier du quartier. Et surtout, il allait devoir changer de train de vie, faire des économies drastiques, réduire son personnel, vendre certaines de ses voitures et cesser d'acheter des vêtements et de séjourner dans les hôtels de luxe du monde entier. Sans cela, il serait contraint de vendre le Cottage. Abe eût d'ailleurs préféré cette solution...

En costume gris et chemise blanche agrémentée d'une cravate noire mouchetée de gris, il arborait une expression sévère lorsque le maître d'hôtel, en livrée, lui ouvrit la porte. Livermore reconnut immédiatement le visiteur et l'accueillit d'un signe de tête poli. Il savait d'expérience que les visites du comptable mettaient son maître dans un état épouvantable et que sa bonne humeur naturelle ne revenait généralement qu'après une bouteille entière de champagne Cristal, accompagnée dans les cas extrêmes d'une boîte de caviar. Il avait donc préparé l'un et l'autre au réfrigérateur dès que Liz Sullivan, la secrétaire de Cooper, l'avait prévenu qu'Abe Braunstein arriverait à midi.

Liz attendait dans la bibliothèque et elle traversa le hall d'entrée avec un sourire dès qu'elle entendit Livermore saluer le comptable. Elle avait passé la matinée à rassembler des papiers pour préparer la réunion, sans pouvoir faire disparaître le nœud qui lui serrait l'estomac. La veille, elle avait tenté d'attirer l'attention de Cooper sur l'objet du rendez-vous, mais il était bien trop occupé pour l'écouter. En effet, invité à une soirée chic, il avait absolument tenu à se faire coiffer, masser et prendre le temps de dormir un peu avant de s'y rendre. Elle ne l'avait pas vu ce matin-là non plus, car à l'heure où elle était arrivée il prenait un petit déjeuner au Beverly Hills Hotel en compagnie d'un producteur, qui l'avait appelé pour lui proposer un rôle éventuel dans l'un de ses films. Cooper possédait une sorte de talent pour échapper aux rendez-vous désagréables. Cet instinct semblait le prévenir dès qu'il y avait de mauvaises nouvelles dans l'air, et habituellement, il s'empressait de les neutraliser. Mais Liz savait que cette fois il lui faudrait écouter, et elle lui avait fait promettre d'être de retour vers midi. Ce qui, avec Cooper, signifiait plutôt quatorze heures.

— Bonjour, Abe, je suis contente de vous voir, déclara-t-elle d'une voix chaleureuse.

Elle portait un pantalon kaki, un pull blanc et un rang de perles autour du cou. Le tout formait un ensemble peu flatteur pour sa silhouette, qui s'était considérablement alourdie au cours des vingt années qu'elle avait passées au service de Cooper. Mais malgré tout, son visage restait agréable, et elle avait de beaux cheveux, naturellement blonds. A l'époque où Cooper l'avait recrutée, elle était même franchement jolie.

Leur rencontre avait été une sorte de coup de foudre, mais pas au sens amoureux du terme. Tout au moins pour Cooper. Il la trouvait formidable et appréciait au plus haut point son extraordinaire efficacité et la façon maternelle dont elle s'était occupée de lui dès le premier jour. Quand il l'avait embauchée, elle avait trente ans et lui quarante-huit. Depuis, elle avait consacré sa vie à rendre la sienne plus aisée, travaillant quatorze heures par jours, parfois sept jours sur sept s'il avait besoin d'elle. Tout entière dévouée à sa mission, elle en avait oublié de se marier et d'avoir des enfants, mais c'était un sacrifice qu'elle avait consenti de son plein gré, et encore aujourd'hui elle estimait qu'il le méritait. Pourtant, depuis quelques années, il la rendait malade d'inquiétude. La réalité n'avait aucune importance aux yeux de Cooper Winslow. Il la considérait comme une sorte de désagrément mineur, qu'il fallait chasser comme un moustique et qu'il fuyait comme la peste. Avec succès la plupart du temps, pensait-il. Il n'entendait que ce qu'il voulait entendre, à savoir les bonnes nouvelles. Le reste était filtré et évacué bien avant d'atteindre ses oreilles ou son cerveau. Jusqu'à présent, il s'en était très bien sorti. Mais ce matin, Abe était venu lui mettre la réalité sous le nez, que cela lui plût ou pas.

— Bonjour, Liz. Est-il là ? demanda le comptable sans se départir de son air austère.

Il détestait discuter avec Cooper. Ils étaient opposés en tous points.

— Pas encore, répondit-elle avec un sourire amical en l'entraînant vers la bibliothèque. Mais il devrait arriver d'une minute à l'autre. Il avait un rendez-vous pour un rôle important.

— Dans quoi ? Un dessin animé ?

Le sens de la diplomatie de Liz lui dicta de ne pas répondre. Elle ne supportait pas que l'on dît du mal de Cooper, mais elle savait aussi à quel point le comptable avait des raisons de lui en vouloir. Cooper n'avait suivi aucune de ses recommandations, et sa situation financière déjà précaire n'avait cessé de se dégrader, pour devenir catastrophique depuis deux ans. Les derniers mots qu'elle avait entendus de la bouche d'Abe la veille au téléphone étaient « Il faut que cela cesse ». Il s'était déplacé un samedi matin pour expliquer son point de vue de vive voix à Cooper et pouvait légitimement reprocher à son client de le faire attendre une fois de plus. Cooper était perpétuellement en retard. Mais comme il était Cooper Winslow, et qu'il savait se montrer charmant quand il le voulait, les gens l'attendaient toujours. Même Abe.

— Voulez-vous boire quelque chose ? demanda Liz, jouant les hôtesses à la place de Livermore qui demeurait impassible.

Cette attitude sévère ne le quittait jamais, quelles que fussent les circonstances. La légende voulait qu'une fois ou deux, alors que Cooper exerçait sur lui son irrésistible humour, il eût esquissé l'ombre d'un sourire. Mais personne ne pouvait le confirmer.

— Non merci, répondit Abe, presque aussi impassible que Livermore.

Liz voyait bien que l'irritation le gagnait rapidement.

— Même pas un thé glacé ?

Il y avait quelque chose de touchant dans sa façon de s'évertuer à lui être agréable, et le comptable fit un effort.

— Si, je veux bien. Vers quelle heure pensez-vous qu'il rentrera ?

Ils savaient tous les deux que Cooper était tout à fait capable d'être en retard d'une heure ou deux. Il arriverait avec une excuse parfaitement plausible, affichant ce sourire charmeur qui faisait chavirer les femmes... mais pas Abe.

— J'espère sincèrement qu'il ne tardera pas, dit Liz. C'est seulement un premier rendez-vous. On doit lui remettre un scénario à lire.

— Pour quel genre de film ?

Ses dernières apparitions à l'écran avaient été de la figuration ; on le voyait sortir d'une avant-première, ou assis au bar d'un palace accompagné d'une jolie fille, et presque toujours en smoking. Il était aussi charmant sur un plateau que dans la vie. Si charmant qu'il se débrouillait toujours pour retirer quelques avantages en nature de ses contrats : par exemple, il gardait systématiquement ses costumes, faits sur mesure chez ses tailleurs préférés de Londres, Paris ou Milan. Mais, au grand désespoir d'Abe, il n'avait pas renoncé pour autant à ses propres dépenses, dévalisant, partout où il se trouvait, les magasins d'antiquités, de cristaux, de beau linge et les galeries d'art hors de prix. Les factures s'amoncelaient sur le bureau d'Abe ; la dernière en date était celle d'une Rolls somptueuse. Et on racontait qu'il convoitait déjà un modèle exceptionnel de cabriolet Bentley turbo, série limitée, coûtant la bagatelle d'un demi-million de dollars. Ce nouveau joyau trouverait parfaitement sa place dans le garage au côté de ses deux Rolls — un cabriolet et une berline — et de la limousine spécialement conçue pour lui. Cooper considérait ses voitures et sa garde-robe non comme un luxe, mais comme des biens nécessaires à la vie courante. En quelque sorte, des produits de première nécessité. Le reste était, selon son expression, « la cerise sur le gâteau ».

Un valet arriva bientôt avec deux verres de thé glacé sur un plateau d'argent. Il n'avait pas encore quitté la pièce lorsque Abe se tourna vers Liz, les sourcils froncés.

— Il faut qu'il licencie son personnel. Et je tiens à ce que ça se fasse aujourd'hui.

Liz vit le jeune employé jeter un regard inquiet par-dessus son épaule, et elle lui adressa un sourire rassurant.

Il lui appartenait de veiller au bonheur de chacun, et dans la mesure du possible de régler les factures. Elle accordait toujours la priorité aux salaires, mais il arrivait de temps à autre qu'elle dût les payer avec un ou deux mois de retard. Tous y étaient habitués. Elle-même n'avait pu s'accorder de rémunération depuis six mois. Elle avait eu quelques difficultés à l'expliquer à son fiancé, mais elle rétablissait toujours la situation quand Cooper tournait une publicité ou décrochait un petit rôle dans un film. Elle pouvait se permettre d'être patiente car, contrairement à Cooper, elle s'était constitué une petite réserve. De toute façon, elle n'avait jamais le temps de dépenser son argent et avait l'habitude de vivre simplement. Et, quand il le pouvait, Cooper se montrait généreux avec elle.

— Peut-être pourrions-nous agir en douceur, Abe. Cela va être très difficile pour eux.

— Il ne peut pas les payer, Liz. Vous le savez. Je vais lui conseiller de vendre les voitures et la maison. Il ne tirera pas grand-chose des véhicules, mais la vente du Cottage lui permettra de rembourser les hypothèques et les dettes qu'il a contractées, et il lui restera de quoi vivre décemment. Il pourra acheter un appartement à Beverly Hills, et il se trouvera dans une situation confortable.

Ce qui n'avait pas été le cas depuis des années... Mais Liz savait que jamais Cooper ne pourrait se séparer du Cottage : il faisait partie de lui. C'était son identité, et ce depuis plus de quarante ans. Cooper eût préféré mourir plutôt que de vendre la propriété. Il ne se séparerait pas non plus des voitures, elle en était certaine. Voir Cooper au volant d'autre chose qu'une Rolls ou une Bentley était inconcevable. Son image aussi faisait partie de sa personnalité — en réalité, elle *était* sa personnalité. C'était bien pourquoi la plupart des gens n'avaient aucune idée de la situation financière désastreuse dans laquelle il se trouvait. Ils pensaient seulement qu'il ne faisait pas grand cas de ses factures. Quelques années auparavant, il avait eu maille à partir avec les inspecteurs du fisc et Liz avait fait en sorte que l'intégralité du cachet d'un film qu'il avait tourné en Europe leur soit immédiatement versée. Cela ne s'était jamais reproduit depuis, mais la situation demeurait critique. En guise de réponse, Cooper disait qu'il lui suffirait d'un grand film pour être remis à flot. Et Liz répétait cela à Abe. Depuis vingt ans, elle prenait systématiquement la défense de Cooper, même si cela devenait de plus en plus difficile en raison de sa conduite irresponsable. Pour l'heure, Abe et elle savaient très bien à quelle réponse s'attendre de la part de Cooper, mais Abe était fatigué de rentrer dans le jeu de l'acteur.

— Il a soixante-dix ans. Il n'a rien décroché en deux ans et n'a eu aucun rôle important depuis vingt ans. Si, au moins, il faisait plus de publicités… Mais ça ne suffirait même pas. Nous ne pouvons plus continuer comme ça, Liz. S'il ne met pas un peu d'ordre dans sa vie, très bientôt il va finir par aller croupir en prison.

Depuis un an, Liz n'avait cessé d'utiliser de nouvelles cartes de crédit pour rembourser les sommes vertigineuses accumulées sur les anciennes cartes de Cooper. Abe le savait très bien, et cela le rendait fou. A cela il fallait ajouter les factures qu'il ne payait pas… Mais, quoi qu'il en fût, imaginer Cooper en prison était absurde.

A une heure, Liz demanda à Livermore de bien vouloir apporter un sandwich à M. Braunstein. Ce dernier, de toute évidence, fulminait intérieurement. Il était absolument furieux contre Cooper, et seule sa conscience professionnelle l'empêchait de se lever pour partir. Il était déterminé à aller jusqu'au bout de ce qu'il avait décidé, avec ou sans la coopération de son client.

Il ne pouvait s'empêcher de se demander comment Liz avait pu soutenir Cooper durant toutes ces années. Il avait toujours soupçonné qu'il y avait quelque chose entre eux, car c'était la seule explication possible à ses yeux. Il eût été surpris d'apprendre qu'il ne s'était jamais rien passé. Cooper était trop intelligent pour cela, et Liz aussi. Elle l'adorait depuis des années, sans pour autant avoir couché avec lui. Il ne le lui avait d'ailleurs jamais proposé. Certaines relations étaient sacrées à ses yeux, et il n'aurait pas pris le risque d'abîmer celle qui le liait à Liz. En fin de compte, Cooper Winslow s'était toujours comporté en gentleman.

Quand Abe acheva son sandwich, vers une heure et demie, Liz était parvenue à l'entraîner dans une conversation sur les Dodgers, son équipe favorite. Elle le savait passionné de base-ball. Mettre les gens à l'aise était l'une de ses grandes qualités, et Abe avait presque oublié l'heure, quand elle sursauta imperceptiblement. Lui n'avait rien entendu, mais elle avait perçu le bruit de la voiture sur les graviers.

— Le voilà, dit-elle en souriant comme si elle annonçait l'arrivée du Messie.

Et, comme toujours, elle avait raison. Cooper arrivait, au volant de la Bentley cabriolet que le vendeur venait de lui prêter pour quelques semaines. Elle était magnifique et convenait parfaitement à Cooper. Comme pour achever le tableau, il avait mis un CD de *La Bohème*. Il franchit le dernier virage et immobilisa la voiture devant la maison. Il était beau à couper le souffle : un visage racé, aux traits finement ciselés, à la peau encore jeune ; un menton volontaire, des yeux d'un bleu profond, des cheveux d'un beau gris argenté, épais, parfaitement coiffés. Même après un trajet en décapotable, il restait impeccable, sans une mèche de travers. Il en était toujours ainsi. Cooper Winslow était l'incarnation de la perfection jusqu'au bout des ongles. A la fois viril et élégant, il possédait une extraordinaire aisance naturelle. Il perdait rarement le contrôle de lui-même et ne s'énervait presque jamais. Son attitude était empreinte d'une sorte de grâce aristocratique qu'il entretenait avec soin. Il venait d'une vieille famille new-yorkaise, désargentée mais de noble extraction, et il était fier d'en porter le nom. Dans sa jeunesse, on lui confiait tous les rôles de jeunes premiers de bonne famille, riches et distingués. Il avait été le nouveau Cary Grant, avec des airs de Gary Cooper. Il n'avait jamais joué aucun personnage de méchant, aucun rôle de dur — seulement des séducteurs et des héros en costume impeccable.

Il n'y avait rien de mauvais en lui, pas une once de mesquinerie ou de cruauté, et les femmes aimaient la gentillesse qui se dégageait de son regard. Celles qui sortaient avec lui l'adoraient encore longtemps après l'avoir quitté. Quand il était lassé d'elles, il se débrouillait toujours pour leur laisser l'initiative de la rupture. Il savait s'y prendre mieux que personne avec les femmes, et la plupart de celles avec qui il avait entretenu une relation, tout au moins celles dont il se souvenait, disaient le plus grand bien de lui. Avec Cooper, tout devenait agréable et élégant, tant que la relation durait. Et presque toutes les actrices célèbres d'Hollywood avaient, un jour ou l'autre, été vues à son bras. Il était resté célibataire et séducteur toute sa vie. A soixante-dix ans, il était parvenu à échapper à ce qu'il appelait « le filet ». Et il était loin de paraître son âge. Il avait toujours apporté un soin extrême, quasi professionnel, à sa personne, et on ne lui eût pas donné plus de cinquante-cinq ans.

En le voyant descendre de son beau cabriolet, en pantalon de flanelle grise et blazer parfaitement coupé, ouvert sur une chemise bleue commandée sur mesure à Paris, on ne pouvait qu'être impressionné par son incomparable allure. Car à la finesse de ses traits s'ajoutait l'élégance de sa silhouette : des épaules carrées, des jambes qui semblaient interminables, et un bon mètre quatre-vingt-dix, ce qui faisait de lui une exception à Hollywood, où, par une sorte d'étrange tradition, la plupart des acteurs vedettes étaient de petite taille.

Le sourire qu'il adressa à ses jardiniers révéla une rangée de dents étincelantes, et n'importe quelle femme eût remarqué ses mains impeccables. En un mot, Cooper était l'homme parfait. Il exerçait sur les hommes comme sur les femmes une irrésistible attraction. Parmi les gens qui le connaissaient, rares étaient ceux qui, comme Abe Braunstein, demeuraient insensibles à son charme. Tous les autres étaient attirés vers lui par une sorte de magnétisme, une aura qui les faisait se retourner sur son passage et le regarder avec envie. En tout cas, nul ne contestait qu'il était incroyablement séduisant.

Livermore, qui l'avait vu arriver, ouvrit la porte et s'effaça pour le laisser entrer.

— Vous avez l'air en forme, Livermore ! Est-ce que quelqu'un est mort aujourd'hui ?

Il ne cessait de taquiner le majordome sur sa mine austère et se mettait perpétuellement au défi de lui arracher un sourire. Le maître d'hôtel travaillait à son service depuis maintenant quatre ans, et Cooper était extrêmement content de lui. Il appréciait sa distinction, son efficacité, son style. Livermore apportait à sa maison l'image exacte qu'il souhaitait lui donner. Par ailleurs, il prenait parfaitement soin de sa garde-robe. C'était même l'une de ses principales missions, et elle revêtait aux yeux de Cooper une importance capitale.

— Non, monsieur, répondit Livermore. Mademoiselle Sullivan et monsieur Braunstein sont là, dans la bibliothèque. Ils ont tout juste fini de déjeuner.

Il s'abstint de dire à son maître qu'ils l'attendaient depuis midi. De toute façon, Cooper s'en serait éperdument moqué. Abe Braunstein travaillait pour lui, et s'il y tenait, il pouvait toujours lui facturer le temps d'attente en plus du reste.

En pénétrant dans la pièce, Cooper adressa à Abe un sourire radieux, presque complice, comme s'ils partageaient une vieille camaraderie. Le comptable demeura impassible, mais il ne pouvait rien faire de mieux. Cooper Winslow menait la danse.

— J'espère qu'on vous a servi un repas décent, dit-il comme s'il était en avance et non deux heures en retard.

En général, son attitude déridait les gens et leur faisait oublier qu'ils lui en voulaient de sa désinvolture, mais Abe n'avait pas l'intention de se laisser distraire, et il alla droit au fait.

— Je suis ici pour parler de vos finances, Cooper. Nous avons des décisions à prendre.

— Absolument, répondit Cooper sans se départir de son sourire.

Il prit place dans le canapé et croisa les jambes. Il savait que dans quelques secondes Livermore allait entrer pour lui apporter une coupe de Cristal, son champagne préféré. Il ne se trompait pas. Il en conservait des dizaines de caisses dans sa cave, à côté de sa collection de bouteilles de grands crus français. Cette dernière était célèbre, tout comme ses connaissances en matière de vin.

— Portons un toast à Liz ! suggéra-t-il en levant son verre.

Il inclina la tête en direction de sa secrétaire et lut en elle comme dans un livre ouvert. Il était évident qu'elle avait de mauvaises nouvelles à lui annoncer. Elle cherchait depuis une semaine le moment de lui parler et avait fini par reporter la grande discussion au week-end suivant. Mais Abe, lui, n'avait pas l'intention d'attendre.

— Je licencie tous vos domestiques aujourd'hui, déclara-t-il sans cérémonie.

Cooper éclata de rire, tandis que Livermore quittait la pièce sans manifester aucune réaction. Comme si de rien n'était, Cooper but une gorgée de champagne et reposa sa coupe sur la table de marbre qu'il avait achetée à Venise, lors de la vente du *palazzo* d'un de ses amis.

— C'est une bonne idée de roman ! déclara-t-il. Comment en êtes-vous arrivé à imaginer une chose pareille ? Peut-être devrions-nous les crucifier, ou plutôt les fusiller à l'aube ? Pourquoi se contenter de les licencier, c'est tellement vulgaire !

— Je suis sérieux, rétorqua Abe. Il faut les licencier. Nous venons de payer leur salaire, ce qui n'avait pas été fait depuis trois mois. Et nous n'avons plus les moyens de continuer, Cooper. Il est impossible de garder cette épée de Damoclès au-dessus de nos têtes.

Une note plaintive altérait la voix du comptable, comme s'il savait que, quoi qu'il pût dire ou faire, Cooper ne le prendrait jamais au sérieux. Chaque fois qu'il lui parlait, il avait l'impression que quelqu'un avait appuyé sur un mystérieux bouton « silence », et qu'on ne l'entendait plus.

— Je vais les en informer aujourd'hui, déclara-t-il. Ils doivent quitter la maison d'ici deux semaines. Je vous laisse une femme de ménage.

— Comme c'est attentionné de votre part ! Sait-elle repasser les costumes ? Et laquelle avez-vous choisie, pour commencer ?

Il avait trois femmes de chambre, en plus de la cuisinière et du jeune valet qui avait servi le déjeuner. Et de Livermore, le maître d'hôtel. Et des huit jardiniers. Et du chauffeur qu'il appelait de temps en temps pour les grandes occasions. Une telle propriété exigeait beaucoup de personnel, même s'il eût pu se passer de certains de ses domestiques. Il aimait être bien servi et avoir à sa disposition du monde pour s'occuper de lui.

— Nous vous laissons Paloma Valdez, celle qui vous coûte le moins cher, répondit sèchement Abe.

— Laquelle est-ce ? demanda Cooper en posant sur Liz un regard interrogateur.

Il ne se rappelait jamais le nom de personne. Il connaissait Jeanne et Louise, ses femmes de chambre françaises, mais ne voyait pas du tout qui était Paloma.

— C'est la jolie Salvadorienne que j'ai embauchée le mois dernier, répondit Liz avec un air de reproche, comme si elle s'adressait à un enfant pris en faute. Je pensais que vous l'aimiez bien.

— Je croyais qu'elle s'appelait Maria. En tout cas c'est comme ça que je l'appelle, et elle ne m'a jamais rien dit. Mais quoi qu'il en soit, ajouta-t-il calmement, elle ne pourra jamais tenir cette maison. C'est ridicule.

Il ne paraissait pas le moins du monde ébranlé.

— Vous n'avez pas le choix, Cooper, reprit Abe. Il vous faut renvoyer votre personnel, vendre vos voitures, et ne plus rien acheter, absolument rien, jusqu'à l'année prochaine : plus de costume, plus d'œuvre d'art, pas même une paire de chaussettes. A ces conditions, vous pourrez peut-être sortir du marasme dans lequel vous vous trouvez. J'aimerais aussi que vous vendiez la propriété, ou tout au moins que vous louiez la maison de gardiens, et peut-être une partie du bâtiment principal, pour faire rentrer un peu d'argent. Liz me dit que vous n'utilisez jamais l'aile des invités, pourquoi ne pas la louer ? Vous pourriez en tirer un bon prix, ainsi que de la maison de gardiens. Et vous n'avez besoin ni de l'une ni de l'autre.

Abe avait soigneusement étudié la situation et proposait tout cela en connaissance de cause, après mûre réflexion.

— Je ne peux jamais savoir quand des amis étrangers me rendront visite. Et cela n'a aucun sens de louer une partie de cette maison. Pourquoi ne pas prendre quelques étudiants, pendant que nous y sommes ? Ou transformer carrément le Cottage en internat ? En école, peut-être... Vous avez vraiment des idées saugrenues.

Cooper semblait s'amuser énormément et n'avoir nulle intention de suivre les recommandations de son comptable. Mais ce dernier le fixait gravement.

— Je crois que vous n'avez pas pris conscience de la situation dans laquelle vous vous trouvez. Si vous ne vous conformez pas à mes propositions, vous serez contraint de mettre votre maison en vente et de l'avoir quittée dans les six mois. Vous êtes au bord de la banqueroute, Cooper.

— C'est ridicule. Il me suffit d'un rôle dans un bon film. Or on m'a donné un scénario formidable aujourd'hui, très prometteur.

Il arborait de nouveau son sourire radieux.

— Pour un rôle de quelle importance ? demanda Abe d'un ton acide.

Il connaissait la chanson...

— Je ne sais pas encore. Ils veulent m'écrire un rôle sur mesure. Il aura l'importance que je souhaiterai lui donner.

— Cela me semble pour le moins hasardeux, dit Abe.

Liz lui jeta un regard noir. Elle détestait qu'on se montre cruel avec Cooper. Or la réalité semblait toujours cruelle à son égard, si cruelle qu'il ne l'écoutait jamais. Il se contentait de la faire taire. Il voulait que la vie soit en permanence légère et amusante, belle et facile. Et pour lui, elle l'était. Il n'en avait plus les moyens, mais cela ne l'avait jamais empêché de vivre comme il l'entendait. Il n'hésitait jamais à acheter une nouvelle voiture, à commander une douzaine de chemises ou à offrir un beau bijou à une femme. Personne ne lui avait jamais refusé quoi que ce fût. Les commerçants étaient flattés de le voir porter leurs vêtements, conduire leur voiture, utiliser ce qu'ils lui avaient vendu. Ils s'imaginaient qu'il finirait par payer tout ce qu'il devait, et il le faisait d'ailleurs la plupart du temps, quand il le pouvait. En somme, d'une manière ou d'une autre, au bout d'un certain temps, les factures étaient réglées, en grande partie grâce à Liz.

— Abe, vous savez aussi bien que moi qu'avec un seul bon film nous serions remis à flot. Je pourrais compter sur dix millions de dollars d'ici la semaine prochaine ou la semaine suivante, ou même sur quinze millions.

Il vivait sur un nuage.

— Ou plutôt cinq cent mille dollars. Voire trois cent, ou deux cent. Vous ne pouvez plus prétendre à des cachets si importants, Cooper.

Abe s'abstint toutefois de déclarer ouvertement que Cooper Winslow était en perte de vitesse. Même lui sentait qu'il existait des limites à ne pas dépasser. Mais en vérité, la grande vedette ne pouvait escompter qu'une centaine de milliers de dollars. Deux cent mille dans le meilleur des cas. Cooper était maintenant trop vieux pour avoir un premier rôle, aussi beau fût-il encore. Cette époque-là était révolue.

— Vous ne pouvez plus compter sur un coup de chance, Cooper, reprit Abe plus doucement. Si vous dites à votre agent que vous voulez tourner, il pourra vous mettre sur des films publicitaires, pour cinquante mille dollars, ou peut-être cent mille s'il s'agit d'un produit important. Nous ne pouvons nous permettre de rester sans rien faire, à espérer que les millions tombent du ciel. Il faut réduire votre train de vie en attendant des rentrées d'argent. Arrêtez de dépenser sans compter, limitez vos charges de personnel au strict minimum, louez votre maison de gardiens et une partie de celle-ci, et nous réexaminerons la situation dans les mois à venir. Mais je vous le répète, si vous ne le faites pas, vous devrez vendre le Cottage avant la fin de l'année. Je pense d'ailleurs que c'est ce que vous devriez faire de toute façon, mais Liz me dit que vous voulez rester ici.

— Me séparer du Cottage ? s'écria Cooper.

Il se mit à rire de plus belle.

— Voilà une idée réellement absurde ! Il y a plus de quarante ans que j'habite ici !

— Eh bien quelqu'un d'autre prendra votre place si vous ne commencez pas à vous serrer la ceinture. Ce n'est pas un secret, Cooper. Je vous l'ai déjà dit il y a deux ans.

— Oui, vous me l'avez dit. Or nous sommes toujours là, et je ne suis ni en faillite, ni en prison. Peut-être devriez-vous prendre des antidépresseurs, Abe. Cela pourrait vous aider à cesser de voir tout en noir.

Il disait toujours à Liz qu'Abe raisonnait comme un perdant et s'habillait aussi comme tel. Il ne le lui avait jamais fait remarquer, mais il trouvait fort déplacé qu'Abe porte des costumes d'été en plein mois de février. Ce genre de choses l'irritait au plus haut point. Mais il ne voulait pas embarrasser son comptable en le lui disant.

Au moins, ce dernier lui avait fait la grâce de ne pas lui demander de vendre sa garde-robe.

— Vous êtes sérieux en ce qui concerne le personnel, n'est-ce pas ?

Cooper jeta un coup d'œil à Liz, qui le regardait avec compassion. Elle pressentait avec horreur à quel point il allait souffrir.

— Je crois qu'Abe a raison. Vous dépensez des sommes astronomiques en salaires, Cooper. Peut-être devriez-vous faire un peu attention pendant quelque temps, jusqu'à ce que la situation s'améliore.

Elle s'efforçait toujours de lui laisser ses rêves. Il en avait besoin.

— Comment une jeune Salvadorienne peut-elle diriger cette maison entière toute seule ? demanda Cooper, l'air subitement abasourdi.

C'était vraiment inconcevable. En tout cas à ses yeux.

— Elle n'aura pas à le faire si vous en louez une partie, répondit Abe, pragmatique. Voilà qui résoudrait au moins un problème.

— Cooper, vous n'avez pas utilisé l'aile des invités depuis deux ans, et la maison de gardiens est fermée depuis au moins trois ans, lui rappela gentiment Liz. Je ne pense pas que l'une ou l'autre vous manque beaucoup.

On eût dit une mère essayant de convaincre son enfant de renoncer à certains de ses jouets pour les donner aux pauvres.

— Mais, au nom du ciel, pourquoi devrais-je accepter d'installer des étrangers dans ma propre maison ?

Cooper semblait proprement stupéfait.

— Parce que vous avez décidé de garder cette maison, voilà pourquoi, répondit Abe. Et que c'est la seule solution pour y parvenir. Je suis vraiment sérieux, Cooper.

— Bien… Je vais y réfléchir, dit ce dernier d'un air vague.

Cette perspective lui paraissait tout bonnement insensée. Il essayait encore d'envisager à quoi ressemblerait sa vie sans personnel, et avait le plus grand mal à l'imaginer.

— Et vous pensez que je vais me faire mes repas moi-même, je suppose, poursuivit-il d'un air incrédule.

— A en juger d'après vos relevés de cartes bancaires, vous dînez à l'extérieur tous les soirs, de toute façon. Votre cuisinier ne va pas vous manquer beaucoup. D'ailleurs les autres employés non plus, nous pourrons faire appel à des entreprises de nettoyage de temps en temps, si la situation s'avère ingérable.

— Oh, quelle charmante initiative ! Une équipe de prisonniers en liberté conditionnelle ferait sans doute parfaitement l'affaire !

Une lueur d'ironie dansait de nouveau dans les yeux de Cooper, et Abe parut exaspéré.

— J'ai préparé les chèques de vos employés, ainsi que leur lettre de licenciement, annonça-t-il gravement.

Il voulait s'assurer que Cooper comprît qu'il allait bel et bien mettre tout le monde à la porte. Il n'y avait pas d'autre solution.

— Je prendrai contact avec un agent immobilier lundi, compléta Liz d'une voix douce.

Elle détestait lui être désagréable mais se devait de lui dire la vérité. Elle ne pouvait pas agir derrière son dos. Elle estimait que louer les deux bâtiments réservés aux invités n'était pas une mauvaise idée. Cooper se passerait aisément de cet espace, et ils pouvaient escompter un loyer très élevé. Elle jugeait même que c'était l'une des meilleures idées du comptable.

— D'accord, d'accord... Essayez seulement de vous assurer que vous n'introduisez pas de tueur en série chez moi. Et pas d'enfants, pour l'amour du ciel. Ni de chiens ! En fait, je ne veux que des femmes comme locataires, et de jolies femmes.

Il ne plaisantait qu'à moitié, mais Liz le trouva exceptionnellement raisonnable de ne pas faire de scandale et se promit de trouver des locataires aussi rapidement que possible, avant qu'il ne change d'avis.

— Est-ce tout ? demanda Cooper à Abe en se levant pour lui indiquer qu'il en avait assez.

Tout cela représentait pour lui une énorme dose de réalité en une seule fois. A présent, de toute évidence, il voulait qu'Abe s'en aille.

— Ça suffira pour aujourd'hui, répondit ce dernier en se levant à son tour. Mais n'oubliez pas ce que je vous ai dit, je suis sérieux : n'achetez plus *rien*.

— Je vous le promets. Je ferai en sorte de porter toutes mes chaussettes jusqu'à ce qu'elles soient pleines de trous. Vous pourrez les inspecter vous-même la prochaine fois que vous viendrez.

Abe se dirigea vers la porte sans répondre. Il tendit à Livermore les enveloppes qu'il avait préparées et lui demanda de les distribuer au personnel. Tous devaient partir dans un délai de deux semaines.

— Quel homme désagréable, dit Cooper à Liz avec un sourire juste après son départ. Il a dû avoir une enfance difficile pour se comporter ainsi. Il faisait sans doute partie de ces enfants qui jouent à arracher les ailes des mouches… Pathétique. Et ses costumes devraient être jetés au feu !

— Il agit pour la bonne cause, Cooper. Je suis désolée, je sais que c'est un moment pénible pour vous. Je ferai de mon mieux pour former Paloma au cours des deux prochaines semaines. Je demanderai à Livermore de lui montrer comment prendre soin de votre garde-robe.

— Je tremble d'avance en imaginant à quoi elle va bientôt ressembler. Je suppose qu'elle va mettre mes costumes dans la machine à laver. Je vais peut-être adopter un nouveau style…

Mais il refusa de se laisser envahir par cette sombre idée et continua de regarder Liz avec un air vaguement amusé.

— Je vais être incroyablement tranquille ici, avec vous et Paloma, ou Maria, ou peu importe son nom.

Mais il remarqua que ses mots allumaient un éclat étrange dans les yeux de Liz.

— Qu'y a-t-il ? Il n'a tout de même pas l'intention de vous mettre à la porte, vous ?

Pendant une fraction de seconde, elle lut une expression de panique sur le visage de Cooper et sentit son cœur se briser. Il lui fallut une éternité pour parvenir à lui répondre.

— Non... Mais je vais partir, dit-elle dans un souffle.

Elle l'avait annoncé à Abe la veille, et c'était pour cette raison qu'il ne l'avait pas renvoyée avec les autres.

— Ne soyez pas stupide. Je préférerais vendre le Cottage plutôt que de vous voir partir. Je serais prêt à aller décrocher un poste de valet de chambre moi-même pour pouvoir vous garder.

— Ce n'est pas cela...

Ses yeux s'emplirent soudain de larmes.

— Je me marie, Cooper, reprit-elle.

— Vous *quoi* ? Mais avec qui ? Pas cet affreux dentiste de San Diego, tout de même ?

La relation de Liz avec le fameux dentiste s'était terminée cinq ans plus tôt, mais Cooper oubliait systématiquement ce genre de chose. Pour lui, perdre Liz était tout simplement inconcevable, et il ne s'était jamais imaginé qu'elle pût se marier. Elle avait maintenant cinquante-deux ans, il lui semblait qu'elle avait toujours été présente à ses côtés, et qu'elle ne cesserait jamais de l'être. Au bout de tant d'années, elle faisait partie de sa famille.

Des larmes roulaient le long de ses joues lorsqu'elle lui répondit.

— Avec un financier de San Francisco.

— Mais depuis quand est-il dans votre vie ?

— Environ trois ans. Je n'avais jamais pensé que nous nous marierions. Je vous ai parlé de lui, il y a à peu près un an. Je pensais que nous nous contenterions de continuer à nous voir de temps en temps jusqu'à la fin de nos jours, mais il prend sa retraite cette année, et il veut que je parte voyager avec lui. Ses enfants sont grands... Il m'a dit que c'était maintenant ou jamais. J'ai pensé que je ferais mieux de saisir ma chance tant qu'elle m'était donnée.

— Quel âge a-t-il ? demanda Cooper avec un air horrifié.

S'il y avait une mauvaise nouvelle qu'il ne s'était jamais préparé à entendre, c'était bien celle-ci, et elle le laissait profondément ébranlé.

— Cinquante-neuf ans. Il a très bien réussi. Il possède un appartement à Londres et une très belle maison à San Francisco. Il vient juste de la vendre, et nous allons emménager dans un appartement à Nob Hill.

— A San Francisco ? Mais vous allez mourir d'ennui, ou périr écrasée dans un tremblement de terre ! Liz, vous allez détester cette vie !

Il tremblait presque, tant le choc était violent. Il ne pouvait même pas concevoir son existence sans elle. Liz, elle, se mouchait sans parvenir à endiguer ses larmes.

— Peut-être, articula-t-elle entre deux sanglots. Peut-être que je reviendrai en courant. Mais j'estime que je dois au moins essayer de me marier, ne serait-ce que pour dire que je l'ai fait. Bien sûr, vous pourrez m'appeler à n'importe quelle heure du jour ou de la nuit, Cooper, où que je me trouve.

— Mais qui va faire mes réservations et discuter avec mon agent ? Et ne me répondez pas que c'est Paloma, qui qu'elle soit !

— Votre agent s'est engagé à faire le maximum pour vous. Et le bureau d'Abe Braunstein se chargera de tous vos comptes. C'est à peu près tout ce dont je m'occupais ici.

En plus de filtrer les appels téléphoniques de ses maîtresses et de communiquer à son attaché de presse les dernières informations le concernant, qui portaient d'ailleurs essentiellement sur l'identité de sa petite amie du moment. Il allait devoir se mettre à passer lui-même ses coups de fil. Une nouvelle vie allait commencer pour lui. Et Liz éprouvait l'odieuse impression de le trahir et de l'abandonner.

— Est-ce que vous êtes amoureuse de cet homme, Liz, ou seulement terrifiée à l'idée de rester seule ?

Il ne lui était jamais venu à l'esprit qu'elle pût vouloir se marier. Elle ne s'en était jamais ouverte à lui, et il ne lui posait aucune question sur ses relations amoureuses. Elle-même évoquait rarement sa vie privée et trouvait de toute façon peu de temps à lui consacrer. Elle était si occupée à organiser les rendez-vous de Cooper, ses achats, ses soirées et voyages, qu'elle avait à peine vu son futur mari au cours de l'année écoulée. C'était d'ailleurs ce qui avait poussé ce dernier à lui demander sa main. Il considérait Cooper Winslow comme un mégalomane narcissique et voulait sauver Liz de son emprise.

— Je crois que je l'aime. C'est quelqu'un de bien, d'attentionné, qui veut prendre soin de moi. Et il a deux filles adorables.

— Quel âge ont-elles ? Je ne peux pas vous imaginer avec des enfants.

— Elles ont dix-neuf et vingt-trois ans. Je les aime beaucoup, et apparemment elles m'apprécient aussi. Leur mère est morte quand elles étaient toutes petites, et Ted les a élevées tout seul. Il s'en est formidablement bien sorti. L'une d'elles travaille à New York, et l'autre commence ses études de médecine à Stanford.

— Je n'arrive pas à le croire...

Il semblait absolument abasourdi. Le ciel de sa vie s'était brusquement obscurci. Il se souvenait à peine qu'il était sur le point de louer une partie de sa propriété — en cet instant, seule la perte de Liz le préoccupait.

— Quand a lieu le mariage exactement ?

— Dans deux semaines, juste après mon départ d'ici.

Sa voix se brisa dans un nouveau sanglot. Cette perspective lui paraissait soudain épouvantable à elle aussi.

— Voudriez-vous organiser la réception ici ?

— Elle aura lieu chez des amis à Napa, répondit-elle à travers ses larmes.

— Quelle horreur... Est-ce que ce sera un grand mariage ?

Il était réellement accablé. Jamais il n'aurait imaginé une chose pareille.

— Non. Nous serons tous les deux, avec ses filles et le couple qui nous accueille. Si nous avions invité une seule personne supplémentaire, ç'aurait été vous, Cooper.

Elle n'avait pas pu organiser une vraie réception. Cooper monopolisait tout son temps. Et Ted ne voulait pas attendre plus longtemps. Il savait que s'il se montrait trop patient, elle ne quitterait jamais Cooper. Elle se sentait bien trop responsable de lui.

— Quand avez-vous décidé tout cela ?

— Il y a environ une semaine.

Ted était venu la voir le week-end et l'avait mise au pied du mur, si bien qu'elle avait accepté. Or leur décision coïncidait précisément avec celle d'Abe de licencier tout le monde. En un sens, elle savait qu'elle rendait service à Cooper. Il n'avait pas les moyens de la garder non plus. Mais elle savait aussi que la séparation serait très éprouvante, pour lui comme pour elle. Au cours des vingt ans qu'elle avait passés auprès de lui, jamais elle n'avait envisagé de le quitter. Etre obligée de le faire lui brisait le cœur. Il était si fragile, innocent, sans défense... Et pendant tout ce temps, elle n'avait cessé de le choyer, de le materner, de s'inquiéter constamment pour lui. Elle savait qu'à San Francisco, elle passerait des nuits entières à penser à lui sans pouvoir dormir. Pour tous les deux, une véritable révolution allait s'accomplir. Elle s'était tant occupée de Cooper qu'il avait remplacé les enfants qu'elle n'avait jamais eus et qu'elle avait renoncé à avoir depuis des années.

Il avait encore l'air anéanti lorsqu'elle quitta la maison. Avant de partir, elle décrocha le téléphone qui sonnait. C'était Pamela, la dernière conquête de Cooper, un mannequin de vingt-deux ans — ce qui était particulièrement jeune, même pour Cooper. Elle voulait devenir comédienne, et il l'avait rencontrée sur le tournage d'une publicité pour GQ, où il trônait au milieu d'une demi-douzaine de mannequins censés le regarder avec adoration. Pamela était la plus belle d'entre elles. Il ne la fréquentait que depuis un mois, et elle était déjà follement amoureuse de lui, bien qu'il fût assez vieux pour être son grand-père. Par bonheur, cela ne se voyait pas. Il devait l'emmener dîner au Ivy, et Liz lui rappela de passer la chercher à sept heures et demie.

Il serra sa fidèle secrétaire dans ses bras avant de la laisser partir et la pria de revenir immédiatement vers lui si elle n'était pas heureuse avec son mari. Au fond de lui-même, il espérait qu'elle le ferait. Il avait l'impression de perdre à la fois sa petite sœur et sa meilleure amie.

Alors qu'elle s'éloignait de la maison en voiture, Liz recommença à pleurer. Elle aimait beaucoup Ted, mais elle ne pouvait imaginer sa vie sans Cooper. Au fil des années, il était devenu un membre de sa famille, un ami intime, un frère, un fils... son héros. Elle l'adorait et avait dû rassembler tout son courage pour accepter d'épouser Ted et pour annoncer la nouvelle à Cooper. Il y avait une semaine qu'elle ne dormait plus, et elle s'était sentie nauséeuse toute la matinée. En fin de compte, elle était heureuse qu'Abe ait été là pour la distraire.

Alors qu'elle franchissait le portail de la propriété, elle manqua heurter une voiture qui arrivait. Elle était à bout de nerfs. Quitter Cooper était pour elle un véritable déchirement. Elle espérait seulement avoir pris la bonne décision.

Après son départ, Cooper resta dans la bibliothèque et se servit une autre coupe de champagne. Il en but une gorgée puis, son verre toujours à la main, il monta lentement les escaliers jusqu'à sa chambre. Dans le couloir, il croisa une jeune femme en uniforme blanc, dont le plastron était taché de sauce tomate ou de soupe. Ses cheveux étaient rassemblés en une longue natte qui pendait dans son dos, et elle portait des lunettes de soleil, ce qui attira l'attention de Cooper.

— Paloma ? hasarda-t-il comme s'il la voyait pour la première fois.

Il regretta immédiatement son impulsion. Elle portait sous sa blouse un pantalon à motif léopard qui lui donna un haut-le-cœur.

— Oui, missieu Winlow ?

Il y avait quelque chose d'arrogant dans son attitude. Elle ne retira pas ses lunettes et le regarda bien en face, derrière les verres fumés. Il était impossible de deviner son âge, mais il supposa qu'elle devait approcher de la quarantaine.

— Mon nom est Winslow, Paloma. Avec un s. Est-ce que vous avez eu un problème ?

Il faisait référence à la tache sur sa blouse.

— Nous avons mangé spaghettis pour déjeuner. J'ai fait tomber cuillère sur mon uniforme. Et pas d'autre uniforme ici.

— Ces spaghettis étaient sans doute excellents, commenta-t-il en reprenant son chemin.

Qu'allait-il devenir quand Liz serait partie et qu'il se retrouverait seul avec cette femme pour prendre soin de sa garde-robe ?

Alors qu'il refermait derrière lui la porte de sa chambre, Paloma le fixait toujours. Elle leva les yeux au ciel. C'était la première fois qu'il lui adressait la parole, mais bien qu'elle ne le connût qu'à peine, elle le détestait déjà. Il sortait avec des femmes assez jeunes pour être ses petites-filles, et semblait ne s'intéresser qu'à sa propre personne. Elle ne voyait rien d'aimable en lui, et poussa un soupir désapprobateur en se remettant à passer l'aspirateur dans les escaliers. La perspective de se retrouver en tête à tête avec lui dans cette maison ne la réjouissait pas le moins du monde, bien au contraire. Quand on lui avait annoncé qu'elle était la seule à être épargnée par le comptable, elle avait éprouvé la désagréable impression d'avoir tiré la mauvaise carte. Mais elle était bien déterminée à se taire. De nombreux cousins comptaient sur son aide et son argent à San Salvador. Même si cela impliquait de travailler pour des hommes comme lui, elle devait tenir le coup.

2

Debout dans la maison déserte, Mark Friedman signa le dernier des papiers avec l'agent immobilier, et ce geste acheva de lui briser le cœur. La villa où il avait vécu avec sa famille pendant dix ans n'était en vente que depuis trois semaines, et ils en avaient obtenu un bon prix, mais cela n'avait aucune importance à ses yeux. En balayant du regard ces murs nus et ces portes ouvertes sur des pièces vides, il avait l'impression que son dernier rêve partait en fumée.
Il avait prévu de garder la maison et d'y vivre, mais Janet lui avait demandé de la vendre, dès qu'elle était arrivée à New York. Il avait alors eu la certitude que, malgré tout ce qu'elle avait pu dire au cours des semaines précédentes, jamais elle ne reviendrait vers lui. Avant de partir, elle lui avait annoncé qu'elle le quittait seulement quinze jours et s'était contentée de demander à son avocat d'appeler celui de Mark. En cinq semaines, la vie de ce dernier s'était littéralement désagrégée. Leurs meubles étaient déjà en route pour New York. Il lui avait tout donné, à elle ainsi qu'aux enfants. Il logeait maintenant dans un hôtel proche de son bureau et se levait chaque matin avec la tentation d'en finir. Ils vivaient depuis dix ans à Los Angeles et étaient mariés depuis seize ans.

Mark avait quarante-deux ans. Il était grand, blond aux yeux bleus et, jusqu'au mois précédent, il se croyait heureux en ménage. Janet et lui s'étaient rencontrés à l'université de droit et s'étaient mariés tout de suite après l'obtention de leur diplôme. Elle était tombée enceinte presque immédiatement, et Jessica était née pour leur premier anniversaire de mariage. Elle avait aujourd'hui quinze ans, deux ans de plus que son frère Jason. Mark était avocat fiscaliste dans un gros cabinet juridique, qui l'avait muté de New York à Los Angeles dix ans auparavant. L'acclimatation avait demandé du temps, mais finalement sa femme et lui s'étaient mis à aimer leur nouvelle vie. Il avait trouvé la maison de Beverly Hills en quelques semaines, alors que Janet et les enfants n'étaient pas encore arrivés de New York. Elle était parfaite pour eux, avec un grand jardin et une petite piscine...

Le couple à qui il venait de la revendre était pressé de conclure l'affaire, car ils attendaient la naissance imminente de jumeaux. Alors qu'il parcourait une dernière fois la maison, Mark ne pouvait s'empêcher d'envier leur vie qui commençait, alors que la sienne était terminée. Il ne parvenait pas encore à prendre conscience de ce qui lui était arrivé. Six semaines plus tôt, il était le plus heureux des hommes, marié à une femme superbe qu'il adorait, avec deux enfants merveilleux, un poste passionnant et une belle maison. Ils n'avaient pas de soucis financiers, tous étaient en bonne santé, et rien de grave ne leur était jamais arrivé. Moins d'un mois et demi plus tard, sa femme l'avait quitté, il n'avait plus de maison, sa famille vivait à New York, et il entamait une procédure de divorce. C'était presque trop pour être vraisemblable.

La jeune femme de l'agence immobilière resta à l'écart pendant qu'il parcourait une dernière fois les pièces vides. Il ne parvenait à penser à rien d'autre qu'aux moments heureux qu'il y avait partagés avec sa femme. De son point de vue, aucune ombre n'était venue assombrir leur mariage, et Janet elle-même reconnaissait avoir été heureuse avec lui.

« Je ne sais pas ce qui s'est passé, avait-elle admis en pleurant lorsqu'elle lui avait annoncé sa décision de partir. Peut-être que je m'ennuyais... Peut-être que j'aurais dû me remettre à travailler après la naissance de Jason... »

Mais rien de tout cela ne justifiait aux yeux de Mark qu'elle l'eût quitté pour un autre homme. Car elle lui avait avoué être tombée follement amoureuse d'un médecin new-yorkais.

Un an et demi plus tôt, la mère de Janet était tombée gravement malade. Tout avait commencé par un infarctus, suivi d'une attaque d'apoplexie. Son père, lui-même atteint de la maladie d'Alzheimer, était totalement anéanti, et pendant sept mois, Janet n'avait cessé de faire des allers et retours à New York.

Mark s'occupait des enfants chaque fois que Janet s'absentait. La première fois, elle était partie six semaines. Mais elle l'avait appelé trois ou quatre fois par jour. Il n'avait jamais rien soupçonné, et Janet lui avait d'ailleurs expliqué qu'il ne s'était rien passé au début. Mais peu à peu, elle était tombée amoureuse du médecin de sa mère. A l'entendre, c'était un homme formidable, plein de compassion et de gentillesse, qui savait merveilleusement la réconforter. Ils étaient allés dîner un soir, et tout avait commencé à ce moment-là. Il y avait maintenant un an qu'elle le voyait, et elle se disait déchirée par cet affreux dilemme. Elle avait longtemps cru qu'il ne s'agissait que d'une passade dont elle se remettrait, et assurait à Mark qu'elle avait, à plusieurs reprises, tenté de mettre un terme à sa liaison. Mais son amant et elle avaient constaté qu'ils ne pouvaient se passer l'un de l'autre, et qu'ils s'aimaient jusqu'à l'obsession. Etre avec Adam revenait à être sous la dépendance d'une drogue, avait-elle dit à Mark. Ce dernier avait suggéré une thérapie de couple, mais Janet avait refusé. Elle ne le lui avait pas dit aussi clairement à ce moment-là, mais elle avait déjà pris sa décision. Elle voulait retourner vivre à New York et voir comment les choses évolueraient. Elle éprouvait le besoin de fuir son couple, tout au moins pour le moment, de manière à mettre son nouvel amour à l'épreuve, honnêtement.

Dès qu'elle était arrivée à New York, elle avait annoncé à Mark qu'elle désirait divorcer et lui avait demandé de vendre la maison. Elle voulait la part d'argent qui lui revenait, de manière à pouvoir acheter un appartement à Manhattan.

Mark demeurait debout face au mur de leur chambre en se remémorant leur dernière conversation. De toute sa vie, jamais il ne s'était senti si seul et si perdu. Tout ce en quoi il croyait, ce sur quoi il pensait pouvoir compter éternellement, était parti en fumée. Et le pire était qu'il n'avait rien à se reprocher, tout au moins le pensait-il. Peut-être s'était-il trop investi dans son travail, peut-être n'avait-il pas emmené Janet dîner à l'extérieur assez souvent, mais leur vie avait toujours semblé facile et agréable, et jamais elle ne s'en était plainte.

Lorsqu'elle lui avait révélé sa liaison, il avait dû annoncer aux enfants que Janet et lui se séparaient. Ils avaient aussitôt voulu savoir s'ils allaient divorcer, et il avait répondu en toute sincérité que ce n'était pas certain. A présent, il réalisait que Janet et lui savaient déjà alors qu'ils divorceraient. Mais Janet n'avait tout simplement pas eu le courage de le leur avouer, ni à eux ni à lui.

La nouvelle avait laissé les enfants inconsolables, et, pour une raison obscure, Jessica avait reporté sur lui l'entière responsabilité de la situation. Ils ne comprenaient pas. Pour eux qui n'avaient que treize et quinze ans, tout cela avait encore moins de sens que pour lui. Au moins, lui savait pourquoi Janet le quittait, même s'il ne le méritait pas. Mais pour les enfants, c'était un mystère absolu. Ils n'avaient jamais vu leurs parents se disputer ou même manifester le moindre désaccord — d'ailleurs ce n'était presque jamais arrivé. Peut-être une fois ou l'autre s'étaient-ils querellés à propos de la façon dont il fallait décorer le sapin de Noël... Et Mark s'était énervé le jour où Janet avait abîmé la voiture qu'il venait d'acheter dans un accident mineur, mais il s'était excusé, soulagé avant tout qu'elle s'en fût sortie saine et sauve. Il avait plutôt bon caractère, et elle aussi. Mais Adam avait sans doute des choses plus exaltantes à offrir... D'après ce qu'avait dit Janet, il avait quarante-huit ans, son cabinet tournait bien, et il vivait à New York. Il possédait un bateau à Long Island, et appartenait au Peace Corps[1] depuis quatre ans. Ses amis étaient intéressants, sa vie amusante. Divorcé, il n'avait pas d'enfant car son ex-femme n'avait pu en avoir. Le fait que Janet en eût elle-même deux l'enchantait, et il espérait même en avoir deux autres avec elle, ce qu'elle s'était gardée de dire à Mark ou aux enfants. Ces derniers ne savaient d'ailleurs encore rien de leur futur beau-père. Elle attendait qu'ils fussent installés à New York pour faire les présentations, et Mark devinait qu'elle se garderait bien de leur dire que c'était à cause d'Adam qu'elle l'avait quitté.

Comparé à cet amant idéal, Mark savait qu'il ne faisait pas le poids. Il aimait son travail, les programmes immobiliers le passionnaient, mais tout cela ne constituait pas un sujet de conversation très enthousiasmant pour sa femme. Elle-même avait choisi de se diriger vers le droit pénal et de se spécialiser dans la défense des mineurs ; elle avait toujours trouvé le droit fiscal d'un ennui mortel. Du temps où ils vivaient ensemble, Mark et elle jouaient au tennis plusieurs fois par semaine, ils allaient au cinéma, passaient du temps avec les enfants, sortaient dîner avec des amis... En somme, ils menaient une vie ordinaire. Sans éclat particulier, mais agréable.

Maintenant, plus rien n'était agréable. La détresse sentimentale dans laquelle Mark était plongé s'apparentait presque à une douleur physique. Depuis cinq semaines, il avait l'impression de vivre avec un couteau planté en

---

1. Association humanitaire américaine. (*N.d.T.*)

travers de la gorge. Il avait appelé son médecin pour lui demander de lui prescrire des somnifères, parce qu'il ne parvenait plus à trouver le sommeil. Sur les conseils du généraliste, il avait entamé une thérapie avec un psychologue. En un mot, son quotidien était devenu un enfer. Sa femme lui manquait, ses enfants lui manquaient, sa vie lui manquait. En un rien de temps, il s'était retrouvé abandonné de tous, réduit à une existence vide, aussi vide que l'était à présent la maison.

— On peut y aller, monsieur ? demanda gentiment l'agent immobilier en passant la tête dans l'entrebâillement de la porte.

Il était debout au milieu de la pièce, le regard vide, perdu dans ses pensées.

— Oui, bien sûr, répondit-il.

Et il quitta la chambre, après un dernier regard en arrière. C'était comme dire au revoir à un monde perdu, ou à un vieil ami.

Il suivit la jeune femme à l'extérieur de la maison et la laissa verrouiller la porte. Il lui avait remis toutes ses clés. L'argent serait déposé sur son compte dans l'après-midi, et il avait promis de virer à Janet la moitié qui lui revenait. Ils pouvaient s'estimer heureux du prix de vente, mais Mark s'en moquait éperdument.

— Est-ce que vous voulez chercher quelque chose pour vous ? demanda l'agent immobilier d'une voix pleine d'espoir. J'ai de très jolies petites maisons sur les collines, et je peux vous proposer un véritable petit joyau à Hancock Park. Et il y a aussi de beaux appartements disponibles en ce moment.

Février était toujours un bon mois pour chercher. Le chaos de la période des fêtes était passé, et le marché s'animait avec le retour imminent du printemps. Grâce à la vente de la maison, et au bon prix qu'ils en avaient obtenu, elle savait que Mark avait de l'argent à dépenser. Même s'il ne lui en revenait que la moitié, la somme demeurait amplement suffisante pour acheter quelque chose de très beau. Et il avait une belle situation. De toute façon, l'argent n'était pas un problème pour Mark. Le problème, c'était le reste. Tout le reste.

— Je suis bien à l'hôtel, répondit-il seulement en montant dans sa Mercedes après avoir remercié une nouvelle fois la jeune femme.

Elle s'était montrée parfaite et avait conclu la vente sans heurts, en un temps record. Il eût presque souhaité qu'elle se fût révélée moins efficace, ou même qu'elle eût raté la vente : il n'était pas prêt à tourner la page. Il allait devoir aborder le sujet avec son thérapeute, cela lui donnerait du grain à moudre. Il n'avait jamais mis les pieds chez un psy auparavant, et l'homme lui paraissait sympathique, mais Mark n'était pas convaincu qu'il pût l'aider. Peut-être pour son problème de sommeil, mais que pouvait-il faire à propos du reste ? Malgré tout ce qu'il pourrait dire lors de leurs séances, Janet et les enfants resteraient absents, et sans eux sa vie n'avait plus de sens. Il ne voulait pas lui rendre un sens ; il voulait ses enfants et sa femme. Et maintenant, cette dernière appartenait à quelqu'un d'autre, et peut-être que ses enfants aussi lui préféreraient cet homme... Cette simple hypothèse le détruisait totalement. Il ne s'était jamais senti si désespéré et si perdu de toute sa vie.

Il reprit le chemin de son bureau, qu'il regagna vers midi. Là, il dicta une pile de lettres et parcourut quelques dossiers, en prévision d'une réunion importante à laquelle il devait assister l'après-midi même. Il ne se préoccupa même pas d'avaler quelque chose à l'heure du déjeuner. Il avait ainsi perdu plus de cinq kilos durant le dernier mois. A présent, il se sentait uniquement capable d'avancer comme un automate, de mettre un pied devant l'autre, en essayant de ne penser à rien. Il ne se mettait à réfléchir que le soir, quand toute sa peine venait le hanter, ainsi que les paroles de Janet et les pleurs des enfants. Il leur téléphonait tous les soirs, et il avait promis de venir les voir d'ici quelques semaines. Il les emmènerait aux Caraïbes pour les vacances de Pâques, et ils viendraient à Los Angeles l'été prochain. Mais pour l'instant il n'avait pas d'endroit où les accueillir, et cela le rendait malade.

Lorsqu'il rejoignit Abe Braunstein, cet après-midi-là, pour une réunion sur les nouvelles lois fiscales, le comptable ne put dissimuler le choc qu'il éprouva. Mark ressemblait à un malade en phase terminale. Habituellement, il paraissait toujours en pleine forme et de bonne humeur. Bien qu'il eût quarante-deux ans, Abe l'avait toujours considéré comme un jeune homme, qu'il trouvait d'ailleurs fort sympathique. Pour l'heure cependant, Mark n'avait plus l'air d'un adolescent, mais d'un homme en deuil. C'était d'ailleurs exactement ce qu'il avait l'impression d'être.

— Ça va ? demanda Abe avec une expression soucieuse.

— Oui, ça va, répondit Mark d'un air absent.

Il avait le teint pâle, presque grisâtre, et semblait épuisé. Abe commença à s'inquiéter sérieusement pour lui.

— On dirait que vous avez été malade. Vous avez beaucoup maigri, non ?

Mark acquiesça d'un hochement de tête sans prendre la peine de répondre. Après la réunion, il s'en voulut de s'être comporté avec tant d'ingratitude envers cet homme qui lui témoignait simplement sa sollicitude. Il décida qu'Abe serait la seconde personne informée de son drame personnel, après son thérapeute. Il n'avait pas eu le courage ou la force de le dire à qui que ce soit d'autre. C'était trop humiliant. Il voulait s'expliquer, mais il était déchiré entre l'envie de laisser éclater son chagrin et celle de rentrer sous terre.

— Janet est partie, lâcha-t-il abruptement alors qu'Abe et lui quittaient la salle de réunion côte à côte.

Il était presque dix-huit heures. Il n'avait pas entendu la moitié de ce qui s'était dit, et Abe avait remarqué cela aussi. Mark donnait l'impression de flotter au-dessus de la réalité, et c'était précisément ce qu'il ressentait. Pourtant, Abe ne saisit pas tout de suite le sens des paroles de Mark.

— En voyage ? demanda-t-il sans comprendre.
— Non. Pour de bon.
Mark affichait un air plus désespéré que jamais, mais cette confession lui faisait du bien.
— Elle a fait ses bagages il y a trois semaines. Elle a déménagé à New York avec les enfants, je viens de vendre la maison et nous avons entamé une procédure de divorce.
— Oh... Je suis désolé, dit Abe avec sincérité.
De fait, la détresse de Mark le peinait réellement. Mais il songea qu'il était encore jeune ; il trouverait une autre femme et aurait peut-être même d'autres enfants. Abe l'avait toujours trouvé séduisant, même s'il ne travaillait que rarement avec sa société. En général, ils ne parlaient que de droit fiscal, ou de leurs clients, jamais d'eux-mêmes.
— Où habitez-vous maintenant ? demanda-t-il.
C'est là un curieux réflexe chez les hommes : ils préfèrent souvent se demander ce qu'ils font plutôt que comment ils vont.
— Dans un hôtel à deux pas d'ici. C'est un taudis, mais ça me convient pour l'instant.
— Voudriez-vous aller dîner quelque part ?
La femme d'Abe l'attendait à la maison, mais le comptable songeait que Mark avait certainement besoin d'une épaule sur laquelle pleurer.
Il réfléchit un instant à cette proposition. Parler lui ferait du bien, mais il se sentait trop déprimé pour aller où que ce fût. Fermer la maison lui avait donné le coup de grâce. Maintenant, la fin de sa vie avec Janet était devenue une réalité palpable.
— Non, je vous remercie.
Il parvint à esquisser un sourire.
— Peut-être une autre fois, ajouta-t-il.
— Je vous appellerai, promit Abe.
Et il s'éloigna. Il ne savait pas à qui revenait la responsabilité du divorce, mais il était évident que Mark en était malheureux et qu'il n'y avait personne d'autre dans sa vie. Abe se demanda si on pouvait en dire autant de Janet.

C'était une très belle femme... Mark et elle formaient un couple idéal. Tous deux étaient blonds aux yeux bleus, et en les voyant avec leurs enfants, on eût dit une publicité pour la famille américaine parfaite, tout droit sortie d'une ferme du Midwest. En réalité, Mark et Janet avaient grandi en plein cœur de New York, à quelques pâtés de maisons l'un de l'autre. Ils avaient fréquenté les mêmes rallyes mondains, mais ne s'étaient jamais rencontrés. Elle était allée à l'université de Vassar, lui à Brown, et ils s'étaient finalement connus à la faculté de droit de Yale. Une vie absolument exemplaire... qui, de toute évidence, venait de partir en fumée.

Mark s'attarda à son bureau jusqu'à vingt heures, rangeant des papiers sans importance, puis il regagna enfin son hôtel. Il pensa acheter un sandwich en chemin, mais il n'avait pas faim. Une fois de plus. Il avait pourtant promis à son médecin et à son thérapeute d'essayer de manger.

— Demain, grommela-t-il.

Pour l'instant, il n'aspirait qu'à une chose : se mettre au lit et regarder la télévision jusqu'à s'abrutir, pour peut-être réussir à s'endormir.

Le téléphone sonnait quand il atteignit sa chambre. C'était Jessica. Elle lui raconta qu'elle avait passé une journée « acceptable » à l'école et décroché un A à une interrogation. Elle et son frère détestaient leur vie à New York. Ils avaient du mal à s'acclimater à leur nouvelle existence. Jason jouait au football, et Jessica appartenait à l'équipe de hockey sur gazon de son lycée, mais elle affirmait que les garçons de New York étaient tous des abrutis. Et elle reprochait toujours à Mark tout ce qu'elle ne comprenait pas dans le divorce.

Il ne lui dit pas que la maison avait été vendue le jour même et qu'ils ne la verraient plus jamais. Il se contenta de promettre qu'il viendrait bientôt à New York et lui demanda de dire bonjour à Janet. Après avoir raccroché, il demeura assis sur le lit, fixant la télévision sans la voir, de grosses larmes roulant sur ses joues.

3

Jimmy O'Connor était mince, mais sportif et carré d'épaules, car il jouait beaucoup au golf et au tennis ; à Harvard, il avait même fait partie de l'équipe de hockey. Sous cette carrure d'athlète se dissimulait un homme hors du commun. Jimmy avait poussé très loin ses études et avait décroché un mastère de psychologie à UCLA[1], tout en travaillant comme bénévole dans le quartier défavorisé de Watts. Il y était ensuite retourné pour obtenir un diplôme de travailleur social et n'avait jamais quitté le quartier depuis. A trente-trois ans, il avait la vie et la carrière qu'il désirait, et parvenait même à trouver un peu de temps pour continuer à faire du sport. Il avait monté une équipe de football et une autre de base-ball pour les enfants avec lesquels il travaillait. Il s'occupait de leur trouver des solutions d'accueil afin de les éloigner des familles dans lesquelles ils étaient battus ou maltraités. Les enfants sur lesquels on avait jeté de l'eau de Javel, ceux qu'on avait brûlés, il les portait lui-même dans ses bras jusqu'aux urgences. Plus d'une fois, il les avait gardés chez lui, jusqu'à ce qu'on leur trouve un nouveau foyer. Ceux avec qui il travaillait disaient de lui qu'il avait un cœur d'or.

1. Université de Californie-Los Angeles. (*N.d.T.*)

Il avait un physique irlandais, des cheveux d'un noir de jais, la peau claire, et d'immenses yeux noirs. Il y avait quelque chose de très sensuel dans le dessin de ses lèvres, et son sourire faisait chavirer le cœur des femmes. Il n'avait pas manqué de séduire Maggie. Margaret Monaghan. Tous deux étaient originaires de Boston, s'étaient rencontrés à Harvard et étaient venus s'installer sur la côte ouest après leurs études. Ils vivaient ensemble depuis leur troisième année de faculté et avaient longtemps rejeté l'idée du mariage ; mais, six ans plus tôt, ils avaient fini par céder aux pressions de leurs parents. Ils avaient prétendu que cet engagement n'avait aucune importance à leurs yeux puis avaient finalement reconnu que non seulement ils s'en accommodaient très bien, mais qu'il les rendait heureux. Se marier avait finalement été une bonne chose.

Plus jeune d'un an que Jimmy, Maggie était la femme la plus brillante qu'il eût jamais connue. Il n'aurait pu espérer en rencontrer une autre. Comme lui, elle était titulaire d'un mastère de psychologie, et envisageait de faire un doctorat, sans y être complètement décidée. Elle aussi travaillait avec des enfants de quartiers défavorisés. Elle aurait d'ailleurs préféré en adopter une tribu plutôt que d'en avoir elle-même, car si Jimmy était fils unique, elle était l'aînée d'une famille de neuf. C'était une Irlandaise de pure souche, originaire du comté de Cork. Ses parents étaient nés en Irlande, et Maggie imitait leur accent à la perfection. La famille de Jimmy, elle, avait quitté l'Irlande quatre générations plus tôt. Ils étaient cousins, à un degré très éloigné, des Kennedy, ce dont Maggie s'était impitoyablement moquée lorsqu'elle l'avait découvert. Elle s'était alors mise à surnommer son mari « le grand homme ». Mais elle avait gardé l'information pour elle, se contentant de le taquiner en privé. Il adorait sa personnalité brillante, irrévérencieuse, courageuse, magnifique, sa beauté un peu sauvage, ses cheveux couleur de feu, ses yeux émeraude, ses innombrables taches de rousseur. C'était la femme de ses rêves. Il n'y avait rien en elle qui lui déplût, à part peut-être le fait qu'elle ne sût pas cuisiner et qu'elle ne s'en souciât pas. Mais il cuisinait pour eux deux et en retirait d'ailleurs une certaine fierté, car il se débrouillait plutôt bien.

Il était justement occupé à ranger la cuisine et à emballer ses poêles quand le concierge sonna à la porte. Il entra en lançant un « bonjour » pour informer Jimmy de sa présence. Il ne voulait pas s'imposer, mais il fallait bien qu'il fasse visiter l'appartement. C'était un petit appartement de Venice Beach, que Jimmy et Maggie adoraient. Maggie avait pris l'habitude de faire du patin à roulettes le long de la plage, au milieu des promeneurs, face à la mer qu'ils aimaient tant.

Jimmy avait donné son préavis la semaine précédente et avait prévu de déménager à la fin du mois. Il ne savait pas encore où. Peu lui importait, il voulait seulement partir loin d'ici.

Le concierge faisait visiter les lieux à un couple sur le point de se marier. Tous deux portaient des jeans, des sweat-shirts et des sandales, et Jimmy se dit qu'ils avaient l'air jeunes et innocents. Ils avaient à peine plus de vingt ans, venaient de terminer leurs études et arrivaient tout droit du Midwest. Ils disaient adorer Los Angeles, Venice Beach en particulier, et déclarèrent l'appartement parfait pour eux. Le concierge les présenta à Jimmy, qui les salua d'un signe de tête et leur serra la main, avant de retourner à son rangement, les laissant faire eux-mêmes le tour du propriétaire. Tout était parfaitement en ordre dans l'appartement, qui comportait un petit séjour, une chambre minuscule à peine plus grande que le lit, une salle de bains si exiguë qu'on ne pouvait s'y tenir à deux, à moins de monter sur les épaules l'un de l'autre, et la cuisine qu'il était en train de ranger. Maggie et lui y avaient vécu très à l'aise, sans jamais éprouver le besoin d'avoir plus d'espace. De toute façon, Maggie n'avait pas les moyens de consacrer une somme plus importante à leur logement, et elle avait toujours tenu à payer la moitié du loyer. Elle était têtue pour ce genre de choses. Ils avaient divisé en deux la moindre de leurs dépenses depuis le jour où ils s'étaient rencontrés, même après leur mariage.

« Je n'ai pas l'intention de devenir une femme entretenue, Jimmy O'Connor ! » clamait-elle en imitant l'accent de ses parents et en secouant ses cheveux flamboyants quand il protestait.

Il désirait ardemment des enfants d'elle, pour avoir une maison remplie de têtes rousses. Ils en parlaient depuis six mois, mais Maggie tenait aussi à son idée d'adoption. Elle voulait donner à des enfants la chance d'avoir une vie meilleure que celle à laquelle ils étaient destinés.

— Que dirais-tu de six et six ? avait plaisanté Jimmy. Six à nous, et six adoptés ? Pour quelle moitié tiendras-tu absolument à payer tous les frais ?

Elle avait concédé qu'elle accepterait peut-être de le laisser subvenir aux besoins des enfants, ou tout au moins d'une partie d'entre eux. Elle ne pouvait assumer financièrement autant d'enfants qu'elle eût souhaité en avoir, à savoir cinq ou six.

— Une cuisinière à gaz ? demanda la future locataire avec un sourire.

C'était une jolie jeune femme, et Jimmy se contenta de hocher la tête.

— J'adore cuisiner, ajouta-t-elle.

Il aurait pu lui répondre qu'il en était de même pour lui, mais il ne tenait pas à engager la conversation. Il se contenta d'acquiescer de nouveau en silence tout en poursuivant ses travaux d'emballage, et quelques minutes plus tard les visiteurs s'en allèrent. Le concierge le remercia ; l'instant d'après, Jimmy entendit la porte se refermer sur eux et leurs voix s'éloigner dans le couloir. Il se demanda s'ils allaient prendre l'appartement. Cela lui était égal. Quelqu'un l'habiterait de toute façon. C'était un logement agréable, l'immeuble était propre, et la vue très jolie. Maggie avait insisté pour avoir une belle vue, même si cette exigence restreignait leur budget. Habiter Venice Beach sans voir la mer n'avait aucun sens, disait-elle en reprenant son accent favori. Elle jouait beaucoup avec cet accent. Il avait bercé son enfance, il lui était familier, et tout cela amusait beaucoup Jimmy. Parfois ils sortaient dîner dans une pizzeria et passaient toute la soirée à faire semblant d'être irlandais. Tout le monde s'y trompait. Elle avait aussi appris le gaélique, et le français. Et elle avait décidé de se lancer dans l'étude du chinois, afin de pouvoir travailler avec les enfants d'immigrants des quartiers asiatiques.

— Il n'est pas très sympathique, murmura l'un des futurs locataires lorsqu'ils se furent éloignés.

Ils avaient discuté dans la salle de bains et avaient décidé de prendre l'appartement. Le loyer leur convenait et ils adoraient la vue, même si les pièces étaient petites.

— C'est un type bien, répliqua le concierge d'un ton protecteur.

Il avait toujours beaucoup apprécié Maggie et Jimmy.

— Il traverse une période difficile, ajouta-t-il prudemment en se demandant s'il devait leur raconter la vérité.

De toute façon, ils l'apprendraient un jour ou l'autre, de la bouche de quelqu'un d'autre. Tout le monde appréciait les O'Connor dans l'immeuble, et lui-même regrettait de voir partir Jimmy, mais il le comprenait. Il aurait fait la même chose à sa place.

Les visiteurs s'étaient demandé s'il avait été mis à la porte ou si on lui avait demandé de partir. Il semblait tellement malheureux, et si hostile en emballant ses affaires...

— Il était marié avec une très jolie jeune femme, une fille formidable. Trente-deux ans, les cheveux roux comme un soleil couchant, et intelligente en plus.

— Ils se sont séparés ? demanda naïvement la jeune fiancée, soudain attendrie.

Jimmy lui avait presque paru grossier, alors qu'il continuait à entasser ses casseroles dans des cartons sans leur prêter attention. Mais s'il venait de se faire plaquer...

— Elle est morte, rectifia le concierge. Il y a un mois. Un véritable drame. Une tumeur au cerveau. Elle avait commencé à avoir des maux de tête quelques mois plus tôt, mais elle pensait que ce n'étaient que des migraines. Il y a trois mois, on l'a hospitalisée pour lui faire des examens, mais la tumeur était trop grosse, et le mal s'était déjà répandu. Deux mois plus tard, tout était fini. J'ai cru qu'il allait en mourir aussi. Je n'ai jamais vu deux personnes s'aimer autant qu'eux. Ils n'arrêtaient pas de rire, de bavarder et de plaisanter ensemble. Il ne m'a donné son préavis de départ que la semaine dernière. Il a dit qu'il ne pouvait pas rester, que ça le rendait trop triste. J'ai mal pour lui, c'est un homme tellement bien...

Le concierge avait les yeux tout embués.

— Quelle horreur ! s'écria la jeune femme, qui sentait des larmes lui picoter les paupières à son tour.

Elle était profondément touchée par ce drame, d'autant qu'elle avait remarqué les photos du couple partout dans l'appartement — un couple qui avait effectivement l'air heureux et amoureux...

— Quel choc terrible pour lui...

— Sa femme a été très courageuse. Jusqu'à la dernière semaine, ils sortaient faire des promenades, il cuisinait pour elle... Elle aimait tellement la plage qu'un jour il l'a même portée jusque là-bas dans ses bras. Il lui faudra beaucoup de temps pour se remettre du choc, s'il s'en remet un jour. En tout cas, il ne retrouvera jamais une femme comme elle.

Et le concierge, pourtant réputé pour son caractère bourru, essuya une larme sur sa joue.

Le jeune couple le suivit jusqu'en bas en silence. L'histoire les hanta toute la journée. Cependant, tard dans l'après-midi, le concierge glissa sous la porte de Jimmy un mot confirmant qu'ils avaient décidé de louer l'appartement. Son contrat prendrait fin dans trois semaines.

Jimmy s'assit, lisant et relisant le court message. C'était ce qu'il avait voulu, et ce qu'il savait devoir faire, mais il n'avait nulle part où aller. D'un autre côté, il se moquait désormais de l'endroit où il allait vivre. Cela n'avait plus d'importance. Il aurait pu dormir dans un sac de couchage dans la rue. Peut-être que c'était ainsi que les gens devenaient des sans domicile fixe. Peut-être qu'un jour, ils n'accordaient plus d'importance à l'endroit où ils vivaient, ou à la vie tout court. Il avait pensé à se tuer quand Maggie était morte, à avancer dans l'océan sans un bruit, sans un murmure. Cela lui aurait procuré un soulagement intense. Il avait passé des heures assis sur la plage, à réfléchir au suicide. Et puis il avait songé à la manière dont Maggie aurait réagi devant une telle faiblesse, il l'avait imaginée furieuse, lui criant quel minable il était. Il entendait même son accent... La nuit tombait quand il avait regagné l'appartement, et il était encore resté de longues heures assis à pleurer et gémir sur leur lit.

Leurs familles étaient arrivées de Boston cette nuit-là, et les funérailles avaient occupé les deux jours suivants. Jimmy avait refusé d'enterrer Maggie à Boston. Elle lui avait dit qu'elle voulait rester en Californie avec lui, alors il l'avait ensevelie là, à Los Angeles. Et une fois que tous avaient repris le chemin de la côte Est, il s'était de nouveau retrouvé tout seul. Les parents de Maggie et ses frères et sœurs avaient été dévastés par ce décès, mais personne n'était anéanti comme il l'était lui-même, personne ne mesurait ce qu'il avait perdu, ni ce qu'elle représentait à ses yeux. Maggie était devenue toute sa vie, et il savait avec certitude qu'il n'aimerait jamais une autre femme comme il l'avait aimée. Peut-être même n'aimerait-il jamais plus, tout simplement. En tout cas, pour l'instant, il ne concevait pas de faire entrer une femme dans son existence. C'eût été une trahison. Et de toute façon, qui eût pu prendre la place de Maggie ? Qui possédait un tel tempérament de feu, passionné, à la fois plein de gentillesse, de joie de vivre et de force ? Elle était la personne la plus courageuse qu'il eût jamais rencontrée. Elle n'avait même pas eu peur face à la mort. C'était lui qui avait pleuré et imploré Dieu de changer d'avis, lui qui s'était montré terrifié, qui ne pouvait imaginer de vivre sans elle.

Elle était partie depuis un mois. Des semaines. Des jours. Des heures. Et lui n'était plus capable que d'une chose : se traîner sur le chemin qu'il lui restait à parcourir.

Il était retourné travailler une semaine après le décès, et tout le monde avait compati à sa douleur. Il passait de nouveau ses journées avec les enfants, mais il n'éprouvait plus le même bonheur qu'autrefois. Sa vie n'avait plus de sens, plus de saveur. Il se contentait d'essayer de trouver l'énergie de continuer à mettre un pied devant l'autre, à respirer, à se lever tous les matins, sans aucune raison valable.

Une partie de lui désirait rester dans l'appartement pour toujours, et l'autre moitié ne supportait pas de se réveiller là, sans elle, un seul jour de plus. Il savait qu'il devait partir, et peu importait la destination. Juste partir. Il avait vu le nom d'une agence immobilière sur une annonce, et avait téléphoné. Comme tous les employés étaient sortis, il avait laissé son nom et son numéro de téléphone sur un répondeur avant de se remettre à faire ses cartons. Mais quand il était arrivé à la moitié du placard où étaient rangées les affaires de Maggie, il avait éprouvé l'impression que Mike Tyson venait de le frapper en pleine poitrine. Il en avait eu le souffle coupé. L'atroce réalité de cette vision avait tant de force qu'elle avait aspiré l'air de ses poumons et chassé le sang de son cerveau. Il était resté là, devant le placard, pendant de longues minutes, humant son parfum, sentant sa présence à côté de lui, comme si elle se trouvait dans la pièce, tout près.

« Et qu'est-ce que je suis supposé faire maintenant ? » avait-il crié alors que des larmes jaillissaient de ses yeux.

Il s'était appuyé contre le chambranle de la porte. C'était comme si une force surnaturelle l'avait précipité à terre. L'ampleur de son désarroi était si intense qu'il parvenait à peine à rester debout.

« Tiens bon, Jimmy », avait alors dit la voix dans sa tête.

Elle n'avait jamais abandonné. Elle s'était battue jusqu'à la fin. Le jour même de sa mort, elle avait mis du rouge à lèvres, s'était lavé les cheveux et avait enfilé le chemisier qu'il préférait. Elle n'avait jamais abandonné.

« Je ne veux pas continuer ! » avait-il crié à la voix qu'il entendait, à ce visage qui l'obsédait et qu'il ne verrait plus jamais.

« Remue-toi un peu les fesses ! » avait alors répondu la voix avec son accent si familier.

Et soudain, il s'était mis à rire à travers ses larmes, debout face aux vêtements.

« D'accord, Maggie… D'accord », avait-il dit tout en décrochant ses robes des cintres, une par une, pour les plier soigneusement dans une boîte, comme s'il les mettait de côté pour son retour prochain.

4

Liz revint au Cottage, le dimanche suivant, pour rencontrer l'agent immobilier. La veille, Cooper avait accepté de louer la maison de gardiens, ainsi que l'aile des invités. Elle voulait avancer le plus vite possible, avant qu'il ne change d'avis. Le revenu qu'il pourrait tirer de ces locations était d'une importance capitale pour lui, et elle voulait faire le maximum pour lui être utile avant de partir.

Elle avait convenu de retrouver la jeune femme de l'agence immobilière à onze heures, et quand elles arrivèrent toutes les deux au Cottage, Cooper était sorti. Il avait emmené Pamela, le mannequin de vingt-deux ans, prendre un brunch à l'hôtel de Beverly Hills, et lui avait promis de l'accompagner le lendemain pour faire du shopping sur Rodeo Drive. Elle était absolument sublime, mais elle n'avait rien à se mettre. Or, gâter les femmes était l'une des choses que Cooper faisait le mieux. Il adorait les couvrir de cadeaux. Abe aurait une attaque quand il verrait la facture, mais Cooper s'en moquait. Il avait décidé de l'emmener chez Théodore, Valentino, Dior et Ferré, et dans toutes les autres boutiques qui la faisaient rêver, ainsi que chez Fred Segal. L'addition s'élèverait certainement à cinquante mille dollars, voire plus. Surtout si quelque chose attirait l'œil de Cooper dans la vitrine de Van Cleef ou de Cartier. Et il ne viendrait jamais à l'idée de Pamela de lui reprocher sa générosité excessive. Pour une jeune fille de vingt-deux ans originaire de l'Oklahoma, l'existence que proposait Cooper Winslow était un véritable rêve éveillé.

— Je suis sidérée que M. Winslow consente à prendre des locataires dans sa propriété, surtout dans une aile du bâtiment principal, confia la jeune femme de l'agence à Liz alors que cette dernière la conduisait jusqu'à l'aile des invités.

De toute évidence, elle espérait glaner quelques ragots qu'elle pourrait ensuite livrer en cadeau aux futurs locataires. Liz abhorrait ces bassesses mais savait que c'était un mal nécessaire qui faciliterait la location. Ils étaient à la merci du public, qui n'était jamais tendre pour les stars de cinéma ou les célébrités quelles qu'elles fussent. Cela faisait partie du jeu.

— L'aile des invités a une entrée indépendante, précisa-t-elle froidement, donc les locataires ne rencontreront pas M. Winslow. Et puis vous savez, il voyage tellement qu'il s'apercevra à peine de leur présence. Avoir des locataires est une forme de protection pour la propriété. Grâce à cela, on sait qu'elle est habitée en permanence. Autrement, il pourrait y avoir des cambriolages, ou toutes sortes d'autres problèmes. C'est vraiment une garantie de sécurité pour lui.

L'agent immobilier n'avait pas envisagé les choses sous cet angle, mais elle devait admettre que c'était une excellente raison, même si elle soupçonnait d'autres motifs derrière cette explication rationnelle. Cooper Winslow n'avait pas décroché un seul rôle important depuis des années. Elle ne se rappelait pas le dernier film dans lequel elle l'avait vu, même s'il demeurait une grande star et déchaînait les passions partout où il passait. Il était l'une des légendes éternelles d'Hollywood, et cela faciliterait sans aucun doute énormément son travail pour louer les deux logements qu'il lui confiait, et à un bon prix. Elle pouvait en vanter sans mentir le prestige, et la propriété où ils étaient situés était sans pareille dans le pays, sinon dans le monde entier. Avec en prime une star de cinéma sur les lieux, au moins une partie du temps. Si les locataires avaient de la chance, ils pourraient l'apercevoir sur le court de tennis ou à la piscine. Elle ne manquerait pas de le signaler dans son annonce.

La porte de l'aile des invités s'ouvrit en grinçant, et Liz regretta de n'avoir envoyé personne nettoyer et dépoussiérer avant leur arrivée. Mais le temps avait passé très vite, et elle voulait en finir rapidement avec cette affaire. De toute façon, l'aspect général de l'appartement était séduisant. Il était situé dans une partie très agréable de la maison, jouissait des mêmes hauteurs sous plafond que les pièces de l'aile principale, et de belles portes-fenêtres ouvraient sur les jardins. Il disposait aussi d'une jolie terrasse dallée, entourée d'une belle balustrade, où Cooper avait installé des bancs et des tables de marbre ancien rapportés d'Italie des années auparavant. Le salon était meublé d'antiquités françaises et ouvrait sur un petit fumoir qui pouvait servir de bureau, tandis que quelques marches menaient à une gigantesque chambre à coucher entièrement tapissée de satin bleu pâle et dotée d'un mobilier Art déco qu'il avait déniché en France. A côté de cette chambre se trouvait une grande salle de bains tout en marbre, ainsi qu'un dressing nanti de plus de placards que n'en pourraient utiliser la plupart des gens — seul Cooper les aurait trouvés trop exigus.

De l'autre côté du salon se cachaient deux chambres, petites mais confortables, joliment décorées de chintz anglais fleuri et de meubles anciens. Enfin, il y avait une superbe cuisine rustique pourvue d'une immense table, dont l'agent immobilier déclara qu'elle lui rappelait la Provence. Il n'y avait pas de véritable salle à manger indépendante, mais Liz fit observer que les locataires s'en passeraient sans difficulté vu la taille du salon. Et la cuisine était si charmante qu'ils pourraient y prendre leurs repas de façon très agréable, en dehors des grandes occasions.

Elle disposait d'un énorme fourneau français, d'une cheminée en céramique dans un coin de la pièce, et les murs étaient couverts de carreaux anciens. L'ensemble constituait un appartement parfait, au cœur de l'un des plus beaux parcs de Bel Air, avec accès au court de tennis et à la piscine.

— Quel loyer en veut-il ? interrogea la jeune femme.

Ses yeux brillaient d'excitation. Elle n'avait jamais vu plus bel endroit, et elle imaginait même le louer à une autre star de cinéma, juste pour le prestige. Peut-être à quelqu'un qui passerait quelque temps à Los Angeles pour faire un film, ou qui s'installerait dans la ville pour un an... Le fait que l'appartement fût meublé représentait un atout supplémentaire. Surtout aussi magnifiquement meublé. Avec quelques bouquets de fleurs et un coup de chiffon, il paraîtrait plus vivant, sous son meilleur jour, elle en était certaine.

— Combien suggérez-vous ? demanda Liz.

Elle n'était pas sûre du prix à proposer. Il y avait des années qu'elle ne s'était pas intéressée au marché locatif, habitant elle-même le même appartement modeste depuis plus de vingt ans.

— Je pensais à dix mille dollars par mois. Au minimum. Peut-être douze mille. Si nous trouvons le locataire idéal, nous pourrions aller jusqu'à quinze mille. Mais certainement pas moins de dix mille.

Liz trouva le montant raisonnable. Avec la maison de gardiens, Cooper bénéficierait d'un petit revenu confortable chaque mois, si toutefois il parvenait à se retenir d'utiliser ses cartes de crédit. Elle s'inquiétait sérieusement des difficultés qu'il allait rencontrer après son départ, sans personne pour le guider ou même pour le réprimander si besoin était. Non qu'elle fût capable de contrôler ses moindres faits et gestes, mais au moins pouvait-elle le rappeler à l'ordre de temps en temps.

Liz ferma à clé la porte de l'aile des invités et emmena la jeune femme en voiture jusqu'au nord-est du parc, où se trouvait la maison de gardiens, nichée au cœur de ce qui apparaissait comme un jardin secret. Elle se trouvait en fait très loin du portail de l'entrée, noyée au milieu d'un écrin de verdure qui donnait l'impression qu'il s'agissait d'une propriété indépendante. C'était une magnifique petite maison de pierre, dont l'une des façades était couverte de vigne vierge. Liz lui trouvait des airs de cottage anglais. Il en émanait quelque chose de spécial, une impression magique, qui s'accentuait lorsqu'on découvrait à l'intérieur la juxtaposition de belles boiseries sculptées avec des murs rustiques en pierres apparentes. Deux mondes s'y rejoignaient pour le plaisir des yeux, dans un contraste saisissant avec la décoration recherchée de l'aile des invités.

— Oh mon Dieu, c'est sublime ! s'écria l'agent immobilier avec enthousiasme lorsqu'elles eurent traversé le jardin plein de roses qui entourait la maison pour pénétrer à l'intérieur. On se croirait dans un autre monde...

Les pièces étaient petites mais bien agencées, avec de beaux plafonds voûtés, et un mobilier anglais plus rustique. Dans le salon trônait un magnifique et immense canapé de cuir que Cooper avait déniché dans un club anglais, face à une énorme cheminée. Il régnait dans toute la maison une atmosphère chaleureuse et confortable. La grande cuisine recelait un véritable arsenal d'ustensiles anciens accrochés aux murs et, au premier étage, les chambres de taille agréable étaient tapissées de papier à rayures et joliment garnies de meubles George III, que Cooper avait collectionnés à une certaine époque. Il y avait des tapisseries tissées à la main dans toutes les pièces, et le buffet de la jolie salle à manger abritait une ménagère ancienne en argent massif. La porcelaine rangée dans les placards venait de Spode. C'était un parfait petit cottage anglais. On se serait cru n'importe où, sauf à Bel Air. Il se trouvait plus près des courts de tennis que la maison principale, mais plus loin de la piscine, située presque sous les fenêtres de l'aile des invités. Ainsi, chacun des deux logements possédait son propre style et ses propres avantages.

— C'est un endroit absolument parfait pour un bon locataire, déclara l'agent immobilier avec un regard d'expert. J'adorerais vivre ici.

— Je me suis toujours dit la même chose, répondit Liz en souriant.

Elle avait même demandé à Cooper s'il accepterait de lui prêter la maison pour un week-end, mais ne l'avait finalement jamais utilisée.

Elle précisa que, de même que dans l'aile des invités, les placards regorgeaient de linge, de vaisselle et de tout l'équipement dont les habitants pourraient avoir besoin.

— Je peux obtenir au moins dix mille dollars pour cette maison-là aussi, affirma la jeune femme avec un air satisfait. C'est petit, mais c'est très joli, et bourré de charme.

De fait, l'atmosphère était tout à fait différente de celle de l'aile des invités, qui paraissait plus spacieuse et plus luxueuse à cause de ses proportions, sans pour autant être impersonnelle. Les plafonds étaient seulement plus hauts, et les volumes plus impressionnants parce que la principale chambre à coucher, la cuisine et le salon étaient très grands. Mais les deux endroits étaient ravissants, et la jeune femme avait la certitude qu'elle les louerait en un rien de temps.

— J'aimerais revenir la semaine prochaine, pour faire quelques photos des deux maisons, dit-elle. Je ne veux même pas en parler aux autres agents pour l'instant. Je vais commencer par regarder dans nos propres fichiers si nous avons des clients susceptibles d'être intéressés. Les propriétés comme celle-ci ne se trouvent pas tous les jours, et je veux sélectionner des locataires parfaits pour M. Winslow.

— C'est très important pour lui, approuva Liz solennellement.

— Est-ce qu'il y a des restrictions dont vous voudriez m'informer ? demanda l'agent tout en prenant quelques notes rapides sur un carnet à propos du nombre de pièces, de leur taille et des prestations proposées.

— Pour être honnête, Cooper n'aime pas tellement les enfants, et il ne voudrait pas voir ses affaires abîmées. Je ne suis pas sûre qu'il apprécierait non plus d'avoir des chiens chez lui. Mais, hormis cela, je pense que, du moment que les locataires sont corrects et ont les moyens de payer le loyer, il ne devrait pas y avoir de problème.

Elle ne précisa pas qu'il avait exprimé le souhait de n'avoir que des locataires féminines.

— Nous devons être prudents en ce qui concerne les enfants, l'avertit la jeune femme. Nous risquons d'être poursuivis pour discrimination. Mais j'y ferai attention en organisant les visites. Et en tout cas, les deux résidences sont de grand standing, et le loyer est suffisamment élevé pour tenir à l'écart une population peu distinguée.

Elle avait raison, à condition de ne pas louer les lieux à des stars du rock. Bien sûr, on ne pouvait jamais juger les gens sur des a priori, mais elle avait déjà eu des soucis avec ce genre de clients.

Elle quitta la propriété peu après midi, et Liz regagna son propre appartement après avoir vérifié que tout allait bien dans la maison principale. Le personnel était encore en état de choc après l'annonce qu'Abe avait faite la veille, mais l'irrégularité avec laquelle ils recevaient leur salaire les avait quelque peu préparés à cette éventualité. Livermore avait déjà annoncé qu'il partait travailler à Monte-Carlo, au service d'un prince arabe. Ce dernier le harcelait depuis des mois, et le maître d'hôtel avait appelé le matin même pour accepter le poste qu'il lui proposait. Il ne paraissait pas particulièrement perturbé de quitter Cooper, et, s'il l'était, tout au moins n'en laissait-il rien paraître, comme à son habitude. Il devait s'envoler pour le sud de la France le week-end suivant, ce qui ne manquerait pas de causer un choc à Cooper lorsqu'il l'apprendrait.

Un peu plus tard cet après-midi-là, Cooper revint au Cottage en compagnie de Pamela. Ils avaient pris le temps de déjeuner tranquillement et s'étaient prélassés au bord de la piscine du Beverly Hills en bavardant avec des amis de Cooper, qui appartenaient tous au petit monde très fermé des stars d'Hollywood. Pamela n'en revenait toujours pas de fréquenter un tel milieu, et était si impressionnée qu'elle pouvait à peine articuler un mot quand ils avaient quitté l'hôtel pour revenir au Cottage. Une demi-heure plus tard, ils étaient au lit tous les deux, une bouteille de Cristal à leurs pieds, dans un seau à champagne plein de glace. Le cuisinier leur apporta le dîner au lit, sur des plateaux d'argent, et, à la demande insistante de Pamela, ils regardèrent deux cassettes de vieux films dans lesquels jouait Cooper. Il la reconduisit ensuite chez elle, car il avait rendez-vous avec son entraîneur tôt le lendemain matin, avant sa séance d'acupuncture. Par ailleurs, il préférait dormir seul. La présence dans son lit d'une femme, fût-elle jeune et ravissante, perturbait son sommeil.

Le lendemain matin, la jeune employée de l'agence immobilière avait préparé des dossiers complets contenant tous les détails relatifs aux deux locations. Elle avait vite décroché son téléphone pour appeler plusieurs de ses clients en quête de demeures atypiques, et avait organisé trois rendez-vous pour montrer la maison de gardiens à des célibataires, et un autre pour faire visiter l'aile des invités à un jeune couple qui venait de s'installer à Los Angeles et qui ne pourrait s'installer dans sa maison avant au moins un an parce qu'il la faisait rénover. Peu après, son téléphone sonna. C'était un certain Jimmy O'Connor.

Il avait l'air à la fois calme et sérieux au téléphone, et expliqua qu'il cherchait quelque chose à louer. Il se moquait de l'emplacement, pourvu que ce fût petit et facile à habiter, avec une vraie cuisine. Il ne cuisinait plus en ce moment mais songeait qu'il aurait peut-être plaisir à s'y remettre un jour ou l'autre. En dehors du sport, c'était l'une des rares activités qui le détendaient. Il se moquait aussi que le logement fût meublé ou non. Maggie et lui possédaient un mobilier basique, auquel aucun d'eux n'était particulièrement attaché, et il était prêt à tout abandonner dans un garde-meubles. En un certain sens, dans un mobilier nouveau, il échapperait plus facilement à ses souvenirs, et ce serait moins douloureux. Oui, en y réfléchissant plus attentivement, il préférait trouver quelque chose de meublé. Le seul souvenir de Maggie qu'il tenait absolument à emporter était leurs photos. Tous les autres objets qui lui avaient appartenu ne faisaient que le renvoyer à sa douleur chaque fois qu'il posait l'œil sur eux, il valait donc mieux éviter de les avoir sous le nez en permanence.

L'agent immobilier lui demanda quels étaient ses quartiers de prédilection, mais il n'en avait aucun. Hollywood, Beverly Hills, Los Angeles ou Malibu... Il confia qu'il aimait l'océan, mais songea immédiatement qu'il lui rappellerait Maggie. Tout lui rappelait Maggie, en fin de compte, et il serait difficile de trouver quelque chose qui ne le fasse pas penser à elle.

Quand il annonça que le prix n'était pas son souci prioritaire, son interlocutrice tenta sa chance et lui parla de la maison de gardiens. Elle ne mentionna pas le montant du loyer mais décrivit la maison et, après un moment de réflexion, il déclara qu'il aimerait la visiter. Elle prit un rendez-vous avec lui à cinq heures l'après-midi même, avant de lui demander dans quelle partie de la ville il travaillait.

— Watts, répondit-il d'un ton distrait, comme si le fait de travailler dans l'un des quartiers les plus pauvres et sinistrés de la métropole était la chose la plus anodine du monde à ses yeux.

Mais à l'autre bout du fil, la jeune femme s'alarma instantanément.

— Oh, je vois...

Elle se demanda s'il était noir, question qu'elle ne pouvait bien sûr pas lui poser ; et surtout s'il avait les moyens de payer le loyer.

— Est-ce que vous vous êtes fixé un budget, monsieur O'Connor ?

— Pas vraiment, répondit-il doucement.

Puis il jeta un coup d'œil à sa montre. Il devait se dépêcher s'il voulait être à l'heure à son rendez-vous avec une famille qui accueillait deux enfants placés.

— Nous nous verrons donc à cinq heures, conclut-il rapidement.

Mais elle n'était plus si certaine qu'il ferait un bon locataire. Quelqu'un qui travaillait à Watts ne serait sans doute pas en mesure de s'offrir un logement dans la propriété de Cooper Winslow. Et quand elle le vit arriver, en retard, à leur rendez-vous, ses doutes se confirmèrent.

Il était venu avec la vieille Honda Civic cabossée que Maggie avait insisté pour acheter, alors que lui-même était arrivé en Californie avec l'idée de faire une acquisition plus glamour. Il avait essayé de lui expliquer qu'avoir une belle voiture était un must sur la côte Ouest, mais elle avait fini par avoir raison de ses arguments, comme toujours, faisant valoir que dans le type de métier qu'ils exerçaient tous les deux, il était inconcevable de se déplacer dans une voiture chère, même s'ils pouvaient s'en offrir une sans problème. Par ailleurs, le fait qu'il fût issu d'une vieille famille très riche était toujours demeuré un secret bien gardé, même auprès de leurs amis les plus proches.

Une chose était sûre : son apparence ne permettait pas de le deviner... Il portait un jean délavé, effrangé par l'usure, avec un genou déchiré, ainsi qu'un tee-shirt d'Harvard sans forme qu'il mettait depuis une bonne douzaine d'années, et une paire de vieilles chaussures râpées à grosses semelles, qui lui étaient fort utiles dans certaines des maisons où il se rendait, pour éviter de se faire mordre par les rats. Mais, en dépit de sa tenue vestimentaire négligée, il était rasé de près, avait les cheveux propres et soigneusement coupés, et respirait l'intelligence et la bonne éducation. Tout cela était si contradictoire que la jeune employée de l'agence immobilière fut totalement décontenancée en le voyant.

— Quel est votre profession, monsieur O'Connor ? interrogea-t-elle d'un ton informel tout en ouvrant la porte du jardin.

— Je m'occupe d'enfants en difficulté.

Elle avait déjà montré la maison trois fois cet après-midi, mais le premier visiteur l'avait déclarée trop petite, le second trop isolée, et le troisième préférait vraiment habiter un appartement. Par conséquent, elle était toujours libre, bien que la jeune femme fût maintenant certaine que Jimmy ne pouvait se l'offrir : un travailleur social ne gagnait pas suffisamment d'argent. Mais, maintenant qu'il était là, elle se devait de lui faire visiter la maison.

Alors qu'ils franchissaient la haie de rosiers, elle l'entendit retenir sa respiration. La maison ressemblait à un cottage irlandais et lui rappelait les voyages qu'il avait faits avec Maggie dans leur pays d'origine. Lorsqu'il posa le pied dans le salon, il se sentit immédiatement en Angleterre ou en Irlande. C'était une petite maison parfaite pour un célibataire, et il y régnait une atmosphère rustique, chaleureuse et authentique. Il trouva la cuisine à son goût, de même que la chambre, mais ce qu'il déclara aimer par-dessus tout fut l'impression d'être perdu quelque part au milieu de la campagne. Contrairement à l'homme qui avait visité avant lui, l'isolement de la maison lui plaisait.

— Est-ce que votre femme voudra la visiter ? demanda la jeune femme avec un air innocent pour savoir s'il était marié.

Il était plutôt bel homme, semblait en parfaite forme physique, et en voyant le sigle de son tee-shirt, elle se disait qu'il était peut-être diplômé d'Harvard... A moins qu'il ne l'eût acheté dans une vente de la Croix-Rouge.

— Non, elle... commença-t-il.

Mais il ne put achever sa phrase.

— Je suis... Si je loue la maison, ce serait pour y habiter seul.

Il ne parvenait pas à employer le qualificatif de « veuf ». Le mot lui transperçait le cœur comme un coup de poignard chaque fois qu'il essayait de le prononcer. Et se dire « célibataire » lui semblait à la fois pathétique et faux. Parfois, il avait envie de continuer à dire qu'il était marié. S'il avait eu une alliance, il aurait continué de la porter, mais Maggie ne lui en avait jamais offert, et celle qu'elle portait avait été enterrée avec elle.

— Ça me plaît, déclara-t-il d'un ton posé en parcourant de nouveau les pièces et en ouvrant les placards au passage.

Certes, l'endroit était très luxueux et se démarquait de la simplicité qu'il aimait afficher d'habitude, mais il pourrait dire aux gens qu'il gardait la maison pour le compte de ses propriétaires ou qu'il payait son loyer en travaillant dans le parc, si jamais il amenait chez lui des collègues de travail. Il pouvait inventer une multitude d'histoires s'il le fallait, il l'avait déjà fait souvent pour ne pas montrer sa fortune personnelle. Ce qui le séduisait le plus dans cette maison, c'était qu'elle aurait plu à Maggie, il en avait la conviction. C'était un endroit pour elle, même s'il savait qu'elle n'aurait jamais accepté de vivre là, parce que le loyer était bien trop élevé pour qu'elle pût en payer la moitié. Cette pensée le fit sourire, et il fut tenté de louer la maison sur-le-champ. Mais il se ravisa et décida de laisser passer une nuit avant de prendre sa décision. Il promit de rappeler l'agence le lendemain.

— J'aimerais réfléchir un peu, expliqua-t-il à la jeune femme quand ils se séparèrent.

Elle en déduisit qu'il voulait simplement éviter de perdre la face. Sa voiture, ses vêtements, son métier, tout indiquait qu'il n'avait pas les moyens de payer. Mais il lui était apparu sympathique, et elle se montra aimable envers lui. On ne savait jamais à qui on avait affaire, elle travaillait dans ce métier depuis suffisamment longtemps pour en être consciente. Parfois, les gens qui paraissaient les plus misérables s'avéraient héritiers de fortunes colossales. Elle avait appris cela dès ses premiers pas dans la profession.

Alors que Jimmy rentrait chez lui en voiture, il repensa à la maison de gardiens. C'était vraiment un endroit charmant, qui paraissait retiré du monde. Il aurait adoré vivre là avec Maggie. Il se demandait d'ailleurs si cela risquait de le perturber, justement. Comment savoir ce qui était le mieux pour lui ? C'était si difficile à deviner... De toute façon, quoi qu'il fît, il n'échapperait pas à son chagrin.

En rentrant, il se replongea dans ses cartons, pour ne plus penser à rien. L'appartement était déjà presque vide. Il se fit réchauffer un bol de soupe et s'assit devant la fenêtre, en silence.

Il resta éveillé une bonne partie de la nuit, obsédé par Maggie, par ce qu'elle lui conseillerait de faire si elle pouvait lui parler. Au départ, il avait pensé prendre un appartement proche de Watts ; les risques du quartier ne le dérangeaient pas vraiment, et il se disait que ce serait plus pratique pour son travail. Puis il avait décrété que n'importe quel appartement ferait l'affaire, où qu'il fût situé. Mais depuis qu'il avait visité la maison de gardiens, il ne cessait d'y penser. Il pouvait payer le loyer, et il savait que Maggie aurait aimé l'endroit. Il se demanda si, une fois dans sa vie, il pouvait s'accorder un luxe. De toute façon, l'idée de raconter qu'il travaillait dans le parc en échange d'une réduction de loyer l'amusait et constituait une explication tout à fait plausible. En plus, il aimait cette grande cuisine, ce salon chaleureux avec sa belle cheminée, et la verdure qui entourait la maison.

A huit heures le lendemain matin, il appela l'agence immobilière, tout en achevant de se raser.

— Je prends la maison, déclara-t-il.

Il avait prononcé ces mots en souriant, et c'était la première fois qu'il souriait depuis des semaines. D'un seul

coup, l'idée d'habiter cette maison lui donnait du baume au cœur. Elle était parfaite pour lui.
— Vraiment ?
La jeune femme paraissait incrédule. De fait, elle était certaine de ne plus jamais entendre parler de lui et se demanda s'il avait bien compris le montant du loyer.
— Le loyer est de dix mille dollars par mois, rappela-t-elle. Ça ne vous pose pas de problème ?
Elle n'avait pas osé proposer une somme supérieure, car après ses premières visites infructueuses, elle avait commencé à se demander si la maison se louerait aussi facilement qu'elle l'espérait. C'était un endroit très particulier, atypique, qui pouvait ne pas plaire à tout le monde... Mais ce M. O'Connor semblait précisément aimer ce côté insolite.
— Aucun problème, rassurez-vous. Est-ce que vous voulez que je vous fasse un chèque de réservation, ou que je dépose une caution ?
Maintenant qu'il avait pris sa décision, il ne voulait pas que la maison lui échappe.
— Euh... Non... Je... Nous allons d'abord devoir vérifier vos références.
Elle pensait que cette démarche l'éliminerait d'office, mais la loi lui interdisait d'interrompre le processus de son propre chef, même si son client semblait condamné d'avance.
— Je ne veux pas rater l'affaire, si jamais quelqu'un d'autre se présentait entre-temps, expliqua-t-il.
Il était inquiet. D'ailleurs, depuis la mort de Maggie, il n'était plus capable d'aborder la vie avec le même détachement qu'avant. Il s'était aperçu qu'il avait tendance à s'angoisser plus facilement, à propos de choses auxquelles il n'aurait même pas prêté attention autrefois. Dans le passé, Maggie s'était toujours chargée de s'inquiéter à sa place, et maintenant il était seul face à la réalité.
— Je vous la réserve, bien sûr. Vous êtes prioritaire.
— Combien de temps vont prendre les vérifications ?

— Pas plus de quelques jours. Mais les banques ne sont pas très rapides pour délivrer les documents nécessaires.

— Et si je vous donne les coordonnées de mon banquier ? Vous pourriez l'appeler tout de suite ?

Il lui donna le nom du directeur du département Gestion de fortune chez BofA.

— Peut-être pourra-t-il accélérer le processus, ajouta-t-il.

Jimmy préférait la discrétion, mais il savait aussi que, dès que son interlocutrice aurait parlé à son banquier, les choses pourraient aller très vite. Sa situation financière ne posait aucun problème et n'en avait jamais posé.

— Je vais le faire immédiatement, monsieur O'Connor. Y a-t-il un numéro où je puisse vous contacter dans la journée ?

Il lui donna le numéro de son bureau, lui dit de laisser un message sur sa boîte vocale si jamais il était absent et promit de la rappeler dès qu'il rentrerait.

— Je serai là toute la matinée, précisa-t-il.

Il avait une montagne de papiers à traiter sur son bureau.

A dix heures, elle le rappelait. La vérification s'était déroulée exactement comme il le pensait. Elle avait appelé la banque qu'il lui avait indiquée, comme elle avait l'habitude de le faire pour tous ses clients, et dès le moment où elle avait prononcé son nom, elle s'était vu répondre qu'il n'y avait aucun problème : les comptes étaient largement provisionnés, le montant du solde demeurait secret mais la banque pouvait lui garantir que M. O'Connor appartenait à l'élite de sa clientèle.

« Est-ce qu'il achète une maison ? » avait demandé le banquier avec intérêt.

Il espérait que c'était le cas, en se gardant bien de le préciser. Après la tragédie qui venait de frapper Jimmy, il eût considéré cette démarche comme un signe positif. Jimmy pouvait se permettre cet investissement sans aucun problème. S'il l'avait voulu, il aurait même pu acheter la propriété de Cooper tout entière. Mais le banquier s'abstint de le préciser à l'agent immobilier.

« Non, il va en louer une, mais le loyer est assez élevé, avait-elle répondu pour obtenir confirmation de ce qu'on venait de lui dire et pour s'assurer qu'il n'y avait pas de malentendu. En plus des dix mille dollars de loyer payables d'avance pour le premier mois, nous devons encaisser deux mois supplémentaires, et un dépôt de garantie d'un montant de vingt-cinq mille dollars. »

Une fois de plus, le banquier lui avait assuré que cela ne présentait aucune difficulté, ce qui avait excité encore davantage la curiosité de la jeune femme.

« Qui est-il ? s'était-elle risquée à demander.

— Simplement ce qu'il affirme être, avait répondu le banquier. James Thomas O'Connor. C'est l'un de nos plus gros clients. »

Il n'avait pas l'intention de lui en dire plus, et l'explication la laissa frustrée.

« Je me faisais un peu de souci, parce que sachant qu'il travaille dans les services sociaux... Je veux dire, ce n'est pas courant dans ce genre de profession de pouvoir payer un tel loyer.

— Il est seulement regrettable qu'on ne rencontre pas plus de gens comme lui. Est-ce que je peux faire autre chose pour vous ?

— Pourriez-vous me faxer un certificat ?

— Certainement. Est-ce que vous voulez que nous vous fassions un chèque nous-mêmes sur son compte, ou est-ce qu'il s'en chargera ?

— Je verrai ça directement avec lui », avait-elle répondu, prenant soudain conscience qu'elle venait de louer la maison de gardiens de Cooper Winslow.

Lorsqu'elle eut annoncé la bonne nouvelle à Jimmy, elle lui dit qu'il pouvait venir chercher les clés de la maison dès qu'il le voudrait. Il promit de passer lui déposer un chèque à l'heure du déjeuner et l'avertit qu'il n'emménagerait pas avant quelques semaines, le temps de libérer son appartement actuel. Il était partagé entre l'envie de profiter le plus longtemps possible de l'endroit où il avait vécu avec Maggie et celle de commencer une nouvelle vie dans la maison. De toute façon, où qu'il allât, il savait que Maggie le suivrait.

— J'espère que vous serez heureux dans cette maison, monsieur O'Connor. C'est un vrai petit joyau. Et je suis certaine que vous serez ravi de faire la connaissance de M. Winslow.

En raccrochant, il se mit à rire en imaginant la réaction de Maggie. Avoir pour propriétaire une star de cinéma ! Mais pour une fois, il s'octroyait le droit de faire quelque chose d'un peu fou. Et d'une certaine manière, au fond de son cœur, il avait la conviction que non seulement Maggie aurait approuvé son choix, mais qu'elle aurait adoré cette maison.

5

Mark arriva à son travail le lendemain matin après une nouvelle nuit épouvantable. Il n'avait presque pas dormi, et les quelques heures de sommeil volées à l'angoisse avaient été peuplées de cauchemars.

À peine avait-il posé un pied dans son bureau que le téléphone se mit à sonner. C'était Abe Braunstein.

— Je suis vraiment désolé pour ce que vous m'avez dit hier, dit ce dernier avec commisération.

Il avait pensé à Mark toute la soirée et s'était soudain demandé si ce dernier s'était mis en quête d'un appartement ou d'une maison. Il ne pouvait tout de même pas passer le restant de ses jours à l'hôtel.

— J'ai eu une idée saugrenue hier soir, poursuivit-il. Je ne sais pas si vous cherchez un logement, mais je voulais vous dire qu'il y a actuellement sur le marché quelque chose d'exceptionnel à louer. Le propriétaire est l'un de mes clients, Cooper Winslow. Pour tout vous dire, il s'est mis dans une situation financière délicate, mais que cela reste entre nous. Toujours est-il qu'il possède une magnifique propriété à Bel Air, et qu'il s'est décidé à louer la maison de gardiens et l'aile des invités. Les deux lots sont sur le marché depuis hier, et je pense qu'ils sont encore libres. Je me permets de vous en informer parce que le cadre est vraiment extraordinaire. Vivre là-bas, c'est un peu comme habiter au milieu d'un golf, si vous voulez. Peut-être que cela vous intéresserait de visiter ?

— Je n'ai pas encore réfléchi sérieusement à la question, avoua Mark.

Il n'était pas encore prêt, bien que l'idée de vivre dans la propriété de Cooper Winslow à Bel Air fût évidemment séduisante, surtout pour ses enfants qui apprécieraient l'environnement lorsqu'ils viendraient lui rendre visite.

— Si vous voulez, je peux passer vous chercher à l'heure du déjeuner et vous y conduire pour que vous vous fassiez une idée de l'endroit. De toute façon, cela vaut la peine d'être vu, même par simple curiosité ! Il y a un tennis, une piscine et sept hectares de terrain, tout cela au beau milieu de la ville.

— J'aimerais beaucoup le visiter, répondit poliment Mark pour lui faire plaisir.

Il n'avait pas le cœur à chercher un appartement, même dans la propriété de Cooper Winslow, mais il ne voulait pas se montrer impoli envers Abe, et il décida qu'il pouvait toujours aller voir.

— Très bien, je viendrai vous prendre à midi et demi. Je vais appeler l'agence immobilière qui s'occupe des locations pour fixer un rendez-vous sur place. C'est cher, mais je pense que c'est dans vos moyens.

Il sourit en silence, sachant très bien que Mark était l'un des associés les mieux payés du cabinet. Le droit fiscal n'était pas une discipline très amusante, mais elle lui avait assuré des revenus très confortables, même s'il n'en faisait pas étalage. Sa belle Mercedes était son seul luxe ; il avait su garder les pieds sur terre et n'avait jamais eu un train de vie ostentatoire.

Pendant tout le reste de la matinée, Mark ne pensa plus au rendez-vous. Il était très loin d'imaginer pouvoir être séduit par la propriété de Cooper Winslow. Il se rendait là-bas uniquement pour faire plaisir à Abe et parce qu'il n'avait rien d'autre à faire à l'heure du déjeuner, maintenant qu'il ne mangeait presque plus... D'ailleurs, il commençait à flotter dans ses vêtements.

Abe arriva à son bureau à l'heure dite, et expliqua à Mark que la jeune femme de l'agence immobilière devait les retrouver au Cottage un quart d'heure plus tard. Ils occupèrent le temps du trajet à commenter la nouvelle loi fiscale du gouvernement, qui présentait des vides juridiques intéressants pour l'un comme pour l'autre, si bien que Mark sursauta presque lorsqu'ils s'arrêtèrent devant la grille de la propriété. L'entrée du parc était pour le moins impressionnante. Abe connaissait le code d'accès, et la grille s'ouvrit devant eux. Ils empruntèrent la grande allée qui serpentait au milieu des arbres et des jardins impeccablement soignés, et Mark se mit à rire lorsqu'il aperçut la maison. Il ne pouvait imaginer vivre dans un endroit pareil. On aurait dit un véritable château.

— Mon Dieu... Est-ce que Cooper Winslow habite vraiment ici ?

Le perron de marbre menait à des colonnes, le tout masqué par une magnifique fontaine qui lui rappela celle de la place de la Concorde à Paris.

— La maison a été construite pour Vera Harper, et Winslow l'a achetée il y a quarante ans. Elle lui coûte une véritable fortune à entretenir.

— Je veux bien le croire. Combien de personnes a-t-il à son service pour l'aider ?

— Pour le moment, presque vingt, dont huit jardiniers. Mais dans deux semaines, plus qu'une pour la maison et trois pour les jardins. Cooper appelle cela ma politique de la terre brûlée, et cela ne lui plaît pas beaucoup. Je l'oblige à vendre ses voitures aussi. Si vous avez besoin d'une Rolls ou d'une Bentley... Il faut vous avouer que c'est un peu la guerre froide entre nous. C'est un homme très intéressant, mais incroyablement gâté, comme peuvent l'être les gens comme lui. D'ailleurs je dois bien admettre que cette propriété lui va comme un gant.

Abe était tout le contraire de Cooper : pragmatique, réaliste, se contentant de peu, il n'avait pas une once d'élégance ou de style, mais était cependant plus sensible que Cooper ne le soupçonnait. C'était d'ailleurs cette qualité qui l'avait incité à proposer à Mark de visiter la maison. Il éprouvait une compassion sincère pour ce dernier et désirait ardemment l'aider.

Il n'avait jamais visité l'aile des invités, mais Liz lui avait dit qu'elle était somptueuse, et elle n'avait pas menti. Mark laissa échapper un sifflement admiratif quand la jeune femme de l'agence ouvrit la porte devant lui. Il leva les yeux vers les hauts plafonds, impressionné, puis laissa son regard se perdre dans les magnifiques jardins, à travers les portes-fenêtres. Il avait l'impression de se trouver dans un authentique château français. Le mobilier était superbe, la cuisine manquait un peu de modernité, mais certainement pas de chaleur ni de charme, et la décoration grandiose de la chambre à coucher l'amusa. Jamais il n'aurait choisi de tapisser sa chambre de satin bleu, mais ce tissu donnait à la pièce un indiscutable côté glamour. Pour un an, vivre ici serait peut-être une bonne solution. Surtout que le parc offrait un environnement formidablement sûr et protégé pour les enfants. Oui, décidément, cette maison avait beaucoup d'atouts. Un moment il avait envisagé de retourner vivre à New York pour être près de ses enfants, mais il craignait d'incommoder Janet et avait beaucoup de clients qui comptaient sur lui à Los Angeles. Surtout, il ne voulait pas prendre de décision hâtive, et trouver un logement provisoire lui permettrait d'éviter cet écueil. Il aurait de nouveau un endroit qu'il pourrait appeler « la maison », même si ce n'était pas la sienne, et cette perspective semblait beaucoup moins déprimante que la vie à l'hôtel, avec ses nuits sans sommeil à supporter les bruits de portes claquées et de chasse d'eau des voisins.

— Effectivement, c'est un endroit hors du commun.

Il parcourut de nouveau la maison, émerveillé comme un enfant. Jamais il ne lui était venu à l'idée que des gens pussent vivre ainsi. Sa propre maison était confortable et joliment décorée, mais celle-ci ressemblait à un décor de cinéma. Ce serait plaisant et amusant de vivre ici, et il était certain que les enfants seraient ravis quand ils viendraient le voir, surtout quand ils découvriraient le court de tennis et la piscine.

— Je suis heureux que vous m'ayez amené ici, dit-il à Abe avec un sourire reconnaissant.

— J'y ai pensé hier soir, et je me suis dit que ça valait la peine que vous veniez jeter un coup d'œil. Vous ne pouvez pas vivre à l'hôtel indéfiniment.

Mark avait donné tous ses meubles à Janet, et le fait que l'appartement fût meublé, surtout de manière si exquise, le dégageait d'un souci supplémentaire. Décidément, à de nombreux égards, c'était un endroit parfait pour lui.

— Quel est le loyer ? demanda-t-il à l'agent immobilier.

— Dix mille dollars par mois, répondit-elle sans ciller. Mais vous ne trouverez jamais un endroit pareil. Beaucoup de gens paieraient dix fois ce montant juste pour visiter le Cottage. C'est une propriété exceptionnelle, et cet appartement aussi. Je viens de louer la maison de gardiens à un jeune homme très sympathique, ce matin.

— Vraiment ? intervint Abe avec intérêt. Quelqu'un de connu ?

Il était habitué aux célébrités et aux stars de cinéma, qui étaient à la fois ses clients et les amis de Cooper.

— En fait, non, je ne crois pas. Il travaille dans les services sociaux, ajouta-t-elle d'un ton détaché.

Abe posa sur elle un regard étonné.

— Il a les moyens de payer le loyer ?

En tant que comptable de Cooper, il avait un intérêt réel à poser ce genre de question. Ils n'avaient pas besoin de quelqu'un d'insolvable.

— Apparemment, répondit la jeune femme. Le responsable de la gestion de fortune chez BofA dit que c'est l'un de leurs plus gros clients. Il m'a envoyé un fax de confirmation dix minutes après notre conversation, et le locataire a déposé un chèque pour régler le premier mois, le suivant, et le dépôt de garantie, au moment où je partais pour venir ici. Je dois lui déposer le bail ce soir à son domicile. Il habite à Venice Beach.

— Intéressant, commenta Abe.

Et il se tourna de nouveau vers Mark, qui inspectait les placards, bien plus nombreux que nécessaire. Il aimait particulièrement les chambres, et pensa que son fils et sa fille allaient adorer cet endroit. C'était raffiné et élégant, mais néanmoins confortable, et décoré avec un goût parfait.

Tout en regardant autour de lui, Mark évaluait le loyer. Il savait qu'il pouvait payer et se demandait simplement s'il avait envie de dépenser autant d'argent pour une location d'appartement. S'il le faisait, ce serait la première extravagance qu'il s'offrirait de toute sa vie, mais peut-être était-il temps pour lui de faire quelque chose d'extravagant. Janet l'avait bien fait, elle... Elle s'était enfuie pour retrouver un autre homme. Lui s'apprêtait seulement à louer un logement un peu cher, pour un an. Un endroit où il se sentirait vraiment bien. Peut-être parviendrait-il à recouvrer le sommeil ici, au calme. Il pourrait aussi aller faire quelques brasses dans la piscine quand il rentrerait du bureau ou jouer au tennis s'il trouvait un partenaire.

— Est-ce que Cooper Winslow passe un peu de temps ici ? demanda-t-il à la jeune femme de l'agence.

— Apparemment, il voyage beaucoup, c'est pour ça qu'il veut des locataires. Afin qu'il y ait tout le temps quelqu'un dans la propriété, et pas seulement des domestiques.

C'était la version officielle, et Abe reconnut instantanément le talent de Liz. Elle se montrait toujours tellement diplomate et tellement attentive à la réputation de Cooper ! Quant aux domestiques, il préféra ne pas révéler à l'agent immobilier qu'ils ne seraient bientôt plus là.

— Je comprends, approuva Mark. C'est plus sûr pour lui.

Il ne précisa pas qu'il savait dans quelle situation se trouvait Cooper, car Abe le lui avait dit sous le sceau du secret.

— Est-ce que vous êtes marié, monsieur Friedman ? demanda poliment la jeune femme.

Elle voulait s'assurer qu'il n'avait pas une ribambelle d'enfants, mais cela paraissait peu probable. Et le fait que le comptable de Cooper en personne l'eût amené ici signifiait qu'elle n'aurait pas beaucoup d'efforts à déployer pour étudier sa candidature.

— Je... Euh... Non. Je suis en instance de divorce.

Il était presque choqué d'avoir à prononcer ces mots.

— Est-ce que vos enfants vivent avec vous ?

— Non, ils habitent New York.

Ces mots-là aussi lui fendaient le cœur.

— J'irai les voir aussi souvent que je pourrai, parce qu'ils ne pourront venir que pendant les vacances scolaires. Et vous savez comment sont les enfants, ajouta-t-il tristement, ils préfèrent rester avec leurs copains. J'aurai de la chance s'ils viennent me voir une fois par an.

La jeune femme fut soulagée. Mark Friedman était un candidat idéal : un homme seul, dont les enfants vivaient dans une autre ville et ne viendraient que très rarement le voir... Que demander de mieux ? De plus, il n'avait de toute évidence aucun problème de solvabilité, puisqu'il était amené par Abe.

Elle en était là de ses réflexions lorsque Mark déclara, après avoir arpenté une dernière fois le salon :

— Je vais le prendre.

Abe parut surpris, mais Mark rayonnait et la jeune femme était enchantée. En deux jours, elle avait loué les deux lots de Cooper Winslow, et à un prix plus que décent. Liz avait précisé que M. Winslow serait satisfait si elle obtenait dix mille dollars pour chaque. Elle n'avait pas voulu augmenter le prix. Et Mark paraissait ravi. Il voulait même quitter l'hôtel pour emménager immédiatement. L'agent immobilier répondit qu'il pourrait s'installer dans quelques jours, dès que son dossier financier serait complet, qu'ils auraient son chèque et qu'elle lui aurait remis les clés. Liz avait aussi expliqué qu'elle avait l'intention de faire nettoyer les deux logements par une entreprise professionnelle, ce qu'elle précisa à Mark.

— Je crois que je vais emménager ce week-end, conclut-il gaiement.

Et en serrant la main de la jeune femme pour sceller leur accord, il remercia une nouvelle fois Abe de lui avoir proposé de venir.

— Je ne m'attendais pas à ce que mon idée débouche sur un accord si facile et si rapide ! dit ce dernier en souriant alors qu'ils remontaient en voiture pour quitter la propriété.

Il pensait que Mark tergiverserait plus longtemps et aurait beaucoup plus de mal à prendre une décision.

— C'est probablement la chose la plus folle que j'aie jamais faite, admit l'avocat, mais en fin de compte je crois qu'une folie de ce genre est nécessaire, de temps en temps.

Il était toujours si sérieux, si raisonnable, si mesuré dans tout ce qu'il entreprenait ! Il se demandait maintenant si c'était pour cette raison que Janet l'avait quitté. Sans doute son rival était-il moins prévisible, plus attirant.

— Merci, Abe. L'endroit me plaît énormément et je suis sûr que mes enfants l'adoreront aussi. Nous allons devenir affreusement difficiles après avoir vécu un an ici !

— Ça vous fera du bien, approuva Abe.

Ce soir-là, Mark appela Jessica et Jason à New York, et il leur annonça qu'il venait de louer un appartement dans la propriété de Cooper Winslow.

— Qui c'est ? demanda Jason d'une voix neutre.

— Je crois que c'est un très vieux type qui jouait dans des films quand papa était petit, expliqua Jessica.

Ils avaient chacun décroché un combiné pour pouvoir bavarder tous les trois ensemble.

— C'est à peu près cela, confirma Mark en souriant. Mais le plus important, c'est que la maison est sublime et que nous avons toute une aile pour nous, dans un superbe parc, avec un tennis et une piscine. Je crois que ce sera très sympa pour vous quand vous viendrez.

— Notre ancienne maison me manque, dit alors Jason d'un ton nostalgique.

— Je déteste mon école, gémit Jessica. Toutes les filles sont méchantes, et les garçons sont débiles.

— Ça s'arrangera avec le temps, répondit Mark, diplomate.

Même si ce n'était pas lui qui avait décidé de mettre fin à son mariage ni d'envoyer ses enfants à New York, il ne voulait pas dire quoi que ce fût contre leur mère. Les enfants n'avaient pas à souffrir de l'animosité qui pouvait régner entre Janet et lui.

— Il faut du temps pour s'habituer à une nouvelle école. Et je viendrai vous voir bientôt, poursuivit-il.

Il devait passer prochainement un week-end à New York et avait réservé des chambres dans un hôtel de Saint Bart pour les vacances du mois de mars. Il avait choisi cette destination parce qu'il pensait qu'elle plairait aux enfants, tout comme à lui, et envisageait même de louer un petit bateau. En un mot, il s'efforçait de briser le moule auquel il était tellement habitué.

— Comment va votre maman ? demanda-t-il.

— Ça va... Elle sort beaucoup, se plaignit Jason.

Mais aucun d'eux ne lui avait encore parlé du nouveau compagnon de leur mère. Mark était convaincu qu'elle ne le leur avait pas présenté. Elle attendait sans doute que les choses s'organisent un peu. Ils n'étaient arrivés que depuis trois semaines, presque quatre. Ce n'était pas très long, même si cela semblait une éternité à Mark.

— Pourquoi est-ce qu'on ne peut pas garder l'ancienne maison ? interrogea Jessica d'une voix sombre.

Et quand il répondit qu'elle venait d'être vendue, tous les deux se mirent à pleurer. Encore une conversation qui se terminait sur une note malheureuse... Elles étaient décidément trop nombreuses. Jessica semblait toujours chercher un responsable à tous ses malheurs, et son père se trouvait en première ligne. Elle n'avait pas encore réalisé que c'était sa mère qui avait demandé le divorce. Et Mark ne voulait pas accuser Janet. Il attendait que celle-ci se décide à parler et à assumer elle-même cette responsabilité, ce qu'elle n'avait pas encore fait jusqu'ici. Elle s'était contentée de leur dire que leur papa et elle ne s'entendaient plus, ce qui était un mensonge. Tout s'était très bien passé entre eux jusqu'à l'arrivée d'Adam. Mark se demandait comment elle allait présenter son amant aux enfants. Peut-être comme quelqu'un qu'elle venait de rencontrer... Sans doute leur faudrait-il des années avant de comprendre la vérité, s'ils la comprenaient un jour. Cette idée le faisait frissonner d'horreur. Ses enfants risquaient de grandir en lui reprochant d'être responsable du divorce ! L'une de ses plus grandes craintes était qu'ils se mettent à adorer Adam autant que leur mère l'aimait et qu'ils finissent par l'oublier complètement, lui. Il était à cinq mille kilomètres d'eux, à Los Angeles, et il ne pouvait les voir aussi souvent qu'il le voulait. Il avait hâte de voir arriver leurs vacances à Saint Bart.

Il raccrocha en promettant, comme chaque jour, de les appeler le lendemain, triste mais moins désespéré que les soirs précédents. Tout de suite après, il informa l'hôtel qu'il partirait le week-end suivant. Il était fou d'impatience et ravi de ce qu'il avait trouvé. C'était la première chose réjouissante qui lui arrivait depuis que Janet l'avait brisé avec son affreuse révélation. Pendant les cinq dernières semaines, il avait été en état de choc. Mais ce soir-là, il sortit manger un hamburger avant d'aller se coucher. Car, pour la première fois depuis cinq semaines, il avait faim.

Le vendredi soir, il mit ses vêtements dans deux valises, et le samedi matin il prit le chemin du Cottage. Il avait le code de la grille ; il l'ouvrit et roula jusqu'à l'aile des invités. A l'intérieur, tout était impeccable. Pas une trace de poussière ni sur le sol ni sur les meubles, tout étincelait. La cuisine était propre et nette, et il y avait des draps soigneusement pliés sur son lit. Pendant quelques longues minutes, il éprouva la curieuse impression d'être chez lui, enfin.

Après avoir défait ses valises, il sortit faire un tour dans les jardins merveilleusement entretenus, avant de quitter la propriété pour aller faire quelques courses. Puis il se prépara un rapide déjeuner et alla s'allonger au bord de la piscine pour profiter un peu du soleil. Il se sentait en pleine forme lorsqu'il appela les enfants dans l'après-midi. Jessica sortait avec des amis ce soir-là, mais Jason, lui, n'avait rien à faire. Son papa lui manquait, de même que sa maison, ses copains, son école... Apparemment, rien ne lui plaisait dans sa nouvelle vie.

— Tiens bon, champion ! lui dit son père d'un ton enjoué. Je viens te voir dans deux semaines. On trouvera quelque chose à faire. Tu as joué au foot cette semaine ?

Mark faisait de son mieux pour le distraire, mais Jason continuait de se plaindre.

— On ne peut jamais jouer à cause de la neige...

Il détestait New York. Il avait vécu en Californie depuis l'âge de trois ans et n'avait aucun souvenir de sa petite enfance sur la côte Est. Il ne désirait qu'une chose : rentrer là où il se sentait chez lui.

Ils bavardèrent encore un moment, puis Mark finit par raccrocher en espérant lui avoir apporté un peu de réconfort.

Il fit ensuite un petit inventaire des placards de la cuisine pour savoir où se trouvaient les différents ustensiles, puis il regarda une cassette vidéo, amusé de reconnaître Cooper Winslow parmi les figurants. C'était incontestablement un très bel homme, et Mark se demanda s'il l'avait déjà rencontré, et où. Il avait vu quelqu'un entrer derrière lui dans le parc au volant d'une Rolls-Royce cet après-midi, mais il était trop loin devant et n'avait aperçu qu'un homme aux cheveux argentés, avec une jolie fille pour passagère. Cooper, probablement... Ce dernier devait mener une vie infiniment plus exaltante que la sienne, malgré son âge ! Après seize ans de fidélité conjugale, Mark avait du mal à s'imaginer recommencer à « draguer », et il n'en avait d'ailleurs pas envie. Il avait trop de choses en tête, trop de souvenirs, trop de regrets, et tout ce qui le préoccupait pour le moment, c'était ses enfants. Il n'y avait pas de place pour une femme dans sa vie.

Pourtant, il se sentait beaucoup moins malheureux. En se couchant ce soir-là, il s'endormit comme un bébé, et il se réveilla le lendemain matin en ayant rêvé que ses enfants vivaient avec lui. La vie au Cottage lui semblait infiniment meilleure que dans sa chambre à l'hôtel. Et il verrait ses enfants dans deux semaines, ce qui lui donnait un objectif auquel se raccrocher. C'était tout ce dont il avait besoin pour l'instant.

Il descendit se préparer un petit déjeuner et constata avec surprise que le fourneau de la cuisine ne fonctionnait pas. Il se promit d'appeler l'agence pour le signaler, mais cela ne le dérangeait pas vraiment. Du jus d'orange et des toasts suffisaient à son bonheur du matin. De toute façon, il n'était pas fin cuisinier. Il se contenterait de faire un effort quand ses enfants seraient là.

Dans la partie principale de la maison, Cooper faisait une découverte à peu près semblable. Son cuisinier l'avait quitté dans la semaine, après avoir trouvé un nouvel emploi. Livermore était déjà parti, et les deux femmes de chambre étaient en congé pour le week-end, avant de s'en aller définitivement à la fin de la semaine suivante. Le jeune valet travaillait déjà pour quelqu'un d'autre, et Paloma ne venait pas le week-end. Ce fut Pamela qui lui prépara son petit déjeuner, vêtue seulement d'une petite culotte et d'une chemise empruntée à Cooper. Elle affirma être un véritable cordon-bleu, et lui apporta pour preuve de son talent des œufs brouillés durs comme du plâtre et des tranches de bacon brûlées, le tout sur une seule assiette.

— Oh, tu es formidable ! s'exclama-t-il en jetant un coup d'œil inquiet sur les œufs. Je suppose que tu n'as pas trouvé de plateau ?

— Pour quoi faire, chéri ? demanda-t-elle avec son accent de l'Oklahoma.

Elle était plutôt fière d'elle, même si elle avait oublié serviettes et couverts. Elle courut les chercher en voyant Cooper tâter d'un doigt prudent la texture des œufs. Ils étaient non seulement durs, mais froids, parce qu'elle avait téléphoné à une de ses amies tout en s'acquittant de sa mission culinaire. En réalité, elle n'était pas très douée pour la cuisine, mais dans l'intimité c'était une fille passionnée, et il l'appréciait pour cela. Certes, elle ne savait parler que de son maquillage, de ses crèmes hydratantes ou de la dernière séance photo à laquelle elle avait participé, mais ce n'était pas sa conversation qui fascinait Cooper. Il était bien avec elle, tout simplement. Les jeunes filles de cet âge avaient le don de lui insuffler une délicieuse énergie. Débonnaire et plein d'humour, cultivé et sophistiqué, il savait merveilleusement se faire aimer d'elles. En plus, presque tous les jours, il emmenait Pamela faire du shopping. De toute sa vie, elle ne s'était jamais autant amusée et se moquait éperdument qu'il fût plus âgé qu'elle. Grâce à lui, elle possédait une garde-robe entièrement neuve, des boucles d'oreilles en diamants et un bracelet assorti. Il ne faisait aucun doute que Cooper Winslow savait vivre.

Il jeta les œufs dans les toilettes pendant qu'elle redescendait lui chercher un verre de jus d'orange, et à son retour elle se félicita qu'il eût tout terminé. Dès qu'elle eut mangé sa propre part, il l'attira dans le lit, où ils passèrent le plus clair de la journée. Et ce soir-là, il l'emmena dîner au Dôme. Elle adorait aussi aller chez Spago avec lui. Elle avait des frissons de plaisir en voyant tous les regards se tourner vers eux, surtout le regard des femmes, qui haussaient les sourcils en les voyant ensemble.

Après le dîner, il la raccompagna à son appartement. Il avait passé un délicieux week-end avec elle, mais une semaine chargée l'attendait. Il devait tourner une grosse publicité pour une voiture, avec un beau cachet à la clé. Et puis cette semaine serait la dernière avant le départ de Liz. Cooper était donc plutôt heureux de se glisser seul dans son lit, ce soir-là. Pamela était charmante, mais elle n'était qu'une enfant. Lui avait besoin d'un sommeil réparateur.

Il éteignit à vingt-deux heures et dormit profondément jusqu'à ce que Paloma ouvre les rideaux et relève les stores le lendemain matin. Il se réveilla en sursaut et s'assit dans son lit, les yeux braqués sur elle.

— Qu'est-ce que vous fabriquez ?

Il ne comprenait pas ce qu'elle faisait dans sa chambre et fut soulagé d'avoir mis un pyjama de soie avant de s'endormir, sans quoi elle eût pu le trouver étendu nu en travers de son lit.

— Qu'est-ce que vous faites ici ? répéta-t-il.

Cette fois, elle portait un uniforme propre, des lunettes de soleil à montures en strass, et des chaussures à talons rouge vif. Elle ressemblait à la fois à une infirmière en blouse blanche et à une Gitane diseuse de bonne aventure.

— Mlle Liz m'a dit de vous réveiller à huit heures, dit-elle gravement en le regardant bien droit dans les yeux.

Elle éprouvait une profonde antipathie pour lui, et cela se voyait. Quant à Cooper, il la détestait cordialement.

— Et vous ne pouviez pas frapper à la porte ? aboya-t-il en retombant sur ses oreillers, les yeux fermés.

Elle l'avait tiré d'un sommeil vraiment profond.

— J'ai essayé... Vous pas répondu. Alors je suis entrée. Maintenant vous debout. Mlle Liz dit vous devoir travailler.

— Merci beaucoup, répondit-il d'un ton formel, les yeux toujours clos. Auriez-vous l'amabilité de me préparer mon petit déjeuner ?

Il n'y avait plus personne d'autre pour le faire.

— Je vais prendre des œufs brouillés et un toast de pain de seigle, précisa-t-il. Avec du jus d'orange et du café noir. Merci.

Elle marmonnait quand elle quitta la chambre, et Cooper émit un grognement de protestation. Leur relation s'annonçait pour le moins houleuse, songea-t-il en toute objectivité. Pourquoi devait-il justement la garder, elle ? N'auraient-ils pas pu choisir l'une des autres ? Non, bien sûr que non, se lamenta-t-il en lui-même, c'était celle-ci la moins chère...

Vingt minutes plus tard, lorsqu'il sortit de sa douche et trouva son petit déjeuner tout prêt sur un plateau posé sur son lit, il dut tout de même admettre que les œufs étaient bons. Meilleurs que ceux de Pamela. C'était déjà ça, même si c'étaient des *huevos rancheros*, et non des œufs brouillés. Il lui aurait volontiers reproché de ne pas avoir suivi ses instructions, mais ils étaient tellement délicieux qu'il les dévora jusqu'à la dernière bouchée.

Une demi-heure plus tard, il quittait la maison, impeccablement habillé, comme toujours. Il portait un blazer, un pantalon gris et une chemise bleue, agrémentée d'une cravate Hermès bleu marine, les cheveux parfaitement coiffés. En montant dans sa vieille Rolls, il était l'image même de l'élégance et du raffinement. Il emprunta la grande allée, et Mark le suivit de loin, en route pour son bureau. Il se demanda où pouvait aller Cooper de si bonne heure et ne trouva pas de réponse.

Liz les croisa tous les deux sur le chemin et fit un petit signe de la main à Cooper. Elle n'arrivait toujours pas à croire que c'était sa dernière semaine à son côté...

6

Les derniers jours de Liz au service de Cooper furent empreints d'une saveur un peu amère. Il ne s'était jamais montré si gentil avec elle, ni si généreux. Il lui offrit une bague ornée de diamants, en affirmant qu'elle avait appartenu à sa mère. Ce genre d'histoire laissait toujours Liz un peu sceptique, mais peu importait d'où venait la bague, elle était somptueuse et lui allait parfaitement. Elle lui promit qu'elle ne la quitterait jamais et qu'elle ne cesserait pas de penser à lui.

Le vendredi soir, il l'emmena dîner chez Spago. Elle abusa un peu de l'alcool, et quand il la ramena devant chez elle, elle pleurait à chaudes larmes, en répétant qu'elle allait être très malheureuse loin de lui. Mais il s'était résigné à son départ et lui assura qu'elle avait pris la bonne décision. Il la déposa chez elle et rentra au Cottage, où l'attendait une nouvelle conquête. Pamela était partie faire des photos pour un magazine à Milan, et il avait rencontré Charlene sur le tournage de la publicité qu'il venait de faire. A vingt-neuf ans, elle était un peu vieille pour lui, mais d'une beauté incroyable, avec le plus beau corps qu'il eût jamais vu. Et il en avait vu plus d'un... Celui de Charlene était digne de figurer à son tableau d'honneur. Elle avait des seins ronds et pleins dont elle disait qu'ils étaient naturels, et une taille qu'il pouvait enfermer entre ses deux mains. Ses cheveux longs étaient d'un noir de jais, et ses yeux immenses, d'un magnifique vert émeraude. C'était une fille sublime, et il l'avait totalement subjuguée. Par ailleurs, elle était plus intelligente que Pamela, ce qu'il trouvait plutôt reposant. Elle prétendait que sa grand-mère était japonaise, avait vécu à Paris pendant deux ans, en tant qu'étudiante à la Sorbonne et mannequin à ses heures perdues, et affirmait avoir grandi au Brésil. Il trouvait en elle un extraordinaire mélange de saveurs internationales, et elle avait accepté de coucher avec lui le deuxième jour du tournage. Aussi Cooper avait-il passé une excellente semaine.

Il l'avait invitée à venir passer le week-end avec lui, et elle avait accepté avec une exclamation ravie. Il envisageait déjà de l'emmener à l'Hôtel du Cap. Elle serait magnifique en bikini au bord de la piscine.

Elle l'attendait dans son lit lorsqu'il rentra de son dîner avec Liz, et il la rejoignit sans cérémonie. Après une nuit très agréable quoiqu'un peu acrobatique, ils allèrent prendre un brunch à Santa Barbara le dimanche, avant de rentrer juste à temps pour ressortir dîner à l'Orangerie. Il appréciait sa compagnie et commençait à se dire qu'il était temps de dire au revoir à Pamela. Charlene avait bien plus d'atouts à offrir, et son âge était plus raisonnable pour lui.

Elle était encore là le lundi matin quand Paloma arriva pour prendre son service. Cooper lui demanda d'apporter deux plateaux, ce qu'elle fit avec une expression franchement désapprobatrice. Elle posa les plateaux sans ménagement sur le lit, jeta un regard noir à Cooper et quitta la pièce à grandes enjambées en faisant claquer ses hauts talons roses.

— On dirait qu'elle ne m'aime pas, observa Charlene avec un air affecté. Je pense qu'elle désapprouve notre liaison.

— Ne t'inquiète pas, elle est follement amoureuse de moi. Ne t'affole pas si elle te fait une scène de jalousie, conclut-il d'un ton sarcastique alors qu'ils entamaient des œufs caoutchouteux couverts d'une épaisse couche de poivre qui fit suffoquer Cooper et éternuer Charlene.

Les délicieux *huevos rancheros* de la semaine précédente étaient bien loin... Paloma avait gagné ce round, mais Cooper était bien décidé à avoir une petite conversation avec elle après le départ de Charlene.

Le moment se présenta en début d'après-midi.

— Vous nous avez servi un petit déjeuner fort intéressant ce matin, Paloma, dit-il en la regardant froidement, debout dans la cuisine. Le poivre était une idée originale, mais pas indispensable. Et faute de tronçonneuse, je n'ai pas réussi à couper mes œufs. Avec quoi les avez-vous préparés ? Du mastic ou de la colle ordinaire ?

— Je pas comprendre de quoi vous parlez, répondit-elle d'un ton énigmatique sans cesser d'astiquer une pièce d'argenterie.

Livermore lui avait recommandé de polir l'argenterie chaque semaine.

Elle portait de nouveau ses lunettes de soleil à montures de strass. De toute évidence, c'était sa paire favorite, et celle de Cooper aussi, finalement. Il se demandait s'il existait l'ombre d'une chance de la guérir de ses défauts... Si ce n'était pas le cas, il serait obligé de la remplacer, malgré les cris qu'Abe pourrait pousser.

— Vous pas aimer mes œufs ? demanda-t-elle d'une voix angélique.

Cooper la fixait d'un regard menaçant.

— Vous savez très bien ce que je veux dire.

— Mlle Pamela a téléphoné d'Italie ce matin à huit heures, annonça-t-elle d'un ton détaché en guise de réponse.

Cooper la dévisagea avec stupeur. Elle avait brusquement perdu toute trace d'accent.

— Qu'est-ce que vous venez de dire ?

— J'ai dit que...

Elle leva les yeux vers lui avec un sourire innocent.

— ... que Mlle Pamela téléphoner de l'Italie ce matin.
L'accent était de retour. Elle se moquait de lui.

— Ce n'est pas comme ça que vous l'avez dit, il y a trente secondes, n'est-ce pas, Paloma ? Qu'est-ce que cela signifie ?

Il paraissait réellement contrarié, et elle eut l'air déstabilisé, l'espace d'un instant, avant de se reprendre en haussant les épaules.

— Vous parlez de mon accent ? C'est ce à quoi vous vous attendiez, non ? Vous m'avez appelée Maria pendant les deux premiers mois que j'ai passés ici.

Il décelait toujours une pointe d'accent salvadorien dans sa diction, mais de manière très légère, et elle s'exprimait dans un anglais presque aussi bon que le sien.

— Nous n'avions pas été convenablement présentés l'un à l'autre, s'excusa-t-il.

Même s'il ne l'aurait en aucun cas admis devant elle, il trouvait la situation assez amusante. Elle s'était figuré qu'elle pourrait se faire oublier en faisant semblant de ne pas maîtriser l'anglais. Il devinait qu'elle était non seulement intelligente, mais probablement très bonne cuisinière en prime.

— Que faisiez-vous dans votre pays d'origine, Paloma ?

Il était soudain intrigué par cette fille. Aussi irritante fût-elle, elle devenait brusquement un être humain à ses yeux. Il n'était pas sûr de vouloir s'embarrasser de ce genre de sentiment, mais sa curiosité l'emportait.

— J'étais infirmière, répondit-elle en continuant d'astiquer l'argenterie.

C'était une tâche pénible, et elle regrettait Livermore presque autant que Cooper.

— C'est dommage, soupira ce dernier avec un sourire, j'espérais que vous alliez m'annoncer que vous étiez couturière ou styliste... Au moins, vous auriez pu prendre soin de mes vêtements. Heureusement, je n'ai pas besoin de vos talents d'infirmière.

— Je gagne plus ici. Et vous trop vêtements, ajouta-t-elle en reprenant son accent, comme un accessoire dont elle pouvait jouer à loisir.

— Merci pour ce commentaire pertinent. Vous-même possédez un certain nombre d'accessoires originaux, commenta-t-il en baissant les yeux vers ses chaussures roses. A propos, pourquoi ne m'avez-vous pas dit que Pamela avait appelé ?

Il avait décidé de mettre fin à leur relation, mais il avait pour habitude de rester en bons termes avec ses ex-petites amies. Et il était suffisamment généreux pour se faire pardonner ses caprices et ses indélicatesses.

— Quand elle a téléphoné, vous étiez occupé avec l'autre. J'ai oublié son prénom.

L'accent avait de nouveau disparu.

— Charlene.

La femme de chambre demeura impassible.

— Merci, Paloma, conclut-il.

Il décida de profiter de ce qu'il avait repris l'avantage pour quitter la pièce. Paloma n'écrivait jamais rien et l'informait des messages uniquement quand elle y pensait, ce qui était préoccupant, mais au moins elle semblait avoir compris qui étaient les acteurs et leur rôle dans le film de la vie de Cooper, tout au moins pour le moment. En tout cas, au fil des jours, elle devenait un personnage de plus en plus intéressant.

Paloma avait fait la connaissance de Mark la semaine précédente et lui avait proposé de s'occuper de son linge quand il lui avait dit que la machine à laver de l'aile des invités était en panne. Le fourneau l'était d'ailleurs toujours aussi. Elle lui avait expliqué qu'il pouvait utiliser la cuisine de Cooper en lui assurant qu'il n'y mettait jamais les pieds le matin, et lui avait donné une clé de la porte de communication entre la maison principale et l'aile des invités. Mark avait accepté, car il s'était aperçu que la machine à expresso ne marchait pas non plus, ce qui, pour le coup, le dérangeait vraiment. Il avait fait une liste de tous les éléments défectueux, et l'agence immobilière lui avait promis de tout réparer, mais maintenant que Liz était partie, il n'y avait plus personne pour s'occuper de contacter les réparateurs, à l'exception de Cooper lui-même — et on ne pouvait évidemment pas compter sur lui pour ce genre de choses. Mark emportait donc son linge sale chez le teinturier, tandis que Paloma s'occupait de ses draps et de ses serviettes. Et, le week-end, il utilisait la machine à expresso de Cooper. Cette organisation lui convenait à peu près, en attendant mieux. Pour cuisiner, il se servait du four à micro-ondes au lieu du fourneau, dont il n'aurait de toute façon pas besoin avant la visite de ses enfants. Il était certain qu'il serait réparé d'ici là, même s'il devait s'en occuper lui-même. Il informa d'ailleurs l'agence immobilière qu'il était prêt à le faire. La jeune femme de l'agence promit de contacter Cooper de nouveau, mais l'acteur ne répondit à aucun de ses messages, ni à ceux de Mark. Il était bien trop occupé à tourner une nouvelle publicité, pour une marque de chewing-gum cette fois-ci. C'était un film ridicule, mais le salaire était suffisamment intéressant pour que son agent eût jugé bon de le lui proposer. Il travaillait plus que de coutume ces derniers temps, bien qu'aucun vrai rôle ne se fût encore présenté. Son agent avait passé en revue toutes ses relations, sans résultat. La réputation de Cooper était trop grande à Hollywood pour qu'on lui confie des rôles secondaires, et il devenait trop vieux pour incarner ses personnages de prédilection, héros romantiques ou hommes puissants. De plus, il n'était pas encore prêt à jouer les grands-pères, et personne n'avait demandé de séducteur d'âge mûr depuis des années. Les occasions étaient donc rares.

Cette semaine-là, Charlene passa presque toutes les nuits au Cottage avec lui. Elle essayait de trouver du travail en tant qu'actrice, mais avec moins de succès que son amant. Les seuls contrats qu'elle avait décrochés depuis son arrivée à Hollywood étaient deux rôles dans des films classés X, dont l'un était passé à la télévision à quatre heures du matin. Son agent avait fini par la convaincre qu'aucun des deux ne valoriserait son CV, qui, de ce fait, demeurait vierge. Elle avait déjà demandé à Cooper s'il pouvait parler d'elle à des gens susceptibles de lui trouver du travail, et il avait promis de le faire, mais sans grande conviction, car il n'était pas certain qu'elle fût bonne actrice. Il en doutait même sérieusement. Elle avait commencé par faire des photos de lingerie sur la Septième Avenue, et avait un corps idéal pour ce genre de job ; elle prétendait aussi avoir beaucoup travaillé comme mannequin à Paris mais, par un curieux hasard, elle n'avait jamais pu retrouver son book quand il avait demandé à le voir. Peu lui importait, car ses vrais talents se situaient dans un domaine que Cooper trouvait bien plus attirant, et qui n'avait rien à voir avec le mannequinat, le cinéma ou la télévision...

Il se plaisait énormément en sa compagnie. Et il était soulagé que Pamela lui eût annoncé, en rentrant de Milan, qu'elle était tombée amoureuse d'un photographe. Ce genre de choses avait l'art de s'arranger, surtout dans le monde de Cooper, un monde où il n'était question que de beauté, de passions éphémères et d'histoires sans lendemain. Il encourageait les rumeurs de fiançailles et de marches nuptiales uniquement lorsqu'il sortait avec des actrices connues. Mais il ne voulait rien de tout cela avec Charlene. Elle était là pour lui donner du bon temps, et en être conscient l'amusait. Il l'avait déjà entraînée dans deux grandes tournées de shopping, qui avaient à elles seules englouti les deux chèques de ses nouveaux locataires ; il estimait qu'elle ne méritait pas moins, comme il l'expliqua à Abe quand ce dernier lui téléphona pour l'avertir qu'il serait contraint de vendre la maison s'il ne se montrait pas plus raisonnable.

— Vous devriez renoncer aux mannequins et actrices débutantes, Cooper. Ce qu'il vous faut, c'est épouser une femme riche.

Cooper avait éclaté de rire et lui avait promis d'y songer, mais le mariage ne l'avait jamais tenté. Tout ce qu'il voulait, c'était s'amuser, et il avait bien l'intention de continuer à le faire, ou tout au moins d'essayer, jusqu'à son dernier souffle.

Le week-end suivant, Mark s'envola pour voir ses enfants à New York. Entre-temps, il avait raconté à Paloma tout ce qui lui était arrivé ces derniers mois. Elle avait fait un peu de ménage pour lui, et il l'avait payée généreusement. Elle l'aurait fait de toute façon, car elle avait eu pitié de lui quand il lui avait confié que sa femme l'avait quitté pour un autre homme. Elle avait même pris l'habitude de poser des fruits frais dans un saladier sur la table de la cuisine, et des tortillas qu'elle avait confectionnées elle-même dans la panière. Elle aimait bien l'entendre parler de ses enfants. Il n'était pas difficile de se rendre compte qu'il les adorait. Il y avait d'ailleurs des photos d'eux partout, et d'autres de sa femme et lui. En un mot, elle l'estimait, et c'était avec sincérité qu'elle lui avait souhaité un bon voyage en le voyant partir.

Ce week-end apparaissait à Mark comme une sorte de défi. C'était la première fois qu'il revoyait ses enfants depuis qu'ils avaient quitté Los Angeles, plus d'un mois auparavant. Cela lui paraissait une éternité. Janet lui reprochait de ne pas leur avoir laissé plus de temps pour s'acclimater avant de venir. Elle paraissait tendue et mal disposée à son égard. De fait, elle se trouvait dans une situation délicate. Elle menait une double vie, se prétendant seule quand les enfants pouvaient l'entendre, tout en poursuivant sa relation clandestine avec Adam. Ce dernier voulait savoir quand il allait enfin faire la connaissance de ses enfants. Elle lui avait promis que la rencontre aurait lieu bientôt, mais repoussait ce moment, car elle craignait que Jessica et Jason ne découvrent la véritable raison de son départ pour New York. Elle redoutait de les voir rejeter Adam et lui déclarer la guerre, ne serait-ce que pour se montrer fidèles à leur père.

Mark la vit à peine cinq minutes, mais la trouva nerveuse et fatiguée, et se demanda ce qui n'allait pas. Les enfants aussi semblaient malheureux, quoique très émus de revoir leur père.

Ils passèrent la nuit au Plaza avec lui, usant et abusant du service. Il les emmena au théâtre et au cinéma. Il accompagna Jessica dans les boutiques et fit avec Jason une longue promenade sous la pluie, en essayant de remettre les choses à leur place. Mais lorsque le dimanche après-midi arriva, il éprouva la sensation d'avoir seulement effleuré l'essentiel, et il les quitta la mort dans l'âme. Il se sentit profondément déprimé durant tout le trajet du retour en avion. Il commençait vraiment à se demander s'il ne serait pas préférable qu'il retourne vivre à New York.

Il y songeait encore le week-end suivant, allongé au soleil près de la piscine, quand il remarqua que quelqu'un emménageait enfin dans la maison de gardiens. Il s'approcha et aperçut Jimmy qui déchargeait des cartons, tout seul. Il lui proposa aussitôt de l'aider.

Jimmy hésita un moment, puis accepta avec reconnaissance. Il était lui-même surpris de la quantité d'affaires qu'il possédait. Il avait pourtant expédié l'essentiel dans un garde-meubles, ne conservant que quelques photos encadrées, un ou deux trophées, son équipement de sport et ses vêtements. Mais il fallait y ajouter un matériel hi-fi impressionnant, dont une bonne partie appartenait d'ailleurs à Maggie, ce qui au total représentait pas mal de choses à déménager. Même avec l'aide de Mark, il lui fallut deux heures pour vider le camion, et ils étaient tous les deux épuisés lorsqu'ils eurent enfin terminé. A ce stade, ils s'étaient contentés d'échanger leurs noms. Jimmy proposa une bière à Mark, qui accepta avec gratitude. La tâche avait été rude.

— Vous avez beaucoup de choses, dit Mark avec un sourire, entre deux gorgées. Et lourdes ! Qu'est-ce que vous avez mis dans vos cartons ? Vos collections de boules de bowling ?

Jimmy lui rendit son sourire et haussa les épaules.

— Je ne sais même pas. Nous avions un minuscule deux-pièces, j'ai mis l'essentiel de nos affaires au garde-meubles... Et pourtant il me reste tout ça !

En déballant ses cartons, il réalisa qu'il possédait quantité de livres, de journaux et de CD. Il lui fallut une éternité pour les ranger, mais tout finit par tenir dans les placards et les tiroirs de la maison.

En ouvrant le premier carton, il était tombé sur une photo de Maggie. Il l'avait mise sur la cheminée et avait passé un long moment à la regarder. C'était l'une de ses préférées. Elle venait d'attraper un poisson dans un lac pendant l'un de leurs voyages en Irlande, et elle arborait l'air radieux de la victoire, ses cheveux roux ramassés en un gros chignon, les yeux plissés à cause du soleil. Elle semblait avoir tout juste quatorze ans. C'était le dernier été, juste avant sa maladie. Sept mois à peine s'étaient écoulés depuis, mais Jimmy avait l'impression que cela faisait toute une vie.

Il jeta un coup d'œil par-dessus son épaule et vit que Mark le regardait. Il détourna la tête sans rien dire.

— Jolie femme... Votre petite amie ?

Jimmy secoua la tête et mit un long moment à répondre, avec un nœud dans la gorge.

— Ma femme, dit-il très vite.

— Je suis désolé, dit Mark avec gentillesse, supposant qu'ils étaient divorcés, car il lui semblait maintenant que tout le monde l'était.

— Depuis combien de temps... commença-t-il sans pouvoir finir sa phrase.

— Il y aura sept semaines demain soir, répondit Jimmy.

Il reprit sa respiration. Il n'en parlait jamais, mais il savait qu'il devait apprendre à le faire, et peut-être était-ce une occasion comme une autre de commencer. Mark avait l'air d'être un type bien, et peut-être deviendraient-ils amis, puisqu'ils vivaient dans la même propriété.

Il s'efforça de conserver une voix assurée et baissa les yeux, mais Mark prit la parole à son tour.

— Moi, ça fait six semaines. Je suis allé voir mes enfants à New York, le week-end dernier. Ils me manquent tellement ! Ma femme m'a quitté pour un autre homme, précisa-t-il tristement.

— Je suis désolé.

Jimmy lisait le chagrin dans les yeux de Mark, et cela rendait sa propre peine encore plus intense.

— C'est dur... Quel âge ont vos enfants ?

— Quinze et treize ans. Une fille et un garçon, Jessica et Jason. Ils sont adorables, et pour l'instant ils détestent New York. Quitte à ce qu'elle tombe amoureuse de quelqu'un, j'aurais préféré qu'il soit d'ici. Les enfants ne le connaissent même pas... Et vous, vous avez des enfants ?

— Non. Nous en parlions, mais nous voulions attendre encore un peu.

Il était surpris de constater à quel point il avait envie de se confier à Mark. C'était comme s'ils étaient unis par une sorte de lien invisible. Le lien du deuil, de la perte, et de la tragédie inattendue. Celui de la vie qui vole en éclats, d'un coup, sans crier gare.

— Peut-être que c'est aussi bien comme ça. Peut-être qu'il est plus facile de divorcer quand on n'a pas d'enfant. Ou peut-être pas. Qu'est-ce que j'en sais, après tout ? murmura Mark, songeur, avec un soudain accès d'humilité.

Jimmy comprit alors ce qu'il pensait.

— Nous ne divorçons pas, dit-il d'une voix blanche.

— Peut-être que vous allez vous retrouver, alors.

Mark l'enviait mais, d'un autre côté, la femme de Jimmy n'était pas là non plus, et rien n'indiquait que les choses pussent s'arranger entre eux plus facilement que dans son propre cas.

Tout à coup, il surprit le regard plein de douleur de Jimmy.

— Ma femme est morte, murmura ce dernier.
— Oh, mon Dieu... Je... je suis désolé... J'ai cru... Qu'est-ce qui lui est arrivé ? Un accident ?

Il jeta un nouveau regard à la photographie, soudain horrifié à la pensée que cette si jolie jeune femme à l'air insouciant pût être partie, non pour refaire sa vie, mais pour toujours, en laissant derrière elle un mari de toute évidence brisé.

— Une tumeur au cerveau. Elle a commencé à avoir des maux de tête... des migraines... Ils ont fait des examens. Deux mois plus tard, elle n'était plus là.

Il marqua une pause.

— Je n'ai pas l'habitude d'en parler. Elle aurait adoré cet endroit. Sa famille était irlandaise, originaire du comté de Cork. Elle-même était irlandaise jusqu'au bout des ongles. Une femme extraordinaire. Je rêverais de ne lui arriver ne serait-ce qu'à la cheville.

Mark dut se retenir pour ne pas pleurer en l'écoutant, et il vit des larmes briller dans les yeux de Jimmy. Il le regarda avec compassion, incapable de faire plus... Préférant l'action aux vains discours, il l'aida à rentrer ses autres cartons dans la maison et en porta au moins la moitié au premier étage. Ils ne prononcèrent plus un mot pendant un moment, mais quand tous les cartons furent répartis dans les bonnes pièces et que Mark eut aidé Jimmy à en ouvrir quelques-uns, le jeune veuf semblait avoir retrouvé contenance.

— Je ne vous remercierai jamais assez, dit-il. Je me sens un peu fou d'emménager ici. Nous avions un appartement parfait à Venice Beach, mais je ne supportais plus d'y vivre seul, et cette maison s'est présentée. J'ai eu l'impression de devoir profiter de cette occasion.

Ainsi, il disposait d'un endroit pour se reconstruire, sans être confronté à des milliers de souvenirs. Vu les circonstances, Mark trouva sa décision raisonnable.

— Moi, j'ai passé un mois dans un hôtel où j'entendais les gens tousser toute la nuit. Le comptable de Cooper Winslow, avec qui je suis en relation dans mon travail, savait qu'il louait sa maison de gardiens et une aile de son manoir. Je suis tombé immédiatement amoureux de l'endroit, et je pense que le cadre sera idéal pour mes enfants. C'est inespéré de vivre au milieu d'un parc. J'ai emménagé il y a deux semaines, et c'est tellement calme que je dors comme un bébé. Est-ce que vous voulez venir jeter un coup d'œil chez moi ? C'est totalement différent d'ici. Vous veniez juste de louer cette maison quand j'ai visité l'endroit, mais je pense que mon appartement conviendra de toute façon mieux à mes enfants.

C'était tout ce qui lui importait, surtout depuis qu'il les avait vus si malheureux à New York, le week-end précédent. Jessica se disputait constamment avec sa mère, et Jason semblait à l'écart de tout, complètement isolé. Il n'avait trouvé ni son fils ni sa fille en bonne forme, et leur mère non plus d'ailleurs. Il ne l'avait jamais vue aussi stressée. Elle venait de réduire leur vie en miettes, et il se demandait si elle ne trouvait pas le résultat de sa décision moins idyllique qu'elle ne l'avait imaginé. Elle avait choisi un chemin abrupt et difficile non seulement pour eux, mais aussi pour elle.

— Je vais aller prendre une douche, déclara Jimmy. Je passerai chez vous dans un moment, si vous êtes là. Vous voulez jouer un peu au tennis, cet après-midi ?

Il n'avait pas rejoué depuis la mort de Maggie.

— Avec plaisir. Je ne suis pas encore allé voir le court, parce que je n'avais personne avec qui jouer. Mais en revanche j'ai déjà profité de la piscine. Elle est très agréable, et toute proche de mon appartement. J'avais prévu de faire quelques brasses tous les soirs en rentrant du bureau, mais je n'en ai pas encore eu le temps.

— Est-ce que vous avez déjà aperçu Cooper Winslow ? demanda Jimmy avec un petit sourire.

De toute évidence, il se sentait mieux, et Mark s'en réjouit.

— Oui, mais je ne lui ai pas encore parlé. Je l'ai seulement vu de loin une fois ou deux, en voiture, toujours avec de très jolies femmes. J'ai l'impression qu'il collectionne les jeunes filles.

— C'est sa réputation, en tout cas ! Et je crois qu'il n'a pas fait grand-chose d'autre de toute sa vie. Il y a des années que je ne l'ai pas vu dans un film.

— Je crois qu'il est en perte de vitesse, ou tout au moins dans une très mauvaise passe, confia Mark. C'est précisément la raison pour laquelle vous et moi sommes ses locataires.

Et aucun d'eux n'avait à s'en plaindre.

— Je m'en doutais. Pourquoi louerait-il une partie de sa propre maison s'il n'avait pas besoin d'argent ? Il faut dire que l'entretien de cette propriété doit coûter une véritable fortune.

— Son comptable vient de remercier tout le personnel. Peut-être que nous le verrons jardiner un de ces jours...

Tous deux se mirent à rire en imaginant la scène. Puis Mark retourna chez lui. Il était heureux d'avoir rencontré Jimmy. Son travail avec les enfants de Watts l'impressionnait beaucoup, et il était profondément touché par ce qui était arrivé à sa femme. Quelle affreuse, horrible malchance... Lui, au moins, avait ses enfants, et même si Janet lui avait brisé le cœur, elle n'était pas morte. Mark ne pouvait imaginer pire drame que celui qu'avait vécu son nouvel ami.

Jimmy se présenta une demi-heure plus tard, propre et frais, les cheveux encore mouillés. Il portait un short et un tee-shirt, et avait apporté sa raquette de tennis.

Il fut très impressionné par l'appartement. Mark avait dit vrai, il n'avait rien de commun avec sa propre maison, et Jimmy préférait cette dernière, mais il voyait bien que cet endroit serait plus pratique pour les enfants. Il y avait beaucoup plus de place, et il supposa qu'ils seraient ravis d'être tout près de la piscine.

— Cooper n'a pas émis d'objection à propos de vos enfants ? demanda Jimmy alors qu'ils se dirigeaient vers le court de tennis.

— Non, répondit Mark, surpris. J'ai dit à l'agent immobilier qu'ils vivaient à New York, et qu'ils ne passeraient malheureusement pas beaucoup de temps ici, sauf pendant les vacances. C'est plus facile pour moi d'aller là-bas. Mais pourquoi cette question ?

— La jeune femme de l'agence m'a laissé entendre que Cooper n'aimait pas beaucoup les enfants. Ce que je peux comprendre, d'ailleurs : votre logement et le mien sont remplis de très belles choses. Ce qui me convient parfaitement, d'ailleurs, car nous n'avions pas beaucoup de meubles, et la plupart d'entre eux étaient abîmés. Comme ça, j'ai pu tout mettre au garde-meubles sans regret. Et puis ça fait du bien de redémarrer sur des bases neuves. Et vous, qu'avez-vous fait de vos affaires ?

— J'ai laissé Janet tout emporter. Je n'ai gardé que mes vêtements. Je pensais que c'était mieux pour les enfants qu'ils conservent leur univers. Cet endroit est un véritable cadeau du ciel. Je crois que j'aurais été incapable d'aller racheter des meubles, ç'aurait été une véritable épreuve. Je serais resté dans mon hôtel, au moins pour quelque temps. Je n'avais vraiment pas la tête à meubler un appartement. Alors que je suis arrivé ici tout simplement, avec mes valises. Le temps de les déballer, j'étais chez moi. D'un coup de baguette magique.

— Oui, approuva Jimmy. Ça s'est passé de la même façon pour moi...

Mark était bien placé pour le savoir.

Ils trouvèrent facilement le court de tennis mais furent déçus de constater qu'il était en assez mauvais état. Ils essayèrent de faire un match, mais la surface était craquelée et trop irrégulière. Finalement, ils se contentèrent d'échanger quelques balles à la volée par-dessus le filet. L'exercice leur fit tout de même du bien, et en quittant le court ils allèrent piquer une tête dans la piscine avec plaisir. Mark nagea un peu tandis que Jimmy lézardait au soleil, puis ils se séparèrent, et Jimmy rentra chez lui après avoir invité Mark à venir dîner en sa compagnie. Il avait prévu de se faire un steak au barbecue et, par réflexe, en avait acheté deux.

— Ça me semble une excellente idée, acquiesça Mark. J'apporterai le vin.

Une heure plus tard, il arrivait avec une bonne bouteille de cabernet sauvignon californien. Ils s'installèrent sur la terrasse de Jimmy et parlèrent de la vie, du sport, de leur travail, des enfants de Mark et de ceux que Jimmy aurait aimé avoir et aurait peut-être un jour. Ils évitèrent de parler de leurs femmes, c'était encore trop douloureux pour l'un comme pour l'autre. Mark admit qu'il n'était pas prêt à essayer de rencontrer quelqu'un d'autre, et Jimmy se demanda si cela lui arriverait un jour. Pour le moment, il en doutait, mais à trente-trois ans il était difficile de prendre une décision radicale à ce sujet. Ils convinrent tous les deux qu'ils allaient simplement laisser du temps au temps et voir ce qu'il adviendrait. Finalement, leur conversation dériva sur Cooper, sur ce qu'ils pensaient de lui tous les deux, sur sa véritable personnalité, si toutefois il en avait une derrière son image de star. Jimmy avait une théorie selon laquelle quiconque vivait dans les sphères hollywoodiennes aussi longtemps que lui finissait par voir la réalité de façon déformée. C'était sans doute le cas pour Cooper, du moins à en croire ce qu'ils avaient tous deux lu à son sujet.

A ce moment précis, alors qu'ils bavardaient dans le patio de Jimmy, Cooper était chez lui, au lit avec Charlene. C'était vraiment une déesse du sexe, et il avait réalisé avec elle des prouesses auxquelles il n'avait plus songé depuis des années. Grâce à elle, il recouvrait sa jeunesse ; elle l'obligeait à se surpasser, et il s'amusait comme un fou. Par moments, elle avait des attitudes de chaton adorable qui lui donnaient envie de la taquiner, puis elle se muait un instant plus tard en lionne féroce et le mettait au défi de la dompter. Elle le garda éveillé une grande partie de la nuit, et le lendemain matin, elle se glissa sans bruit au rez-de-chaussée pour lui préparer un petit déjeuner. Elle avait l'intention de le surprendre avec un vrai festin, avant de faire de nouveau l'amour.

Elle se tenait dans la cuisine, vêtue seulement d'un string et d'une paire de mules en satin rouge à talons hauts, quand elle entendit un bruit de clé et une porte qui s'ouvrait. Elle se retourna et découvrit Mark, en caleçon, les cheveux blonds en bataille. On eût dit un adolescent tombé du lit. Elle se contenta de sourire, sans un mouvement pour s'excuser ou dissimuler sa nudité.

— Salut, moi c'est Charlene, dit-elle gaiement, aussi à l'aise que si elle avait porté une robe de chambre et des charentaises.

Il ne remarqua même pas son visage, tant il était hypnotisé par ses seins généreux, le triangle de tissu qui lui tenait lieu de vêtement, et ses jambes interminables. Il lui fallut une bonne minute pour lever les yeux et rencontrer son regard d'émeraude.

— Oh, mon Dieu... Je suis désolé... Paloma m'a dit que Cooper n'utilisait jamais sa cuisine le week-end... Mon four est en panne, et la machine à expresso est cassée... Je venais juste me faire un café... Elle m'a donné la clé...

Il en bégayait presque, alors que son interlocutrice ne paraissait pas gênée le moins du monde. Au contraire, elle sourit d'un air amical et amusé.

— Je vais vous faire un café. Cooper dort encore.

Mark se demanda si elle était simplement une actrice ou un mannequin que Cooper avait ramené pour la nuit, ou si elle était sa véritable petite amie du moment. Deux semaines plus tôt, il l'avait vu avec une blonde...

— Non, je vous en prie, je... Je suis terriblement désolé...

Mais elle restait là, lui souriant toujours, ses seins presque sous son nez.

— Il n'y a pas de problème, ne vous inquiétez pas.

Elle ne paraissait absolument pas embarrassée d'être nue devant lui. Et s'il ne s'était pas senti aussi ridicule, il aurait éclaté de rire tant la scène était cocasse. Mais il était affreusement gêné, et incapable de faire un geste. Tandis qu'il demeurait immobile, l'air mortifié, elle lui prépara une tasse de café et la lui tendit.

— Est-ce que vous êtes le locataire ? demanda-t-elle d'un ton détaché alors qu'il prenait la tasse et tentait de battre en retraite.

— Oui.

Qui d'autre pouvait-il être ? Un cambrioleur ? Un visiteur inopiné ?

— Je ne reviendrai pas. Je vais acheter une nouvelle cafetière, précisa-t-il. Et peut-être est-il préférable que vous ne disiez rien à Cooper...

Elle était vraiment d'une beauté époustouflante.

— D'accord, dit-elle gentiment en sortant du réfrigérateur une bouteille de jus d'orange pour en servir un verre à Cooper.

Alors que Mark s'apprêtait à quitter la pièce, elle lui lança :

— Vous voulez un peu de jus d'orange ?

— Non merci... Vraiment. Ça va. Merci pour le café.

Et il disparut aussi vite qu'il le put.

Il verrouilla la porte de communication puis demeura debout sur le seuil de son salon, un sourire béat aux lèvres. Il n'arrivait pas à croire ce qui venait de lui arriver. La scène était digne d'un mauvais film ! En tout cas, cette fille avait indiscutablement un corps de rêve, et une crinière noire magnifique.

Il ne pouvait s'empêcher de repenser à l'incident, et plus il y réfléchissait, plus la scène lui semblait comique. Une fois habillé, il ne put résister à l'envie de marcher jusqu'à la maison de gardiens pour raconter sa petite aventure à Jimmy. Il s'était également promis d'aller acheter une nouvelle cafetière l'après-midi même.

Quand Mark arriva, Jimmy était assis sur sa terrasse en train de lire un journal, une tasse de café à la main. Il leva la tête et sourit à son visiteur, qui ne parvenait pas à contenir son hilarité.

— Tu ne devineras jamais où j'ai pris mon café ce matin, et avec qui.

Très rapidement, ils avaient pris l'habitude de se tutoyer.

— Probablement pas, répondit Jimmy, mais à voir ta tête, je devine que c'était plutôt agréable.

Mark lui expliqua l'histoire de Paloma et de la clé, du fourneau et de la machine à expresso hors d'usage, avant de lui raconter qu'il avait fait la connaissance, dans la cuisine de Cooper, d'une superbe créature prénommée Charlene et à peu près nue, à l'exception de son string et de ses chaussures à talons, l'air parfaitement à l'aise alors qu'elle lui préparait un café.

— Je me serais cru dans un film. Et imagine qu'il soit arrivé... J'aurais probablement été expulsé sur-le-champ.

— Ou pire ! suggéra Jimmy.

Il riait autant que son ami. Quelle vision cocasse que celle de Mark en sous-vêtements, face à une femme nue en train de lui servir un café !

— Elle m'a aussi proposé du jus d'orange, mais je me suis dit que rester une minute de plus serait abuser de ma chance.

— Tu veux une autre tasse de café ? Mais je dois te prévenir que le service est un peu moins raffiné, ici !

— Oui, avec plaisir.

Ils étaient comme deux gamins récemment arrivés dans la même école et ravis de s'être trouvés l'un l'autre. Par ailleurs, leurs situations étaient suffisamment similaires pour créer un lien entre eux. Certes, ils avaient leur propre vie et leurs propres amis, mais tous les deux avaient fui leur cercle habituel ces derniers temps. Les drames qu'ils avaient vécus les avaient déstabilisés, et ils se sentaient mal même avec leurs amis les plus proches. Ils s'étaient un peu isolés du monde et venaient de se découvrir un compagnon dans cet isolement, quelqu'un avec qui ils étaient plus à l'aise qu'au milieu des gens qui les avaient connus du temps où l'un comme l'autre étaient en couple. Parfois la pitié des vieux amis était un poids trop lourd à porter. Ensemble, au contraire, ils avaient l'impression de prendre un nouveau départ.

Mark regagna son appartement environ une demi-heure après, car il avait rapporté du travail de son bureau. Mais ils se retrouvèrent à la piscine plus tard dans l'après-midi. Entre-temps, Mark s'était acheté une nouvelle machine à expresso, et Jimmy avait achevé de déballer ses cartons. Il avait exposé une demi-douzaine de photos de Maggie à des endroits bien précis de la maison. Etrangement, il se sentait moins seul quand il pouvait voir son visage. De temps en temps, tard dans la nuit, il était terrifié à l'idée d'oublier à quoi elle pouvait ressembler.

— Tu as pu finir ton boulot ? demanda-t-il en s'installant confortablement sur une chaise longue.

— Oui, répondit Mark en souriant. Et j'ai acheté une nouvelle cafetière. Je vais rendre sa clé à Paloma dès demain matin. Je ne renouvellerai plus jamais cette expérience, malgré son caractère disons… esthétique !

L'image de Charlene en string le faisait encore sourire.

— Est-ce que tu doutais du goût de notre propriétaire ? demanda Jimmy, qui avait lu dans ses pensées.

— Non, c'est vrai. Mais je ne m'attendais pas à profiter ainsi du spectacle de sa vie sexuelle.

— Je crois que c'est un spectacle qui se joue depuis très longtemps, et que les actrices principales changent souvent…

Jimmy paraissait aussi amusé de l'aventure que Mark lui-même. Une demi-heure plus tard, ils étaient toujours en train de discuter tranquillement quand ils entendirent une grille s'ouvrir en grinçant et se refermer dans un claquement. Quelques instants plus tard apparut un homme élégant et élancé, aux cheveux argentés, pieds nus dans des mocassins en crocodile. Il incarnait la perfection.

Jimmy et Mark sursautèrent comme des gamins pris en faute — sans raison, puisque tous deux avaient le droit d'utiliser la piscine. Cooper n'y venait que pour les rencontrer. Il les avait aperçus de sa terrasse, pendant que Charlene prenait sa douche au premier étage.

— Je ne voulais pas vous déranger, commença-t-il, mais seulement vous dire bonjour. Etant donné que vous êtes maintenant mes hôtes, je trouve que c'est la moindre des choses.

Ils réprimèrent tous les deux un sourire en entendant le mot « hôtes ». Pour dix mille dollars par mois, le terme était quelque peu abusif. Ils n'étaient pas ses hôtes, mais ses locataires.

— Je suis Cooper Winslow, dit-il avec un sourire charmeur en tendant la main d'abord à Jimmy puis à Mark. Où habite chacun de vous deux ? Vous connaissiez-vous auparavant ?

Il était finalement aussi curieux d'eux qu'ils l'étaient de lui.

— Je suis Mark Friedman, et j'occupe l'aile des invités. Et nous ne nous sommes rencontrés qu'hier, quand Jimmy a emménagé dans la maison de gardiens.

— Je m'appelle Jimmy O'Connor, précisa l'intéressé en serrant la main du bel homme qui se penchait vers lui.

Mark et Jimmy avaient l'impression d'être deux collégiens qui rencontraient le proviseur pour la première fois. Tous deux constataient que Cooper n'avait pas usurpé sa réputation d'homme charmant. Elégant et tiré à quatre épingles, il n'en demeurait pas moins simple et aimable. Même son jean parfaitement repassé épousait à merveille ses longues jambes. Et s'ils avaient dû déterminer son âge, aucun d'eux ne lui aurait donné ne fût-ce que soixante ans — il paraissait bien plus jeune que cela. En aucun cas il ne semblait concevable qu'il pût avoir soixante-dix ans. On ne pouvait s'étonner qu'il fût adoré des femmes. Il possédait une classe, un charme indiscutables. En bref, il avait tout d'une légende d'Hollywood.

Il prit place dans l'un des fauteuils de jardin et leur adressa un sourire.

— J'espère que vous êtes tous les deux installés confortablement dans vos logements respectifs.

— Aucun problème, répondit Mark avec une certaine précipitation, priant pour que Charlene ne lui eût pas rapporté leur aventure du matin.

A vrai dire, il redoutait qu'elle n'eût pas tenu sa langue et que ce fût l'objet de la visite de Cooper.

— C'est un endroit extraordinaire, ajouta-t-il d'un ton admiratif en essayant de chasser de son esprit l'image de la jeune femme en string qui lui avait servi son café.

Devinant à quoi il pensait, Jimmy esquissa un sourire, une étincelle de malice dans les yeux.

— Oui, je me suis toujours beaucoup plu ici, reprit Cooper en balayant du regard sa propriété. Il faudra que vous veniez dans mes appartements, peut-être pour dîner un soir.

C'est alors qu'il se rappela qu'il n'avait plus de cuisinier, ni de maître d'hôtel, ni personne qui pût le servir correctement. Il allait être condamné à faire appel à des traiteurs s'il voulait inviter des gens à dîner. En aucun cas il ne pouvait compter sur Paloma pour préparer autre chose que de la pizza ou des tacos, malgré son bon niveau d'anglais. Avec ou sans accent, c'était une rebelle, farouchement indisciplinée. S'il lui demandait de servir à table, nul ne pouvait prévoir comment elle allait se comporter.

— D'où venez-vous, tous les deux ?

— Je suis originaire de Boston et je suis ici depuis huit ans, répondit Jimmy. Je suis venu pour terminer mes études. Et je me plais beaucoup dans la région.

— Quant à moi, expliqua Mark à son tour, je suis arrivé il y a dix ans, de New York.

Il faillit ajouter « avec ma femme et mes enfants », mais se retint. L'allusion le déprimait trop, surtout s'il devait ensuite expliquer pourquoi ils n'étaient plus avec lui.

— Vous avez tous deux fait le bon choix, commenta Cooper. Moi aussi je suis originaire de la côte Est, et je ne supporte plus le temps qu'il fait là-bas, surtout l'hiver. La qualité de vie est bien meilleure ici.

— Surtout dans une propriété comme celle-ci ! observa Jimmy avec admiration.

Il était fasciné par le personnage de Cooper Winslow, par le fait que ce dernier pût ainsi rester assis à bavarder avec eux, parfaitement à l'aise, l'air bien dans sa peau, même s'il était évident qu'il avait l'habitude d'être l'objet de l'attention, voire de l'adulation générales. De toute évidence, il était parfaitement conscient de son pouvoir de séduction. Il en vivait même depuis un demi-siècle, ce qui faisait de lui une exception dans les statistiques, étant donné son bel âge.

— Bien, j'espère que vous serez tous les deux heureux ici. Si vous avez besoin de quoi que ce soit, faites-le-moi savoir.

Mark se garda bien de se plaindre de son fourneau ou de sa machine à café défectueuse. De toute façon, il avait décidé de tout prendre en charge lui-même et de déduire le montant correspondant de son prochain chèque de loyer. Il ne tenait pas à voir la conversation dériver vers l'histoire de son café du matin, toujours terrifié à l'idée que la femme aux beaux seins eût révélé l'affaire à Cooper. Malgré sa promesse de se taire, Mark craignait de ne pas pouvoir lui faire confiance.

Leur propriétaire parla avec eux encore un petit moment, puis il leur décocha l'un des sourires radieux dont il avait le secret, avant de prendre congé. Après son départ, les deux jeunes compères échangèrent un regard, mais ils attendirent plusieurs minutes avant de prendre la parole.

— Bonté divine ! s'exclama Mark le premier. Tu as vu le physique qu'il a ? C'est incroyable, non ? Je déclare forfait ! Qui peut rivaliser avec lui ?

Il n'avait jamais été aussi impressionné par quelqu'un de toute sa vie. Cooper Winslow était le plus bel homme qu'il eût jamais vu. Mais Jimmy semblait moins impressionné quand il répondit, d'un air pensif :

— Il y a juste un problème, dit-il dans un murmure car il ne tenait pas à ce que Cooper risquât de l'entendre. On ne peut pas s'empêcher de se demander s'il y a un cœur derrière cette belle façade, ou si le tout n'est qu'une combinaison artificielle de charme, d'élégance et de vêtements parfaitement coupés.

— Peut-être que cela suffit, observa Mark en pensant à Janet.

Elle n'aurait jamais quitté un homme qui possédait l'allure, l'esprit et le charme de Cooper Winslow. Mark se sentait terriblement ordinaire à côté de lui. Dès l'instant où il était apparu, tous ses doutes sur lui-même avaient refait surface.

— Non, ça ne suffit pas, rétorqua Jimmy avec sagesse. Ce type n'est qu'une coquille, son discours est parfaitement vide et sans intérêt. Il n'y a que de l'apparence, chez lui. Et regarde les femmes qu'il séduit. Qu'est-ce que tu préféreras dans trente ans, une actrice de vingt ans qui te servira ton petit déjeuner en string, ou une personne sensée, avec qui tu pourras parler ?

— Est-ce que je peux prendre le temps de réfléchir avant de te répondre ? demanda Mark.

Tous deux éclatèrent de rire.

— Bon, d'accord, c'est peut-être amusant pendant un moment, concéda Jimmy. Mais après ? Je crois que ça me rendrait dingue.

Maggie était tellement complète ! Brillante, vraie, belle, sexy... Elle était tout ce qu'il avait pu désirer, et il avait moins envie que jamais d'une fille sans cervelle. Quant à Mark, il ne voulait personne d'autre que Janet. Mais à première vue, Cooper Winslow donnait l'impression d'avoir atteint la perfection. Même Jimmy devait admettre qu'il était impressionnant.

— En fait, si j'avais le choix, je lui laisserais sa donzelle à gros seins et je prendrais ses mocassins. Ils sont superbes.

— Je te laisse les mocassins, je prends la fille ! Dieu merci, il n'a pas fait allusion à ma rencontre avec elle ce matin, ajouta Mark avec un soupir de soulagement.

— Je savais que c'était à ça que tu pensais, dit Jimmy en riant.

Il aimait bien Mark. C'était quelqu'un de sympathique, qui partageait les mêmes valeurs que lui, et avec qui il avait plaisir à converser. Ils deviendraient sans doute amis. En tout cas, leur relation s'annonçait sous les meilleurs auspices.

— Enfin, maintenant, nous l'avons rencontré. Il a vraiment l'allure d'une star de cinéma, n'est-ce pas ? reprit Jimmy en repensant à leur entrevue. Je me demande qui lui repasse ses vêtements. Les miens ont toujours été froissés depuis que je suis parti de chez mes parents. Maggie n'a jamais voulu toucher un fer à repasser. Elle disait que c'était contre sa religion.

Elle était à la fois fervente catholique et féministe, et la première fois qu'il lui avait demandé de faire une lessive, elle avait failli le frapper.

— Je porte toutes mes affaires au pressing, même mes sous-vêtements, avoua Mark sans aucun complexe. La semaine dernière, je me suis trouvé à court de chemises, et j'ai dû aller en acheter six neuves. Les tâches ménagères ne sont pas mon fort. D'ailleurs, je paie Paloma pour qu'elle me fasse un peu de ménage ; peut-être que si tu le lui demandes, elle sera d'accord pour te rendre le même service.

Elle s'était montrée incroyablement gentille envers lui et semblait non seulement capable et de bonne volonté, mais intelligente et sage. Il avait longuement parlé de ses enfants avec elle, et tout ce qu'elle lui avait dit était réconfortant et sensé. Il la respectait au plus haut point.

— Ça va aller, répondit Jimmy. Je suis un vrai artiste avec un aspirateur et du détergent. Maggie ne touchait pas à ça non plus.

Mark n'osa pas lui demander de lui parler davantage de Maggie. Elle possédait, de toute évidence, suffisamment de vertus pour que Jimmy eût totalement succombé à ses charmes, au point de ne plus pouvoir envisager une relation avec une autre femme. Un peu plus tard cet après-midi-là, il lui raconta qu'il l'avait rencontrée à Harvard. C'était donc une jeune fille très brillante.

— Janet et moi nous sommes rencontrés à la fac de droit. Mais elle n'a jamais travaillé. Elle est tombée enceinte presque tout de suite après notre mariage, et elle est restée à la maison pour s'occuper des enfants.

— C'est pour cette raison que nous n'avions pas encore de bébé. Maggie était toujours déchirée entre son envie de poursuivre sa carrière et celle de fonder une famille. En bonne Irlandaise, elle était convaincue que la place d'une mère était à la maison, avec ses enfants... Mais j'étais certain que nous trouverions une solution tôt ou tard.

En revanche, il n'avait jamais envisagé qu'un drame surviendrait, qui résoudrait définitivement la question...

Au bout d'un moment, ils se remirent à parler de Cooper, et à six heures Jimmy rentra chez lui. Il avait promis de retrouver des amis pour le dîner. Il proposa à Mark de se joindre à eux, mais l'avocat répondit qu'il avait du travail : il n'avait pas terminé de lire ses documents sur les dernières dispositions fiscales. Ils se séparèrent donc, en songeant qu'ils avaient passé un excellent week-end. Chacun s'était fait un ami et se trouvait heureux dans sa nouvelle résidence. Et tous deux étaient contents d'avoir fait la connaissance de Cooper Winslow. Il ne les avait pas déçus. Il était exactement la star que tout le monde décrivait, la légende d'Hollywood incarnée.

Jimmy et Mark se promirent de dîner ensemble un soir de la semaine suivante. Et, alors que Jimmy remontait le chemin qui menait à la maison de gardiens, Mark pénétra dans son appartement, souriant tout seul en se remémorant son café du matin et la beauté qui le lui avait servi. Bienheureux Cooper Winslow...

7

Le lendemain de sa rencontre avec Mark et Jimmy à la piscine, Cooper reçut un coup de téléphone de Liz. Il était ravi de l'entendre. Il s'était à peine écoulé une semaine depuis son mariage, et elle était encore en pleine lune de miel, mais elle s'inquiétait déjà pour lui.

— Où êtes-vous ? demanda-t-il avec un sourire en reconnaissant le son de sa voix.

Il trouvait toujours étrange de ne pas voir son visage chaque matin.

— A Hawaï, répondit-elle fièrement.

— Quelle vulgarité ! plaisanta Cooper. Je persiste à penser que vous devriez quitter votre type et revenir. Nous pourrions faire annuler le mariage en un clin d'œil !

— Ne vous avisez pas d'essayer, je suis enchantée d'être une femme mariée et respectable.

Ce statut lui plaisait bien plus qu'elle n'aurait pu l'imaginer. Elle utilisait son nom de femme mariée à tout bout de champ et regrettait même de ne pas avoir franchi le pas plus tôt. C'était merveilleux d'être l'épouse de Ted.

— Vous me décevez beaucoup, Liz. Je croyais que vous aviez plus de personnalité. Nous étions les derniers survivants... A présent, il ne reste plus que moi.

— Eh bien, vous devriez peut-être vous marier aussi. Ce n'est pas si affreux. On dit même qu'il y aurait quelques petits avantages fiscaux...

En réalité, elle avait trouvé l'homme parfait, et elle l'adorait. Ted était aux petits soins pour elle. Et malgré les désagréments qu'elle lui avait causés en le quittant, Cooper était heureux pour elle.

— Abe aussi dit que je devrais me marier. Il me conseille de trouver une femme riche. C'est fou ce que ce type peut être grossier.

— Ce n'est pourtant pas une mauvaise idée, observa-t-elle en riant.

Elle avait toutefois du mal à imaginer Cooper marié, installé avec une seule femme. Il aimait beaucoup trop batifoler. Il lui fallait en permanence un harem pour le distraire.

— De toute façon, cela fait des années que je n'ai pas rencontré une femme riche. Je ne sais pas où elles se cachent. Et puis, en général, je préfère leurs filles.

Voire leurs petites-filles, ces derniers temps... Ils y songèrent tous les deux, mais ni lui ni elle ne formulèrent cette observation à voix haute. Au fil des années, Cooper avait eu son compte d'héritières et de femmes mûres très riches, mais il avait toujours préféré les plus jeunes. Il y avait même eu, parmi ses conquêtes, une princesse hindoue et deux Saoudiennes richissimes. Mais quels que fussent leur rang ou leur fortune, Cooper finissait toujours par se lasser d'elles. Il y en avait toujours une plus belle, plus attirante, un peu plus loin, et il ne se privait jamais de se l'offrir. Cette liberté lui était nécessaire, et Liz était convaincue qu'il en serait toujours ainsi. Même s'il vivait centenaire, il irait toujours voir ailleurs si l'herbe était plus verte.

— Je voulais juste m'assurer que vous étiez raisonnable, dit-elle gentiment.

Elle éprouvait une très grande affection pour lui, et il lui manquait vraiment.

— Comment va Paloma ?

— Elle est absolument merveilleuse, répondit Cooper avec conviction. Elle me fait des œufs au plat qui ressemblent à des semelles, elle met du poivre sur mes toasts, elle a transformé mes chaussettes en cachemire en chaussons pour bébé, et elle a un goût exquis. J'en suis même venu à aimer ses lunettes en strass. Je ne vous parle pas des escarpins fuchsia qu'elle porte avec son uniforme, quand elle ne met pas ses baskets en léopard. C'est un bijou, Liz. Dieu seul sait où vous l'avez dénichée.

La vérité était que Paloma l'irritait passablement mais qu'il avait pris goût au petit jeu de provocations auquel ils se livraient ensemble.

— C'est une gentille fille, Cooper. Montrez-lui ce qu'elle doit faire, vous verrez, elle apprendra. Elle a travaillé avec les autres pendant un mois, elle en a forcément retiré quelque chose.

— Je crois que Livermore l'avait fait attacher à des chaînes au sous-sol... Il faudrait peut-être que j'essaie. A propos, j'ai rencontré mes hôtes, hier.

— Vos hôtes ? interrogea Liz, étonnée.

Elle ne voyait pas de qui il voulait parler.

— Les deux hommes qui vivent respectivement dans la maison de gardiens et dans l'aile des invités. Mes locataires.

— Ah, ces hôtes-là ! Comment les trouvez-vous ?

— Ils ont l'air convenable. L'un est avocat et l'autre travailleur social. Le travailleur social est diplômé d'Harvard et a l'air d'un ado. L'avocat semble un peu nerveux mais s'est montré charmant. Ils ont l'air de savoir se tenir. Tant qu'ils ne se mettent pas à jeter des bouteilles de bière dans la piscine ou à adopter d'indésirables orphelins... En tout cas, ils n'ont l'air ni de criminels ni de drogués. Je pense que nous avons eu de la chance.

— On dirait bien. L'agent immobilier m'a assuré qu'ils étaient dignes de confiance.

— Il se pourrait qu'elle ait eu raison. Je ne me prononcerai définitivement que lorsqu'ils auront passé un peu plus de temps ici, mais pour le moment je ne vois pas de problème majeur.

La nouvelle procura à Liz un immense soulagement. Elle s'inquiétait de cette cohabitation, et c'était précisément pour cette raison qu'elle avait téléphoné.

— Mais au fait, pourquoi m'appelez-vous ? demanda Cooper. Vous devriez être en train de faire sauvagement l'amour sur une plage avec votre plombier !

— Il n'est pas plombier, il travaille à la Bourse. Et à l'heure qu'il est, il joue au golf avec un client.

— Il est parti en lune de miel avec des clients ? Liz, c'est très mauvais signe. Demandez le divorce immédiatement !

Il riait, et Liz aussi, apaisée de le trouver de si bonne humeur.

— Il a rencontré ce client ici par hasard, précisa-t-elle. Cooper, je rentre dans une semaine, je vous appellerai. En attendant, tenez-vous tranquille et n'achetez pas de parure de diamants, sans quoi vous donneriez un ulcère à ce pauvre Abe Braunstein.

— Il le mériterait. Il n'y a pas un seul homme plus dépourvu de goût et d'humour que lui sur cette terre. C'est à vous que je devrais envoyer un bracelet en diamants, rien que pour le contrarier. Vous, au moins, vous en êtes digne.

— Je porte en permanence la magnifique bague que vous m'avez offerte quand je suis partie, avoua-t-elle.

Elle lui était toujours reconnaissante de ce cadeau. Mais ce n'était pas le moment de s'attendrir.

— Nous parlerons plus longuement à mon retour, trancha-t-elle. Prenez bien soin de vous, Cooper.

— Soyez sans crainte, Liz. Merci d'avoir appelé.

Il prenait toujours plaisir à discuter avec elle, et bien qu'il eût du mal à se l'avouer, elle lui manquait terriblement. Depuis qu'elle était partie, il se sentait abandonné. Sa maison et sa vie étaient comme un bateau sans amarres. Il ne savait pas ce qu'il allait devenir sans elle.

Quand il regarda son agenda ce matin-là, il y reconnut son écriture appliquée. Il était invité à dîner chez les Schwartz, un couple qui gravitait autour des stars mondaines d'Hollywood depuis plus de vingt ans. Lui était un important producteur et elle avait été une actrice d'une grande beauté dans les années cinquante. Cooper n'avait pas envie de se rendre à ce dîner, mais il savait qu'ils seraient fâchés s'il ne venait pas. Il avait bien plus envie de passer une nuit supplémentaire avec Charlene... Mais il ne souhaitait pas l'emmener chez ses amis pour autant. Elle était un peu trop vulgaire. Charlene était le genre de fille avec qui il s'amusait et non avec qui il aimait être vu en ville.

En effet, les femmes qui traversaient sa vie se divisaient en plusieurs catégories. Charlene appartenait à celle de l'intimité. Il gardait les stars de cinéma pour les avant-premières et les inaugurations, car en s'affichant avec l'une d'elles, il doublait son impact sur la presse. Il y avait également toute une flopée de jeunes actrices et de mannequins avec lesquelles il aimait sortir. Mais il préférait se rendre seul chez les Schwartz. Leur salon était toujours rempli de gens intéressants et l'on ne savait jamais à l'avance qui on allait y rencontrer, aussi jugeait-il préférable de ne pas être déjà accompagné. De plus, Tom et Louise Schwartz aimaient le recevoir en célibataire, et il les appréciait beaucoup trop pour les décevoir.

Il appela Charlene et lui dit qu'il ne pourrait pas la voir ce soir-là. Elle ne fit pas d'histoire et répondit que, de toute façon, elle avait besoin d'une soirée en solitaire pour son épilation à la cire et sa lessive. Elle ajouta qu'il lui fallait sa dose de « sommeil réparateur », mais sur ce point il savait qu'elle mentait : elle n'en avait absolument pas besoin. Elle pouvait rester éveillée toute la nuit sans problème et était toujours ravissante au matin.

Il déjeuna avec un producteur, puis se fit faire un massage et une manucure. Il enchaîna avec une sieste, but une coupe de champagne en se réveillant et sortit de chez lui à vingt heures.

Le chauffeur qu'il employait quand il sortait l'attendait dans la Bentley. Avec ses cheveux parfaitement coiffés et son smoking impeccable, Cooper était plus beau que jamais.

— Bonsoir, monsieur Winslow, dit poliment le chauffeur.

Cela faisait des années qu'il conduisait Cooper, de même que d'autres stars. Il gagnait bien sa vie, en travaillant ainsi en free-lance. Par ailleurs, pour Cooper, qui préférait généralement conduire lui-même, il était plus logique de l'employer ponctuellement que d'embaucher un chauffeur à temps plein.

Quand Cooper arriva au gigantesque manoir des Schwartz sur Brooklawn Drive, il y avait déjà une centaine de personnes debout dans le hall d'entrée, occupées à boire du champagne et à se saluer. Louise était très élégante dans sa robe bleu nuit, agrémentée d'une fabuleuse rivière de saphirs. Tout autour d'elle, Cooper reconnut les célébrités habituelles, d'anciens présidents accompagnés de leurs épouses, des hommes politiques, des marchands d'art, des producteurs, des réalisateurs, des avocats internationalement connus et bon nombre d'acteurs de cinéma, certains plus en vogue que Cooper, mais en aucun cas aussi célèbres. Il fut instantanément entouré d'une nuée d'admirateurs des deux sexes. Une heure plus tard, la horde se rua vers la salle à manger et Cooper la suivit.

A sa table, il y avait un autre célèbre acteur de sa génération, deux écrivains réputés et un important agent d'Hollywood. Le patron d'un grand studio les rejoignit, et Cooper, qui avait entendu dire qu'il préparait un film parfait pour lui, se promit de penser à lui en parler après le dîner. Il connaissait la femme assise à sa gauche, l'une des figures les plus renommées d'Hollywood, dont les fêtes tentaient toujours de rivaliser avec celles de Louise Schwartz sans jamais y parvenir, mais à sa droite se tenait une jeune femme qu'il n'avait jamais vue. Son visage était délicat et aristocratique, elle avait de grands yeux marron, une peau d'ivoire et les cheveux tirés, ramassés en un chignon qui lui donnait un air de ballerine de Degas.

— Bonsoir, dit-il courtoisement.

Il remarqua qu'elle était petite et vive, et se dit qu'elle était peut-être réellement danseuse. Alors qu'une escouade de serveurs apportait l'entrée, il le lui demanda franchement.

Elle se mit à rire. Ce n'était pas la première fois qu'on lui posait la question, et elle se dit flattée qu'elle vînt de Cooper. Elle l'avait immédiatement reconnu et était ravie de se trouver assise à son côté. Sur le carton posé devant elle était inscrit son nom, Alexandra Madison, mais cela ne disait rien du tout à Cooper.

— En fait je suis interne, dit-elle comme si cela voulait tout dire.

Mais pour Cooper, cela n'expliquait rien du tout.

— Interne… à quoi ? interrogea-t-il avec un air amusé.

Elle n'était pas son genre habituel, mais elle était vraiment jolie. Il la détailla d'un coup d'œil et nota qu'elle avait de très belles mains aux ongles courts, sans vernis, et un visage particulièrement jeune, au teint presque aussi clair que sa robe de satin blanc.

— A l'hôpital, je suis médecin.

— Comme c'est intéressant !

Il était un peu impressionné.

— Et quelle est votre spécialité ? Quelque chose d'utile, j'espère ?

— Seulement si vous avez des enfants. Je suis pédiatre, spécialiste en néonatalogie pour être précise.

— Je déteste les enfants, lui confia-t-il sans ambages avec un sourire qui dévoila ses dents blanches étincelantes.

— Je ne vous crois pas, répondit-elle en riant.

— C'est pourtant vrai. Et les enfants me détestent aussi. Ils savent que je les mange. Je ne les aime que lorsqu'ils se transforment en grandes personnes, surtout en femmes.

Il avait le mérite d'être honnête : les enfants lui inspiraient depuis toujours une profonde aversion, et il se méfiait d'eux. Voilà pourquoi il s'efforçait généralement de choisir des femmes qui n'en avaient pas. Les enfants compliquaient tout et avaient déjà gâché plusieurs de ses soirées. De son point de vue, les femmes sans enfants étaient bien plus plaisantes : pas besoin de se dépêcher de rentrer pour payer la baby-sitter, pas de problème de maladie de dernière minute, pas de jus de fruits renversé sur vos vêtements, personne pour vous dire « je te déteste ». C'était l'une des raisons pour lesquelles il préférait les femmes jeunes, car après trente ans la plupart d'entre elles avaient tendance à se muer en mères.

— Pourquoi ne pas avoir choisi une profession plus distrayante ? Dompteuse de lions par exemple. Ou danseuse — d'ailleurs, cela vous irait très bien. Vous devriez songer à changer de carrière maintenant, avant de vous engager davantage.

Décidément, Alexandra s'amusait beaucoup en sa compagnie. Il l'impressionnait un peu, mais elle appréciait son sens de l'humour. De son côté, bien qu'il jugeât ses choix professionnels douteux et sa coiffure sévère, Cooper la trouvait tout à fait à son goût.

— Il faudra que j'y songe, promit-elle. Et vétérinaire, est-ce que ce serait mieux ?

— Je n'aime pas les chiens non plus. Ils sont dégoûtants. Ils mettent des poils sur vos pantalons, ils mordent et sentent mauvais. Ils sont presque aussi détestables que les enfants. Non, il va nous falloir vous trouver une carrière radicalement différente. Que diriez-vous de devenir actrice ?

— Je ne crois pas que ce soit une bonne idée, répondit-elle en riant alors qu'un serveur disposait du caviar sur son blini.

On mangeait toujours délicieusement bien chez les Schwartz, et Alexandra semblait apprécier le dîner autant que Cooper. Elle était gracieuse et parfaitement à l'aise, comme si elle avait grandi dans des salons de réception comme celui où ils se trouvaient. Il était évident qu'elle venait d'un milieu aisé. Certes, elle ne portait pas de bijoux ostentatoires. Juste un collier de perles et des boucles d'oreilles en diamant. Mais quelque chose en elle respirait l'aisance financière.

Elle renversa les rôles en se tournant vers lui.

— Et vous, alors ?

Elle lui plaisait aussi pour son sens de la répartie. Manifestement, elle était d'une intelligence au-dessus de la moyenne, ce qui représentait un atout, tout au moins à table.

— Pourquoi êtes-vous acteur ? précisa-t-elle.

— Je trouve que c'est amusant. Pas vous ? Imaginez que vous puissiez jouer à être quelqu'un d'autre chaque jour, tout en portant de magnifiques vêtements. C'est très agréable, en fait. Bien plus que ce que vous faites. Vous êtes condamnée à vous promener en vieille blouse froissée, les enfants vous vomissent dessus et pleurent dès qu'ils vous voient...

— C'est vrai. Mais ceux dont je m'occupe sont trop petits pour faire beaucoup de dégâts. Je travaille dans l'unité de soins intensifs. Pour la plupart, mes patients sont des grands prématurés.

— C'est épouvantable, s'écria-t-il en feignant d'être horrifié. Ils doivent être gros comme des souris... Vous risquez d'attraper la rage ! Tout cela est encore pire que je l'imaginais.

Il passait décidément un très bon moment avec elle. De l'autre côté de la table, un homme lui jeta un regard amusé. Quand Cooper faisait appel à son charme pour séduire une femme, c'était du grand art. Mais Alexandra était un adversaire à sa hauteur. Elle était sensible et suffisamment intelligente pour ne pas se laisser dominer ou mettre mal à l'aise. Malgré cela, Cooper, imperturbable, continuait à lui faire passer un véritable oral :

— Et que faites-vous à part ça ?

— Je pilote mon avion, depuis l'âge de dix-huit ans. J'adore aussi le vol à voile, et j'ai souvent sauté en parachute, mais je ne le fais plus, parce que j'ai promis à ma mère d'arrêter. En dehors de cela, je joue au tennis, je fais du ski. Je participais à des courses de moto, mais mon père m'a suppliée de laisser tomber. Et j'ai passé un an en mission humanitaire médicale au Kenya avant de commencer mes études de médecine pour de bon.

— Vous m'avez l'air un peu suicidaire. Et vos parents semblent très impliqués dans vos prouesses athlétiques. Vous les voyez toujours ?

— Quand je suis obligée, répondit-elle du tac au tac.

Il vit dans ses yeux qu'elle disait la vérité. Cette fille avait décidément un incroyable aplomb, et beaucoup d'esprit. Elle le fascinait.

— Où habitez-vous ? demanda-t-il avec intérêt.

— Palm Beach l'hiver, Newport l'été, et je trouve cela aussi monotone qu'ennuyeux. C'est mon côté rebelle...

— Etes-vous mariée ?

Il avait remarqué qu'elle ne portait pas d'alliance et ne s'attendait pas à une réponse positive. Il sentait qu'elle était célibataire, et il possédait un excellent radar pour ces choses-là.

— Non.

Elle avait tout de même hésité un peu avant de répondre.

— J'ai bien failli sauter le pas, ajouta-t-elle.

Habituellement, elle ne le disait pas, mais Cooper était tellement rapide et excessif qu'elle trouvait amusant de se montrer honnête envers lui. Il était étrangement facile de se confier à lui.

— Et alors ? Que s'est-il passé ?

Bien qu'elle continuât à sourire, son visage d'ivoire s'était figé. Ses yeux étaient soudain remplis de chagrin. Seul Cooper, qui l'observait avec attention, pouvait s'en apercevoir.

— Il a dit non devant l'autel. Enfin presque. En fait, ça s'est passé la veille.

— Quel manque de tact ! Je déteste les gens qui font des choses aussi indécentes, pas vous ?

Il cherchait à gagner du temps. Il était évident que l'évocation de ce souvenir l'avait fait souffrir et, brièvement, il regretta d'avoir insisté. Mais elle avait attisé sa curiosité avec sa franchise trop directe.

— J'espère qu'après cela, il est tombé dans un nid de serpents ou dans une fosse pleine d'alligators, enchaîna Cooper. C'est vraiment tout ce qu'il mérite.

— C'est à peu près ce qui lui est arrivé : il a épousé ma sœur.

C'était beaucoup se livrer pour une première rencontre, mais elle se dit qu'elle ne le reverrait sans doute jamais. Ce qu'elle pouvait lui dire n'avait donc pas vraiment d'importance.

— C'est obscène ! Et vous lui parlez encore ?

— Seulement quand j'y suis obligée. C'est à ce moment-là que je suis partie au Kenya. C'était une année passionnante.

C'était sa façon de dire qu'elle ne tenait pas à approfondir le sujet, et Cooper le comprit très bien. Elle s'était montrée incroyablement sincère avec lui, bien plus qu'il n'aurait jamais osé l'être avec un étranger. Il trouvait cela admirable. Puisqu'elle avait évoqué l'Afrique, il se mit à lui parler de son dernier safari, plein de misères et de désagréments. Il avait été invité dans une réserve et, selon lui, ses hôtes n'avaient fait que le torturer de mille et une manières. Il avait haï ce voyage de bout en bout, mais il en décrivait les scènes de façon si cocasse qu'il la fit pleurer de rire.

Ils passèrent ainsi un moment très agréable, assis côte à côte, sans se préoccuper ni l'un ni l'autre de leurs voisins de table. A la fin du repas, elle était encore en train de se moquer de lui, et il regretta de la voir se lever pour aller saluer de vieux amis de ses parents, qu'elle avait aperçus à une table voisine. Avant de l'abandonner, elle dit à Cooper combien elle avait été ravie de le rencontrer, et ce n'était pas une simple formule de politesse. Elle n'était pas près d'oublier cette soirée.

— Je n'ai pas beaucoup l'occasion de sortir, précisa-t-elle. Mme Schwartz est une amie de mes parents. Elle est gentille de m'avoir invitée, et j'ai eu de la chance de pouvoir me libérer pour la soirée, parce que généralement je suis coincée à l'hôpital. En tout cas, je suis ravie d'être venue.

Elle lui serra fermement la main. Cooper aperçut Louise Schwartz qui le regardait avec un sourire plein de sous-entendus.

— Faites attention, Cooper, l'avertit-elle un moment après. Alexandra n'est pas une femme facile, et si vous parvenez tout de même à sortir avec elle, son père vous tuera !

— Pourquoi ? Il fait partie de la mafia ? Sa fille m'a pourtant l'air tout à fait respectable.

— Elle l'est, et c'est précisément pour cela qu'Arthur Madison vous étriperait si vous la touchiez.

Madison. Le nom était universellement connu. Les Madison étaient l'une des plus vieilles et des plus grosses fortunes sidérurgiques du pays. Et Alexandra était médecin. Une combinaison intéressante. Les paroles d'Abe Braunstein résonnaient aux oreilles de Cooper pendant que Louise lui parlait. Ainsi, Alexandra n'était pas seulement riche — c'était probablement l'une des femmes les plus riches qu'il lui avait été donné de rencontrer. Simple et sans prétention, elle était aussi l'une des plus intelligentes. Mieux que cela, elle avait beaucoup d'esprit. Comment ne pas être séduit ?

Pendant qu'elle parlait à différentes personnes, Cooper la regardait de loin avec intérêt. Incontestablement, elle l'avait conquis.

Il la croisa de nouveau alors qu'il partait. En réalité, il avait parfaitement calculé son propre départ pour le faire coïncider avec le sien, et il désigna la Bentley qui attendait dehors.

Il donnait à peu près trente ans à la jeune femme, et l'estimation était juste. Il avait donc exactement quarante ans de plus qu'elle... Mais il ne les faisait pas et ne ressentait d'ailleurs pas non plus cette différence d'âge. De toute façon, elle lui plaisait trop pour qu'il tînt compte de ce genre de détail. Et ce n'était pas son nom qui l'attirait. Aussi étrange que cela pût paraître, il l'appréciait pour ce qu'elle était. Il la trouvait à son goût, tout simplement, ses origines et sa situation financière ne faisant qu'agrémenter le tableau. Il était violemment attiré par elle, et il en eût été de même si elle n'avait eu ni ce père ni cette fortune.

— Je peux vous raccompagner ?

Le ton était amical et ne trahissait aucune arrière-pensée. De toute évidence, ce n'était pas une femme légère, et il entendait bien ne pas la traiter comme telle. Par ailleurs, elle avait souffert, et il voyait bien qu'elle était sur ses gardes.

— J'ai ma voiture, mais merci quand même, répondit-elle poliment alors que l'un des voituriers approchait sa vieille Volkswagen cabossée.

Elle sourit à Cooper.

— Je suis impressionné par tant d'humilité, et j'admire votre discrétion, dit-il avec un petit sourire moqueur.

— C'est simplement que je ne vois pas l'intérêt de dépenser de l'argent pour une voiture que je ne conduis jamais. De toute façon je ne vais jamais nulle part, je travaille tout le temps.

— Ne m'en parlez pas, avec tous ces ignobles bébés souris... Et une école de coiffure, y avez-vous déjà pensé ?

— En fait, c'était ma première idée, mais je n'arrêtais pas de rater le concours. J'étais nulle pour les permanentes.

Il sourit. Elle était aussi vive d'esprit et irrévérencieuse que lui.

— Je suis heureux de vous avoir rencontrée, Alexandra, dit-il en la regardant droit dans les yeux avec ce sourire qui avait fait sa gloire et le rendait irrésistible auprès des femmes.

— Appelez-moi Alex. Moi aussi, je suis contente de vous avoir rencontré, monsieur Winslow.

— « Monsieur Winslow ! » Quelle horreur ! Si vous continuez, je vous appelle docteur Madison... Mais peut-être préféreriez-vous cela, d'ailleurs ?

— Absolument.

En montant dans sa Coccinelle cabossée, elle lui adressa une petite grimace enfantine. Manifestement, cela ne la gênait pas du tout de se rendre à une réception chez les Schwartz dans une voiture digne d'être abandonnée au bord d'une route, et qui l'avait d'ailleurs peut-être été.

— Bonne nuit ! lança-t-elle.

Elle agita la main en s'éloignant.

— Bonne nuit, docteur ! cria-t-il. Prenez deux aspirines et appelez-moi demain matin !

Il vit qu'elle riait alors que sa voiture s'éloignait dans l'allée, et il sourit en prenant place à l'arrière de la Bentley. Il faudrait penser à envoyer des fleurs à Louise demain matin, un beau bouquet de fleurs. Il était si heureux qu'il décida de ne pas voir Charlene cette nuit-là. Il venait de passer une trop bonne soirée avec Alex Madison. Oui, c'était une fille peu banale, et vraiment très prometteuse...

8

Le lendemain, comme prévu, Cooper fit envoyer un énorme bouquet de fleurs à Louise Schwartz. Il hésita à appeler la secrétaire de son amie pour obtenir le numéro d'Alex Madison, puis décida de téléphoner directement à l'hôpital pour essayer de la trouver seul. Il demanda l'unité de soins intensifs néonatals, et le standard finit par trouver le numéro de bipeur d'Alexandra sur la liste des internes. Il lui laissa un message, mais elle ne le rappela pas. Au téléphone, on lui avait expliqué qu'elle était de garde. Il se surprit à être déçu qu'elle ne répondît pas.

Deux jours plus tard, il se mettait de nouveau sur son trente et un. Il était, comme d'habitude, invité à la cérémonie de remise des Golden Globes. Il n'avait pas été nommé pour un rôle depuis plus de vingt ans, mais comme toutes les stars importantes, il ajoutait par sa simple présence du prestige à l'événement. Il devait s'y rendre avec Rita Waverly, l'une des plus grandes actrices qu'Hollywood eût connues ces trente dernières années. Elle était sa cavalière de prédilection pour ces grandes soirées. Ils se fréquentaient depuis des années et attiraient toujours l'attention des journalistes. Son attaché de presse avait même un jour confié à l'un d'eux qu'ils avaient failli se marier, mais que Rita avait du mal à le supporter. Cependant, il y avait maintenant trop longtemps qu'on les voyait ensemble pour que quiconque pût encore croire à cette rumeur. Peu importait, car le simple fait d'être vu avec elle était bon pour l'image de Cooper. En effet, malgré son âge — son dossier de presse lui donnait quarante-neuf ans, mais il savait qu'elle en avait en réalité presque dix de plus —, Rita demeurait une femme incroyablement belle...

Il passa la chercher à son appartement de Beverly Hills, et elle apparut vêtue d'une robe en satin blanc, coupée en biais, épousant un corps qui avait subi des années de privation et toutes les formes possibles d'interventions chirurgicales, pour un résultat incroyablement réussi. Sur son décolleté plongeant, également embelli par les chirurgiens, brillait un collier de diamants d'une valeur de trois millions de dollars, emprunté pour l'occasion chez Van Cleef. En sortant de l'immeuble, elle traînait derrière elle un long manteau de vison blanc. C'était la star hollywoodienne par excellence, exactement comme Cooper, aussi formaient-ils un très beau couple, qui déchaînait les journalistes à chaque cérémonie des Golden Globes. On eût dit qu'ils avaient tous les deux vingt-cinq ans et venaient de remporter l'Oscar.

Comme toujours, dès leur arrivée, la presse se jeta sur eux.

— Par ici ! Par ici ! Rita ! Cooper !

Pendant qu'ils distribuaient à la ronde des sourires rayonnants, les photographes criaient pour avoir un meilleur profil et les fans agitaient leurs carnets d'autographes, sous le crépitement des flashes. Ce genre de soirée eût pu nourrir leur ego pour dix ans, mais ils en avaient tous les deux l'habitude et, alors qu'ils étaient arrêtés tous les trois mètres par des équipes de télévision qui leur demandaient ce qu'ils pensaient des nominations de cette année, Cooper se contentait de rire d'un air parfaitement détaché.

— Merveilleux... Un travail vraiment impressionnant. Devant tant de professionnalisme, on se sent fier de faire ce métier, confia-t-il au hasard mais d'un ton expert à un journaliste.

Rita confirma d'un signe de tête. Avec cette encombrante adulation et tous ces yeux tournés vers eux, il leur fallut presque une demi-heure pour atteindre leur table, où un repas devait leur être servi avant que la cérémonie ne commence. Cooper se comportait de manière ostensiblement attentionnée, se penchant gentiment vers sa compagne, lui tendant une coupe de champagne ou portant son manteau...

— Tu vas bientôt me faire regretter de ne pas t'avoir épousé, plaisanta-t-elle.

Elle savait aussi bien que lui que même s'il l'aimait beaucoup, ces attentions n'étaient destinées qu'à la galerie. Mais cela faisait du bien à leur réputation. Au fil des années, leurs supposées relations amoureuses les avaient régulièrement remis sous les projecteurs. En vérité, il ne s'était jamais rien passé entre eux. Il l'avait bien embrassée une fois, juste pour essayer, mais elle était tellement narcissique qu'elle ne l'aurait pas supporté plus d'une semaine. Lui non plus d'ailleurs, et tous deux savaient très bien à quoi s'en tenir.

Dès que la cérémonie proprement dite commença, les caméras se mirent à balayer le public et firent sur eux un gros plan qui dura une éternité.

— Bon Dieu ! s'exclama soudain Mark, assis avec Jimmy devant la télévision dans la maison de gardiens, une bière à la main.

Ils n'avaient rien de spécial à faire de leur soirée, et Mark avait proposé de regarder la cérémonie. En plaisantant, il avait même dit qu'ils allaient peut-être y apercevoir Cooper. Mais ni l'un ni l'autre n'aurait imaginé le voir ainsi en gros plan aussi longtemps. Les caméras semblaient rester braquées sur lui et sa compagne, comme s'il n'existait plus personne autour.

— Regarde-moi ça !

Mark désigna la télévision et Jimmy sourit.

— Mais qui est-ce, à côté de lui ? Rita Waverly ? Mon Dieu, il connaît vraiment tout le monde, tu as vu ?

Jimmy aussi était impressionné.

— Elle a l'air plutôt bien pour son âge, remarqua-t-il.

Brusquement, il se souvint que Maggie adorait regarder tous ces spectacles hollywoodiens, les Golden Globes, les Oscars, les Grammy et les Emmy Awards. Elle se faisait une joie de reconnaître les vedettes dans la foule. Mais reconnaître Cooper et Rita Waverly n'était pas très difficile, n'importe quel gamin ignare en eût été capable.

— Quelle robe ! s'écria Mark juste avant que la caméra ne se déplace sur un autre couple. Pas mal, hein ? Alors, à quand remonte la dernière fois que tu as vu ton propriétaire sur une chaîne nationale ?

— Je crois qu'à Boston j'en avais un qui avait été arrêté pour trafic de drogue, répondit Jimmy en faisant mine de se creuser la cervelle. J'ai dû le voir une demi-seconde au journal de 20 heures. Je crois qu'il vendait du crack.

Ils se mirent à rire, et Jimmy décapsula une autre bière. Mark et lui éprouvaient de plus en plus de plaisir à se voir. Non seulement ils n'habitaient pas loin l'un de l'autre, mais ils étaient tous deux intelligents et cultivés, et sous le coup d'un chagrin récent. Ils ne voyaient pas grand monde en dehors de leur travail et souffraient de la solitude, sans être prêts ni l'un ni l'autre à sortir avec une nouvelle femme. Aussi étaient-ils ravis de partager un steak et quelques bières un ou deux soirs par semaine.

Quand Cooper eut disparu de l'écran, Jimmy mit un sachet de pop-corn dans le micro-ondes, et ils s'installèrent confortablement sur le canapé pour suivre la cérémonie.

— On va finir par passer pour un vieux couple, dit Jimmy avec un sourire en tendant à Mark un bol de pop-corn chaud, alors que la télévision diffusait la « Meilleure musique de film de l'année pour un film dramatique ».

Mark le regarda et sourit à son tour.

— Possible... Mais ça me va très bien pour l'instant. Un jour, je pense que j'attraperai le carnet d'adresses de Cooper et que j'auditionnerai certaines des filles qu'il n'a pas retenues, mais pas tout de suite.

Jimmy, de son côté, avait fait vœu de célibat. Il n'avait pas l'intention de trahir la mémoire de Maggy, tout au moins dans un avenir proche. Pour l'instant, son amitié avec Mark lui apparaissait comme un véritable don du ciel, et elle suffisait à compenser son absence de vie sociale.

Ce même soir, Alex Madison assurait une garde à l'hôpital pour récupérer la soirée qu'elle avait passée chez les Schwartz en compagnie de Cooper. Elle avait échangé cette dernière avec un autre interne qui avait donné rendez-vous à la fille de ses rêves. Elle venait de passer une soirée stressante quand elle pénétra dans la salle d'attente, à la recherche des parents d'un bébé prématuré de deux semaines qui avait traversé une phase critique un peu plus tôt, mais dont l'état s'était stabilisé. Elle voulait les rassurer, leur dire que les signes vitaux de leur enfant étaient stables, et qu'il s'était endormi. Mais, en trouvant la salle vide, elle se dit qu'ils devaient être sortis manger quelque chose.

Alors qu'elle jetait un œil distrait à la télévision qui était allumée en permanence dans la pièce, elle eut la surprise de tomber sur un gros plan de Cooper. Les caméras venaient juste de se braquer sur lui et elle resta là, bouche bée, avant de s'écrier à voix haute :

— Mais je le connais !

A l'écran, Cooper se penchait vers Rita Waverly pour lui tendre une coupe de champagne, plus beau et charmant que jamais.

C'était étrange de penser qu'il avait fait de même pour elle, avec le même regard, à la soirée des Schwartz, deux jours plus tôt seulement. Cooper était incontestablement un très bel homme et Rita Waverly avait elle aussi beaucoup d'allure.

— Je me demande combien d'opérations de chirurgie esthétique elle a pu subir, dit encore Alex à voix haute sans même s'en rendre compte.

Leur monde était vraiment éloigné du sien. Elle travaillait jour et nuit à sauver des vies et à réconforter des parents dont les bébés étaient entre la vie et la mort, tandis que Cooper et Rita Waverly passaient leur temps à participer à des réceptions somptueuses. Ils étaient toujours sur leur trente et un, portant des costumes coûteux, des fourrures, des bijoux et des robes de soirée, alors qu'elle n'avait presque jamais l'occasion de se maquiller et était en permanence vêtue d'une blouse verte froissée, frappée sur la poitrine du gros tampon de l'assistance publique. Il n'y avait aucune chance qu'elle apparût jamais sur la liste des gens les mieux habillés de l'année ! Mais elle avait choisi cette vie et l'aimait telle qu'elle était. Sous aucun prétexte elle ne serait retournée vivre dans le monde prétentieux et hypocrite de ses parents. Rien que pour cela, ne pas avoir épousé Carter se révélait une bonne chose. Maintenant qu'il s'était élevé socialement en se mariant avec sa sœur, il était devenu aussi snob et arrogant que tous les autres hommes qu'elle détestait dans son ancien milieu.

Bien que lui aussi issu de ce monde, Cooper appartenait à une tout autre espèce : c'était une star de cinéma, une célébrité. Lui au moins avait une excuse pour se conduire de la sorte. C'était son métier de se donner en spectacle.

Un peu plus tard, après l'avoir observé jusqu'à ce que les caméras se soient éloignées de lui, elle retourna dans son service afin de retrouver son univers protégé et sécurisant, plein d'incubateurs et de tout petits bébés connectés à des moniteurs et à des tubes. Et elle ne pensa plus à Cooper ni aux Golden Globes. Elle ne vit même pas son message sur son récepteur de poche avant le lendemain. C'était vraiment le cadet de ses soucis.

Autant Mark, Jimmy et Alex s'étaient amusés à voir Cooper à la télévision, autant Charlene, elle, n'avait pas trouvé cela drôle du tout. Les yeux braqués sur son poste de télévision, elle avait fulminé toute la soirée. Déjà, deux jours plus tôt, il lui avait dit qu'il ne pouvait pas l'emmener chez les Schwartz, sous prétexte qu'ils avaient besoin d'un homme de plus. Il lui avait assuré qu'elle s'y serait ennuyée à mourir, mais elle savait très bien que c'était ce qu'il disait quand il voulait sortir seul. Elle avait rongé son frein, espérant qu'il l'emmènerait au moins aux Golden Globes. Cela lui aurait fait tellement plaisir ! Elle était furieuse qu'il se soit rendu à la cérémonie au bras de Rita Waverly. Evidemment, d'un point de vue professionnel, y aller avec elle ne lui aurait rien rapporté...

— Pauvre type ! lança-t-elle, irritée, en direction du poste. Elle a au moins quatre-vingts ans !

Elle criait à voix haute, à l'instar d'Alex dans la salle d'attente, comme si Cooper pouvait l'entendre. Elle aurait eu un tas de choses à lui dire ! Elle l'avait vu passer le bras autour de la taille de Rita, lui chuchoter quelque chose à l'oreille. Cette dernière riait encore de ce qu'il venait de lui dire, alors que les caméras se tournaient vers une autre star, assise non loin de là.

Ce soir-là, Charlene laissa une demi-douzaine de messages à Cooper, et quand elle réussit enfin à le joindre sur son portable à deux heures du matin, elle était folle de rage.

— Mais où diable es-tu ? s'écria-t-elle, hésitant entre les larmes et la colère.

— Bonsoir à vous aussi, ma chère.

Il avait l'air tout à fait calme.

— Je suis chez moi, dans mon lit, finit-il par répondre. Et toi, où es-tu ?

Il connaissait la raison de son énervement. La situation était prévisible mais inévitable. Pour rien au monde il ne l'aurait emmenée à un événement aussi médiatisé que les Golden Globes. Leur relation n'était pas assez importante à ses yeux pour mériter d'être rendue publique, et de toute façon, être vu avec Rita Waverly lui était bien plus profitable. Il appréciait énormément Charlene et ses semblables, mais en privé. Il n'avait aucune envie de la montrer au reste du monde.

Il avait deviné qu'elle l'avait vu à la télévision.

— Est-ce que Rita Waverly est avec toi ? demanda-t-elle d'une voix où perçait une pointe d'hystérie.

Cooper sut immédiatement que les choses allaient mal tourner. Ce genre de question le poussait toujours à passer rapidement à la prochaine candidate sur sa liste. Charlene avait beau être splendide, son histoire avec elle touchait à sa fin. D'autres beautés l'attendaient, il était temps d'aller voir ailleurs.

— Bien sûr que non, que ferait Rita ici ?

Il avait l'air parfaitement innocent — et d'ailleurs, il l'était.

— C'est à toi de me le dire. Quand je vous ai vus à la télévision, on aurait dit que tu allais la baiser d'un instant à l'autre.

Décidément, le moment était venu.

— Ne sois pas vulgaire, déclara-t-il sur le ton qu'il eût employé pour s'adresser à un enfant insolent qui aurait essayé de lui marcher sur le pied.

Dans les situations de ce type, Cooper retirait toujours son pied, ou bien il prenait l'initiative d'écraser celui de l'autre le premier. Mais il n'avait pas besoin de se conduire ainsi avec Charlene. Il savait qu'il n'avait qu'à disparaître discrètement.

— C'était comme toujours, une épreuve très ennuyeuse, dit-il dans un bâillement bien calculé. Les impératifs du métier, ma chère.

— Alors où est-elle ? glapit Charlene, qui avait bu la quasi-totalité d'une bouteille de vin, en essayant de le joindre toute la soirée.

Par bonheur, il avait eu la sagesse d'éteindre son téléphone portable pendant la cérémonie et n'avait pensé à le rebrancher qu'en rentrant chez lui.

— Qui ? demanda-t-il sans la moindre ironie.

Il avait déjà oublié de qui elle parlait. Elle avait l'air bien éméchée.

— Rita ! insista-t-elle.

— Je n'ai aucune idée de l'endroit où elle se trouve. Dans son lit, je présume. Quant à moi, chère demoiselle, je vais dormir. Je me lève tôt demain pour une publicité. Je ne suis pas aussi jeune que toi, j'ai besoin de sommeil.

— Tu parles ! Si j'étais là, tu sais bien qu'on ne dormirait pas de la nuit.

— Oui, répondit-il en souriant, j'en suis sûr, et c'est justement pour cette raison que tu n'es pas là. Nous avons tous les deux besoin de sommeil.

— Et si je venais maintenant ? bredouilla-t-elle.

Elle avait l'air encore plus ivre qu'auparavant et continuait à boire pendant qu'ils parlaient.

— Je suis fatigué, Charlene, et tu n'as pas l'air très en forme non plus. Laissons tomber pour ce soir, veux-tu ?

Sa voix exprimait une profonde lassitude.

— J'arrive.

— Non, tu ne viens pas, rétorqua-t-il fermement.

— J'escaladerai la grille.

— La patrouille de sécurité t'arrêterait, et ce serait gênant pour toi. Allons dormir et parlons-en demain, conclut-il gentiment.

Il ne voulait pas commencer à se disputer avec elle, alors qu'elle était ivre et énervée.

— Parler de quoi demain ? Est-ce que tu me trompes avec Rita Waverly ?

— Ce que je fais ne te regarde en rien, Charlene. Et le terme « tromper » sous-entend qu'il y aurait entre nous une sorte d'engagement, qui n'existe pas. Maintenant, il serait bon que nous prenions un peu de recul. Bonne nuit, Charlene.

Sur ce, il raccrocha très vite. Son portable sonna presque aussitôt, mais il laissa son répondeur prendre le message. Elle essaya ensuite d'appeler sur le téléphone de la maison et poursuivit ses tentatives pendant près de deux heures. Cooper finit par débrancher le téléphone et s'endormit. Il détestait les femmes possessives qui faisaient des scènes. Il était temps que Charlene disparût. Il regrettait que Liz ne soit plus dans les parages, elle avait toujours été de bon conseil dans ce genre de situation. Si Charlene avait été plus importante à ses yeux, il lui aurait envoyé un bracelet en diamants ou un autre présent impressionnant pour la remercier du temps passé avec elle, mais leur relation n'était pas assez ancienne pour motiver un tel cadeau de rupture. D'ailleurs, dans ce cas, cela n'aurait fait qu'aggraver les choses. Charlene était le genre de fille avec qui il fallait couper brusquement tout lien, et dont il fallait ensuite se tenir éloigné.

En s'endormant, il se dit qu'il était dommage qu'elle eût fait une scène ce soir. Dans le cas contraire, il aurait été ravi de la garder près de lui deux ou trois semaines de plus. Mais après cela, elle s'acheminait vers une sortie expresse. En fait, en entendant son téléphone sonner à distance pour la centième fois, il sut qu'elle était déjà partie. Adieu, Charlene.

Cooper aborda discrètement le sujet avec Paloma le lendemain matin, quand elle lui apporta son petit déjeuner sur un plateau. Bien qu'elle lui eût servi des poivrons pimentés avec ses œufs pochés, elle faisait quelques progrès par rapport aux premiers jours. Enfin, presque... Même après qu'il eut recraché les poivrons, sa bouche le brûla toute la journée. Elle lui assura que c'était un cadeau et il la supplia de ne plus jamais lui faire de cadeau.

— Paloma, si Charlene téléphone, soyez gentille de lui dire que je suis sorti, que je sois là ou pas, d'accord ?

La jeune femme le regarda en plissant les yeux. Il avait finalement appris à la comprendre à travers ses lunettes en strass. Elle, en revanche, n'avait pas changé d'opinion sur son compte. De toute façon, son visage, son corps, ses gestes, tout en elle trahissait la désapprobation, l'énervement et la haine qu'elle éprouvait à son égard. Quand elle parlait de lui à ses amis, elle l'appelait « le vieil obsédé ».

— Vous ne la trouvez plus à votre goût ?

Au moins, elle ne s'évertuait plus à employer son stupide accent lorsqu'elle lui parlait. Elle continuait à prendre plaisir à le défier mais avait mille autres moyens de le faire.

— Ce n'est pas le problème. Simplement, notre... notre petit interlude est terminé.

Il n'aurait jamais eu à expliquer cela à Liz, et il n'avait aucune envie de se justifier auprès de sa bonne. Mais Paloma semblait déterminée à se poser en défenseur des faibles, et surtout de la gent féminine.

— Interlude ? Interlude ? Est-ce que cela veut dire que vous ne couchez plus avec elle ?

Cooper se crispa.

— C'est un peu cru, mais j'ai bien peur que ce ne soit exact. Soyez gentille de ne plus me passer ses appels.

Il ne pouvait être plus clair, aussi ne se méfia-t-il pas quand elle lui annonça, une demi-heure plus tard, que quelqu'un le demandait au téléphone.

— Qui est-ce ? interrogea-t-il distraitement.

Il lisait un script dans son lit en essayant de voir s'il y avait un rôle pour lui.

— Je ne sais pas, une secrétaire, je crois, répondit-elle vaguement.

Il prit le téléphone. C'était Charlene.

Elle reniflait, gémissait de façon hystérique et réclamait de le voir tout de suite en affirmant qu'elle allait faire une dépression nerveuse s'il refusait. Il lui fallut une bonne heure pour s'en débarrasser. Il lui dit qu'il pensait que leur relation ne lui faisait pas de bien et qu'il lui semblait plus sage qu'ils cessent de se voir pendant un certain temps. Il ne lui dit pas que c'était précisément le genre de comédie qu'il essayait d'éviter, et qu'il n'avait aucune intention de la revoir. Quand il raccrocha enfin, elle pleurait toujours mais paraissait plus calme. Il poussa un soupir, et sans prendre le temps de s'habiller, se mit en quête de Paloma. Il la trouva dans le living-room en train de passer l'aspirateur.

Elle portait des baskets neuves en velours mauve assorties à ses lunettes de soleil, toujours ornées de strass, évidemment. Comme elle n'entendait pas un mot de ce qu'il disait, il éteignit l'aspirateur et se planta devant elle, furieux, alors qu'elle affichait la plus parfaite innocence.

— Vous saviez très bien qui c'était, l'accusa-t-il.

Il perdait rarement son sang froid, mais cette fille avait le don de faire ressortir ce qu'il y avait de pire en lui. Il avait envie de l'étrangler, et Abe du même coup, pour avoir renvoyé le reste du personnel et l'avoir laissé seul avec elle. La bienveillance qu'il commençait tout juste à éprouver à son égard avait brusquement disparu. Pour l'heure, elle n'était rien d'autre à ses yeux qu'une sorcière.

— Non. C'était qui ? demanda-t-elle, ingénue. Rita Waverly ?

Elle aussi l'avait vu aux Golden Globes et avait raconté à tous ses amis qui regardaient la télévision combien il était ignoble. Il valait mieux qu'il n'apprît jamais les ignominies qu'elle avait proférées sur son compte.

— C'était Charlene. C'est vraiment idiot d'avoir fait ça ! Résultat, nous étions tous les deux bouleversés. Elle était hystérique, et je déteste commencer ma journée comme ça. Je vous préviens, si elle vient ici et que vous la laissez entrer, je vous jette dehors toutes les deux et j'appelle la police pour leur dire que vous êtes entrées par effraction.

— Ne vous énervez pas tant, dit-elle en essayant de le dominer du regard.

— Je ne suis pas énervé, je suis furieux, Paloma. Je vous l'avais spécifié, je ne veux plus parler à Charlene.

— J'avais oublié. Ou peut-être que je ne savais pas qui c'était. Mais d'accord, je ne répondrai plus au téléphone.

Non seulement elle avait le mot de la fin, mais elle se dispensait d'une obligation, ce qui ne fit qu'énerver Cooper davantage.

— Vous répondrez au téléphone, Paloma. Et vous ne direz pas à Charlene que je suis là. Est-ce clair ?

Elle fit oui de la tête et remit l'aspirateur en marche, comme pour le défier. C'était décidément une grande spécialiste de l'agression passive.

— Bon, très bien. Merci, conclut-il.

Et il remonta l'escalier d'un pas lourd. Mais une fois au lit, il ne parvint pas à se concentrer sur le script. Outre sa colère contre Paloma, il était très agacé par Charlene. En une journée, elle était devenue fatigante, hystérique et impolie par-dessus le marché. Il détestait les femmes qui s'accrochaient de la sorte. Quand l'idylle déclinait, il fallait savoir partir avec élégance. Mais l'élégance n'était pas le fort de Charlene. Il sentait que cela n'allait pas être facile.

Quand il se leva pour se doucher, se raser et s'habiller, il était encore énervé. Il devait déjeuner chez Spago avec un réalisateur qui l'avait dirigé des années auparavant. C'était lui qui avait organisé ce déjeuner, car il voulait savoir ce que ce dernier devenait. Il fallait savoir se tenir au courant des films en préparation, au cas où un bon rôle se présenterait. Au moins, penser à ce genre de choses lui permettrait d'oublier un peu Charlene.

Ce ne fut qu'une fois en route pour le restaurant qu'il se rappela qu'il n'avait pas eu de nouvelles d'Alex. Il décida d'appeler son bipeur et y laissa son numéro de téléphone portable.

Il fut à la fois content et surpris quand elle le rappela, immédiatement cette fois, alors qu'il venait de reposer son portable sur le siège passager.

— Allô, c'est le docteur Madison. Qui est à l'appareil ?

Elle n'avait pas reconnu le numéro et avait pris sa voix officielle, ce qui le fit sourire.

— C'est Cooper. Comment allez-vous, docteur ?

Elle était surprise de l'entendre, et contente malgré elle.

— Je vous ai vu aux Golden Globes, hier soir. Tout comme la totalité des habitants de Los Angeles et la moitié de la population mondiale, je suppose !

— Je pensais que n'aviez pas le temps de regarder la télévision.

— C'est exact. J'étais dans la salle d'attente de mon service, à la recherche des parents de l'un de mes patients, et je vous ai trouvé là, avec Rita Waverly. Vous étiez très beaux tous les deux, ajouta-t-elle, sincère.

Elle avait une voix juvénile, et en quelques phrases il retrouvait l'ouverture d'esprit qu'il avait tant appréciée lors de leur rencontre. Il n'y avait rien d'artificiel chez elle, juste de la beauté et de l'intelligence. Elle était tellement plus agréable que Charlene... Mais la comparaison était injuste, Charlene ne faisait pas le poids. Alex avait tout pour elle : l'allure, le charme, l'intelligence et l'éducation. Elle venait d'un autre monde. Bien sûr, il y avait des choses que Charlene savait faire que des femmes comme Alex ignoraient sans doute totalement ; mais dans le monde de Cooper, il y avait de la place pour les deux, ou tout au moins, il y en avait eu jusqu'à la nuit précédente... En tout cas, Cooper savait qu'il rencontrerait d'autres Charlene, et même un certain nombre. En revanche, les femmes comme Alex étaient rares.

— Il me semble que vous avez également appelé mon bipeur hier, dit-elle innocemment. Je n'ai pas reconnu le numéro et je n'ai pas eu le temps de rappeler. En fait, je ne l'ai découvert qu'aujourd'hui, et quand il s'est affiché de nouveau, je me suis dit qu'il valait mieux que je rappelle, en pensant qu'il devait s'agir d'un collègue. Je suis bien contente que ce ne soit pas le cas.

De fait, elle avait l'air réellement soulagée.

— Eh bien, moi aussi je suis content, surtout quand je pense à ces petits rats miniatures avec lesquels vous jouez au docteur. Je préférerais être barbier plutôt que de faire votre métier.

En vérité, il respectait bien plus le travail d'Alexandra qu'il ne voulait l'admettre. Mais son horreur feinte à propos de la profession de la jeune femme faisait partie de son jeu, et elle le savait.

— Comment était-ce hier soir ? Amusant ? Rita Waverly est vraiment magnifique, en tout cas. Est-ce qu'elle est gentille ?

La question le fit sourire. « Gentille » n'était pas exactement l'adjectif qu'il aurait choisi pour qualifier Rita, et elle-même aurait trouvé le terme insultant. La gentillesse n'était pas une vertu très recherchée à Hollywood. Non, Rita Waverly n'était pas gentille : elle était puissante, importante, belle, sexy, et animée d'une ambition débordante.

— Je dirais qu'« intéressante » serait plus approprié. « Plaisante », aussi. Elle est la star de cinéma personnifiée, conclut-il avec diplomatie.

— Tout comme vous, souligna Alex, lui renvoyant la balle.

Il eut un petit rire.

— Touché ! Quel est votre programme pour le reste de la journée ?

Il aimait bien discuter avec elle et avait très envie de la revoir. Si toutefois il parvenait à la soustraire à l'hôpital et à ses obligations au sein de l'unité de soins intensifs...

— Je travaille jusqu'à six heures, puis je rentre à la maison pour dormir à peu près douze heures. Il faut que je sois de retour ici à huit heures, demain matin.

— Vous travaillez trop, Alex, dit-il d'un air sincèrement inquiet.

— C'est le principe de l'internat. Il s'agit d'une forme d'esclavage. On ne vous demande qu'une chose, c'est de prouver que vous êtes capable de survivre.

— Cela me semble très noble, dit-il joyeusement. Mais pensez-vous pouvoir rester éveillée assez longtemps pour dîner avec moi ce soir ?

— Avec vous et Rita Waverly ?

L'allusion le fit sourire. Aucun rapport avec l'aigreur vindicative de Charlene la veille au soir, ou encore le matin même. Alex n'était pas comme cela. Elle semblait innocente, bien élevée, et de caractère facile. C'était très rafraîchissant pour Cooper, qui en avait assez des femmes blasées. Non seulement elle était d'une nature totalement différente, mais elle avait pour père l'un des hommes les plus riches du pays. Elle cumulait les qualités.

— Je peux demander à Rita si vous voulez, mais je pensais que vous voudriez peut-être dîner avec moi seul.

— J'aimerais bien, avoua-t-elle honnêtement, flattée de l'invitation. Mais comme vous le souligniez vous-même, je ne suis pas sûre de rester éveillée assez longtemps pour pouvoir partager votre repas.

— Vous pourrez dormir sur la banquette et je vous dirai ensuite ce que j'ai mangé. Qu'est-ce que vous en dites ?

— Malheureusement, c'est bien ce qui risque de se produire... Peut-être pourrions-nous sortir un peu plus tôt, et faire quelque chose de plus simple et rapide qu'un dîner ? Cela fait vingt heures que je n'ai pas fermé l'œil.

— Quel challenge ! Mais j'accepte le défi. Où dois-je passer vous prendre ?

Il était bien décidé à dîner avec elle, même sur le pouce.

— Chez moi ?

Elle lui donna une adresse sur Wilshire Boulevard, celle d'un immeuble correct mais pas extrêmement luxueux. Certes, son indépendance financière était largement assurée par ses parents, mais même si elle ne vivait pas entièrement sur son salaire d'interne, elle n'y ajoutait que très peu d'argent personnel, afin de ne pas trop se démarquer des autres. Aussi habitait-elle un tout petit studio.

— Je serai prête à sept heures. Mais je ne souhaite pas sortir trop tard, Cooper. Il faut que je sois bien réveillée pour pouvoir travailler correctement demain.

— J'ai bien compris.

Il respectait sa conscience professionnelle.

— Je viendrai vous chercher à sept heures et nous irons dans un endroit simple et rapide. Je vous le promets.

— Merci, dit-elle en souriant.

Elle n'arrivait pas à réaliser qu'elle allait réellement dîner en tête à tête avec Cooper Winslow. Si elle l'avait dit à quelqu'un, on ne l'aurait sans doute jamais crue !

Elle retourna travailler, et Cooper se rendit à son déjeuner chez Spago, qui s'avéra aussi distrayant qu'inutile.

Décidément, il n'avait pas beaucoup de travail, ces temps-ci. On lui avait proposé une autre publicité, cette fois pour des sous-vêtements masculins, mais il avait refusé. Il ne sacrifiait jamais son image. Toutefois, les menaces d'Abe restaient présentes dans son esprit. Même s'il détestait être soumis à des contraintes financières, il savait qu'il devait gagner de l'argent. Ce qu'il lui fallait, c'était un bon gros film où il aurait le rôle principal, il en revenait toujours à cette conclusion. Et cela ne paraissait ni impossible ni même improbable — c'était juste une question de temps. Dans l'intervalle, il pouvait toujours trouver des publicités et des petits rôles. Ou des femmes comme Alex Madison. Mais il n'était pas intéressé par son argent. Il l'aimait bien, tout simplement.

Cooper passa chercher Alex à sept heures sur Wilshire Boulevard, et elle sortit de l'immeuble avant même qu'il ait pu atteindre le hall. Le bâtiment présentait bien, même s'il n'était pas tout neuf. Mais dans la voiture, elle admit que son appartement, lui, n'était pas terrible.

— Pourquoi n'achetez-vous pas une maison ? lui demanda-t-il, au volant de sa Rolls préférée.

Bien sûr, l'argent n'était pas un problème pour elle, mais elle semblait tenir à son train de vie modeste. Elle ne portait pas de bijou et était vêtue très simplement, d'un pantalon et d'un col roulé noirs, avec un manteau bleu marine acheté aux puces. Lui arborait un pantalon gris bien coupé, un pull en cachemire, une veste en cuir noire, et des mocassins de la même couleur en crocodile. Il se doutait qu'elle ne serait pas très habillée et l'emmenait donc dans un restaurant chinois. Elle s'était d'ailleurs déclarée enchantée de ce choix.

— Je n'ai pas besoin d'une maison, répondit-elle. Je ne suis jamais chez moi et quand j'y suis, c'est pour dormir. De toute façon, je ne sais pas encore où j'irai exercer quand j'aurai terminé mon internat, même si cela ne me déplairait pas de rester à Los Angeles.

Le seul endroit où elle était sûre de ne pas retourner, c'était chez ses parents, à Palm Beach. Pour elle, ce chapitre de sa vie était clos. Elle ne se rendait là-bas que pour les fêtes importantes, et aussi rarement que possible.

Cooper passa une soirée formidable avec elle. Ils parlèrent de mille choses différentes, du Kenya de nouveau, de l'Indonésie où elle avait beaucoup voyagé, et surtout de Bali, l'un de ses endroits favoris avec le Népal, où elle était allée faire du trekking. Elle parla des livres qu'elle aimait, dont la plupart étaient sérieux, et de ses goûts musicaux, très éclectiques. Elle avait des connaissances encyclopédiques sur les objets anciens et l'architecture, et s'intéressait à la politique, surtout quand celle-ci avait un lien avec la médecine. D'ailleurs, elle était étonnamment au courant des dernières lois votées. Il n'avait jamais rencontré quelqu'un comme elle. Son cerveau ressemblait à une machine très bien programmée, et il semblait d'ailleurs fonctionner mieux que n'importe quel ordinateur. Il lui fallait batailler ferme pour être à sa hauteur, et il aimait cela.

Quand il lui demanda son âge, elle répondit qu'elle avait trente ans. Elle se dit que lui-même devait avoir entre cinquante et soixante ans. Elle savait qu'il y avait longtemps qu'il faisait du cinéma, mais ignorait l'âge qu'il avait à ses débuts. Jamais elle n'aurait cru qu'il venait de fêter ses soixante-dix ans.

Elle avait passé une délicieuse soirée avec lui et le lui dit lorsqu'il la raccompagna, à neuf heures et demie. Il avait fait attention à l'heure, sachant qu'elle devait se lever à six heures et demie le lendemain et que s'il la gardait trop longtemps, elle risquait d'arriver fatiguée à son travail. Il n'avait aucune envie d'hypothéquer ses chances de la voir accepter sa prochaine invitation.

— Vous avez été gentille de sortir avec moi, lui dit-il avec gratitude. J'aurais été très déçu que vous refusiez.

— C'est à moi de vous remercier de m'avoir invitée. J'ai passé une très bonne soirée, et le dîner était délicieux.

Simple, mais bon et épicé juste comme elle l'aimait. Et Cooper Winslow était d'une exquise compagnie, encore meilleure qu'elle ne l'avait imaginé. Elle redoutait qu'il ne fût que strass, charme et paillettes, un vrai produit de son milieu en somme, et elle avait été surprise de découvrir qu'il pouvait se montrer intelligent, chaleureux et très cultivé. Elle n'avait pas l'impression qu'il jouait un rôle ; au contraire, il était réellement humain et intéressant.

— J'aimerais vous revoir, Alex, déclara-t-il. Si vous avez du temps et si vous n'avez pas d'autres engagements.

Jusque-là, il ne lui avait pas demandé si elle avait un petit ami, même si ce fait ne l'avait, en général, jamais arrêté. Il avait suffisamment confiance en lui pour se débarrasser des meilleurs rivaux, ce qu'il avait toujours fait sans beaucoup de difficulté. Après tout, il était Cooper Winslow, et ne l'oubliait jamais.

— En fait, je n'ai pas d'autres engagements. Je n'ai pas assez de temps pour en avoir. Je ne suis pas une petite amie sur laquelle on peut compter, j'en ai peur. Je suis soit de garde à l'hôpital, soit à la merci d'un appel d'urgence.

— Je sais, acquiesça-t-il en souriant, ou bien en train de dormir. Mais je vous l'ai dit, j'aime les défis.

— Eh bien, j'en suis un, et pour plusieurs raisons. Je suis un peu timide pour ce qui est des relations sérieuses. Très timide en fait.

— A cause de votre beau-frère ? demanda-t-il gentiment.

Elle acquiesça d'un signe de tête.

— Il m'a donné une leçon très pénible. Je ne me suis pas aventurée au large depuis. J'ai tendance à rester là où j'ai pied, avec les enfants. Ça, j'en suis capable, mais pour le reste, je ne suis sûre de rien.

— Vous prendrez le risque avec la bonne personne, vous ne l'avez simplement pas encore rencontrée.

Il y avait du vrai dans ce qu'il disait, mais elle ne voulait pas lui laisser d'illusions. Elle était terrifiée à l'idée de souffrir de nouveau et n'avait eu que peu d'aventures depuis la rupture de ses fiançailles. Aucune relation sérieuse en tout cas.

— Ma vie, c'est mon travail, Cooper. Tant que vous serez capable de comprendre cela, je serai très heureuse de vous voir.

— Bien.

Il paraissait satisfait de sa réponse.

— Je vous appellerai, ajouta-t-il.

Mais il ne le ferait pas trop vite, il avait de l'instinct pour ces choses-là. Il voulait lui manquer un peu, et la laisser se demander pourquoi il n'appelait pas. Il savait exactement comment s'y prendre avec les femmes. Et Alex était simple à comprendre, d'autant plus qu'elle s'était ouverte à lui avec franchise et sincérité.

Elle le remercia sans l'embrasser, et il attendit qu'elle soit en sécurité dans l'immeuble avant de redémarrer.

En montant dans l'ascenseur, elle était pensive, se demandant si Cooper était sérieux. Il était très facile de tomber amoureuse de quelqu'un d'aussi doux et charmant que lui, mais Dieu savait ce qui pourrait arriver après...

En ouvrant la porte de son appartement, elle se demanda si elle devait accepter une nouvelle sortie en sa compagnie ou si c'était trop risqué. Elle avait parfaitement conscience d'avoir affaire à un joueur très expérimenté.

Elle se déshabilla et jeta ses vêtements en boule sur une chaise, par-dessus le pyjama de chirurgien qu'elle avait porté toute la journée, ses habits de la veille et ceux du jour précédent. Elle ne trouvait jamais le temps de faire des lessives ou de mettre un peu d'ordre dans son appartement.

Cooper, de son côté, était très content de lui lorsqu'il reprit le chemin du Cottage. La soirée s'était déroulée exactement comme il l'avait souhaité, et bien qu'il ignorât encore où cette histoire le mènerait, les choses s'annonçaient bien. Il lui suffisait maintenant de voir dans quelle direction le vent allait souffler et de déterminer comment il voudrait jouer la partie. En tout cas, avoir une relation plus sérieuse avec Alex Madison était tout à fait envisageable. Le fait qu'elle n'eût pas assez de temps ni d'énergie à consacrer à une histoire d'amour ne le préoccupait pas le moins du monde.

Lorsqu'il franchit les grilles de la propriété, Alex dormait déjà depuis longtemps dans son petit studio.

9

Charlene appela Cooper une demi-douzaine de fois ce soir-là, puis au moins à quinze reprises le lendemain matin. Mais cette fois, Paloma n'essaya pas de le piéger pour l'obliger à lui parler. Elle savait qu'il l'aurait tuée si elle l'avait fait.

Deux jours plus tard, il finit par prendre le jeune mannequin au téléphone pour s'efforcer de la quitter en douceur ; elle, hélas, estimait que ne pas répondre au téléphone pendant deux jours n'était pas ce que l'on appelait de la douceur.

— Quoi de neuf ? demanda-t-il d'une voix détendue quand il décrocha. Comment vas-tu ?

— Je deviens folle, voilà comment je vais ! s'écria Charlene, hors d'elle. Mais où diable étais-tu passé ?

— J'étais en tournage, pour une publicité.

C'était faux, mais l'argument suffit à la calmer pendant quelques instants.

— Tu aurais pu au moins m'appeler, minauda-t-elle d'un ton blessé.

— J'y ai pensé, mentit-il, mais je n'en ai pas eu le temps. Et je me suis dit que nous avions tous les deux besoin d'un peu d'air. Cette histoire ne nous mène nulle part, Charlene. Tu le sais bien.

— Pourquoi ? On est bien ensemble.

— On *était* bien, corrigea-t-il. Mais d'abord, je suis trop vieux pour toi. Tu devrais te trouver quelqu'un de ton âge.

Pas un instant il ne songea qu'elle n'avait qu'un an de moins qu'Alex.

— Cela ne t'a jamais dérangé jusqu'ici, il me semble !

Elle savait, par les journaux à scandales et par les gens qui le connaissaient, qu'il était sorti avec des filles bien plus jeunes qu'elle.

— Ce n'est qu'un prétexte, Cooper.

Bien sûr, elle avait raison, mais jamais il ne l'aurait admis.

— Je sens que ce n'est pas bien, soupira-t-il, essayant une autre tactique. Il est très difficile d'entretenir une relation dans mon métier.

Mais cela ne tenait pas debout non plus. Tous deux savaient qu'il était sorti avec toutes les starlettes et les actrices d'Hollywood, parfois même pendant de longues périodes. Il avait tout simplement envie de rompre avec Charlene. Il la trouvait vulgaire, surtout dans sa façon de s'habiller, et un peu obsessionnelle. De plus, elle commençait à l'ennuyer. Il était beaucoup plus intrigué par Alex. Et pas totalement indifférent à sa fortune. Ce n'était pas ce qui l'attirait principalement chez elle, mais c'était un atout qui venait s'ajouter au désir et à la fascination qu'elle exerçait sur lui. Charlene n'avait rien de semblable à offrir. Et il avait la sagesse de penser que, pour sortir avec Alex, il fallait se tenir un peu tranquille. Ce n'était pas en prenant le risque de se voir en photo dans les journaux au côté d'une ex-actrice porno qu'il allait faire avancer son histoire avec elle. Et, pour le moment, Alex était son unique centre d'intérêt. Charlene appartenait au passé, plus précisément à un chapitre très bref et peu reluisant de son passé. Il avait connu beaucoup de filles comme elle et s'en était toujours lassé. Les quelques attraits exotiques qu'elle possédait, sa grand-mère japonaise, sa jeunesse passée au Brésil et ses années parisiennes, ne suffisaient pas à faire oublier son manque de distinction. De plus, il décelait chez elle un tempérament malsain, et la trouvait assez peu équilibrée. Pour couronner le tout, elle ne semblait pas vouloir comprendre que leur relation était terminée, ni accepter de s'en aller discrètement. Au contraire, elle s'accrochait à lui comme un roquet à un os, ce qui lui faisait horreur. Il préférait de loin les ruptures rapides et indolores à l'obstination désespérée dont elle faisait preuve. Chaque fois qu'il lui parlait, non seulement il lui en voulait de réagir ainsi, mais il se sentait lui-même étouffé et pris au piège, ce qui lui était insupportable.

— Je t'appellerai dans quelques jours, Charlene, finit-il par lui dire.

Mais cela ne fit qu'attiser la colère de la jeune femme.

— Non, tu n'appelleras pas. Tu mens.

— Je ne mens jamais ! explosa-t-il, vexé. J'ai un appel sur une autre ligne, à plus tard.

— Menteur ! hurla-t-elle.

Il raccrocha doucement. Il n'aimait pas du tout la façon dont elle se conduisait. En l'espace d'une nuit, elle était devenue un vrai problème. Il savait d'expérience qu'elle finirait par abandonner, mais d'ici là, elle allait se montrer désagréable et agacer Cooper au plus haut point. Hélas, il n'y pouvait rien.

Cet après-midi-là, il téléphona à Alex, mais elle eut trois urgences coup sur coup et ne put le rappeler que le soir. Et encore, il dut se contenter d'un message sur son répondeur. Elle l'avait laissé à neuf heures, juste avant de se coucher suffisamment tôt pour pouvoir se lever à quatre heures le lendemain matin. Entretenir une relation avec elle n'allait décidément pas être simple... Mais Cooper était convaincu que le jeu en valait la chandelle.

Ils finirent par se parler le lendemain après-midi. Elle n'avait que quelques minutes à lui consacrer au téléphone et annonça qu'elle serait de garde pendant les prochains jours, mais elle accepta de venir dîner avec lui le dimanche suivant. Elle préféra toutefois le prévenir que ce soir-là, il faudrait tout de même qu'elle réponde aux appels d'urgence.

— Qu'est-ce que ça veut dire ? Qu'ils peuvent vous téléphoner pour vous demander un conseil ? demanda-t-il un peu naïvement, mais plein d'espoir.

Bien qu'ayant eu quelques relations avec des infirmières, et même avec un chiropracteur, il ne se rappelait pas être jamais sorti avec un médecin.

— Non, dit-elle en riant.

Elle semblait toujours de bonne humeur, et il aimait son rire.

— Cela veut dire que s'ils m'appellent, il faudra que je parte immédiatement, précisa-t-elle.

— Alors je serai peut-être obligé de confisquer ce satané bipeur.

— Il y a des jours où cela m'arrangerait. Etes-vous sûr que vous voulez que je vienne, même si je suis de garde ?

— Absolument certain. Je vous emballerai le reste de votre dîner dans un petit sac, si vous êtes obligée de partir.

— Ne préféreriez-vous pas attendre que j'aie un vrai jour de congé ? Si vous voulez, j'en ai un la semaine prochaine.

— Non, Alex, je veux vous voir. Je ferai quelque chose de simple pour que vous puissiez l'emporter le cas échéant.

— Vous allez cuisiner ?

Elle avait l'air très impressionnée et n'avait pas tort de l'être : jamais il n'avait fait autre chose que des toasts pour le caviar. A peine était-il capable de faire chauffer de l'eau pour le thé.

— Je trouverai bien quelque chose.

Vivre sans cuisinier était un tout nouveau défi pour lui. Il se dit qu'il demanderait à Wolfgang Puck de lui livrer des pâtes et de la pizza au saumon. Comme cette idée lui plaisait, il appela Wolfgang dès le samedi, et ce dernier promit de lui envoyer un serveur avec un ou deux plats simples. C'était parfait.

Le lendemain, Alex arriva vers cinq heures, comme convenu, avec sa voiture au cas où elle serait appelée pour une urgence. Elle roula lentement dans l'allée et fut impressionnée lorsqu'elle découvrit le Cottage. Mais contrairement à des filles comme Charlene, elle avait déjà vu des maisons de ce genre, et avait même vécu dans plusieurs d'entre elles. La maison de ses parents ressemblait beaucoup au Cottage, en plus grand, ce qu'elle se garda bien de dire à Cooper pour ne pas sembler impolie. Au contraire, elle s'extasia sur la propriété et les jardins magnifiques, et accepta volontiers d'aller nager dans la piscine. Cooper lui avait recommandé d'apporter un maillot, et elle ne regrettait pas d'avoir suivi son conseil.

Elle venait à peine de se mettre à l'eau et de faire deux longueurs, en nageant lentement, avec de grands mouvements, quand Mark et Jimmy arrivèrent en short. Ils venaient de faire un match de tennis, ou plutôt un « jeu de lob », expression qu'ils avaient inventée en raison de l'état délabré du terrain.

Ils s'étonnèrent de trouver Cooper en compagnie d'une nouvelle jeune femme, et Alex, pour sa part, fut un peu gênée de découvrir leur présence quand elle sortit la tête de l'eau. Elle nagea jusqu'au bord, sous le regard admiratif de Mark. C'était une fille superbe, et qui semblait bien plus intéressante que celle qui lui avait fait du café.

— Alex, je vous présente mes hôtes, dit Cooper solennellement.

Elle leur sourit.

— Quel bel endroit ! Vous avez de la chance d'habiter ici, dit-elle, souriante.

Ils étaient tout à fait d'accord avec elle, et quelques minutes plus tard, ils allèrent la rejoindre dans la piscine. Cooper, lui, nageait rarement. Bien que jadis il eût été capitaine de l'équipe de natation de son université, il préférait maintenant rester assis au bord de la piscine et amuser la galerie avec ses histoires hilarantes sur Hollywood. Il parla alternativement avec les garçons et avec Alex, et ils restèrent ainsi jusqu'à six heures du soir. Ensuite, Cooper emmena Alex visiter la maison, où elle pût mettre des vêtements secs. Le serveur de Wolfgang était déjà occupé à la cuisine, et Cooper lui annonça qu'ils dîneraient à sept heures. En attendant, ils s'installèrent dans la bibliothèque, et Cooper proposa à son invitée une coupe de champagne, qu'elle refusa au cas où l'hôpital l'appellerait. Etant de garde, elle ne pouvait bien entendu pas prendre une goutte d'alcool... Mais cela ne dérangeait pas Cooper. Pour l'instant, il se contentait de profiter du silence de son bipeur.

Le serveur leur apporta de délicieux amuse-gueules, puis disparut dans la cuisine pour finir de préparer le repas.

— Vos hôtes ont l'air très gentils, observa la jeune femme alors que Cooper buvait sa coupe de Cristal. Comment les avez-vous rencontrés ?

— Ce sont des amis de mon comptable, répondit Cooper.

C'était une demi-vérité, mais cela avait le mérite d'expliquer leur présence.

— C'est gentil à vous de les laisser habiter ici. Ils ont l'air de s'y plaire énormément.

Mark avait annoncé qu'il faisait un barbecue ce soir-là et avait invité Alex et Cooper à se joindre à eux, mais l'acteur avait répondu qu'ils avaient d'autres projets. L'intérêt de Mark pour Alex ne lui avait pas échappé.

Ce dernier l'avait d'ailleurs suivie du regard alors qu'elle s'éloignait avec Cooper vers la maison.

— Jolie fille, avait-il commenté.

Jimmy, lui, n'avait rien remarqué. Il était toujours un peu dans le brouillard et ne s'intéressait pas aux femmes. Mark semblait revenir plus vite à la vie, peut-être parce qu'il en voulait de plus en plus à Janet, ce qui rendait peu à peu les autres femmes plus attirantes à ses yeux. Mais son chagrin était bien différent de celui de Jimmy.

— Je suis étonné que Winslow s'intéresse à elle, ajouta-t-il.

— Pourquoi ? demanda Jimmy, étonné.

Il n'avait pas vraiment fait attention à sa beauté, mais il n'avait aucun doute sur l'intelligence d'Alex. De plus, Cooper avait précisé qu'elle était médecin. Il ne trouvait donc rien d'étonnant à ce qu'on pût la trouver attirante.

— Un gros cerveau et de petits seins, ce n'est pas son type de femme habituel ! répondit Mark avec malice.

— Peut-être est-il moins superficiel que nous ne l'imaginions, suggéra Jimmy.

A ses yeux, Alex avait quelque chose d'un peu familier. Il ne savait pas si elle ressemblait aux filles qu'il avait fréquentées à l'université, ou s'il l'avait déjà rencontrée. Il ne lui avait pas demandé sa spécialité, parce que Cooper avait monopolisé la conversation avec ses histoires. Et celles-ci étaient toujours drôles. Il était d'une compagnie vraiment agréable, et Mark et Jimmy comprenaient aisément pourquoi les femmes l'aimaient tant. Il était infiniment charmant, particulièrement beau, et toujours vif d'esprit.

Cooper et Alex étaient déjà en train de dîner quand Mark alluma le barbecue. C'était la première fois qu'il s'en servait. La semaine précédente, ils avaient utilisé celui de Jimmy, et les steaks qu'ils avaient préparés étaient délicieux. Ce soir, Mark avait prévu de faire des hamburgers et de la salade aux croûtons. Tout se déroulait à merveille, jusqu'au moment où il mit trop d'alcool à brûler sur le charbon... Les flammes commencèrent à s'élever vers le ciel, et devinrent rapidement incontrôlables.

— Zut, ça fait longtemps que je n'ai pas fait ça, s'excusa-t-il en essayant de calmer le brasier et de sauver leur dîner.

Mais une minute plus tard, il y eut une petite explosion. Cooper et Alex l'entendirent depuis la salle à manger où ils étaient en train de dîner. Wolfgang leur avait fait servir un excellent repas, avec trois sortes de pâtes différentes, une délicieuse pizza au saumon, une belle salade mélangée et du pain fait maison.

— Qu'est-ce que c'était ? demanda Alex, inquiète.

— Un attentat, j'imagine, ironisa Cooper qui n'avait pas l'air inquiet et continuait à manger. Mes hôtes ont probablement fait sauter l'aile des invités.

Mais quand Alex se retourna pour jeter un coup d'œil par la fenêtre, elle vit d'abord un nuage de fumée qui s'échappait des arbres, puis un buisson qui s'enflammait.

— Oh, mon Dieu, Cooper... Je crois que les arbres sont en feu.

Il s'apprêtait à lui dire de ne pas s'en faire, mais il regarda tout de même et constata qu'elle avait raison de s'alarmer.

— Je vais chercher un extincteur, dit-il sans même savoir s'il en possédait un, ni, si c'était le cas, où celui-ci pouvait être rangé.

— Vous feriez mieux d'appeler les pompiers.

Sans hésitation, elle prit son téléphone portable dans son sac et composa le numéro d'urgence, alors que Cooper se précipitait à l'extérieur.

Mark se tenait près du barbecue devant l'aile des invités, mortifié, alors que Jimmy essayait d'étouffer les flammes avec des serviettes. C'était totalement vain, et dix minutes plus tard, au moment où les camions de pompiers s'engouffraient dans l'allée, le feu avait pris une ampleur conséquente.

Alex était horrifiée, et Cooper très inquiet pour la maison, mais les pompiers maîtrisèrent les flammes en moins de trois minutes. Elles avaient fait peu de dégâts, sauf dans les haies récemment taillées, qui étaient à présent toutes roussies. Entre-temps, les pompiers avaient reconnu Cooper, et pendant le quart d'heure qui suivit, il signa des autographes et leur parla de ses souvenirs, leur relatant son expérience de pompier volontaire à Malibu, trente ans plus tôt.

Il leur proposa un verre de vin qu'ils refusèrent, mais une demi-heure plus tard, ils étaient encore là à l'admirer et à l'écouter raconter ses histoires. Mark n'arrêtait pas de s'excuser, et Cooper lui affirmait qu'il n'y avait pas de mal quand, soudain, le bipeur d'Alex se mit à sonner.

Pendant que les autres continuaient à discuter, elle rappela l'hôpital depuis son portable.

Elle s'éloigna pour mieux entendre. Deux des prématurés avaient été envoyés en réanimation, et l'un d'eux venait de décéder. L'interne de garde était submergé et il avait besoin d'elle, d'autant plus qu'un prématuré hydrocéphale était en route pour l'hôpital. Elle regarda sa montre et revint vers le groupe. Elle avait promis d'être à l'hôpital dans quinze minutes ou même moins, si c'était possible.

— Quelle est votre spécialité ? lui demanda Jimmy alors que les autres continuaient à parler.

Cooper, trop occupé à divertir les pompiers, n'avait pas remarqué qu'elle avait reçu un message puis eu une conversation sur son portable. Mais Jimmy, lui, était intrigué par la question qu'il l'avait entendue poser au téléphone.

— La néonatalogie. Je suis interne à l'hôpital d'UCLA.

— Ce doit être passionnant, dit-il gentiment tandis qu'elle esquissait un geste pour attirer l'attention de Cooper afin de lui annoncer qu'elle devait s'en aller.

— Ne soyez pas effrayée par ces deux pyromanes, dit Cooper en adressant un sourire à Mark.

Il affichait un détachement absolu face à cette histoire d'incendie, ce qui impressionna beaucoup Alex. Elle se dit qu'il s'entendrait très bien avec son père.

— Ce n'est pas leur faute, répondit-elle en souriant. Rien de tel qu'une petite flambée entre amis ! Mais l'hôpital m'a appelée, il faut que j'y aille.

— Ah bon ? On vous a bipée ? Mais quand donc ? Je n'ai rien entendu !

— Vous étiez occupé. Je dois y être dans dix minutes. Je suis désolée.

Elle l'avait prévenu, mais elle se sentait tout de même gênée, comme chaque fois que cela arrivait. Elle avait passé un moment agréable avec lui et regrettait de devoir partir si vite.

— Vous avez à peine commencé à manger ! Le repas de Wolfgang avait pourtant l'air excellent, non ?

— Je sais, j'aurais préféré rester, mais ils ont besoin de moi. Ils viennent d'avoir deux urgences, et il y en a une troisième qui arrive. Je dois vraiment filer.

Elle voyait bien que Cooper était déçu. Elle l'était aussi, mais elle avait l'habitude de ce genre de situation.

— En tout cas, je me suis beaucoup amusée et j'ai adoré la baignade, assura-t-elle.

Elle n'osa ajouter qu'elle était là depuis plus de trois heures, ce qui était presque un record pour une soirée de garde !

Pendant que les pompiers rangeaient leur matériel dans les camions, elle salua Jimmy et Mark, puis Cooper la raccompagna jusqu'à sa voiture. Elle promit de l'appeler plus tard.

Quelques minutes après, il était de retour au milieu du groupe, souriant et très à l'aise.

— Ce fut bon, mais bref, soupira-t-il en jetant un regard désabusé à ceux qu'il appelait ses hôtes.

Ils s'étaient d'ailleurs habitués à ce terme, et Cooper semblait sincèrement le trouver adapté à la situation.

— Quelle femme charmante ! dit Mark avec admiration sans pouvoir s'empêcher de regretter qu'elle fût ou semblât être la nouvelle conquête de Cooper.

Il eût aimé avoir l'occasion de s'intéresser à elle d'un peu plus près. Certes, elle était un peu jeune pour lui, mais elle était bien plus jeune encore pour Cooper.

Le dernier camion de pompiers s'éloigna enfin dans l'allée.

— Voudriez-vous partager mon repas, messieurs ? proposa Cooper à Jimmy et Mark, dont les hamburgers étaient en cendres. On m'a fait livrer un dîner tout à fait présentable et j'ai horreur de manger seul.

Une demi-heure plus tard, ils dégustaient tous les trois l'assortiment de pâtes et la pizza au saumon, pendant que Cooper les abreuvait de ses histoires. Il emplissait leurs verres avec beaucoup de générosité, et quand ils prirent congé de lui vers vingt-deux heures, ils étaient un peu éméchés. Il leur semblait avoir trouvé en Cooper un nouvel ami, ou même retrouvé un vieil ami. Le dîner avait été délicieux et le vin exquis. Quant à leur hôte, il semblait encore en pleine forme lorsqu'ils le quittèrent.

— C'est vraiment un type formidable, déclara Mark alors qu'ils se dirigeaient tous les deux vers l'aile des invités.

— Un sacré personnage, approuva Jimmy tout en prenant conscience, un peu dans le brouillard, qu'il n'échapperait pas à une bonne migraine le lendemain matin.

Mais à ce moment précis, le jeu semblait en valoir la chandelle. La soirée s'était révélée très amusante, bien plus qu'il n'aurait pu l'imaginer.

Les deux amis se souhaitèrent bonne nuit, Mark retourna vers l'aile des invités et Jimmy vers la maison de gardiens, tandis que Cooper dégustait un verre de porto dans la bibliothèque. Lui aussi avait passé une très agréable soirée, même si elle ne s'était pas déroulée comme il l'avait prévu. Il était désolé qu'Alex ait dû partir si tôt, mais ses deux locataires s'étaient révélés sympathiques et de très bonne compagnie. Quant aux pompiers, ils avaient ajouté un peu de sel à la soirée.

A l'hôpital, Alex ne put prendre le temps de s'asseoir avec une tasse de café qu'après minuit. Elle se dit qu'à cette heure, il était trop tard pour appeler Cooper. Sa soirée à elle non plus ne s'était pas terminée exactement comme elle aurait pu le souhaiter. Le bébé hydrocéphale était arrivé très mal en point. Heureusement, le premier bébé, celui qui avait frôlé la mort la veille, allait beaucoup mieux ; mais l'ensemble du personnel demeurait profondément choqué par le décès de l'autre petit patient. Elle se demanda si elle s'habituerait un jour à ces drames, hélas quotidiens dans son métier...

Alors qu'elle s'installait sur le lit de sa chambre de garde pour dormir un peu, elle réfléchit à ce qui pourrait arriver si son histoire avec Cooper prenait une tournure plus sérieuse. Si toutefois c'était possible... Car derrière tout ce charme, cette intelligence et ces histoires hilarantes, il était difficile de savoir qui il était vraiment. Elle se demandait même s'il y avait réellement quelqu'un derrière cette belle façade. Curieusement, elle éprouvait l'envie de le découvrir. Cooper lui semblait un homme tellement extraordinaire qu'elle se moquait totalement de leur énorme différence d'âge. Pourtant, elle s'efforçait de se mettre dans la tête que sortir avec lui ne serait pas très raisonnable... Non seulement il était bien plus âgé qu'elle, mais c'était une star de cinéma, et il collectionnait les conquêtes féminines. Mais, malgré tout cela, il possédait quelque chose d'indéfinissable qui donnait envie d'oublier tous les risques d'une liaison avec lui. Il était captivant et merveilleusement charmant, et Alex jugeait que ce côté éblouissant compensait largement ses défauts. Elle était séduite, tout simplement.

En s'endormant quelques minutes plus tard, elle entendit de petites cloches d'alerte tinter dans sa tête, mais elle décida de les ignorer pour l'instant, et de voir où l'aventure la mènerait.

10

Mark était plongé dans un profond sommeil quand la sonnerie du téléphone retentit. Elle le réveilla vaguement, mais il se dit qu'il devait rêver. Comme il avait beaucoup trop bu la veille, il savait instinctivement qu'il aurait un sérieux mal de crâne quand il ouvrirait les yeux et préférait donc retarder ce moment au maximum.

Cependant, la sonnerie ne cessait pas. Il finit par ouvrir un œil et vit qu'il était quatre heures du matin. Il se retourna en grognant et prit conscience qu'il ne rêvait pas : son téléphone était en train de sonner. Qui pouvait bien l'appeler à cette heure ?

Il attrapa le combiné et s'allongea sur le dos, les yeux fermés sur un début de migraine.

— Allô ? grommela-t-il d'une voix rauque alors que tout tournait autour de lui.

Pendant un moment, il n'entendit que des pleurs.

— Qui est à l'appareil ? interrogea-t-il plus nettement.

Il se demanda si ce n'était pas une erreur de numéro, puis soudain, ses yeux s'ouvrirent et il s'éveilla complètement. C'était sa fille qui l'appelait de New York.

— Jessie ? demanda-t-il, paniqué. Mon bébé, ça va ? Qu'est-ce qui se passe ?

Il était peut-être arrivé quelque chose à Janet ou à Jason, mais Jessie ne pouvait articuler une parole car elle n'arrêtait pas de pleurer, laissant échapper de gros sanglots d'angoisse, comme un petit animal blessé. Mark pensa à la réaction qu'elle avait eue petite fille, lorsque leur chien était mort.

— Parle-moi, Jess... Qu'est-ce qu'il y a ?

Il commençait à s'inquiéter sérieusement.

— C'est maman...

Elle se remit à sangloter.

— Quoi ? Il lui est arrivé quelque chose ?

Sous l'effet de la montée d'adrénaline, il s'assit d'un bond sur son lit. Il ne put réprimer une grimace de douleur : il avait l'impression qu'on lui avait tapé sur la tête, pendant des heures, avec une brique. Mais la panique l'emportait sur la migraine. Et si Janet était morte ? Rien que d'y penser, il en était malade. Elle l'avait quitté, certes, mais il l'aimait encore et aurait eu le cœur brisé s'il lui était arrivé quelque chose de grave.

— Elle a un petit ami ! gémit Jessica.

Il réalisa qu'avec le décalage horaire il était sept heures du matin à New York.

— On l'a rencontré hier soir et c'est un abruti ! poursuivit sa fille.

— Je suis sûr que ce n'est pas vrai, ma chérie, dit Mark en s'efforçant de se montrer juste.

Mais, en réalité, il était soulagé que Jessica ait trouvé l'amant de sa mère détestable. Lui-même le haïssait. Il lui avait volé sa femme et avait détruit sa famille. Comment cet Adam pouvait-il être quelqu'un de bien ?

— C'est un monstre, papa ! Il essaie de se faire passer pour un mec cool, mais il commande maman comme si elle était sa chose. Elle dit qu'elle ne le connaît que depuis quelques semaines, mais je ne la crois pas. Je suis sûre qu'elle ment. Il n'arrête pas de parler de trucs qu'ils ont faits ensemble il y a six mois et l'année dernière. Maman fait semblant de ne pas comprendre ce qu'il raconte et essaie toujours de le faire taire. Tu crois que c'est pour ça qu'elle voulait qu'on vienne vivre à New York ?

Le ciel venait de s'écrouler sur Jessica. Janet avait été stupide de mentir aux enfants. Mark s'était demandé comment elle allait gérer cela, et elle venait de le faire de façon peu délicate, à en juger par les larmes de Jessie.

— Je ne sais pas, Jess. Il faut que tu le lui demandes.

— C'est pour ça qu'elle t'a quitté ?

Ces questions étaient difficiles à cette heure de la nuit. Non qu'il ne voulût pas y répondre, mais sûrement pas avec une gueule de bois pareille...

— Tu crois qu'elle sortait déjà avec ce type ? Est-ce que c'est pour ça qu'elle est restée à New York pendant la maladie de grand-mère, et même après sa mort ?

— Elle a dit qu'elle était inquiète pour grand-père, et puis grand-mère a été malade très longtemps, et il fallait qu'elle soit sur place, répondit-il avec autant de conviction que possible.

Il songea qu'il était urgent que Janet dise toute la vérité, sans quoi Jessica ne lui ferait plus jamais confiance. Il comprenait d'ailleurs très bien cette réaction : lui non plus n'avait plus confiance en elle.

— Je veux rentrer en Californie, dit Jessica sans détour.

Elle renifla bruyamment, mais elle ne pleurait plus.

— Moi aussi, dit Jason en écho.

Il avait décroché l'autre combiné. Il ne pleurait pas mais avait l'air aussi secoué que sa sœur.

— Je le déteste, papa. Toi aussi tu le détesterais. C'est un vrai débile !

— Je vois que votre vocabulaire s'est amélioré à New York... Ecoutez, il faut que vous parliez de tout cela calmement avec votre mère. Et, bien que ça ne me fasse pas plaisir de le dire, vous devriez donner une chance à cet homme.

Manifestement, il n'avait pas à craindre qu'ils s'enthousiasment pour le nouvel amant de sa femme, que ce soit quelqu'un de bien ou pas. De même qu'ils n'apprécieraient sans doute pas la femme qu'il pourrait rencontrer lui-même, si jamais l'occasion se présentait. Mais il n'en était pas là.

— Peu importe depuis combien de temps votre mère le connaît, reprit-il. Il se peut que ce soit un homme bien. Et s'il compte pour votre mère, vous allez peut-être devoir vous habituer à lui. Vous ne pouvez pas le juger en cinq minutes.

Il s'efforçait de tenir le langage de la raison, pour leur bien comme pour celui de leur mère. Certes, défendre l'homme dont elle était amoureuse et pour lequel elle l'avait quitté lui coûtait beaucoup. Mais si Janet venait à épouser Adam, les enfants seraient bien obligés de l'accepter. Ils n'auraient pas le choix.

— On a dîné avec lui, papa, dit Jason d'un ton sinistre. Il traite maman comme s'il pouvait lui faire faire n'importe quoi, et on dirait qu'elle est complètement idiote dès qu'il est là. Et quand il est parti, elle nous a hurlé dessus et elle s'est mise à pleurer. Je crois qu'elle l'aime beaucoup.

— C'est peut-être vrai, dit Mark tristement.

— Je veux rentrer à la maison, papa, implora Jessica d'un ton désespéré.

Mais il n'y avait plus de maison. La maison était vendue.

— Je veux retourner à mon ancienne école et vivre avec toi, ajouta-t-elle, insistante.

— Moi aussi, renchérit Jason.

— A propos, ne devriez-vous pas précisément être en train de partir pour l'école, à cette heure-ci ?

Il était maintenant presque sept heures et demie à New York, et il entendait la voix de Janet au loin. Il n'en était pas certain, mais on aurait dit qu'elle criait. Elle aurait sans doute hurlé bien plus fort si elle avait entendu ce qu'ils venaient de lui dire... Peut-être ignorait-elle qu'ils étaient au téléphone.

— Est-ce que tu pourrais demander à maman de nous laisser revenir en Californie ? chuchota Jessica.

Il avait vu juste : ils l'appelaient à l'insu de leur mère.

— Non, mes chéris. Il faut que vous fassiez un effort pour vous acclimater. C'est un peu tôt pour prendre des décisions de changement radical. Je veux que vous vous calmiez tous les deux, et que vous essayiez d'être raisonnables. Et, dans l'immédiat, je veux que vous alliez à l'école. On reparlera de tout ça plus tard.

Beaucoup plus tard, quand la migraine cesserait de lui marteler le crâne... Les enfants avaient raccroché la mort dans l'âme, et, pour la première fois en deux mois, Jessica lui avait dit qu'elle l'aimait. Mais il savait que c'était la rancœur qu'elle éprouvait envers sa mère qui motivait cette déclaration. La colère allait peut-être finir par retomber, et ils en viendraient à apprécier Adam, quand ils le connaîtraient mieux... Janet disait que c'était un homme merveilleux. Malgré tout, au fond de son cœur, Mark espérait que ses enfants continueraient de détester Adam par loyauté envers lui. Après ce que Janet avait fait, il lui était difficile de penser autre chose.

Lorsqu'il eut raccroché, il demeura allongé dans le noir, à se demander ce qu'il fallait faire. Rien pour l'instant, décida-t-il. Il allait rester tranquille et laisser passer un peu de temps. Il se retourna dans son lit et essaya de dormir encore un peu, mais il s'inquiétait pour ses enfants et sa tête menaçait d'exploser, si bien qu'il ne put trouver le sommeil. Vers six heures, il se décida à appeler son ex-femme.

Elle semblait presque aussi malheureuse que Jessica et Jason.

— Ça me fait plaisir de t'entendre, dit-elle d'une voix mal assurée. Les enfants ont fait la connaissance d'Adam hier soir, et ils ont été odieux avec lui.

— Ça t'étonne ? Moi pas, laissa échapper Mark. C'est un peu tôt pour qu'ils acceptent l'idée que tu ressortes avec quelqu'un, ajouta-t-il, conscient de s'être montré trop agressif. Et peut-être te soupçonnent-ils de connaître Adam depuis plus longtemps que tu ne le dis...

— C'est exactement ce que Jessica m'a reproché ! s'écria Janet avec nervosité. Tu ne lui as rien raconté, j'espère ?

— Non, mais je crois que tu devrais peut-être lui dire la vérité. Sinon, l'un de vous deux finira forcément par faire une gaffe, et les enfants comprendront ce qui s'est passé. Ils s'en doutent déjà, d'ailleurs.

— Comment le sais-tu ?

Elle avait l'air paniqué, mais il décida de se montrer franc envers elle.

— Ils m'ont téléphoné ce matin. Ils n'allaient pas fort.

Janet poussa un soupir las.

— Jessie est allée s'enfermer dans sa chambre au milieu du dîner, et Jason a carrément refusé de parler à Adam, ou même à moi. Depuis, Jessie dit qu'elle me déteste.

Au tremblement de sa voix, Mark devina que Janet était au bord des larmes.

— Elle ne te déteste pas. Elle est blessée, elle est en colère, et elle sent que tu lui mens, voilà tout. Et nous savons tous les deux qu'elle a raison.

— Ce ne sont pas ses affaires, rétorqua Janet sans parvenir à dissimuler qu'elle était bouleversée.

De toute évidence, elle culpabilisait.

— Peut-être, répondit calmement Mark, mais ce n'est sans doute pas ce qu'elle pense. En tout cas, tu aurais peut-être dû attendre un peu avant de le faire venir.

Elle n'avait pas envie de lui dire qu'Adam ne cessait de la harceler pour qu'elle le présente aux enfants, et qu'elle avait fini par céder à sa pression. Elle aussi pensait qu'ils n'étaient pas prêts, mais il disait ne pas vouloir rester dans l'ombre plus longtemps. Si elle tenait à lui, il voulait les connaître. Et le résultat avait été catastrophique. Après l'affreux dîner, elle s'était violemment disputée avec lui, et il était parti en claquant la porte. Cette soirée avait tourné au cauchemar.

— Qu'est-ce que je vais faire, maintenant ? demanda-t-elle d'un ton éploré.

— Sois patiente. Va doucement. Donne-leur un peu de temps pour s'habituer à tous ces changements.

Elle n'osa pas lui dire non plus qu'Adam souhaitait venir s'installer avec eux tout de suite. Il ne voulait plus attendre pour l'épouser, et elle n'était pas certaine de pouvoir le faire patienter. Elle redoutait de le perdre autant qu'elle redoutait de s'éloigner de ses enfants... Elle se sentait écartelée.

— Ce n'est pas si facile que ça, Mark, gémit-elle.

On aurait dit que c'était elle la victime du drame... C'en fut trop pour Mark.

— Ne bousille pas nos enfants dans cette histoire, c'est tout ce que je te demande ! tonna-t-il. Tu as fichu notre famille en l'air pour ce type, et tôt ou tard les enfants sauront comment les choses se sont passées. Je ne vois pas comment tu peux imaginer que nous soyons compréhensifs après ça, eux et moi ! La moindre des choses serait que tu comprennes que la situation est difficile à vivre pour eux !

Elle l'était aussi pour lui, même s'il n'avait pas cessé de l'aimer pour autant.

— Ils ont le droit de t'en vouloir, conclut-il.

C'était ce qu'il pouvait dire de plus honnête. Ce rôle de médiateur le rendait malade, mais il parvenait toujours à envisager les différents aspects d'un problème sans vouloir à tout prix faire valoir son propre point de vue. C'était l'une de ses grandes forces, mais aussi l'une de ses plus grandes faiblesses face à sa femme.

— Peut-être... admit-elle. Mais je ne suis pas sûre qu'Adam soit prêt à l'admettre. Il n'a pas d'enfants et il y a beaucoup de choses qu'il ne comprend pas à leur sujet.

— Alors tu aurais peut-être mieux fait de trouver quelqu'un d'autre. Comme moi, par exemple.

Elle ne répondit pas et il se sentit stupide d'avoir dit cela. Le vin, le porto, le cognac et l'épouvantable mal de crâne que leur association avait provoqué ne l'aidaient pas à garder les idées claires.

— J'espère qu'ils finiront par se calmer, reprit Janet, parce qu'Adam ne tolérera pas longtemps cette attitude. Il tient beaucoup à ce que les choses se passent bien avec les enfants, et il se sent offensé par leur comportement.

Mark en avait suffisamment entendu. Les états d'âme de l'amant de sa femme lui importaient peu, et il ne tenait pas à prolonger plus que nécessaire cette conversation qui ne menait nulle part.

— A bientôt, conclut-il avant de raccrocher.

Il resta au lit pendant les deux heures qui suivirent, sans parvenir à dormir à cause de son mal de tête. Il était presque neuf heures quand il se leva, et un peu plus de dix heures quand il arriva au bureau.

Les enfants le rappelèrent à l'heure du déjeuner, alors qu'ils rentraient juste de l'école. Ils répétèrent qu'ils voulaient revenir vivre avec lui, mais il leur répondit qu'il ne fallait pas prendre de décision hâtive. Il leur demanda une nouvelle fois de se calmer et d'essayer de se montrer indulgents envers leur mère. Mais tout ce que Jessica répondit, ce fut qu'elle la détestait et qu'elle ne lui adresserait plus jamais la parole si elle se mettait en tête d'épouser Adam.

— On veut venir vivre avec toi, insista-t-elle d'un ton pressant.

— Et que se passerait-il si je sortais moi aussi avec quelqu'un que vous n'aimez pas ? Vous ne pouvez pas passer votre temps à fuir la réalité, Jessie, même si elle est difficile à accepter.

— Tu as une copine, papa ? demanda-t-elle d'une voix profondément choquée.

De toute évidence, elle n'avait jamais pensé à cette possibilité.

— Non, mais un jour cela m'arrivera probablement, et il se pourrait que tu ne l'aimes pas non plus.

— Toi, tu n'aurais pas quitté maman pour une autre femme, alors que je pense que maman est partie de la maison à cause de ce sale bonhomme.

Il songea que s'il n'avait pas su la vérité plus tôt, c'eût été une façon très violente de l'apprendre... Les enfants n'avaient pas conscience de la puissance des bombes qu'ils pouvaient lâcher. Mais peu importait, puisqu'il savait déjà. Et les soupçons de Jessica étaient fondés. Ce n'était pas à lui de révéler la vérité, mais il ne voulait pas lui mentir non plus.

— Si tu nous obliges à continuer à vivre avec elle, je m'enfuirai ! lança Jessica.

— Pas de menaces, Jess. Tu es injuste, et tu inquiètes ton frère. Sois un peu raisonnable, tu es assez grande pour comprendre ces choses-là. Nous parlerons de tout ça quand nous serons ensemble en vacances, et peut-être que d'ici là tu verras les choses différemment. Il se peut que tu décides que tu aimes bien ce monsieur, finalement.

— Jamais ! hurla-t-elle.

Les deux semaines qui suivirent ne furent qu'une bataille incessante, pleine de larmes, de menaces et d'appels au milieu de la nuit. Mark avait commis l'erreur de laisser entendre qu'il était d'accord pour les laisser revenir vivre avec lui, et quand les vacances de printemps arrivèrent et qu'il vint les chercher à New York, ils avaient déclaré une guerre totale à leur mère. D'ailleurs, ils ne parlèrent que de cela pendant tout le séjour à Saint Bart.

De son côté, Janet se disputait constamment avec Adam, qui lui reprochait de lui préférer ses enfants, parce qu'elle refusait qu'il vienne s'installer chez elle. Il estimait avoir attendu suffisamment longtemps. Maintenant, il voulait vivre avec elle et ses enfants. Mais ces derniers le rejetaient. Conclusion, ils la rejetaient elle aussi.

En ramenant les enfants à New York, Mark eut une longue discussion avec Janet et conclut qu'il ne voyait vraiment pas comment les calmer et les forcer à rester avec elle. Jessica menaçait d'appeler un avocat spécialisé dans le droit des enfants et de demander à la justice de l'envoyer chez son père. Or, Jason et elle étaient assez grands pour le faire et pour convaincre un tribunal de leur donner gain de cause.

— Je crois que tu te trouves face à un énorme problème, dit Mark à Janet en toute sincérité. Je ne vois aucun moyen de désamorcer la crise dans l'immédiat. Que dirais-tu de les laisser revenir à Los Angeles jusqu'à la fin de l'année scolaire ? Il sera toujours temps de renégocier avec eux à ce moment-là. Je pense que tu ne feras qu'aggraver les choses en les obligeant à rester à New York. Pour l'instant, ils n'ont aucune envie de t'écouter ni de faire des concessions.

Tous deux savaient qu'elle avait géré la crise de façon lamentable et qu'elle en payait maintenant le prix. Résultat, elle se sentait déchirée entre sa loyauté envers Adam et celle qu'elle devait à ses enfants. Et les deux parties étaient en conflit direct et permanent.

— Est-ce que tu me les renverras à la fin de l'année scolaire ? demanda-t-elle d'un ton misérable.

Elle ne voulait pas perdre ses enfants. Mais elle n'était pas prête à renoncer à Adam non plus. Or, non seulement il voulait l'épouser avant même que l'encre des papiers du divorce ne soit sèche, mais il désirait aussi lui donner un enfant, peut-être même deux. Comment faire admettre cela à Jessica et Jason, qui vivaient déjà si mal la séparation de leurs parents ?

Elle y songerait plus tard. Pour l'instant, ils menaçaient de quitter la maison et de retourner avec leur père, et elle ne pouvait se résoudre à les laisser partir.

— Je ne sais pas ce que je ferai, répondit honnêtement Mark. Cela dépendra d'eux.

Elle s'était mise dans de sales draps et il en était presque désolé pour elle, mais il ne pouvait tout de même pas faire abstraction de ses propres sentiments. Elle avait bien failli le tuer quand elle l'avait quitté, et le pire était qu'il l'aimait encore. Il s'abstint néanmoins de le lui dire. Elle était totalement sous l'emprise d'Adam, suffisamment pour faire exploser leur mariage, mais également sa relation avec ses enfants. Sans forcément s'en rendre compte, elle avait fait le choix de sacrifier sa famille, et c'était précisément pour cette raison que Jessica et Jason voulaient revenir vivre avec lui.

— Est-ce que tu pourrais leur faire réintégrer leur ancienne école ? demanda-t-elle en séchant ses larmes.

Si elle avait pu imaginer que les choses prendraient une telle tournure, peut-être n'aurait-elle pas quitté Mark. Maintenant elle avait Adam sur les bras, prêt à une bataille rangée pour emménager avec elle et les enfants.

— Je ne sais pas, répondit Mark. C'est possible... En tout cas, je ferai tout pour.

— Est-ce que c'est assez grand chez toi ?

Elle se rendit compte que sa question signifiait qu'elle s'était presque résignée à l'idée de voir partir les enfants. Au fond, il n'y avait pas d'autre solution, à moins de cesser de voir Adam, ou de continuer à se cacher, ce qu'il refuserait catégoriquement.

— Mon nouveau logement est parfait pour eux, assura Mark.

Il lui décrivit le Cottage, et elle se remit à pleurer en l'écoutant. Elle savait qu'elle allait être très malheureuse sans les enfants, mais peut-être qu'après quelques mois passés avec Mark, ils reviendraient vivre avec elle en acceptant la présence d'Adam. C'est ce qu'elle espérait de tout son cœur.

— Je vais voir ce que je peux faire à mon retour en Californie, et je te rappellerai, conclut Mark.

A l'issue de la conversation, Jessica et Jason se jetèrent sur lui pour savoir ce que leur mère et lui avaient décidé.

— Pour l'instant, rien, leur dit-il fermement. On va voir ce qui est envisageable. Je ne sais même pas si je pourrai vous faire réintégrer votre ancienne école. Quoi qu'il arrive, je veux que vous soyez gentils avec votre mère. C'est dur pour elle aussi, vous savez, elle vous aime beaucoup.

— Si elle nous aimait, elle serait restée avec toi, répliqua Jessica d'un ton brusque, les yeux pleins de haine.

Mark posa un regard triste sur cette petite adolescente blonde au cœur déjà brisé. Maintenant que le mal était fait, il espérait seulement pouvoir minimiser les peines à venir. La dernière chose qu'il voulait, c'était que son divorce détruise ses enfants.

— Ça ne marche pas toujours aussi simplement, Jess, dit-il doucement. Les gens changent... Les choses changent... On ne peut pas toujours avoir ce qu'on veut ou faire ce qu'on avait prévu de faire. La vie est pleine de tournants inattendus.

Mais Jess et son frère éprouvaient encore bien trop de rancune envers leur mère et son compagnon pour accepter ce genre de discours.

Ce soir-là, Mark s'envola pour la Californie, et il passa la semaine suivante à négocier avec l'école pour qu'elle reprenne ses enfants. Il fit valoir qu'ils n'étaient partis que depuis trois mois et qu'ils fréquentaient un excellent établissement à New York, de sorte que leur niveau n'avait pas baissé. A la fin de la semaine, la direction donna son accord. Le reste ne présentait pas de difficulté majeure. Il n'aurait qu'à engager quelqu'un pour s'occuper d'eux pendant qu'il serait au bureau et les conduire à leurs activités extrascolaires.

Comme il ne voyait pas de problème à l'horizon, le week-end venu, il appela Janet.

— Tout est prêt, annonça-t-il. Ils peuvent commencer lundi, mais je me suis dit que tu aimerais disposer d'au moins une semaine de plus pour pouvoir te réconcilier avec eux. A toi de décider quand tu veux me les envoyer.

Elle marqua une pause avant de répondre.

— Merci, Mark, dit-elle avec reconnaissance. Merci d'être aussi généreux avec moi. Je me dis que je ne le mérite pas. Ils vont tellement me manquer...

Sa voix se brisa, et elle fondit en larmes. Toute cette histoire avait été très douloureuse pour eux deux, et maintenant c'était au tour des enfants d'en faire les frais. Bien qu'elle se sentît responsable, cela lui fendait le cœur.

— Tu leur manqueras aussi, affirma Mark. Une fois qu'ils ne seront plus fâchés contre toi, ils voudront sûrement retourner à New York.

— Je n'en sais trop rien. Ils sont très hostiles à Adam, et lui a des idées très arrêtées. Pour lui, c'est difficile de se retrouver face à des adolescents, surtout qu'il n'a jamais eu d'enfant.

Mark concevait aisément la complexité de la situation, et il n'enviait pas du tout Janet. En fin de compte, depuis quelques semaines, les enfants et lui tiraient toutes les ficelles, et leur mère semblait n'être plus qu'un pantin soumis à leurs décisions. De toute façon, elle n'était pas douée pour les situations difficiles. Mark avait toujours tout géré pour elle. A l'exception de son aventure avec Adam. C'était la première fois qu'elle prenait une initiative, et elle n'était parvenue qu'à briser la vie de tous les membres de sa famille...

Elle annonça la nouvelle aux enfants le dimanche, et ils n'eurent même pas le tact de faire semblant d'être tristes de s'en aller. Au contraire, ils sautèrent de joie et Jessica commença immédiatement à préparer ses valises. Ils seraient volontiers partis dès le lendemain, mais Janet insista pour qu'ils restent une semaine avec elle. Elle les avertit aussi qu'il leur faudrait revenir pour l'été, en omettant soigneusement de leur dire qu'Adam et elle avaient prévu de se marier en juillet, de peur de les braquer définitivement. On verrait cela plus tard.

Voyant leur départ approcher, elle passa une semaine épouvantable. Enfin, le samedi suivant, elle les mit dans un avion pour la Californie. Mark avait finalement décidé de n'engager personne pour l'instant. Il s'était arrangé avec Paloma, qui pouvait très bien veiller sur eux en son absence. Il les accompagnerait lui-même à leurs activités, quitte à rentrer plus tôt de son travail s'il le fallait. Il leur devait bien cela.

Quand elle se retrouva seule, Janet resta un long moment à l'aéroport, triste et abattue. Les enfants l'avaient serrée dans leurs bras avant de la quitter, et Jason avait même paru hésiter à partir. Même s'il ne voulait pas rester, il était désolé pour elle. Jessica, en revanche, s'était engagée d'un pas décidé dans le couloir qui menait à l'avion, sans se retourner. Elle brûlait d'impatience d'être en Californie et de revoir son père.

A l'aéroport de Los Angeles, les retrouvailles furent aussi joyeuses que la séparation avait été pénible. Mark les attendait à la sortie de l'avion, et ils sautèrent de joie en le voyant. Les larmes lui montèrent aux yeux quand il les étreignit. Les choses commençaient à s'arranger pour lui. Il avait perdu Janet de façon irrémédiable, peut-être par sa faute, peut-être pas, mais, au moins, ses enfants étaient de nouveau avec lui. Pour le moment, il ne désirait rien de plus.

11

L'emploi du temps d'Alexandra laissait Cooper Winslow abasourdi. Il avait déjà eu des liaisons avec des femmes carriéristes, même avec plusieurs avocates, mais jamais avec un médecin, et encore moins avec une interne. Passer une soirée avec Alex se résumait le plus souvent à commander des pizzas ou des plats chinois, en attendant que le téléphone sonne pour la rappeler à l'hôpital. Elle n'y était pour rien, c'était le lot commun des internes — d'ailleurs, la plupart d'entre eux n'avaient pas de vie privée ou préféraient sortir avec quelqu'un appartenant au milieu médical.

Bien évidemment, fréquenter une célèbre star de cinéma était tout aussi nouveau pour Alex. Elle jonglait de son mieux avec ses impératifs professionnels et constatait que, de son côté, Cooper déployait des efforts considérables pour s'en accommoder.

L'acteur avait presque oublié qu'elle venait d'une famille fortunée. De temps à autre, cela lui traversait l'esprit, mais en fin de compte ce n'était pas très important pour lui ; ce n'était qu'un petit plus, comme un ruban rouge sur un cadeau de Noël. La plupart du temps, il n'y pensait pas. Son seul souci, au fond, était de savoir comment les Madison réagiraient s'ils apprenaient que leur fille sortait avec lui. Pour l'instant, il n'avait pas osé en parler avec elle.

Entre eux, les choses évoluaient lentement, d'une part parce qu'elle travaillait énormément, et d'autre part parce qu'elle restait très prudente et n'avait pas l'intention de brûler les étapes. Elle avait suffisamment souffert de sa première relation sérieuse pour ne pas commettre une nouvelle erreur. Lors de leur cinquième rencontre, Cooper l'avait embrassée, mais ils s'en étaient tenus à ce baiser, et il n'insistait pas pour aller plus loin. Il n'était pas si bête. Il ne coucherait pas avec elle tant qu'elle ne le lui demanderait pas. Il savait d'instinct que s'il la pressait, elle risquait de reculer ou de se fermer, et il ne voulait pas tout gâcher en précipitant les choses. Exceptionnellement, il était tout à fait disposé à attendre et se sentait même délicieusement patient.

Charlene avait finalement disparu de la circulation. Après l'avoir harcelé au téléphone pendant deux semaines sans qu'il lui réponde, elle avait cessé d'appeler. Même Paloma l'avait oubliée. Elle s'était laissé conquérir par Alex, ce qui semblait aller de soi tant cette dernière était agréable à vivre. Mais elle se demandait si cette jeune femme si bien élevée savait où elle s'aventurait... Elle devait toutefois admettre que Cooper s'était parfaitement bien conduit jusqu'alors. Même quand il n'était pas avec elle, il restait à la maison le soir à lire des scripts, ou bien il sortait avec des amis.

Un soir, il se rendit à un autre dîner — plus modeste, celui-ci — chez les Schwartz. Alex n'avait pu se libérer, et il ne parla pas d'elle à ses hôtes. Il préférait éviter que leur relation ne s'ébruite, pour épargner à sa nouvelle compagne les pénibles retombées de sa célébrité. Il savait qu'elle aurait détesté être traînée dans la boue par la presse à scandale, comme cette malheureuse artiste de la comédie musicale *A Chorus Line* qu'il essayait d'éviter ces derniers temps, par exemple. Alex connaissait forcément sa réputation car, après tout, cela faisait des décennies qu'il était l'un des plus grands séducteurs d'Hollywood, mais il préférait qu'elle n'ait pas à en souffrir directement.

De toute façon, dans les endroits où ils sortaient ensemble, ils ne risquaient pas d'attirer l'attention des journalistes. Il ne l'avait encore jamais emmenée dîner dans un endroit chic, tout simplement parce qu'elle n'avait pas trouvé le temps et l'énergie nécessaires pour l'accompagner. Elle travaillait constamment, et dégager deux heures pour aller au cinéma représentait déjà pour elle une immense victoire. En revanche, le week-end, elle venait au Cottage chaque fois qu'elle jouissait d'un moment de liberté. Elle passait des heures à nager dans la piscine, et un soir, elle avait même cuisiné pour lui. Hélas, une fois de plus, elle avait dû partir avant de pouvoir partager son repas... Elle avait l'habitude de ce genre de désagrément, mais Cooper éprouvait quelques difficultés à s'y habituer. Il n'avait pas vraiment réalisé ce qui l'attendait quand il avait commencé à la voir régulièrement. Néanmoins, Alexandra était si vive et intelligente qu'il était prêt à faire abstraction des obstacles et inconvénients imposés par son travail.

Elle aimait discuter avec Mark quand elle le rencontrait à la piscine. Il parlait beaucoup de ses enfants. Un soir, il se livra même un peu plus et lui raconta les problèmes qu'il avait avec eux, et surtout avec Janet et Adam. Il lui avoua qu'il ne supportait pas l'idée que Jessica et Jason pussent aimer l'homme qui avait détruit son couple, mais qu'en même temps il ne voulait pas les voir malheureux. Comme chaque fois, Alex l'écouta avec attention et lui témoigna une compassion sincère.

Elle voyait moins souvent Jimmy, qui semblait travailler presque autant qu'elle. Certains soirs il se rendait dans des foyers d'accueil et entraînait une équipe de baseball dans un quartier défavorisé. Mark ne tarissait pas d'éloges sur lui. Il lui raconta aussi ce qu'il savait de Maggie, et l'histoire toucha beaucoup Alex. Jamais Jimmy n'avait parlé de sa femme en sa présence. D'une manière générale, il demeurait très discret et ne semblait pas très à l'aise avec les femmes. Elles le renvoyaient à son triste célibat forcé, alors que dans son cœur il se considérait toujours comme marié.

Bien que Cooper ne l'eût jamais expliqué clairement, Alex avait compris que Mark et Jimmy étaient tous deux ses locataires. Elle se garda cependant de le questionner à ce sujet. Quel que fût leur arrangement financier, cela ne la regardait pas.

Ils se voyaient régulièrement depuis trois semaines quand Cooper lui proposa de partir en week-end. Même si elle doutait que ce fût possible, elle promit de voir si elle pourrait s'organiser pour se libérer. A sa grande surprise, elle s'aperçut que c'était envisageable et accepta donc l'invitation, à condition qu'il leur réservât des chambres séparées à l'hôtel. Bien que Cooper l'attirât énormément, elle n'était pas encore prête à donner à leur relation un caractère autre que platonique. Elle voulait prendre son temps, ne pas bousculer le cours naturel des choses. Elle déclara aussi qu'elle paierait elle-même sa chambre d'hôtel, et Cooper s'inclina.

Il avait choisi un très bel hôtel qu'il connaissait, de l'autre côté de la frontière mexicaine. Au fond, ce voyage enthousiasmait la jeune femme, qui n'avait pas quitté Los Angeles depuis qu'elle avait commencé son internat, alors qu'elle adorait voyager. La perspective de passer deux jours de détente au soleil avec Cooper lui semblait merveilleuse, et elle se dit qu'en allant au Mexique ils éviteraient les paparazzis. C'était naïf de sa part, mais Cooper préféra lui laisser ses illusions. Il tenait trop à passer ces deux jours avec elle pour prendre le risque de la décourager. Il voulait au contraire que tout soit simple et agréable.

Ils partirent le vendredi soir, et en quelques heures se retrouvèrent dans un endroit encore plus beau qu'elle ne l'avait imaginé. Ils avaient deux immenses chambres communicantes, un grand salon et un patio, une piscine rien que pour eux et une petite plage privée juste en dessous. Personne ne viendrait les déranger, sauf s'ils le souhaitaient.

En fin d'après-midi, ils se rendirent en ville, firent un peu de lèche-vitrines et dégustèrent des margaritas à des terrasses de café. On aurait dit des amoureux en lune de miel... D'ailleurs, le deuxième soir, exactement comme il l'avait espéré, Alex fit comprendre à Cooper qu'elle était prête à aller plus loin avec lui. Elle n'était pas ivre ; elle était tout simplement en train de tomber amoureuse. Aucun homme ne s'était jamais montré aussi gentil, aussi attentionné, aussi délicat envers elle. Il ne se contentait pas d'être un compagnon merveilleux et un excellent ami, il lui apparaissait aussi comme l'amant idéal. Cooper Winslow savait s'y prendre avec les femmes. Il avait l'art de deviner ce qu'elles aimaient faire, ce qu'elles voulaient entendre, mais aussi ce dont elles avaient réellement besoin. Alex n'avait jamais trouvé aussi amusant de faire du shopping, elle n'avait jamais parlé avec quelqu'un aussi facilement, elle ne s'était jamais autant amusée et n'avait jamais été gâtée à ce point. En somme, elle n'avait jamais rencontré un homme aussi parfait.

Il passait son temps à signer des autographes — visiblement, nul n'ignorait qui il était, même dans les coins les plus reculés du monde —, et pourtant elle éprouvait la délicieuse impression d'être la seule à le connaître vraiment. Curieusement, il semblait non seulement prêt à vivre avec elle une véritable histoire, mais également à lui livrer ses secrets les plus intimes. Et il en était de même pour elle. Elle s'ouvrait totalement à lui.

— Que vont penser tes parents de notre liaison ? lui demanda-t-il après avoir fait l'amour avec elle pour la première fois.

Pour tous les deux, ce moment demeurerait inoubliable. Après l'étreinte, ils s'étaient assis, nus, au clair de lune, au bord de leur piscine privée, bercés par les accents d'une musique lointaine... C'était la nuit la plus romantique qu'eût jamais connue Alex.

— Dieu seul le sait, répondit-elle, pensive. Mon père n'a jamais aimé personne de sa vie, homme ou femme, et ni ses enfants ni ma mère n'ont échappé à la règle. Il se méfie de tout le monde. Mais je ne vois pas pourquoi il ne t'apprécierait pas. Tu es distingué, élégant, bien élevé, intelligent, charmant et célèbre. Quel défaut pourrait-il te trouver ?

— Pour commencer, il pourrait être choqué de notre différence d'âge.

— C'est possible. Mais certains jours, tu as l'air plus jeune que moi.

Elle lui sourit sous la lune, et ils s'embrassèrent de nouveau. Il ne lui avait pas parlé de l'autre différence qui les séparait : elle était solvable, lui pas. C'était une réalité qu'il avait du mal à admettre, et qu'il n'aimait pas regarder en face. Mais au fond, il préférait savoir qu'elle ne dépendait pas financièrement de lui. Il détestait s'engager dans une relation quand il se sentait en position de faiblesse, et ces temps-ci sa situation financière était pour le moins fragile. En réalité, le problème se posait même quand il avait de l'argent, car celui-ci lui filait entre les doigts. Il n'avait besoin d'aucune aide pour le dépenser tout seul, et toutes les femmes qu'il avait connues s'étaient révélées dangereusement coûteuses. Ce n'était pas le cas d'Alex, et de toute façon, elle avait son argent à elle, ce qui réglait définitivement la question.

Il se sentait si bien avec elle que pour la première fois de sa vie, il pensait au mariage. D'une façon floue et lointaine, bien sûr, mais l'idée ne le terrifiait plus autant. En tout cas, et à son grand étonnement, il parvenait à envisager la possibilité de s'installer avec elle sans être tenté de se réfugier chez son psy. Jusqu'ici, il avait pensé qu'il préférerait le suicide au mariage. L'un comme l'autre lui avaient toujours semblé aussi dangereux et presque synonymes. Mais, avec Alex, tout paraissait différent. Et il le lui dit dans la nuit mexicaine magique, tout en l'embrassant.

— Je n'en suis pas encore là, Cooper, dit-elle doucement.

Elle l'aimait, mais elle ne voulait pas l'induire en erreur. Elle n'était pas du tout prête pour le mariage, autant à cause de sa carrière médicale que de sa première expérience traumatisante avec Carter. Elle ne voulait pas d'une nouvelle déception. Pourtant, Cooper lui apparaissait comme l'unique homme capable de lui faire oublier cette douleur.

— Je n'en suis pas encore là non plus, la rassura-t-il. Mais maintenant, y penser ne me donne plus d'urticaire. Pour moi, c'est une nette amélioration.

Elle aimait bien l'idée qu'il fût aussi prudent qu'elle à propos du mariage. Quand elle lui avait demandé pourquoi il ne s'était jamais marié, il avait répondu qu'il n'avait jamais trouvé la bonne personne. Mais il commençait à penser qu'il l'avait finalement rencontrée. Oui, Alex était le genre de femme avec qui l'on pouvait passer une vie entière.

Leur week-end fut féerique, et quand ils descendirent de l'avion du retour, des étoiles encore plein les yeux, ils n'avaient pas envie de se séparer.

— Veux-tu venir vivre avec moi ? demanda-t-il dans la voiture qui les ramenait de l'aéroport.

Elle parut hésiter.

— J'aimerais beaucoup, oui. Mais je ne pense pas que ce soit une bonne idée.

Elle persistait à vouloir avancer progressivement, redoutant de s'habituer trop vite à son bonheur et de le voir d'un coup voler en éclats, comme elle en avait déjà fait l'expérience.

— En tout cas, tu vas me manquer, ce soir, murmura-t-elle gravement.

— Toi aussi, répondit-il avec franchise.

Il avait l'impression d'être un homme neuf.

Arrivé en bas de chez elle, il insista pour porter son sac jusqu'à son appartement. C'était la première fois qu'il y mettait les pieds, et il ne put réprimer un mouvement de recul lorsqu'elle ouvrit la porte. Il fut effaré par le monceau de blouses sales, les piles de livres de médecine posés à même le sol, la salle de bains dépourvue de tout aménagement... Il n'y avait presque pas de meubles, pas de rideaux, ni de tapis, rien.

— Pour l'amour de Dieu, Alex, on se croirait dans une caserne !

Elle ne s'était jamais préoccupée de la décoration de son studio. Elle n'en avait pas le temps et s'en moquait éperdument. Après tout, elle ne mettait les pieds dans son appartement que pour dormir.

— Si des gens normaux voyaient cet endroit, ils le feraient condamner immédiatement ! poursuivit Cooper.

Il ajouta qu'il avait connu des stations-service plus accueillantes. Décidément, la façon de vivre d'Alex le déconcertait. Elle était délicieuse et délicate, mais il était urgent qu'elle apprenne à s'intéresser à autre chose qu'à la médecine.

— Je pense que tu devrais mettre le feu à ce taudis et venir vivre avec moi immédiatement, conclut-il.

Il savait bien qu'elle ne le ferait pas, du moins pas pour l'instant. Elle était bien trop prudente et indépendante. Mais il avait si peu envie de la quitter que, malgré le lit défait et le décor sinistre, il passa la nuit chez elle et se leva avec elle lorsqu'elle partit travailler à six heures le lendemain matin. Quand il rentra au Cottage, il s'aperçut qu'elle lui manquait cruellement. Il n'avait ressenti cela avec aucune femme.

Paloma, qui arriva plus tard ce matin-là, fut intriguée par la mine bizarre qu'il affichait. Elle commençait à se dire qu'il était réellement tombé amoureux de la jeune interne, et de ce fait il remontait dans son estime. Finalement, se disait-elle, Cooper Winslow possédait peut-être un cœur...

Il avait des rendez-vous tout l'après-midi. Il posa notamment pour la couverture du magazine *GQ*. Il ne rentra chez lui qu'à six heures du soir, sachant très bien qu'Alex était encore au travail et ne quitterait pas l'hôpital avant le lendemain matin. C'était son tour de remplacer les médecins qui lui avaient permis de partir au Mexique, et elle allait

181

devoir travailler plusieurs jours d'affilée pour rattraper les tours de garde qu'ils avaient effectués pour elle.

Cooper venait juste de s'installer dans la bibliothèque avec une coupe de champagne et un peu de musique quand il entendit un bruit terrifiant à la porte d'entrée. Cela ressemblait à la détonation d'une arme automatique ou à une série d'explosions, comme si une partie de la maison était en train de s'écrouler. Il se leva et regarda par la fenêtre. D'abord il ne vit rien, puis il aperçut une silhouette d'adolescent... Il eut du mal à en croire ses yeux : le jeune voyou était en train de faire du skateboard sur les escaliers en marbre, enchaînant les sauts périlleux pour rebondir sur les dalles qui souffraient à chacun des chocs. Hors de lui, Cooper courut vers la porte d'entrée et l'ouvrit brusquement. Ces marches en marbre avaient traversé près d'un siècle sans la moindre rayure, et ce délinquant avec sa maudite planche à roulettes allait purement et simplement les détruire en quelques minutes !

— Qu'est-ce que vous fabriquez ? Je vais appeler la police si vous ne décampez pas dans les trois secondes ! Comment êtes-vous entré dans cette propriété ?

Les alarmes auraient dû se déclencher quand le jeune importun avait escaladé la grille, et Cooper ne comprenait pas pourquoi elles n'avaient pas sonné.

Le jeune garçon le regardait fixement, aussi étonné qu'apeuré. Serrant son skateboard contre sa poitrine, il répondit d'une voix étranglée :

— Mon père habite ici...

Il n'avait évidemment pas pensé un instant aux conséquences de ses exploits sportifs sur le marbre. Le perron lui avait simplement paru être l'endroit idéal pour s'entraîner à faire des sauts, et il s'était bien amusé jusqu'à ce que Cooper ouvre la porte et le tance, menaçant de le faire arrêter.

— Qu'est-ce que ça veut dire, votre père habite ici ? Moi j'habite ici et, Dieu merci, je ne suis pas votre père ! Qui êtes-vous ?

— Jason Friedman.

Le garçon avait l'air de trembler et il lâcha son skateboard dans un grand fracas qui les fit sursauter tous les deux.

— Mon père habite dans l'aile des invités, précisa-t-il.

Il avait atterri la veille de New York, avec sa sœur, et il adorait l'endroit où vivait son père. En rentrant de l'école, il avait passé l'après-midi à explorer la propriété. Le soir, Mark leur avait présenté Jimmy et ils avaient dîné tous ensemble. Quant à Cooper, Jason avait simplement entendu parler de lui par son père, mais l'acteur se trouvait au Mexique quand ils étaient arrivés.

Pour achever son explication, le jeune garçon le regarda bien en face et ajouta :

— Maintenant j'habite ici et ma sœur aussi. Nous venons de New York. Nous sommes arrivés hier.

Sa seule préoccupation était de ne pas se faire arrêter. Il était prêt à donner son nom, son numéro de carte d'identité, n'importe quelle information pour que cela n'arrive pas.

— Que voulez-vous dire, vous « habitez » ici ? Jusqu'à quand comptez-vous rester ?

Cooper voulait savoir combien de temps il aurait à subir la présence d'un représentant de la race ennemie sur son territoire. Il se rappelait vaguement que Liz lui avait dit que Mark avait des enfants à New York, qui viendraient peut-être lui rendre visite, mais il avait cru comprendre que ce serait rare et seulement pour quelques jours.

— Nous avons laissé notre mère à New York et nous sommes venus vivre avec notre père, parce que nous détestons son nouveau copain.

Jason livrait là beaucoup plus d'informations qu'il ne le faisait habituellement, mais son interlocuteur était plus qu'intimidant.

— Je suis sûr qu'il vous haïssait lui aussi, si vous faisiez du skateboard sur ses marches en marbre ! Si jamais vous recommencez, je vous donnerai une correction dont vous vous souviendrez longtemps !

— Mon père ne vous laisserait pas faire, rétorqua Jason avec aplomb.

Il venait de conclure que son interlocuteur était fou. Il savait que c'était une star de cinéma, mais la star en question avait commencé par vouloir le faire arrêter et menaçait maintenant de le frapper.

— Et de toute façon, si vous levez la main sur moi, vous finirez en prison ! poursuivit-il. Mais bon…

Il baissa la voix d'un ton.

— Excusez-moi, je n'ai pas abîmé votre marbre.

— Vous auriez pu. Est-ce que vous êtes déjà installé ici ?

C'était la pire nouvelle qu'il eût entendue depuis longtemps, et il espérait que l'adolescent mentait. Mais un mauvais pressentiment le taraudait…

— Votre père ne m'a pas dit que vous alliez emménager, ajouta-t-il.

— C'est une décision de dernière minute, expliqua Jason. A cause du petit ami de ma mère. On n'est arrivés qu'hier et on est retournés à notre ancienne école aujourd'hui. Ma sœur est déjà au lycée, vous savez.

— Je ne trouve pas cela rassurant, déclara Cooper en le regardant avec une angoisse sincère.

Il refusait de croire qu'un tel drame pût lui arriver. Non, c'était impossible. Ces deux enfants n'allaient pas venir vivre dans l'aile des invités. Il allait falloir qu'il les expulse, tout de suite, avant qu'ils ne transforment sa maison en un tas de ruines ou qu'ils abîment quelque chose. Il allait appeler son avocat.

— Je parlerai à votre père, trancha-t-il d'un ton menaçant. Et donnez-moi ça.

Il tenta d'attraper le skateboard, mais Jason fit un grand pas en arrière pour le mettre hors de portée. C'était son bien le plus cher, il l'avait apporté avec lui de New York, et il n'entendait pas l'abandonner.

— J'ai dit que j'étais désolé, rappela-t-il.

— Vous dites tout un tas de choses, surtout au sujet du petit ami de votre mère, dont je n'ai que faire !

Cooper le dominait de sa haute taille, debout sur la plus haute marche, dans une attitude aristocratique. Jason, d'en bas, lui trouva l'air d'un géant.

— Le copain de ma mère est un débile, et on le déteste, précisa-t-il.

— C'est bien dommage, mais cela ne signifie pas que vous puissiez venir vivre chez moi. Loin de là. Dites à votre père que je lui parlerai demain matin.

Sur ce, il rentra dans la maison et claqua la porte, alors que Jason prenait ses jambes à son cou pour retourner dans l'aile des invités, où il raconta une version sensiblement expurgée de la scène à son père.

— Tu n'aurais pas dû faire de la planche sur ces escaliers, Jason. C'est une vieille maison, tu aurais pu abîmer les marches.

— Je lui ai dit que j'étais désolé. Mais c'est une vraie tête de cochon !

— Jason, s'il te plaît, ne sois pas grossier... En fait, Cooper est un homme charmant, seulement il n'a pas l'habitude de voir des enfants ici. Il faut être plus gentil avec lui.

— Est-ce qu'il peut nous obliger à partir ?

— Je ne crois pas. Ce serait de la discrimination, sauf si tu faisais quelque chose d'horrible qui lui donne un argument valable. Aussi, fais-moi plaisir, essaie d'être raisonnable.

Dès qu'ils l'avaient vue, les deux enfants avaient adoré la propriété, et Mark était ravi de les avoir avec lui. Il ne fallait pas tout gâcher... Ils étaient enchantés d'avoir retrouvé leurs anciens copains à l'école, Jessica passait déjà des heures au téléphone, tandis que Mark préparait le dîner. Une vraie vie de famille, en somme. Ils avaient aussi rencontré Paloma, et elle les avait adorés tout de suite. Mais il en allait différemment de son employeur...

qui d'ailleurs ignorait toujours qu'elle faisait parfois la lessive et un peu de ménage pour Mark, pendant son temps libre.

A peine Cooper avait-il claqué la porte qu'il s'était servi un verre d'alcool fort, avant d'envoyer un message sur le bipeur d'Alex. Elle le rappela cinq minutes plus tard et devina immédiatement à sa voix qu'il s'était passé quelque chose d'affreux.

— Ma maison est envahie par les extraterrestres, s'exclama-t-il d'un ton catastrophé.

— Ça va ?

Elle était réellement inquiète.

— Non, pas du tout : les enfants de Mark sont venus s'installer ici. Je n'en ai rencontré qu'un pour l'instant, mais je peux d'ores et déjà te dire que c'est un délinquant. Je vais immédiatement lancer la procédure d'éviction, mais il se peut que je fasse une dépression nerveuse entretemps. Figure-toi que cette affreuse créature faisait du skateboard sur les marches de l'escalier en marbre, en sautant tant qu'il pouvait !

Alex éclata de rire, soulagée que le drame se réduise à cette mésaventure. A entendre Cooper, on eût dit que la maison venait de s'écrouler.

— Je ne pense pas que tu puisses les expulser, dit-elle lorsqu'il se fut calmé. Il y a tout un tas de lois qui protègent les gens qui ont une famille.

Elle s'amusait de le sentir si énervé. Ainsi, il détestait vraiment les enfants autant qu'il l'avait laissé entendre...

— J'ai besoin de lois qui me protègent moi... gémit-il. Tu sais à quel point je hais les enfants.

— Alors, cela veut dire que nous n'en aurons jamais ensemble ?

Elle le taquinait, mais il songea soudain que cette question pourrait être un obstacle majeur entre eux. Il n'y avait pas pensé jusqu'ici, mais elle était suffisamment jeune pour vouloir des enfants. Et il n'était pas du tout d'humeur à envisager une chose pareille, surtout à ce moment précis.

— Evidemment, nous pourrons en débattre, répondit-il en se forçant à paraître raisonnable. Au moins, tes enfants seront civilisés. Ceux de Mark sont des sauvages. Ou du moins celui-ci. Il dit que sa sœur est au lycée, elle doit sûrement fumer du crack et vendre de la drogue à ses camarades.

— Ce n'est peut-être pas aussi grave que cela, Cooper. Combien de temps vont-ils rester ?

— J'ai bien l'impression qu'ils envisagent une installation définitive... Alors qu'une seule journée, c'est déjà un cauchemar insupportable pour moi. Je vais appeler Mark demain matin et me renseigner.

— Essaie de ne pas te mettre dans tous tes états pour ça, tout de même.

Mais elle voyait bien que la recommandation était vaine.

— Je suis en train de devenir alcoolique, se lamenta-t-il. Je crois que je développe une grave allergie à tout ce qui a moins de vingt-cinq ans... Non, vraiment, ces gamins ne peuvent pas rester ici. Mais que se passera-t-il si je ne peux pas les expulser ?

— On fera pour le mieux et on leur apprendra à se tenir.

— Tu es gentille de dire tout ça, mon amour. Mais il y a des gens qui ne peuvent rien apprendre. Quand j'ai dit à ce monstre que je le corrigerais s'il s'avisait de recommencer à faire du skateboard sur mes marches, il m'a répondu qu'il m'enverrait en prison.

Les choses avaient vraiment mal commencé...

— Dis simplement à Mark de ne pas les laisser dans tes jambes, suggéra Alex. C'est un homme très gentil, je suis sûre qu'il comprendra.

Le lendemain, quand Cooper l'appela, Mark s'excusa longuement pour la gêne que Jason avait pu occasionner. Il expliqua la situation et déclara qu'il était convaincu que les enfants retourneraient vivre avec leur mère à la fin de l'année scolaire. Selon toute probabilité, ils ne resteraient donc que trois mois.

Mais pour Cooper, l'annonce sonna comme une sentence de mort. Il voulait entendre que ces enfants s'en iraient le lendemain. Or les choses ne se présentaient pas ainsi... Mark jura qu'ils se tiendraient bien, et Cooper finit par se résigner à cette cohabitation. Non pas de gaieté de cœur, mais parce qu'il avait compris qu'il n'avait pas le choix. Avant de téléphoner à Mark, il avait contacté son avocat et ce dernier avait confirmé les dires d'Alex : il était coincé, sans recours possible. Même la lettre d'excuses que Mark força Jason à écrire n'altéra pas son sentiment. En réalité, il était surtout furieux que Mark ait introduit ces intrus sans le prévenir. Le Cottage n'avait pas vocation à devenir l'annexe d'un lycée, d'une crèche ou d'un camp de scouts, et encore moins un parc de skateboard ! Il ne voulait pas d'enfant à moins de cent kilomètres de sa maison et de sa vie, c'était tout de même clair ! Il ne lui restait plus qu'à espérer que l'aventure de leur mère avec son indésirable petit ami se terminerait bientôt et qu'ils rentreraient la rejoindre à New York plus tôt que prévu.

12

Après son premier face à face avec Cooper, Mark ordonna à Jason de ne plus jamais s'approcher de l'aile principale de la maison et de n'utiliser son skateboard que dans l'allée. Jason vit plusieurs fois Cooper rentrer en voiture, mais il n'y eut pas d'autre incident, du moins pendant les deux premières semaines qui suivirent leur installation. Sa sœur et lui étaient ravis d'être de retour à Los Angeles avec leurs anciens copains, ils adoraient leur école et trouvaient leur nouvelle maison « trop cool », malgré celui qu'ils appelaient leur « propriétaire grincheux ». Ce dernier avait toujours une mauvaise opinion d'eux, mais les agents immobiliers et ses avocats lui avaient confirmé qu'il n'y avait rien à faire. Il existait des lois très strictes qui protégeaient les enfants, et Mark avait prévenu Cooper, en s'installant, que les siens lui rendraient visite de temps en temps. Il avait le droit de vivre dans l'aile des invités avec eux, même à temps plein. Cooper n'avait d'autre choix que de s'y habituer ou de se plaindre s'ils faisaient quelque chose d'interdit. Et depuis l'incident du premier jour, il devait admettre qu'il n'avait eu, pour l'instant, aucun autre problème avec eux.

Mais lorsque Alex vint passer un week-end entier chez lui pour la première fois, ils eurent, en se réveillant vers midi, l'impression que quelqu'un avait organisé un concert de rock sous leurs fenêtres. On eût dit que cinq cents personnes hurlaient à l'extérieur, sur fond de musique rap très forte, venue d'on ne savait où. En s'étirant dans le lit, Alex ne put s'empêcher de sourire en entendant les paroles de la « chanson », pour le moins grossières, mais très drôles et totalement irrévérencieuses à l'encontre des adultes. C'était sans doute un message directement destiné à Cooper...

— Mon Dieu, mais qu'est-ce que c'est que ça ? demanda ce dernier avec horreur en relevant la tête de son oreiller, l'air abasourdi.

— On dirait une sorte de fête, répondit Alex dans un bâillement tout en se lovant contre lui.

Elle avait échangé quatre tours de garde rien que pour être là, et entre eux les choses se passaient vraiment bien. Cooper commençait à s'adapter à son impossible emploi du temps, et cela faisait des années qu'il ne s'était pas senti aussi heureux avec une femme. De son côté, Alex était parfaitement à l'aise avec lui, malgré leur grande différence d'âge. Même après y avoir réfléchi très longuement, elle ne la considérait pas comme un problème. Elle trouvait Cooper beaucoup plus jeune d'esprit et plus intéressant que la plupart des hommes de son âge.

— Ce doit être le retour des extraterrestres, soupira l'acteur. Je pense qu'un nouvel ovni vient de se poser dans la propriété.

Il avait entrevu les adolescents ces trois dernières semaines, mais leur père était toujours parvenu à les maîtriser, jusqu'à ce matin-là.

— Ils doivent être sourds, commenta-t-il. Doux Jésus, on doit entendre cette musique jusqu'à Chicago !

Il bondit soudain hors du lit et regarda par la fenêtre.

— Mon Dieu, Alex, ils sont des milliers !

Elle sortit du lit pour regarder aussi et découvrit vingt ou trente adolescents qui criaient et riaient en se jetant des objets au bord de la piscine.

— Il s'agit bien d'une fête, observa-t-elle d'un ton moqueur. Ce doit être l'anniversaire de quelqu'un.

Elle trouvait agréable de voir des enfants heureux et en bonne santé s'amuser en toute innocence. Après la douleur et les tragédies dont elle était témoin tous les jours, ce spectacle lui semblait merveilleusement normal. Mais Cooper, lui, demeurait horrifié.

— Les extraterrestres n'ont pas d'anniversaire, Alex. Ils éclosent au moment le moins adéquat, puis débarquent sur terre pour massacrer tout ce qu'ils trouvent. Ils sont venus ici pour nous détruire, nous et le reste de la planète !

— Veux-tu que j'aille leur demander de baisser la musique ? demanda-t-elle avec un grand sourire.

Elle comprenait son irritation. Il aimait que tout soit calme, ordonné, beau et élégant autour de lui, et il fallait admettre que la musique qu'ils entendaient ne correspondait pas du tout à ces critères. Elle était désolée pour lui.

— Ce serait formidable, dit-il gentiment alors qu'elle enfilait déjà un short, un tee-shirt et des sandales.

Une belle journée de printemps s'annonçait, et elle lui promit de préparer un bon petit déjeuner quand elle reviendrait. Il la remercia et se dirigea vers la salle de bains pour se raser et prendre une douche. Même au réveil, il avait toujours l'air impeccable, beau, et plutôt en forme, contrairement à Alex qui se levait souvent avec l'impression d'avoir été attachée à une corde et traînée par un cheval toute la nuit. Le matin, ses cheveux étaient en bataille, et avec les longues heures de travail qu'elle effectuait, elle était invariablement épuisée. Mais elle avait la chance d'être jeune et avait l'air d'une adolescente lorsqu'elle sortit de la maison pour aller porter le message à Mark.

En arrivant près de la piscine, elle ne reconnut d'abord que Jessica, au milieu d'une flopée de filles en bikinis ou maillots une pièce qui gigotaient en hurlant, tandis que les garçons feignaient de les ignorer. Enfin, elle aperçut Mark, qui, dans l'eau, essayait d'organiser un jeu de water-polo qu'il appelait le « Marko Polo ».

— Bonjour, comment allez-vous ? s'écria-t-il avec un sourire en la voyant approcher. Il y a longtemps que je ne vous ai pas vue !

Il s'était même demandé si Cooper avait cessé de la fréquenter. Mais il n'avait pas vu d'autre femme chez lui non plus. Cela faisait des semaines que tout était plutôt calme au Cottage.

— Je travaillais. Qu'est-ce que vous fêtez ? C'est l'anniversaire de quelqu'un ?

— Non, Jessie avait simplement envie de réunir ses anciens copains pour fêter son retour ici.

L'adolescente était ravie de vivre avec son père et, pour l'instant, refusait de parler à sa mère. Mark le déplorait mais n'avait pas encore réussi à la convaincre de se montrer plus souple. Il n'arrêtait pas de dire à Janet de lui donner un peu de temps, mais Jessica semblait lui en vouloir énormément. Jason, lui, acceptait au moins de lui parler, sans cacher pour autant qu'il adorait sa nouvelle vie.

— Ça m'ennuie de vous déranger, ils ont l'air de vraiment bien s'amuser, dit Alex avec un sourire d'excuse. Mais Cooper a un peu de mal avec le bruit. Pensez-vous qu'ils pourraient baisser le son ?

Mark parut d'abord un peu étonné, puis franchement embarrassé quand il prit conscience de la situation. Il avait l'habitude des enfants et de leur désordre, et n'avait tout simplement pas remarqué à quel point les choses avaient dégénéré. Il comprit aussi qu'il aurait dû prévenir Cooper de cette petite réunion, mais il avait toujours peur de parler des enfants devant lui.

— Je suis désolé... Quelqu'un a dû augmenter le volume quand j'avais le dos tourné. Vous connaissez les enfants...

Elle les connaissait bien et se réjouissait de voir que ces enfants-là étaient propres, entiers et en bonne santé. Il n'y avait pas un tatouage ou une coupe punk à l'horizon. Seulement quelques boucles d'oreilles et un ou deux piercings dans le nez. Rien d'effrayant. Par ailleurs, aucun d'entre eux n'avait l'air d'un délinquant ou d'un drogué, contrairement à ce que Cooper aurait affirmé s'il les avait vus de plus près. Pour Alex, c'étaient seulement des « extraterrestres » comme les autres.

Mark sortit de la piscine et alla tourner le bouton du volume sur la chaîne stéréo, tandis qu'Alex restait là, souriante, à regarder les jeunes s'amuser. Elle constata que plusieurs garçons couvaient Jessica du regard. C'était une jolie jeune fille aux longs cheveux raides et blonds, qui s'agitait comme une petite folle au milieu de ses copines et semblait parfaitement indifférente aux yeux intéressés de ses camarades masculins.

Soudain, Alex vit Jimmy s'approcher avec Jason. Ce dernier, armé d'un gant et d'une batte de base-ball, arborait un grand sourire en écoutant Jimmy lui expliquer quelque chose. En réalité, Jimmy venait de lui apprendre comment donner, de façon très précise et infaillible, un effet tournant à la balle. C'était un art que Jason n'avait jamais maîtrisé jusque-là, mais que l'ami de son père venait de lui rendre accessible.

— Salut, dit Alex gentiment alors qu'ils arrivaient tous deux à sa hauteur.

Jimmy eut l'air un peu mal à l'aise pendant un instant, puis il la présenta à Jason. Alex nota qu'il y avait toujours quelque chose de secret dans l'attitude de Jimmy, comme si regarder les gens en face lui était devenu douloureux. Sans doute était-ce l'une des conséquences de la perte prématurée de sa bien-aimée, songea la jeune femme. Il avait cette expression pleine de désespoir propre à ceux qui ont souffert d'un traumatisme, celle qu'elle voyait dans les yeux des parents qui venaient de perdre leur bébé. Mais, quand il parlait à Jason, Jimmy semblait plus détendu qu'avec les adultes.

— Que devenez-vous ? demanda-t-elle avec familiarité. Vous avez assisté à de bons incendies, ces derniers temps ?

La dernière fois qu'elle l'avait vu, Mark avait failli provoquer un feu de forêt avec le barbecue, et bien sûr ni l'un ni l'autre n'avait oublié l'incident.

— Quelle aventure...

Ils sourirent tous les deux en se remémorant l'événement. Elle avait toujours en tête l'image de Cooper signant des autographes aux pompiers, alors que les buissons brûlaient. Elle trouvait cela du plus haut comique.

— Ce malheureux feu m'a permis de faire un très bon repas, dit Jimmy avec un sourire timide. Je crois que nous avons mangé votre dîner à votre place après votre départ. Dommage que vous ayez dû retourner travailler. D'un autre côté, si vous n'étiez pas partie, nous n'aurions pas mangé du tout !

Il sourit en se rappelant la suite de la soirée.

— Je n'avais pas eu de gueule de bois aussi terrible depuis la fac, poursuivit-il. Je n'ai pas pu aller travailler avant onze heures le lendemain. Cooper a l'art de servir des breuvages plutôt exotiques, et pas en petite quantité !

— On dirait que j'ai raté une bonne soirée, constata Alex.

Elle lui sourit, puis regarda Jason et lui demanda à quelle position il jouait. Il répondit qu'il était stoppeur.

— Il lance bien la balle, observa Jimmy d'un ton encourageant. Et il tape comme un sourd ! Ce matin, on a perdu trois balles, elles sont passées au-dessus du grillage et sont parties Dieu sait où, bien au-delà des limites du parc !

— Impressionnant ! Pour ma part, je ne crois pas que j'arriverais à frapper une balle, même si ma vie en dépendait, confia-t-elle.

— Ma femme aussi en était incapable, répondit Jimmy sans réfléchir.

Il regretta immédiatement d'avoir dit cela, et Alexandra lut de nouveau la douleur dans ses yeux.

— La plupart des femmes sont assez peu douées pour frapper la balle ou la lancer, mais elles ont d'autres qualités, reprit-il pour essayer d'éloigner le plus possible la conversation de Maggie.

— Je ne suis pas sûre d'avoir ces autres qualités non plus, répliqua Alex, bien consciente du malaise qui s'était d'un seul coup installé entre eux. Par exemple, je suis complètement nulle en cuisine ! ajouta-t-elle avec un entrain délibéré. En revanche, je sais faire de redoutables sandwiches au beurre de cacahouètes et j'ai un don inné pour commander de très bonnes pizzas.

— De ce côté-là, je n'ai pas de problème. Je suis un bien meilleur cuisinier que ne l'était ma femme.

Et voilà, il continuait ! Il se maudit silencieusement de toujours tout ramener à Maggie.

Alex sentit qu'il avait envie de rentrer sous terre après cette nouvelle remarque, et elle le laissa reprendre ses esprits en échangeant quelques mots avec Jason. Puis le jeune garçon partit rejoindre sa sœur et ses copains.

— Ce sont de braves gosses, dit-elle pour essayer une nouvelle fois de mettre Jimmy à l'aise en changeant de sujet.

Elle voyait bien que ce n'était pas facile pour lui et eût aimé lui dire qu'elle comprenait sa peine, mais elle ne tenait pas à le perturber davantage en remuant le couteau dans la plaie.

— Mark est vraiment très content de les avoir avec lui ici, acquiesça Jimmy. Ils lui ont beaucoup manqué.

Il luttait pour faire bonne figure et remonter la pente, mais retombait constamment dans un abîme de chagrin. Tout ce qu'il faisait ou disait lui rappelait son épouse adorée.

— Alors, comment notre propriétaire supporte-t-il les enfants ? demanda-t-il dans un nouvel effort pour chasser le spectre du désespoir.

— Il est en analyse, et il prend des médicaments contre la dépression, répondit Alex le plus sérieusement du monde.

Jimmy éclata de rire, et elle sourit à son tour, ravie de l'avoir tiré de son humeur sombre.

— Il vit donc la situation si mal que ça ?

— Encore plus mal que vous ne pouvez l'imaginer, répondit-elle. La semaine dernière, il a failli me faire un « code », comme on dit dans notre jargon hospitalier. Quand un patient défaille, que son cœur s'arrête et qu'il ne respire plus, on dit qu'il est en « code bleu »...

Mais Jimmy semblait avoir compris sans explication.

— Je pense qu'il a des chances de survivre, mais j'ai tout de même préféré réviser mes notions de massage cardiaque, enchaîna Alex. Pour l'instant, il reste sous respiration artificielle... D'ailleurs, il faudrait que je retourne à son chevet, je suis juste venue pour demander aux enfants de baisser un peu le volume.

— Quel est le programme ? demanda Jimmy.

— Eh bien, jusqu'à présent, nous avons eu du rap, avec des paroles plutôt suggestives...

— Non, je parle du petit déjeuner. Beurre de cacahouètes ou pizza ?

— Hum... Voilà une question intéressante. Je n'y ai pas encore réfléchi. Personnellement, j'opterais pour un reste de pizza, c'est ma nourriture de base. Avec des beignets en dessert, rassis de préférence. Mais je crois que Cooper a des goûts plus chic. Des œufs au bacon, peut-être...

— Est-ce que vous êtes sûre de supporter un régime pareil ? demanda Jimmy.

Décidément, il l'aimait beaucoup. Elle avait le don de lui apporter chaleur et compassion sans faire de grands discours. Il ne se souvenait pas bien de sa profession, mais savait que celle-ci avait quelque chose à voir avec les bébés. Elle devait y exceller, intelligente et attentionnée comme elle l'était. Il n'avait toujours pas compris ce qu'elle faisait avec Cooper Winslow. Il trouvait qu'ils formaient un couple étrange... Mais après tout, ce genre de chose n'obéissait à aucune règle, et les gens ne suivaient jamais le chemin qui semblait tracé pour eux. Cooper avait largement dépassé l'âge d'être son père, et elle n'avait pas l'air d'une femme facilement impressionnée par la célébrité ou les paillettes... Il se demanda si Cooper avait des qualités insoupçonnées, ou si c'était Alex qui était moins exceptionnelle qu'il ne l'imaginait, ce qui l'eût surpris et attristé. Malgré la bonne soirée qu'il avait passée avec Cooper, il n'avait pas vraiment d'opinion sur son compte. Le vieil acteur était incontestablement beau et charmant, mais il lui semblait toujours assez superficiel.

— Je vais peut-être appeler les urgences pour qu'ils nous livrent un petit déjeuner, déclara Alex sans oser prendre congé de Jimmy.

Elle le trouvait vraiment adorable et éprouvait pour lui une compassion sincère.

— En tout cas, n'oubliez pas de faire signer la note à Cooper ! dit-il d'un ton un peu acide. Signer des factures et des chèques, c'est sans doute ce qu'il sait faire de mieux !

Elle parut surprise, et il regretta instantanément son commentaire. Il n'avait aucune raison d'attaquer ainsi Cooper.

— Excusez-moi, dit-il, c'était déplacé.

— Ça ne fait rien, répondit-elle. Cooper a beaucoup d'humour, surtout vis-à-vis de lui-même, c'est ce que j'aime chez lui.

Il eut envie de lui demander ce qu'elle aimait d'autre chez l'acteur, mais il se retint.

— Bon, il vaudrait mieux que je rentre, conclut Alex. J'imagine que nous ne nous approcherons pas de la piscine aujourd'hui. Cooper ne supporterait pas une telle vision d'horreur... Il faudrait l'attacher.

Ils rirent de nouveau, puis elle s'éloigna en direction de l'aile principale, adressant au passage un petit signe de la main à Mark.

Cooper l'attendait dans la cuisine. Habillé de frais, il était en train de se débattre avec le petit déjeuner. Il avait fait brûler les muffins, percé le jaune des quatre œufs sur le plat qu'il faisait frire, et le bacon était tellement carbonisé qu'on reconnaissait à peine les tranches. Pour achever le tableau, il avait renversé du jus d'orange partout sur la table.

— Mais dis-moi, tu es un vrai cordon-bleu ! observat-elle avec un grand sourire étonné en contemplant les dégâts.

Elle n'aurait pas fait mieux que lui. Elle était bien plus à son aise dans une unité de soins intensifs qu'à la cuisine.

— Je suis impressionnée ! compléta-t-elle en riant.

— Et moi, je suis furieux après toi. Où diable étais-tu passée ? J'ai cru que les extraterrestres te retenaient en otage.

— Il n'y avait aucune raison de t'inquiéter, dit-elle en comprenant qu'il était sincèrement fâché. Je discutais seulement avec Mark et Jimmy, et avec Jason, le fils de Mark. Et je peux t'assurer que les enfants qui occupent ta piscine ont l'air parfaitement sains et se tiennent plutôt bien.

Il se retourna pour la regarder fixement, une spatule à la main, laissant les œufs brûler dans la poêle.

— Oh, mon Dieu... Je le savais... Ces créatures tout droit sorties de leur cocon infâme t'ont échangée contre un des leurs... Qui es-tu réellement ? Avoue !

Il avait les yeux écarquillés et ce regard effrayant que l'on ne voit que dans les films de science fiction, et la jeune femme partit d'un nouvel éclat de rire.

— Je suis toujours moi-même, et je t'assure qu'ils sont très gentils. Je voulais juste te tenir au courant, pour que tu ne sois pas trop inquiet.

— Tu t'es absentée si longtemps que j'ai cru que tu t'étais enfuie avec eux. Alors j'ai préparé mon petit déjeuner tout seul... *Notre* petit déjeuner, corrigea-t-il.

Il regarda autour de lui avec consternation.

— Est-ce que tu veux aller manger ailleurs ? Je ne suis pas sûr que le résultat soit comestible...

Il avait l'air un peu découragé.

— Peut-être que j'aurais dû commander une pizza, dit Alex.

— Pour le petit déjeuner ?

Il blêmit et se redressa avec un air indigné.

— Alex, tes habitudes alimentaires sont effrayantes. Ne vous a-t-on rien appris sur la nutrition à l'école de médecine ? Une pizza n'est pas ce qu'on peut appeler un petit déjeuner décent.

— Pardon, dit-elle humblement.

Puis elle mit deux nouveaux muffins dans le toasteur, essuya le jus d'orange renversé et emplit deux verres.

— C'est un travail de femme, trancha-t-il, volontairement machiste. Je crois que je vais te laisser faire. En fait, donne-moi juste un jus d'orange et un café, ça suffira.

Mais, cinq minutes plus tard, elle arriva sur la terrasse avec un plateau garni d'œufs brouillés, de bacon, de muffins, de jus d'orange et de café chaud. Elle avait choisi les plus belles assiettes de Cooper, des verres en cristal de Baccarat pour le jus d'orange... et des serviettes en papier.

— Le service est excellent, commenta Cooper. Mais tu peux encore faire quelques progrès pour ce qui est du linge de table. Il est préférable de mettre des serviettes en lin, quand on utilise le service en porcelaine.

Il la taquinait, comme toujours... Mais il sourit en posant son journal, réellement touché de son effort.

— Estime-toi heureux que je n'aie pas pris le papier toilette. C'est ce qu'on fait à l'hôpital quand on n'a plus de serviettes. Il fait très bien l'affaire, tout comme les assiettes en carton et les gobelets en polystyrène. J'en apporterai la prochaine fois.

— Voilà qui me réjouit d'avance, plaisanta-t-il en adoptant un air pompeux.

Elle avait décidément l'art de refuser toute forme de prétention, malgré son nom et ses origines.

Quand ils eurent fini les œufs qu'elle avait préparés, leur conversation dériva sur un sujet qu'il voulait aborder depuis quelque temps.

— Alex, qu'est-ce que ta famille va penser de moi ? Je veux dire de nous ?

Il avait l'air sincèrement inquiet, et elle en fut touchée. Elle se rendait bien compte qu'il prenait leur histoire au sérieux, et trouvait cela plutôt agréable. Pour l'instant du moins, elle aimait tout chez lui. Mais ce n'était que le début... Il y avait à peine un mois qu'ils sortaient ensemble. Beaucoup de choses pouvaient encore changer. Plus ils apprendraient à se connaître, plus ils risquaient de voir surgir des problèmes...

— Qu'est-ce que ça peut faire ? Mes parents ne décident pas de ma vie, Cooper. C'est moi qui en suis maîtresse et qui choisis avec qui j'ai envie de passer du temps.

— Et ils n'en pensent rien ? Permets-moi d'en douter fortement.

D'après ce qu'il avait lu dans la presse, Arthur Madison avait une opinion sur tout ce qui se passait sur cette terre. Les fréquentations de sa fille n'avaient aucune chance d'échapper à son intérêt... Or, toujours d'après ces lectures, les avis du patriarche n'étaient en général ni tendres ni chaleureux. Et il avait plus d'une raison de ne pas apprécier de voir Cooper avec sa fille...

— Je ne m'entends pas bien avec ma famille, admit doucement Alex. Je me tiens à distance. C'est l'une des raisons pour lesquelles je suis ici.

Ses parents l'avaient toujours accablée de critiques, et elle n'éprouvait aucune affection pour les membres de sa famille. Son père ne lui avait jamais dit un mot gentil et son unique sœur s'était enfuie avec son fiancé la veille de leur mariage. Quant à sa mère... Alex avait toujours pensé que de l'eau glacée coulait dans ses veines. Elle avait perdu goût à la vie depuis longtemps, laissant son mari faire et dire à sa place, même en ce qui concernait ses enfants. En somme, Alex avait grandi dans un foyer sans amour, où chacun ne comptait que sur soi, sans se soucier des autres. Et l'argent ne pouvait rien y changer.

— En fait, ce sont eux, les extraterrestres dont tu parlais. Ils sont venus d'une autre galaxie pour éradiquer toute forme de vie sur notre planète. Ils disposent d'atouts énormes pour y parvenir : ils n'ont pas de cœur, des cerveaux de taille moyenne, et une énorme quantité d'argent qu'ils n'utilisent que pour eux-mêmes. Jusqu'ici, leur plan pour s'emparer du monde se déroule plutôt bien. Mon père semble déjà en posséder la plus grande partie, et il ne se préoccupe d'aucun être vivant à part lui-même. Pour être tout à fait franche, je les déteste, Cooper, et ils me le rendent bien. Je refuse de jouer leur jeu et je n'avale pas leurs salades. Je ne l'ai jamais fait et je n'ai pas l'intention de changer. Alors, quoi qu'ils puissent penser de nous s'ils entendent parler de notre liaison — ce qui est bien possible —, je m'en fiche totalement.

— Eh bien... Voilà qui a l'avantage d'être clair.

Il était un peu étourdi par la véhémence de son propos. De toute évidence, Alex avait beaucoup souffert à cause de ses parents, surtout de son père. D'ailleurs, il avait souvent entendu dire de ce dernier qu'il était sans pitié et sans cœur, en dépit de ses multiples dons — effectués de manière très ostentatoire — aux bonnes œuvres.

— J'ai pourtant souvent lu que ton père était un philanthrope... avança-t-il pour tâter le terrain.

Alex eut un sourire triste.

— Il est vrai qu'il possède un très bon directeur des relations publiques, qui est capable de faire croire n'importe quoi aux gens. Mais mon père ne donne qu'à des œuvres qui pourront lui être utiles ou lui apporter du prestige. Il a, par exemple, donné cent millions de dollars à Harvard. Qui se soucie d'Harvard quand il y a des enfants qui meurent de faim partout dans le monde, et un nombre incalculable de gens malades qui pourraient être guéris avec une fraction de cette somme ? Non, crois-moi, il n'a absolument rien d'un philanthrope.

Contrairement à elle. Elle donnait chaque année quatre-vingt-dix pour cent du revenu de son fonds d'investissement, et vivait avec aussi peu d'argent que possible, ne s'autorisant que de très rares petits luxes, comme son studio sur Wiltshire Boulevard. Parce qu'elle était Alex Madison, elle se sentait investie d'une responsabilité à l'égard du reste du monde, ce qui expliquait son année passée au Kenya. C'était d'ailleurs là-bas qu'elle avait compris que sa sœur lui avait rendu un fier service en lui volant son fiancé, même si elle l'avait haïe pour sa trahison : Carter et elle se seraient certainements très vite entretués. Elle avait mis des années à comprendre qu'il était comme son père et que sa sœur était comme sa mère. Pour sa sœur, les seules choses qui comptaient, c'étaient l'argent, le nom, le prestige et la sécurité d'être mariée à quelqu'un d'important. Et tout ce qui comptait pour Carter, c'était de devenir l'homme le plus important de la planète. Exactement comme son père, il ne pensait qu'à lui. Et même si elles n'étaient plus assez proches pour en parler aujourd'hui, cela faisait quelques années qu'Alex soupçonnait sa sœur d'être malheureuse avec lui. Malgré ce qu'elle lui avait fait, elle en éprouvait de la peine ; on ne pouvait se réjouir de voir qui que ce soit mariée à un être aussi vide, égoïste, vaniteux et insipide que Carter.

— Est-ce que tu es en train de me dire que si notre relation était rendue publique par un journal à scandale ou par n'importe quel autre moyen, ton père s'en moquerait ? demanda Cooper, incrédule.

C'eût été une réelle surprise pour lui.

— Non, je ne dis pas cela. Je pense même que ça le préoccuperait beaucoup. Mais moi, je me moque de ce qu'il pense. Je suis une femme adulte.

— C'est bien ce que je craignais, soupira Cooper, obsédé par son angoisse. Il n'appréciera probablement pas de savoir que tu fréquentes une star de cinéma, et surtout une de mon millésime...

« Et affublée d'une réputation comme la mienne », se retint-il d'ajouter. Il y avait si longtemps qu'il était l'un des séducteurs les plus connus d'Hollywood que le père d'Alex ne pouvait l'ignorer.

— Après tout, comment mon père pourrait-il te trouver trop vieux ? Il n'a que trois ans de moins que toi !

Ce n'était pas vraiment une bonne nouvelle pour Cooper, pas plus que le reste de ce qu'elle lui avait dit d'ailleurs. Certes, elle paraissait réellement se moquer de l'opinion de son père, mais ce dernier pourrait leur causer de réels problèmes s'il s'emportait vraiment... Il ne savait pas vraiment comment il s'y prendrait, mais les gens aussi puissants qu'Arthur Madison trouvaient généralement rapidement le bon moyen pour nuire à leurs ennemis.

— Est-ce que ton père pourrait te couper les vivres ? demanda Cooper, l'air nerveux.

— Non, dit-elle avec une expression un peu surprise.

De toute façon, cela ne regardait pas Cooper... Mais elle se dit qu'il craignait sans doute simplement de lui causer des problèmes avec sa famille, et conclut que c'était gentil de sa part de s'en inquiéter.

— La majorité de ce que je possède me vient de mon grand-père, précisa-t-elle, et le reste est à l'abri dans un fonds d'investissement auquel mon père n'a pas le droit de toucher. Et quand bien même ma famille me couperait les vivres, cela ne me ferait ni chaud ni froid. Je gagne ma vie, je suis médecin.

C'était la femme la plus indépendante qu'il eût jamais rencontrée. Elle ne réclamait rien à personne, et surtout pas à lui. Elle n'avait pas besoin de lui, elle l'aimait, voilà tout. Et contrairement à beaucoup d'autres femmes, cela ne signifiait pas qu'elle était dépendante de lui d'un point de vue affectif. Elle appréciait sa compagnie, mais était capable de s'en aller, s'il le fallait. Jeune, intelligente, belle et libre... Que pouvait-on rêver de mieux ? C'était la femme idéale, en somme. Mais Cooper aurait presque aimé qu'elle fût un peu plus dépendante de lui. Il n'avait aucune prise sur elle. Elle était là par choix, et pouvait donc lui échapper à tout moment.

— Cela répond-il à toutes vos questions, monsieur Winslow ? lui demanda-t-elle en se penchant vers lui pour l'embrasser, ses longs cheveux tombant sur ses épaules.

Pieds nus, en short et en tee-shirt, elle ressemblait à l'une des adolescentes jouant autour de la piscine.

— Ça ira pour l'instant. Tu sais, Alex, dit-il gravement, je veux simplement éviter de te causer des ennuis avec ta famille. Même notre histoire d'amour ne vaut pas ce prix.

— De toute façon, ce prix, je l'ai déjà payé, répondit-elle d'un ton amer.

— C'est ce que j'ai cru comprendre.

Elle avait dû subir le pire choc émotionnel imaginable quand sa sœur s'était enfuie avec son fiancé...

Le reste de la journée passa agréablement. Ils feuilletèrent le journal, s'allongèrent au soleil sur la terrasse et firent l'amour au beau milieu de l'après-midi. Les adolescents avaient sans doute fini par se calmer, car ils ne les entendirent plus du tout, et quand il n'y eut plus personne à la piscine, ils allèrent se baigner à leur tour, juste avant de dîner. Mark avait soigneusement veillé à ce que tout fût nettoyé et remis en place avant de laisser partir les jeunes, et il ne restait aucune trace de leur petite fête improvisée.

Ce soir-là, ils allèrent au cinéma. Les gens se retournaient dans la file d'attente pour dévisager Cooper, et deux personnes lui demandèrent des autographes pendant qu'il achetait du pop-corn. Alex commençait à s'habituer à être remarquée partout où elle l'accompagnait et s'amusait de voir les gens lui demander de s'écarter pour le photographier.

— Etes-vous célèbre ? lui demandait-on parfois sans ménagement.

— Non, désolée, répondait-elle en souriant.

— Est-ce que vous pourriez vous pousser, s'il vous plaît ?

Elle s'exécutait en riant et faisait des grimaces à Cooper derrière l'appareil photo. Mais ce cérémonial ne la dérangeait pas, au contraire, elle trouvait cela drôle et aimait bien le taquiner à ce sujet.

Après le cinéma, ils mangèrent un sandwich dans une viennoiserie et rentrèrent tôt, car elle devait se lever à six heures le lendemain matin pour être à l'hôpital à sept. Quand le réveil sonna, elle quitta la chambre avec précaution, attentive à ne pas le réveiller. Elle avait passé un excellent week-end et éprouvait l'envie de lui dire à quel point elle se sentait bien avec lui.

Il ne l'entendit pas partir et sourit quand il trouva le petit mot à côté de son rasoir.

« Mon cher Cooper, merci pour ce week-end merveilleux, calme et reposant... Si tu veux une photo dédicacée, appelle mon agent... A plus tard. Je t'aime, Alex. »

Lui aussi l'aimait, même s'il parvenait à peine à y croire lui-même. Au départ, il avait pensé qu'elle lui apporterait de la distraction, parce qu'elle était différente des autres femmes avec lesquelles il sortait habituellement, mais il n'imaginait rien de plus. Or il l'aimait, plus qu'il avait jamais pensé en être capable. Elle était tellement vraie, tellement bien élevée et charmante... Il ne savait quelle conclusion en tirer. D'ordinaire, il aurait simplement profité d'elle pendant quelques semaines ou quelques mois, avant de s'offrir une nouvelle aventure. Mais avec Alex, tout était différent. A cause de ce qu'elle représentait, de tout ce qu'elle avait à offrir, il se trouvait contraint de songer à l'avenir. Par ailleurs, les paroles d'Abe n'étaient pas tout à fait tombées dans l'oreille d'un sourd, et s'il devait épouser une femme riche — ce dont il n'était pas encore entièrement convaincu — Alex était la candidate idéale. Il ne lui trouvait aucun défaut et ne voyait pas en quoi être marié avec elle pourrait le déranger d'aucune façon. Parfois, il se disait qu'il aurait mieux valu qu'elle ne fût pas l'une des plus riches jeunes femmes du pays. Peut-être n'aurait-elle alors été qu'une passade, qui lui aurait évité de se poser tant de questions. D'un autre côté, sa situation pimentait délicieusement les choses...

Comment savoir que faire ? Elle le faisait douter de ses propres motivations. Et pourtant il se rendait compte qu'il l'aimait, quoi que cela pût vouloir dire, aujourd'hui ou dans l'avenir.

— Tu devrais peut-être te détendre et te contenter d'en profiter, dit-il à son reflet dans le miroir tout en prenant son rasoir.

En fin de compte, il était déstabilisé parce qu'elle l'obligeait à se remettre en question. Elle défiait sa conscience. L'aimait-il vraiment ? Ou voyait-il seulement en elle une fille riche qui pourrait définitivement résoudre ses problèmes s'il l'épousait ? Tout au moins, si son père la laissait faire. Il ne croyait pas qu'elle se moquait totalement de ce qu'il pouvait dire ou penser. Qu'elle le voulût ou non, elle faisait partie de la famille Madison, ce qui impliquait une certaine responsabilité quant au choix de la personne qu'elle épouserait et qui lui donnerait des héritiers. Et cela amenait Cooper à son autre sujet de préoccupation : les enfants. L'idée d'en avoir lui faisait horreur, même s'ils devaient être riches. Il avait la conviction que les enfants ne pouvaient être que pénibles, et était fermement résolu à ne jamais procréer. Mais Alex était bien trop jeune pour renoncer à être mère. Ils n'en avaient jamais vraiment parlé, mais il était clair pour lui qu'un jour elle voudrait un bébé. Or, il redoutait de la blesser en lui opposant un refus catégorique. Un tel dilemme ne s'était jamais présenté avec ses précédentes petites amies. Alex l'obligeait à faire appel à des sentiments nouveaux, qu'il ne soupçonnait même pas. Il n'était pas sûr d'aimer cela. Etre quelqu'un de responsable et de respectable était une lourde charge.

Le téléphone sonna pendant qu'il se rasait, mais il ne répondit pas, pensant que Paloma devait se trouver quelque part dans les parages. Or personne ne répondit et la sonnerie ne cessa pas. Cooper songea soudain que ce pouvait être Alex, et qu'il ne la verrait pas pendant plusieurs jours, puisqu'elle allait devoir travailler pour rattraper son week-end de liberté. Il courut donc jusqu'au téléphone, le visage encore plein de mousse à raser, et décrocha le combiné. Aussitôt une incontrôlable irritation le gagna lorsqu'il reconnut la voix au bout du fil. C'était Charlene, et elle semblait essoufflée.

— Je t'ai appelé le week-end dernier et tu ne m'as pas rappelée, commença-t-elle d'un ton courroucé.

— Je n'ai pas eu le message, répondit-il en toute sincérité tout en s'essuyant les joues avec une serviette. Tu m'as laissé un message ?

— J'ai parlé avec Paloma.

Le simple son de sa voix l'exaspérait. Sa brève aventure avec elle lui semblait à des années-lumière du bonheur qu'il partageait maintenant avec Alex. A présent, il vivait une véritable histoire d'amour avec une jeune femme respectable ; cela n'avait rien à voir avec une courte aventure sexuelle avec une fille qu'il ne connaissait presque pas. Les deux femmes et les sentiments qu'il éprouvait à leur égard appartenaient à des mondes totalement différents.

— Si c'est Paloma qui a décroché, tout s'explique ! dit Cooper d'un ton enjoué.

Il voulait mettre fin à cette conversation le plus vite possible, et, surtout, ne plus jamais revoir le mannequin. Par bonheur, la presse à scandale n'avait jamais eu vent de son existence... Il fallait reconnaître qu'il y avait une bonne raison à cela : ils ne s'étaient presque jamais montrés ensemble, car il avait passé le plus clair de son temps avec elle au lit.

— Elle ne me donne les messages que quand elle en a envie, et cela n'arrive pas souvent, précisa-t-il.

— Il faut qu'on se voie, décréta Charlene.

Et voilà... Elle allait recommencer.

— Je ne crois pas que ce soit une bonne idée, et d'ailleurs je pars en voyage cet après-midi.

C'était d'ordinaire un mensonge qui marchait plutôt bien avec les femmes, mais il éprouva le besoin de se justifier un peu plus explicitement.

— Je ne crois pas que nous ayons encore des choses à nous dire, Charlene. On s'est bien amusés ensemble, mais c'est tout.

Ils ne s'étaient vus que quelques semaines, entre son aventure avec Pamela et sa rencontre avec Alex ; leur histoire n'aurait même pas fait un mauvais scénario.

— Je suis enceinte.

Elle l'avait cru quand il avait affirmé être sur le point de partir en voyage, et avait jugé préférable de le prévenir avant son départ.

Il y eut un long silence au bout du fil, mais Cooper reprit rapidement ses esprits. La situation s'était déjà présentée et s'était toujours réglée de façon relativement simple. Quelques larmes, un peu de soutien et de l'argent pour l'avortement, et on n'en parlait plus. Il se dit qu'il n'y avait aucune raison pour que les choses se passent différemment cette fois-ci.

— Je suis désolé de l'apprendre. Je ne veux pas paraître impoli, mais es-tu sûre que l'enfant est de moi ?

Les femmes détestaient toujours cette question, mais certaines admettaient leur incertitude. Et dans le cas de Charlene, le doute était légitime. Cooper savait bien qu'elle avait eu une vie sentimentale mouvementée avant leur liaison, peut-être même pendant, et très certainement après. Le sexe était l'activité principale de Charlene et son moyen de communication privilégié, un peu comme la nourriture ou le shopping pour d'autres femmes.

Elle lui répondit d'une voix outrée — la vertu personnifiée.

— Evidemment que je suis sûre qu'il est de toi ! Est-ce que je t'appellerais si je n'en étais pas sûre ?

— C'est une autre question, tout aussi intéressante... Mais si tu en es sûre, je suis sincèrement désolé. Est-ce que tu connais un bon médecin ?

La nouvelle l'avait rendu instantanément distant, car il se sentait menacé. Il demeurait donc sur ses gardes.

— Non, et je n'ai pas d'argent.

— Mon comptable va t'envoyer un chèque pour couvrir tous les frais.

Il ne se faisait pas trop de souci sur le déroulement des opérations. Autrefois, si l'on voulait se faire avorter, il fallait passer la frontière mexicaine en voiture ou prendre l'avion pour l'Europe, mais aujourd'hui la démarche était aussi banale que d'aller se faire détartrer les dents, tout du moins dans l'esprit de Cooper. Ce n'était ni dangereux ni très coûteux.

— Je t'enverrai les noms de plusieurs spécialistes, ajouta-t-il.

C'était une petite vague sur l'océan de sa vie, pas un raz-de-marée. Cela aurait pu être pire. Elle aurait pu, par exemple, faire un scandale public, ce dont il n'avait vraiment pas besoin ces temps-ci, à cause d'Alex.

— Je garde l'enfant, déclara-t-elle.

Il s'était rassuré un peu trop vite... Pour le coup, la situation prenait une tournure bien plus inquiétante, d'autant qu'elle avait annoncé sa décision d'un ton qui n'admettait pas de réplique. Dès lors, une seule chose comptait pour Cooper : se protéger d'elle, et surtout protéger Alex. Charlene était devenue un danger, une menace réelle et sérieuse, il le devinait à sa voix. Plus qu'à un choix, il devait maintenant faire face à un véritable chantage. Loin d'éprouver le moindre sentiment de compassion pour la jeune femme, il ne ressentait rien d'autre qu'un besoin impérieux de protéger Alex. Il ne voulait pas qu'elle soit atteinte par ce cauchemar.

— Je ne crois pas que ce soit une bonne idée, Charlene, répéta-t-il en essayant de rester calme et ferme.

Il ne pouvait s'empêcher de penser qu'elle aurait pu se débrouiller sans même lui en parler, tant leur aventure avait été brève. Au lieu de cela, elle voulait à tout prix l'associer à son drame. Il savait bien que certaines femmes rêvaient d'avoir un enfant d'une star, ne fût-ce que pour pouvoir exiger de l'argent... Etait-ce la stratégie de Charlene ? En tout cas, elle affichait une terrifiante assurance.

— Charlene, sois raisonnable, reprit-il. Nous nous connaissons à peine, et tu es bien trop belle et trop jeune pour t'embarrasser d'un bébé. C'est une source infinie de problèmes, tu sais.

La tactique était sensée et avait déjà fonctionné auparavant, mais Charlene semblait bien décidée à tenir bon. Pourquoi voulait-elle un enfant de quelqu'un qu'elle ne connaissait presque pas ? Parce que ce quelqu'un était Cooper Winslow, précisément.

— Je me suis déjà fait avorter six fois. Je ne peux pas recommencer, Cooper. De plus, je veux que nous ayons cet enfant.

« Nous »... Le mot était lâché. Elle essayait de l'attirer dans le piège avec elle. Il ne pouvait s'empêcher de se demander si elle était réellement enceinte ou si elle essayait seulement de lui soutirer de l'argent.

— Je veux te voir, insista-t-elle.

La voir était justement ce qu'il redoutait le plus. Il n'avait vraiment pas envie d'affronter une nouvelle crise d'hystérie, surtout sans la protection du téléphone. Au fond, se dit-il pour se rassurer, elle voulait seulement qu'il se sente responsable, et qu'il revienne vers elle. Or, non seulement il ne se sentait absolument pas engagé envers elle, mais il ne voulait rien faire qui pût mettre en danger sa relation avec Alex. De toute façon, Charlene mentait certainement. Et puis leur aventure n'avait duré que trois petites semaines, alors qu'il resterait peut-être toute sa vie avec Alex.

— Ce n'est pas à moi de te dire ce que tu dois faire, mais je pense sincèrement que tu devrais avorter, dit-il avec fermeté.

Il n'était pas assez stupide pour la supplier. Il aurait préféré les étrangler, elle et le bébé, plutôt que de s'abaisser à cela. Après tout, il n'était même pas sûr qu'elle était réellement enceinte, et si toutefois elle l'était, rien ne prouvait que l'enfant fût de lui.

— Je ne me ferai pas avorter ! clama-t-elle avant de se mettre à pleurer.

Elle lui assura qu'elle l'aimait, qu'elle avait cru qu'ils allaient rester ensemble pour toujours, et qu'elle pensait qu'il l'aimait aussi. Et puis, qu'allait-elle faire avec un bébé sans père ?

— Précisément, dit-il d'un ton glacial, bien décidé à ne rien laisser paraître de son inquiétude. Aucun bébé ne mérite de ne pas être reconnu par son père, or je ne veux pas être père. Je ne vais pas t'épouser, et je ne viendrai pas vous voir, ni toi ni l'enfant. Et je ne t'ai jamais fait croire que je t'aimais, Charlene. Nous ne sommes que deux adultes consentants qui ont eu des relations sexuelles pendant quelques semaines, rien de plus. Ne mélangeons pas tout.

— Eh bien, c'est comme ça qu'on fait les bébés ! s'écria-t-elle en partant d'un rire nerveux.

Il avait la désagréable sensation de jouer dans un très mauvais film, et la haïssait d'avoir réussi à le mettre aussi mal à l'aise.

— C'est ton bébé aussi, Cooper, murmura-t-elle d'une voix soudain radoucie.

— Ce n'est pas mon bébé. Ce n'est le bébé de personne pour l'instant. C'est une cellule de la taille d'une tête d'épingle, qui ne représente rien et ne va même pas te manquer.

Il savait que ce n'était pas tout à fait vrai, mais il refusait d'entrer dans ce genre de considération.

— Je suis catholique.

Il réprima un soupir.

— Moi aussi, Charlene. Mais si cela était vraiment important pour nous, nous n'aurions pas couché ensemble hors des liens sacrés du mariage. De toute façon, je ne crois pas que tu aies réellement le choix. Tu peux te montrer soit responsable, soit extrêmement stupide. Et dans le second cas, je préfère te prévenir que je ne serai pas très sympathique. Pour être très clair, si tu décides d'avoir ce bébé, tu n'auras ni ma bénédiction ni mon soutien.

Il jugeait préférable qu'elle sût à quoi s'en tenir dès le départ pour éviter de lui laisser des illusions. Et il entendait bien rester ferme.

— Tu me dois ce soutien, rétorqua-t-elle, pragmatique. La loi t'oblige à me le donner.

Elle était décidément redoutable...

— En plus, je serai obligée d'arrêter de travailler pendant ma grossesse. Je ne pourrai pas faire de photos ni jouer la comédie si je suis énorme. Il faut que tu m'aides, Cooper.

Non seulement il n'en avait aucune envie mais, dans l'immédiat, il estimait que c'était lui qui avait besoin de soutien.

— Je crois qu'il serait préférable qu'on se voie et qu'on en parle, enchaîna-t-elle, profitant de son silence pour s'engouffrer dans la brèche.

Elle semblait soudain presque joyeuse, et il la soupçonna de croire qu'elle pourrait finir par l'amadouer, et même par l'épouser, si elle gardait l'enfant. Elle se trompait : tout cela ne faisait que le pousser à la haïr. Elle ne représentait plus à ses yeux qu'une menace pour ses finances, et surtout pour sa relation avec Alex, ce qu'il avait de plus cher au monde.

— On ne se verra pas, riposta-t-il d'un ton très déterminé.

Il n'allait pas la laisser faire.

— Je crois que ce serait préférable, Cooper, avertit-elle d'une voix menaçante. Que vont penser les gens s'ils apprennent que tu refuses de t'occuper de moi ou de notre bébé ?

Elle lui parlait comme si elle était sa femme et qu'il l'abandonnait avec sept enfants au bout de dix ans de mariage ! Voilà qui l'exaspérait au plus haut point. Elle n'était qu'une fille avec laquelle il avait couché pendant trois semaines ! Mais, en l'espace de quelques minutes, elle venait de se transformer en maître chanteur, et de faire de sa vie un cauchemar.

— Que penseraient les gens s'ils apprenaient que tu me fais chanter ? demanda-t-il sans plus pouvoir dissimuler son irritation.

— Ce n'est pas du chantage, on appelle ça la paternité, répondit-elle posément. Et cela arrive tous les jours, Cooper. Les gens se marient et font des enfants.

Elle faisait tout pour que cette solution apparaisse comme inévitable, et cela donnait à Cooper envie de la gifler. Personne ne lui avait jamais fait cela, personne n'avait osé. Toutes les femmes qui étaient tombées enceintes de lui s'étaient montrées raisonnables. Charlene ne l'était pas, et elle ne semblait pas devoir le devenir. Evidemment, l'occasion était trop belle pour elle...

— Je ne vais pas t'épouser, Charlene, que tu gardes le bébé ou pas. Que ce soit bien clair entre nous. Je me moque éperdument de ce que tu pourras faire. Je paierai pour l'avortement, mais c'est tout. Et si tu veux que je te soutienne, il faudra que tu m'attaques en justice.

Il n'avait plus aucun doute à cet égard : elle allait le faire. Et vraisemblablement de la façon la plus médiatisée possible.

— Je n'aimerais pas du tout y être forcée, Cooper. Cela nous ferait beaucoup de tort à tous les deux, et à nos carrières.

Il ne voulait pas la mettre encore plus en colère en soulignant que sa carrière se réduisait à peu de chose, d'autant qu'à ce moment précis, il en allait de même pour la sienne. Personne ne l'engageait plus, sauf pour des petits rôles et quelques publicités. Mais il ne tenait pas à être attiré dans un scandale avec elle. Il n'avait jamais été mêlé à aucune affaire de ce genre. Certes, on disait de lui qu'il était un play-boy frivole, mais personne n'avait jamais rien eu de réellement scandaleux à dire à son propos. Or, Charlene avait les moyens de bouleverser tout cela, à un moment particulièrement mal choisi... Arthur Madison allait sûrement adorer cette histoire.

— Est-ce que je ne pourrais pas te voir pour déjeuner avant ton départ ? demanda-t-elle une nouvelle fois, d'une voix parfaitement innocente.

Elle avait l'art de passer du rôle de requin à celui de petite souris et inversement, en quelques secondes. Pendant un instant, il se sentit presque désolé pour elle, mais il retrouva rapidement sa lucidité.

— Non, ce n'est pas possible. Je t'envoie un chèque ce matin. Je te laisse en faire ce que tu voudras, mais sois assurée que je ne me laisserai pas attendrir, et que je ne changerai pas d'avis. Si tu devais décider de garder mon bébé, je ne veux pas être impliqué dans cette folie.

— Tu vois ? s'écria-t-elle, ravie. Tu as dit « mon bébé » !

Elle jouait sur les mots, et il se dit que s'il continuait à l'écouter, il finirait par être malade.

— Tu es folle, Charlene. Au revoir.

— Au revoir, papa, dit-elle tout doucement.

Puis elle raccrocha, alors qu'il fixait le téléphone avec horreur. C'était réellement un cauchemar.

Il se demanda ce qu'il allait bien pouvoir faire, si elle finirait par comprendre qu'il ne rentrerait jamais dans son jeu ou bien si elle persisterait à vouloir garder l'enfant. Si elle le gardait, cela allait provoquer un terrible scandale, surtout avec Alex...

Dans des conditions normales, Cooper n'aurait rien dit de cette mésaventure, mais il y avait tellement de choses en jeu qu'il jugea préférable d'avouer la vérité à Alex. Oui, c'était ce qu'il avait de mieux à faire. Même s'il n'en avait aucune envie.

Il avait donc deux choses à faire le plus rapidement possible. D'abord, envoyer un chèque à Charlene pour couvrir les frais de l'avortement. Ensuite, trouver Alex et lui révéler la situation.

Encore nu, il traversa sa chambre et attrapa son carnet de chèques. Il adressa à Charlene un chèque d'un montant qui lui semblait raisonnable, puis il téléphona à Alex à l'hôpital et lui laissa un message pour lui demander de le rappeler dès qu'elle aurait un moment de liberté. Il se serait volontiers passé de lui parler de toute cette histoire, mais compte tenu de la situation, cela lui semblait indispensable. Il espérait simplement qu'elle ne déciderait pas de mettre un terme à leur relation quand il lui aurait tout raconté...

13

Alex rappela Cooper une demi-heure après avoir eu son message. Elle n'avait pu téléphoner tout de suite, car elle avait dû remplir les papiers d'admission d'un nouveau petit patient, puis prendre en charge un second arrivant. Il s'agissait d'un prématuré qui présentait un problème de valve cardiaque probablement curable, mais qui nécessitait une surveillance particulièrement vigilante. Aussi était-elle tendue, ce que Cooper ressentit immédiatement au téléphone.

— Ça va ? demanda-t-elle d'un ton un peu absent.
— Comment s'est passée ta matinée ? Tu n'as pas eu trop de travail ?

Lui-même était nerveux mais ne voulait pas le lui montrer. A ce moment précis, il mesura à quel point elle comptait pour lui, elle et non sa fortune. Il ne voulait vraiment pas lui faire de mal et encore moins la perdre.

— Pas trop. Il se passe des choses, mais la situation est encore sous contrôle.

De toute évidence, elle était contente qu'il l'ait appelée. Malgré le peu de temps dont elle disposait pour téléphoner pendant ses heures de travail, elle semblait toujours ravie de l'entendre et de bavarder un peu avec lui.

— Est-ce que tu aurais le temps de déjeuner sur le pouce ? risqua-t-il, essayant de paraître détendu.

— Je suis désolée, Cooper. Je ne peux pas sortir. C'est moi qui suis la plus expérimentée, et c'est la raison pour laquelle je dois rester à l'hôpital pour le moment.

Elle était même de garde jusqu'au lendemain matin.

— Mais si tu ne peux pas quitter ton satané hôpital, peut-être puis-je venir prendre un petit café avec toi ?

— Bien sûr, avec plaisir ! Si cela ne t'ennuie pas de te déplacer jusqu'ici... Tout va bien ?

C'était la première fois qu'il lui proposait de venir à l'hôpital, et elle se demandait ce qui pouvait bien le pousser à mettre les pieds dans un endroit qu'il jugeait aussi affreux. Lui manquait-elle à ce point ?

— Oui, tout va bien. J'ai juste envie de te voir.

Il lui annonça qu'il passerait avant midi, sur un ton qui alerta encore un peu plus Alex... Mais elle n'eut pas le loisir de se poser beaucoup de questions car, dès qu'elle eut raccroché, elle fut appelée pour une urgence. Elle terminait quelques travaux administratifs et signait des formulaires quand, deux heures plus tard, on l'informa que quelqu'un souhaitait la voir.

— Est-ce bien qui je crois ? demanda la réceptionniste à Alex au téléphone.

Sa voix était joyeuse et Alex rit en lui répondant.

— Je crois bien...

— Il est absolument charmant, poursuivit l'employée, admirative, assez discrètement pour que Cooper ne pût l'entendre.

Alex reposa ses papiers.

— Oui, c'est vrai. Dites-lui que j'arrive.

C'était le bon moment pour faire une pause.

Elle sortit du service à toute vitesse, toujours en blouse blanche, pressée de le rejoindre. Son stéthoscope pendait à l'envers autour de son cou et une paire de gants en caoutchouc dépassait d'une de ses poches. Comme d'habitude, elle n'avait pas pris la peine de se maquiller pour venir travailler, et ses cheveux tirés en arrière et tressés achevaient de lui donner l'air d'une adolescente.

— Salut ! lança-t-elle avec un grand sourire.

Toutes les personnes qui passaient près de l'unité de soins intensifs les observaient discrètement.

Avec sa veste en tweed, son col roulé beige, son pantalon kaki parfaitement repassé et ses mocassins en daim marron, Cooper était, comme toujours, impeccable. On eût dit qu'il sortait directement d'un magazine de mode, tandis qu'elle semblait plutôt avoir été attaquée par une bande de voyous sur un terrain vague.

Elle prévint la réceptionniste qu'elle descendait grignoter quelque chose à la cafétéria, mais qu'on pouvait la joindre sur son bipeur si nécessaire.

— Avec un peu de chance, nous aurons dix minutes de tranquillité ininterrompues...

Elle se hissa sur la pointe des pieds pour l'embrasser sur la joue et, tandis qu'ils prenaient l'ascenseur pour aller au sous-sol, il passa un bras autour de son épaule. Alex sourit et les portes se refermèrent. Tout le monde les regardait : dans le cadre austère de l'hôpital, Cooper était une véritable apparition.

— Tu viens de faire monter ma cote de popularité d'à peu près quatre mille pour cent, plaisanta-t-elle. Et tu es très beau, aujourd'hui.

Il l'attira affectueusement à lui.

— Toi aussi, tu es belle. Et tu as l'air très compétente avec tous ces trucs qui pendouillent de partout.

Elle avait son bipeur, son stéthoscope, une pince attachée à sa poche, et, de fait, tous ces instruments lui donnaient un air plus mûr. La voir là, dans son élément, l'entendre donner des instructions aux infirmières en passant devant la réception, tout cela impressionnait Cooper. Alex était quelqu'un. Ce qui le rendait encore plus nerveux, compte tenu de ce qu'il venait lui annoncer. Il n'avait aucun moyen de deviner quelle serait sa réaction, mais il savait qu'il devait lui dire la vérité avant que quelqu'un d'autre ne le fasse à sa place. A cause de Charlene, les choses devenaient très délicates.

Ils choisirent des sandwiches, les posèrent sur un plateau et Alex leur servit une tasse de café à chacun.

— Ce truc est très dangereux, annonça-t-elle à son compagnon en désignant le café. La légende raconte qu'il y a de la mort-aux-rats dedans et je la crois vraie. Il est de mon devoir de te prévenir que tu pourrais atterrir aux urgences.

— Dieu merci, tu es médecin, tu me sauveras, rétorqua-t-il en réglant leur déjeuner.

Puis il la suivit jusqu'à une petite table dans un coin. Heureusement, il y avait plusieurs places libres autour d'eux et, pour le moment, personne dans la cafétéria ne semblait l'avoir reconnu. Il avait besoin de quelques minutes d'intimité avec elle.

Il n'avait pas encore déballé son sandwich qu'elle était déjà en train de dévorer le sien. Il prit quelques minutes pour rassembler ses esprits et, alors qu'il versait du sucre dans son café, elle remarqua qu'il tremblait.

— Qu'y a-t-il, Cooper ? demanda-t-elle, calme et souriante, en le regardant avec douceur.

— Rien... Enfin... Non, ce n'est pas vrai. Il m'est arrivé quelque chose, ce matin.

Elle le regardait dans les yeux et attendait qu'il s'explique. Maintenant, elle voyait clairement qu'il était inquiet. Il n'avait touché ni à son sandwich, ni à son café, qu'il continuait à tourner machinalement.

— Quelque chose de grave ?

— Quelque chose d'ennuyeux. Je voulais t'en parler.

Alex n'arrivait pas à deviner de quoi il s'agissait. Elle chercha vainement la réponse dans les yeux de Cooper. Enfin, il prit une profonde inspiration et plongea.

— J'ai fait un certain nombre de trucs stupides dans ma vie, Alex. Pas énormément, mais quelques-uns. La plupart du temps, ça m'a permis de passer de bons moments. Je n'ai fait de mal à personne. Je joue toujours franc jeu, et avec des gens qui connaissent les règles.

Instantanément, elle se mit à paniquer, persuadée qu'il allait lui annoncer que tout était fini entre eux. Ses propos ressemblaient fort à un préambule... Elle avait déjà vécu cela, très longtemps auparavant, et elle ne s'était pas autorisée à aimer qui que ce fût depuis ; du moins jusqu'à sa rencontre avec Cooper, dont elle était tombée amoureuse dès le premier soir, en réalité. Et voilà qu'il entamait ce qui ressemblait fort à un discours d'adieu.

Elle s'adossa à son siège et attendit. Quoi qu'il pût arriver, elle était résolue à porter sa croix avec courage et dignité.

Cooper voyait bien qu'elle reculait, qu'elle se protégeait déjà. Mais il continua. Il le fallait.

— Je n'ai jamais profité de qui que ce soit. Je ne mène pas les femmes en bateau. La plupart de celles avec qui j'ai eu des aventures savaient où elles mettaient les pieds. J'ai fait quelques erreurs, mais globalement mon casier est vierge. Pas de blessés, pas de victimes. Et quand les choses se terminaient, cela s'est toujours passé de façon cordiale, de part et d'autre. Autant que je sache, personne ne me déteste. La plupart des filles avec lesquelles je suis sorti m'aiment bien, et c'est réciproque. Mes rares erreurs n'ont jamais duré longtemps, et je les ai corrigées.

— Est-ce que tu penses que je suis une erreur, Cooper ?

Elle avait de plus en plus l'impression qu'il était venu pour en finir, et il lui fallut retenir ses larmes en attendant sa réponse. Mais, après une seconde d'incompréhension, il parut choqué.

— Toi ? Mais bien sûr que non ! Tu imagines que c'est ça que je suis en train de dire, chérie ? Mais pas du tout. Mon souci n'a rien à voir avec nous. Il concerne une chose stupide que j'ai faite avant de te connaître.

Elle sembla infiniment soulagée, ce qui le réconforta un peu. Il lui prit les mains et poursuivit.

— Je vais essayer de faire vite...

Il le fallait, d'autant plus qu'ils risquaient d'être interrompus, ce qui lui eût été insupportable.

— Je suis sorti avec une jeune femme peu de temps avant notre rencontre. Je n'aurais probablement pas dû. C'est une fille simple, une jeune actrice, même si elle n'a décroché pour l'instant que des rôles dans des vidéos pornographiques. Elle n'a pas grand-chose pour elle, mais je trouvais que c'était une gentille fille et nous nous amusions bien ensemble. Elle connaissait les règles du jeu. Elle n'est pas née d'hier, et je ne lui ai jamais menti. Je n'ai jamais fait semblant de l'aimer. Pour nous deux, c'était un intermède sexuel, rien de plus, et l'aventure s'est terminée assez vite. Il m'est difficile de rester avec une femme avec laquelle je ne peux pas avoir une véritable conversation. Bref, tout était très simple entre nous, et aurait dû être sans danger.

— Et ?

Alex ne supportait pas ce suspense. Clairement, il ne semblait pas amoureux de cette fille, alors que voulait-il dire ?

— Elle a appelé ce matin. Elle est enceinte.
— Zut, dit simplement Alex.

Mais elle éprouva une nouvelle bouffée de soulagement.

— Au moins, ce n'est pas fatal, reprit-elle.

Elle était surtout rassurée qu'il ne fût pas amoureux de cette femme, et le sourire qu'elle lui adressa libéra Cooper de l'énorme fardeau qui pesait sur ses épaules. Elle ne s'était pas levée pour partir, elle ne lui avait pas dit qu'elle ne voulait plus jamais le revoir, c'était déjà merveilleux. Mais elle ne savait pas tout…

— Ce n'est que la moitié du problème, avoua-t-il. Elle veut garder le bébé.

— Ah, ça, c'est un vilain souci… Mais je comprends en quoi le bébé d'une star peut l'intéresser. Cooper, est-ce qu'elle essaie de te faire chanter ?

Alex était pragmatique, intelligente et perspicace, ce qui rendait la discussion bien plus facile qu'il ne l'avait imaginé.

— Plus ou moins. Elle veut de l'argent. Elle dit que dans sa profession, il n'est pas possible de travailler quand on est enceinte. J'imagine qu'en effet on ne fait pas de vidéos pornos avec des femmes enceintes, dit-il en souriant.

Alex serra ses mains entre les siennes pour le réconforter.

— Elle veut que je les aide, l'enfant et elle. Je lui ai dit que je ne voulais pas de bébé, d'elle ou de quiconque... Sauf peut-être de toi, corrigea-t-il avec un sourire désabusé.

Il se sentait extrêmement stupide de lui confier tout cela, mais il voulait que tout fût clair entre eux.

— Mais tu t'en doutes, je ne lui ai pas parlé de toi, ça l'aurait rendue folle de rage. Cela dit, elle l'était déjà, et je la crois d'ailleurs profondément déséquilibrée. Elle passe du rire aux menaces, et puis elle prend une petite voix pour me parler de « notre bébé »... Elle me rend malade, et elle me terrifie. Je n'ai aucune idée de ce qu'elle va faire. Je ne sais pas si elle va vraiment garder le bébé, si elle va appeler les journaux, mais il y a toutes les raisons de craindre le pire. Je lui ai envoyé un chèque pour couvrir les frais de l'avortement, mais c'est tout ce que je suis disposé à faire pour l'instant, et je le lui ai dit. Notre aventure n'a duré que trois semaines, cela n'aurait jamais dû arriver. Bien sûr, j'aurais dû me méfier, mais je m'ennuyais et elle était amusante... En revanche, ce qui se passe maintenant ne m'amuse pas du tout.

Il s'interrompit et leva vers Alex un regard sincèrement navré.

— Ma chérie, je suis désolé de te mêler à cette sombre histoire, mais il fallait que tu saches. Je me suis dit que c'était la moindre des choses, surtout si cette fille va tout raconter aux journaux à scandale. Il se peut qu'elle le fasse, et sois sûre qu'ils se délecteront de l'affaire.

— Tout autant qu'elle, probablement, acquiesça doucement Alex. Mais est-ce que tu es sûr qu'elle est enceinte ?

Peut-être essaie-t-elle seulement de voir ce qu'elle pourrait te soutirer. Elle n'a pas l'air d'être quelqu'un de très gentil...

— Elle n'est pas gentille, c'est certain. Et non, je ne sais pas si elle est réellement enceinte, et encore moins si l'enfant est de moi. Je me protégeais, mais, pour ne t'épargner aucun détail sordide, une fois, le préservatif s'est déchiré.

Au moins, dans l'hypothèse où tout cela était vrai, il n'avait pas été victime d'un piège orchestré par Charlene. C'était seulement le destin qui avait joué contre lui.

— Il est possible de faire des tests ADN, surtout si elle accepte de faire une amniocentèse. Mais il va falloir attendre un minimum de temps. T'a-t-elle dit à quand remonte sa prétendue grossesse ?

— Deux mois, ou quelque chose comme ça.

Cela faisait six semaines qu'Alex et lui étaient ensemble, il ne mentait donc pas en disant qu'il avait fréquenté Charlene juste avant de la rencontrer. De toute façon, Alex estimait que ce qu'il avait pu faire avant ne la regardait pas.

— Qu'est-ce que tu vas faire ? demanda-t-elle en gardant ses mains serrées dans les siennes.

Elle était touchée qu'il se fût montré aussi sincère envers elle. Ses aveux l'avaient même rapprochée de lui. Elle savait bien que ces choses-là pouvaient arriver, surtout dans un monde comme celui de Cooper, où les hommes célèbres étaient des proies faciles, propres à exciter la cupidité de toutes sortes de gens peu scrupuleux.

— Je ne sais pas encore, répondit-il. Je ne peux pas faire grand-chose pour le moment, à part attendre de voir ce qu'elle décide. Je voulais seulement te prévenir que nous risquions de nous retrouver au milieu d'un vrai champ de mines, si elle décidait d'aller parler à la presse.

— Est-ce que tu l'épouserais, si elle gardait l'enfant ?

Malgré tout ce qu'il avait pu dire pour la rassurer, elle demeurait inquiète.

— Tu es folle ? Il n'en est pas question ! C'est quasiment une inconnue pour moi, et à part ses jambes qu'il faut bien qualifier de superbes, et quelques attributs de ce type, je n'aime pas beaucoup le peu que je connais d'elle.

C'était le moins que l'on pût dire, surtout depuis leur conversation du matin...

— Je ne suis pas amoureux d'elle, reprit-il. Je ne l'ai jamais été et je ne le serai jamais. Et je ne suis ni assez bête ni assez noble pour l'épouser dans de telles circonstances. Dans le pire des cas, je paierai une pension pour l'enfant, et dans le meilleur, toute cette histoire retombera comme un feu de paille. Je lui ai dit que je ne verrais jamais cet enfant, et j'étais sérieux.

Néanmoins, Alex savait qu'il serait contraint de revoir sa position si Charlene mettait vraiment cet enfant au monde. Mais au moins, il n'était pas amoureux de cette femme et n'avait aucunement l'intention de l'épouser, et cela suffisait à la rassurer. En fait, cette triste histoire n'affecterait en rien sa relation avec lui. Au pire, elle risquait de subir brièvement le harcèlement des journaux, mais cela ne la préoccupait pas outre mesure. Son seul souci, en réalité, était de savoir s'il l'aimait.

— Ne t'inquiète pas, Cooper, reprit Alex alors qu'il retenait son souffle en redoutant ce qu'elle allait lui annoncer. Même si ta situation est critique, je ne pense que ton cas soit exceptionnel. Ce genre de choses arrive fréquemment à des gens comme toi. C'est désagréable, mais ce n'est pas la fin du monde. Je suis soulagée que tu m'en aies parlé. Evidemment, ça peut être embarrassant si la presse s'en mêle, mais ces choses-là arrivent tous les jours, et...

Elle s'interrompit et plongea son regard dans le sien en souriant.

— En fait, je suis heureuse, parce qu'au début j'ai cru que tu allais me dire que c'était fini entre nous.

Au contraire, pour eux, tout ne faisait que commencer !

— Tu es incroyable, dit-il avec émotion.

Il s'adossa à son siège, poussa un soupir et la regarda longuement avec reconnaissance.

— Je t'aime vraiment, Alex. Et c'est moi qui avais de bonnes raisons de craindre que tu ne me dises d'aller me faire voir ailleurs.

— Il n'y a pas de risque...

Ni l'un ni l'autre n'avait terminé son déjeuner, tant ils étaient absorbés par leur conversation.

— Je crois qu'il y a toutes les chances pour que je te garde longtemps près de moi, renchérit-elle doucement.

Il pensait la même chose et était sur le point de le lui dire quand le bipeur d'Alex sonna. Elle y jeta un œil.

— Zut...

Elle avala une gorgée de café et se leva.

— Nous avons un patient en code bleu... Il faut que j'y aille. Mais ne t'inquiète pas, tout va bien. Je t'aime... Je t'appelle plus tard.

Il n'avait pas encore compris ce qui se passait que, déjà, elle disparaissait à l'autre bout de la cafétéria. Il se leva et lui cria :

— Je t'aime !

Tous les regards se braquèrent sur lui, mais il ne s'en souciait guère. Seule comptait Alex, qui se retourna et lui adressa un petit signe de la main, le sourire aux lèvres.

— Bravo ! dit l'homme en tenue de ménage qui arrivait pour nettoyer sa table.

Cooper lui sourit et sortit de la cafétéria le cœur bien plus léger que lorsqu'il était entré. Alex était une femme remarquable, et malgré ce qui venait d'arriver, elle était toujours à lui... Rien d'autre n'avait d'importance.

14

Jimmy était assis dans sa cuisine et compulsait la pile de documents qu'il avait rapportés du bureau, tout en se demandant s'il allait se préparer quelque chose pour le dîner. Il mangeait rarement le soir, sauf lorsque des collègues de bureau arrivaient à le convaincre de sortir avec eux, ou que Mark passait à l'improviste avec un bifteck et un pack de bières. Peu lui importait de manger ou pas, de vivre ou pas. Il essayait simplement d'aller au bout de chacune de ses journées, après des nuits interminables. Maggie était morte depuis maintenant trois mois, et il commençait à se demander s'il allait jamais s'en remettre, tant sa peine demeurait intense. La nuit, il s'allongeait et pleurait, incapable de s'endormir avant trois ou quatre heures du matin. Parfois, il restait même éveillé jusqu'à l'aube.

Il reconnaissait qu'emménager dans la maison de gardiens avait été une bonne chose, mais ce changement de lieu n'avait pas éloigné le fantôme de Maggie. Au contraire, elle était là en permanence. Elle habitait son cœur, sa tête, son corps tout entier, le moindre de ses mouvements... Parfois, il se sentait même davantage Maggie que Jimmy. Il voyait tout avec ses yeux à elle. Elle lui avait enseigné tant de choses ! Il lui arrivait même de se demander si elle n'était pas morte précisément parce qu'elle avait achevé de lui transmettre tout ce qu'elle savait. Sa mission était peut-être terminée… En tout cas, loin de le réconforter, sa présence ne lui facilitait pas les choses, car elle ne faisait qu'accentuer le manque, au point que cela en devenait réellement insupportable. Certains jours, il parvenait à penser à autre chose pendant quelques heures, quand il bavardait avec Mark, travaillait ou entraînait son équipe de base-ball. Mais la souffrance finissait toujours par l'assaillir de nouveau, comme une vieille connaissance dont il ne pouvait se débarrasser et qui revenait le perturber, quoi qu'il fît. Il menait un combat inégal contre la douleur, et elle gagnait systématiquement tous les rounds.

Il avait finalement décidé de ne rien se préparer, quand il entendit quelqu'un frapper à sa porte. Fatigué et les cheveux en bataille, il se leva pour aller ouvrir et sourit en reconnaissant Mark. Il le voyait moins souvent depuis l'arrivée de Jessica et Jason, car il était très occupé entre la préparation des repas et l'aide aux devoirs du soir. Mais il appelait souvent Jimmy, afin de lui proposer de se joindre à eux pour le dîner.

Jimmy aimait beaucoup Jessica et Jason, il s'amusait bien avec eux. Mais leur présence ne faisait que rendre sa propre solitude plus pesante. Ils lui rappelaient sans cesse que lui et Maggie auraient dû avoir des enfants, qu'il n'en aurait jamais avec elle et qu'elle ne le serrerait plus jamais dans ses bras.

— Je viens d'aller faire les courses, expliqua Mark, et je me suis dit que j'allais m'arrêter chez toi en rentrant, pour voir si tu voulais venir dîner avec nous.

Mark savait qu'il était plus efficace de passer chez Jimmy que de lui téléphoner pour l'obliger à sortir de sa tanière. Jimmy s'isolait beaucoup ces derniers temps, et Mark devinait qu'il souffrait toujours à cause de Maggie. De plus en plus, même, comme si le retour du printemps et des beaux jours accentuait sa détresse.

— Non merci, Mark… Ça va… J'ai rapporté une montagne de paperasses du bureau. Je suis sans arrêt en rendez-vous à l'extérieur et je n'arrive jamais à avancer sur mes dossiers.

En vérité, Jimmy traversait une période particulièrement difficile, et Mark le savait. Il avait eu lui aussi son compte de journées noires, mais depuis que ses enfants étaient revenus vivre avec lui, tout allait mieux. Il espérait sincèrement qu'il en serait bientôt de même pour Jimmy. Il le méritait. En attendant, il avait envie de le réconforter, mais il était tellement occupé avec les enfants qu'il n'avait même pas trouvé le temps de lui proposer d'aller faire quelques lobs sur le court de tennis.

— Il faut que tu manges, décréta-t-il, pragmatique. Pourquoi ne profiterais-tu pas de notre repas ? De toute façon, je vais préparer quelque chose pour le dîner des enfants, tu n'as qu'à te joindre à nous ! J'ai acheté des côtes de porc et des hamburgers.

Il leur préparait pratiquement le même menu chaque jour et leur avait d'ailleurs promis d'acheter un livre de cuisine pour apprendre à varier un peu les menus.

— Sincèrement, ça va, répondit Jimmy d'un air las.

Il savait que Mark ne se forçait pas à jouer le bon Samaritain, et il appréciait ses invitations. Mais ce soir, il n'était pas d'humeur à voir du monde. En réalité, il en était ainsi depuis déjà plusieurs mois, et cela ne s'arrangeait pas, ces derniers temps. Il avait complètement arrêté de faire du sport, et n'avait pas vu un seul film depuis la mort de Maggie. Vivre pleinement lui aurait donné l'impression de la trahir.

— Oh, à propos, j'ai failli oublier... s'écria Mark.

Il arborait maintenant un sourire énigmatique et malicieux.

— J'ai découvert une information croustillante au sujet de notre propriétaire.

Et il tendit à Jimmy un magazine trouvé à l'épicerie.

— Page deux, précisa-t-il.

C'était assez idiot, mais il devait avouer qu'il éprouvait un certain plaisir à l'idée de partager sa trouvaille.

Jimmy ouvrit le journal et n'en crut pas ses yeux.

— Mon Dieu...

Une photo de Cooper occupait la moitié de la page, et, à côté, celle d'une jeune femme très sexy aux longs cheveux bruns et aux yeux légèrement bridés. L'article foisonnait de détails et d'allusions sur leur idylle passionnée, et sur l'enfant de leurs amours. Il présentait également la liste des nombreuses célébrités avec lesquelles Cooper avait eu une liaison.

— Ça alors ! s'exclama Jimmy en rendant le journal à Mark. Je me demande si Alex est au courant... Cela ne doit pas être très plaisant de sortir avec un type qui se met dans ce genre de pétrin, surtout qu'elle a l'air de quelqu'un de très droit.

— De toute façon, je ne pense pas que leur histoire soit réellement sérieuse, répondit Mark. Ça fait déjà un mois qu'elle est dans le paysage, et avec Cooper, les aventures durent rarement plus longtemps. Je crois que c'est la troisième de ses petites amies que je rencontre depuis que j'ai emménagé ici. Il ne cherche qu'à fuir la routine, tu ne crois pas ?

— Je ne sais pas, mais j'imagine en revanche qu'il doit être ravi à l'idée d'avoir un bébé...

Cette idée fit sourire Jimmy, malgré sa déprime.

— Tu imagines ce que ça doit être de l'avoir pour père ? demanda-t-il à Mark.

— Il aura pas loin de quatre-vingt-dix ans quand le petit ira à l'université, nota ce dernier.

— Oui, et son père trouvera encore le moyen de coucher avec ses camarades de classe ! risqua Jimmy en riant.

C'était un sujet de plaisanterie peu élégant, mais au moins l'article du journal les avait déridés tous les deux. Quand Mark prit congé de Jimmy, ce dernier semblait mieux et lui promit de venir dîner pendant le week-end.

L'article amusait nettement moins Cooper. Le fait que tout le monde fût, à présent, au courant de la grossesse de Charlene le contrariait au plus haut point. Il s'en ouvrit à Alex, se félicitant de lui avoir parlé de cette affaire avant.

— Ce n'est tout de même pas la première fois que tu te retrouves dans ces colonnes ! dit-elle d'un ton détaché. Ce genre de choses fait partie de ton métier. Si tu n'étais pas Cooper Winslow, personne ne s'occuperait de savoir avec qui tu couches.

— C'est dégoûtant de sa part d'être allé parler à ces journaux.

Il était fou de rage, mais Alex restait sereine.

— C'était prévisible, tu l'avais dit toi-même.

Elle essaya de le calmer en lui assurant que cela ne la dérangeait en rien, et que bientôt on ne se souviendrait même plus de cette histoire de bébé.

— Et puis tu sais, tout le monde ne lit pas la presse à scandale, ajouta-t-elle.

Il était soulagé qu'elle prît la nouvelle avec autant de philosophie. Cela lui rendait les choses plus faciles.

Ce soir-là, ils sortirent manger une pizza, et Alex fit tout ce qu'elle put pour le distraire, mais sans succès. Cooper demeura d'humeur maussade toute la soirée. Quand ils rentrèrent au Cottage, il se souvint qu'il avait quelque chose à lui demander : il voulait l'inviter à l'accompagner à la soirée des Oscars.

Elle parut éberluée et ravie à la fois, mais lorsqu'il lui annonça la date, elle esquissa une grimace inquiète.

— Il faut que je voie si je peux avoir ma soirée. Je crois que je travaille ce soir-là.

— Tu ne peux pas te faire remplacer ?

Il connaissait le truc, à présent.

— Je vais essayer, mais je l'ai beaucoup fait ces derniers temps, et j'ai bien peur d'avoir grillé toutes mes cartouches.

— C'est important, insista-t-il.

Il espérait sincèrement qu'elle viendrait. Son but n'était pas seulement de partager ce moment avec elle, il voulait aussi être vu en sa compagnie. Elle lui apporterait une aura de respectabilité dont il avait bien besoin au moment où Charlene le traînait dans la boue.

Alex passa une nouvelle nuit au Cottage. Cooper était tellement mal à l'aise dans le désordre de son appartement qu'elle évitait de lui imposer cette épreuve, préférant dormir chez lui. Il fallait avouer que son studio ressemblait davantage à un grand panier à linge sale qu'à un logement. C'était d'ailleurs ainsi que Cooper l'avait baptisé : « le panier ». Et puis, le Cottage était un endroit tellement agréable ! Elle adorait nager le soir, et cela ne la dérangeait pas de rencontrer les enfants de Mark à la piscine. Il régnait dans toute la propriété une atmosphère si paisible et reposante qu'elle comprenait aisément pourquoi Cooper s'y plaisait tant et y demeurait accroché coûte que coûte.

Deux jours plus tard, elle lui annonça qu'elle avait réussi à échanger sa soirée de garde pour se rendre aux Oscars avec lui.

— Je n'aurais jamais imaginé que j'assisterais un jour à la cérémonie des Oscars, dit-elle en riant, ce soir-là, tout en se serrant contre lui.

Il était vraiment heureux qu'elle l'accompagne, d'autant qu'un autre journal avait publié un article à propos de Charlene. La critique était dure, mais le plaisir d'assister à un événement aussi important avec Alex l'aida à chasser ses idées noires.

Elle aussi était ravie, mais il lui fallait maintenant trouver une tenue, et non seulement elle n'avait rien à se mettre, mais elle ne disposait pas d'une minute de liberté pour aller acheter quelque chose. La seule robe de soirée qu'elle possédait était celle qu'elle portait le soir où Cooper et elle s'étaient rencontrés chez les Schwartz, mais il lui fallait quelque chose de plus chic pour accompagner Cooper Winslow aux Oscars.

— Je n'ai rien à me mettre, tu sais ! Il se peut que je sois obligée d'y aller avec ma blouse blanche... Malheureusement, je n'aurai vraiment pas le temps d'aller courir les boutiques d'ici là !

— Laisse-moi faire, rétorqua-t-il avec un air de mystère.

De toute manière, il s'y connaissait bien mieux qu'elle en matière de vêtements. Cela faisait des années qu'il offrait des garde-robes entières aux femmes qui traversaient sa vie et qu'il choisissait leurs tenues à leur place quand elles étaient indécises. C'était là l'un de ses nombreux talents.

— Si ça signifie que tu veux m'acheter quelque chose, je paierai, lui rappela-t-elle, toujours allergique à l'idée de se laisser entretenir.

Contrairement aux autres femmes avec lesquelles Cooper était sorti, elle avait parfaitement les moyens de s'offrir tout ce qu'elle voulait, et elle avait bien l'intention qu'il en fût ainsi. En revanche, elle appréciait beaucoup son offre de lui trouver quelque chose.

Ce soir-là, elle s'endormit en rêvant qu'elle assistait à un bal dans une robe somptueuse, qui virevoltait autour d'elle, alors qu'elle dansait des heures durant avec un très beau prince ressemblant étrangement à Cooper Winslow. A son côté, elle commençait à se prendre pour une princesse, et le fait qu'une autre femme pût attendre un enfant de lui ne semblait pas suffisant pour gâcher son beau rêve...

15

La soirée des Oscars arriva plus vite qu'Alex ne l'avait prévu. Pourtant, cela faisait déjà deux semaines que Cooper l'avait invitée et, cette année-là, les festivités se déroulaient la troisième semaine d'avril, c'est-à-dire plus tard que d'habitude. Fidèle à sa parole, il lui avait trouvé une robe superbe chez Valentino, la plus élégante qu'Alex eût jamais vue. Magnifiquement coupée dans un beau satin bleu nuit, elle mettait en valeur son visage d'ange et lui allait à merveille. A peine avait-il fallu la raccourcir un peu. Cooper avait aussi déniché une veste de couleur sable chez Dior, et un collier de saphirs à couper le souffle, avec le bracelet et les boucles d'oreilles assortis.

— J'ai vraiment l'impression d'être Cendrillon, dit-elle en défilant pour lui.

Il avait également engagé un coiffeur et un maquilleur pour l'occasion, et ils décidèrent ensemble que, pour gagner du temps, elle s'habillerait chez lui juste avant de partir.

Ce soir-là, elle arriva de l'hôpital en blouse blanche, et trois heures plus tard, quand elle descendit les marches du grand escalier après avoir été coiffée, habillée, pomponnée, elle avait l'air d'une princesse. D'une jeune reine, même. Cooper l'attendait dans le hall d'entrée, et un grand sourire éclaira son visage quand il la vit paraître, incroyablement belle et élégante. Enfin, elle ressemblait à ce qu'elle était réellement : une aristocrate distinguée et pleine de classe. Elle jeta un coup d'œil dans le miroir et réprima un mouvement de recul en découvrant son reflet : on eût dit sa mère quand elle allait au bal, du temps où Alex était petite. Il lui semblait même se souvenir d'une robe bleue qui ressemblait à celle-ci. Cependant, même sa mère n'avait jamais possédé des saphirs comme ceux que Cooper avait loués à Van Cleef & Arpels. Ils étaient énormes, et Alex les portait à la perfection.

— Oh ! s'exclama-t-il.

Et il s'inclina devant elle en une révérence admirative. Il portait l'une de ses vestes de smoking, coupée sur mesure par son tailleur londonien. Ses chaussures étaient impeccablement cirées, et il n'avait pas eu à emprunter ses boutons de chemise et de manchettes en saphirs, car ils lui appartenaient. Ils lui avaient été offerts par une princesse saoudienne que son père avait peu après exilée au bout du monde, de peur qu'elle ne finisse par épouser Cooper. Ce dernier racontait même que son père l'avait vendue comme esclave pour qu'elle ne devienne pas Mme Winslow. Nul ne savait si c'était vrai, mais cela faisait une bonne histoire à raconter, et les boutons en saphirs n'en étaient que plus impressionnants.

— Tu es splendide, mon amour, lui dit-il alors qu'ils sortaient.

Rien de ce qu'il avait pu lui raconter à l'avance ne l'avait préparée au faste des Oscars. Il faisait encore jour lorsqu'ils arrivèrent. Un grand tapis rouge menait à l'entrée, et un cortège de limousines attendait pour laisser descendre ses passagers juste devant. La foule qui se pressait pour entrer était essentiellement composée de femmes superbes, qui portaient des robes très chères et des bijoux incroyables. La plupart d'entre elles étaient des actrices connues, et Cooper assistait généralement à la soirée avec l'une d'elles, mais cette fois c'était Alex qui l'accompagnait, et sa présence donnait un sens tout à fait nouveau à ces réjouissances.

Ils formaient un couple magnifique tandis qu'ils avançaient tous deux lentement sur le tapis rouge. Pourtant, Alex avait des difficultés à marcher avec ses escarpins à talons aiguilles assortis à sa robe, et elle appréciait de pouvoir compter sur le bras de Cooper pour se tenir droite. Mais nul ne pouvait le remarquer, tant elle était belle, élégante et distinguée, quand elle souriait timidement aux centaines d'appareils qui les photographiaient. Cooper ne le lui avait pas dit, mais elle lui rappelait Audrey Hepburn dans *Diamants sur canapé*.

Alors qu'elle se tournait vers un nouveau groupe de photographes, et que Cooper saluait ces derniers avec la prestance d'un chef d'Etat, un cri retentit dans l'aile des invités du Cottage.

— Regardez ! C'est elle ! C'est... Comment est-ce qu'elle s'appelle... Alex !!! Et lui !

Jessica montrait l'écran du doigt en criant, et dans la pièce, toutes les têtes se tournèrent vers Cooper et Alex qui marchaient lentement vers le lieu où se déroulerait la cérémonie des Oscars. Comme pour les Golden Globes, Jimmy et Mark avaient décidé de regarder l'émission ensemble.

— Elle est splendide ! s'exclama Jessica.

Elle était plus excitée de voir Alex que n'importe quelle autre star de cinéma, tout simplement parce qu'elle l'avait rencontrée.

— C'est vrai qu'elle est belle, admit Mark alors qu'ils observaient tous Alex sur l'écran. Et je me demande où elle a déniché un collier pareil.

— Elle l'a sûrement loué, remarqua judicieusement Jimmy, qui n'avait toujours pas compris ce qu'Alex faisait avec Cooper.

Il trouvait dommage de la voir avec un homme si futile, car il était convaincu qu'elle méritait mieux. Il avait dit à Mark qu'elle ne serait jamais que « la saveur du mois » pour Cooper, mais l'avocat pensait qu'elle était suffisamment intelligente pour savoir ce qu'elle faisait. En tout cas, sans la connaître vraiment, tous deux l'appréciaient beaucoup.

— Je n'avais jamais remarqué à quel point elle était jolie, insista Mark. Elle est vraiment superbe avec cette robe.

Il ne l'avait vue qu'en short et en tee-shirt à la piscine ou le soir où il avait mis le feu aux buissons. Mais, habillée ainsi, il était forcé d'admettre qu'elle était d'une beauté impressionnante. Depuis peu, Mark commençait à remarquer les femmes autour de lui, contrairement à Jimmy dont l'intérêt pour le sexe opposé semblait avoir disparu en même temps que Maggie. Cela dit, Mark n'avait pas encore retrouvé de vie amoureuse. Pour l'heure, il ne faisait que regarder autour de lui. De toute façon, il n'avait pas le temps de s'intéresser à ce genre de choses, il était bien trop occupé avec ses enfants.

Cooper et Alex disparurent un moment de l'écran pour pénétrer dans la salle des Oscars, mais la caméra revint les filmer lorsqu'ils furent assis. Les hôtes du Cottage eurent même droit à un gros plan d'Alex riant et chuchotant quelque chose à l'oreille de Cooper, qui se mit à rire à son tour. Ils avaient l'air vraiment heureux ensemble. Plus tard, on les vit entrer à la soirée donnée par Vanity Fair chez Morton's. Alex portait maintenant la veste couleur sable et avait l'air aussi glamour que n'importe quelle star de cinéma, peut-être même plus, parce qu'elle était authentique et naturelle.

Elle avait passé une merveilleuse soirée, et alors qu'ils rentraient au Cottage, vers trois heures du matin, elle remercia chaleureusement Cooper. Ils étaient tous deux installés à l'arrière de la Bentley conduite par un chauffeur. La décapotable bleu azur avait été rendue depuis longtemps, car Cooper n'avait pas de quoi l'acheter, mais la Bentley était à lui depuis des années, et elle avait fait son effet quand ils étaient arrivés et repartis des Oscars.

— Quelle soirée extraordinaire ! dit-elle joyeusement en étouffant un bâillement.

Elle avait vu toutes les stars qu'elle connaissait, et même si elle n'avait pas une âme de midinette, elle devait avouer qu'assister à un événement pareil était excitant. Surtout en compagnie de Cooper, qui lui avait raconté quantité de petites anecdotes et de potins croustillants, et l'avait présentée à presque tous les acteurs qu'elle avait vus dans des films. Elle se sentait vraiment comme Cendrillon le soir de son premier bal.

— Je crois que maintenant je vais pouvoir me transformer en citrouille, dit-elle en s'appuyant contre lui.

Il était très fier d'elle et tenait à ce qu'elle le sût.

— Tu as été parfaite, Alex. Tout le monde a dû penser que tu étais une nouvelle star. Dès demain, les producteurs vont sans doute se précipiter pour t'envoyer des scripts.

— Ça m'étonnerait, dit-elle avec un petit rire en descendant de la voiture. D'ailleurs, à propos de demain, il faut que je sois à l'hôpital dans trois heures. Je devrais peut-être rester éveillée.

— C'est une possibilité, dit Cooper en souriant.

Tout était merveilleusement paisible au Cottage et, après cette longue soirée, il était délicieux de retrouver le calme de la maison. Grâce à Cooper qui, du coiffeur à la parure de saphirs, avait tout fait pour rendre ce jour inoubliable, Alex avait passé un moment bien plus éblouissant que dans n'importe lequel de ses rêves.

— Je devrais t'en faire cadeau, dit-il avec regret alors qu'elle lui rendait le collier et qu'il l'enfermait dans le coffre avec le bracelet et les boucles d'oreilles. J'aimerais tant pouvoir...

Quand bien même il eût pu le lui offrir, Alex n'aurait jamais accepté un tel présent. C'était une jolie idée de louer ces bijoux, et elle avait trouvé plaisant de les porter, mais cela lui suffisait. L'ensemble valait trois millions de dollars, elle l'avait vu sur l'étiquette... C'était la première fois que Cooper admettait que quelque chose était au-dessus de ses moyens, alors que la plupart des gens eussent été horrifiés si le prix avait été trois fois inférieur. Mais les stars vivaient dans un autre monde. Ce soir-là, Louise Schwartz, avec sa robe magnifique réalisée spécialement pour elle par Valentino, arborait d'ailleurs un collier presque semblable, encore plus gros, même, ce qui était pourtant difficile à imaginer. Et Cooper savait qu'elle en possédait un autre, où les saphirs étaient remplacés par des rubis.

— Eh bien, princesse, si nous allions nous coucher ?

Il ôta sa veste et dénoua sa cravate, toujours naturellement élégant dans ses gestes. Même à trois heures du matin, il demeurait incroyablement beau et avait l'air aussi impeccable qu'au début de la soirée.

— Suis-je déjà une citrouille ? demanda Alex d'une voix endormie en montant l'escalier, ses chaussures à la main, sa robe de satin traînant derrière elle.

Elle avait seulement l'air d'une princesse bien fatiguée.

— Non, ma chérie, murmura doucement Cooper, et tu ne le seras jamais.

Partager la vie de Cooper Winslow revenait en quelque sorte à vivre un conte de fées. Alex devait parfois se forcer à se rappeler qu'elle travaillait dans un hôpital rempli de prématurés malades et habitait dans un studio bourré de linge sale. Elle aurait pu en décider autrement, mais elle avait choisi cette vie, préférant laisser à Cooper le soin d'y ajouter quelques paillettes et un peu d'extravagance.

Elle s'endormit dans ses bras en moins de cinq minutes et, quand le réveil sonna à cinq heures, elle faillit se retourner et se rendormir. Mais Cooper la poussa doucement hors du lit et lui promit qu'il l'appellerait dans la journée. Vingt minutes plus tard, elle était bien réveillée, au volant de son antique voiture qui toussotait en descendant l'allée. La soirée de la veille avait été comme un rêve... Jusqu'à ce qu'elle se vît dans le journal du matin.

Sur l'une des premières pages, il y avait une grande photo d'elle et de Cooper, à l'entrée de la salle des Oscars.

— Elle te ressemble ! s'exclama l'une des infirmières en voyant la photographie.

Avant d'ouvrir de grands yeux en apercevant son nom dans la légende... Alexandra Madison. Cooper avait oublié de dire aux journalistes qu'elle était médecin, et Alex le taquina plus tard à ce sujet, en précisant qu'elle avait travaillé dur pour ce titre et tenait à ce que cela se sache.

— Ne pourrais-je pas simplement leur dire que tu es mon infirmière psychiatrique ? répondit-il alors avec un air moqueur.

Elle était splendide sur les photos, et Cooper rayonnant alors qu'il lui tenait la main. On eût dit un message destiné à faire savoir au monde entier qu'il était en pleine forme et merveilleusement heureux. C'était précisément l'image qu'il souhaitait donner de lui-même, et son attaché de presse le félicita un peu plus tard, ce matin-là.

— Bien joué, Cooper, dit-il.

Sans l'obliger à prononcer un mot, ces photos démentaient toutes les rumeurs publiées récemment dans les journaux à scandale, diffusant un message court mais efficace : une actrice porno affirmant être enceinte de lui ne pouvait l'empêcher d'être une immense star ni d'avoir une relation avec une femme respectable. Une autre photographie d'eux parut dans le journal de l'après-midi, et quand Cooper appela Alex, il lui confia que plusieurs éditorialistes sérieux lui avaient déjà téléphoné.

— Ils voulaient savoir qui tu étais, annonça-t-il.

— Et tu le leur as dit ?

— Bien sûr. Et cette fois je n'ai pas oublié de leur préciser que tu étais médecin, ajouta-t-il fièrement. Ils voulaient aussi savoir si nous allions nous marier. Je leur ai répondu qu'il était bien trop tôt pour en parler, mais que tu tenais une place toute particulière dans ma vie et que je t'adorais.

Il espérait que cela suffirait à occuper les journalistes un bon moment.

Alex sourit en avalant une gorgée de café froid dans un gobelet en plastique. Cela faisait douze heures qu'elle travaillait, mais par chance, la journée avait été plutôt facile. Pourtant, elle se sentait plus fatiguée que d'habitude. Elle n'avait pas l'habitude de faire la fête toute la nuit avant d'attaquer une journée de travail. Cooper, lui, avait dormi jusqu'à onze heures du matin, puis il s'était fait masser, manucurer et couper les cheveux.

— Est-ce qu'ils t'ont questionné au sujet du bébé ? demanda-t-elle d'un ton inquiet.

Elle savait combien cela le préoccupait.

— Ils n'en ont pas dit un mot.

Il n'avait pas entendu parler de Charlene depuis quelque temps. Elle était sans doute trop occupée à discuter avec les journaux à scandale.

Mais, deux semaines plus tard, il eut des nouvelles de son avocat. On était début mai, et elle affirmait être enceinte de trois mois. Elle réclamait un soutien financier pendant la durée de la grossesse et se disait prête à négocier une pension pour l'enfant et une autre pour elle-même.

— Une pension alimentaire ? Pour une aventure de trois semaines ? Elle est folle ! s'indigna Cooper.

Mais elle déclarait être malade au point de ne plus pouvoir travailler jusqu'à l'accouchement. Selon son avocat, elle avait des nausées en permanence.

— Apparemment, cela ne l'empêche pas de donner des interviews. Doux Jésus, cette femme est un monstre !

— Priez seulement pour que le bébé ne soit pas *votre* monstre, lui dit son avocat.

Puis ils s'accordèrent pour décider que Cooper lui ferait une offre, à condition qu'elle accepte de subir une amniocentèse et de faire un test de paternité.

— Quels sont les risques pour que l'enfant soit le vôtre, Cooper ? demanda l'homme de loi.

— Je dirais cinquante cinquante... J'ai couché avec elle, le préservatif s'est déchiré. Cela dépend de la chance que j'ai en ce moment. Quelle serait la cote à Las Vegas ?

— Il va falloir que je vérifie cela pour vous... Je déteste être grossier, Cooper, mais comme le dit l'un de mes clients, « Une seule fois suffit pour payer toute une vie. » J'espère que vous êtes prudent à présent. La fille avec laquelle je vous ai vu aux Oscars était très belle...

— Et très intelligente, rétorqua fièrement Cooper. Elle est médecin.

— J'espère pour vous que ce n'est pas une chercheuse d'or comme la précédente. La future maman est très jolie aussi. Eurasienne ou quelque chose comme ça, non ? En tout cas, elle a une caisse enregistreuse à la place du cœur. J'espère que le reste valait le détour.

— Je ne m'en souviens pas, répondit Cooper pour éviter le sujet.

Il préférait défendre Alex que se rappeler les charmes de Charlene.

— Mon amie médecin est tout sauf une chercheuse d'or, assura-t-il. Etant donné ses origines, elle n'a vraiment pas besoin de mon argent. Loin de là.

— Vraiment ? Et d'où vient-elle donc ? interrogea l'avocat, intrigué.

— Son père n'est autre qu'Arthur Madison.

Un petit sifflement admiratif accueillit la nouvelle.

— Voilà qui est intéressant. Vous a-t-il déjà parlé de cette histoire de bébé ?

— Non.

— Je parie que, tôt ou tard, il le fera. Sait-il que vous sortez avec sa fille ?

— Je n'en suis pas sûr. Alex et lui ne se parlent pas beaucoup.

— Mais votre relation n'est plus un secret. On vous voit ensemble dans tous les journaux du pays.

— Pour l'instant, ils sont plutôt gentils avec nous.

Mais le répit fut de courte durée. Une semaine plus tard, les journaux à scandale revenaient à la charge, en ajoutant cette fois la photo d'Alex à celle de Charlene, au bas de leurs colonnes assassines. Sur les clichés, Alex gardait son allure de jeune reine, mais les titres n'étaient pas flatteurs. Mark continuait d'acheter toutes les parutions possibles pour les montrer à Jimmy et surtout à Jessica, qui était une grande fan d'Alex. Elle la rencontrait souvent à la piscine quand l'interne ne travaillait pas, et elles étaient même devenues un peu amies. Alex aussi aimait bien l'adolescente, même si elle se gardait d'en parler à Cooper, car elle savait ce qu'il pensait des enfants de Jimmy et ne voulait pas lui causer de contrariété supplémentaire. Il avait suffisamment de soucis pour le moment ; ces temps-ci, Abe lui téléphonait fréquemment pour lui rappeler qu'il dépensait trop. Par ailleurs, il s'inquiétait de la pension qu'il allait devoir payer à Charlene.

— Vous n'en avez pas les moyens, Cooper. Et si vous oubliez de la payer une seule fois, elle vous fera jeter en prison. C'est comme ça que ça se passe et rien qu'à la voir, je pense qu'elle le fera.

— Merci pour toutes ces bonnes nouvelles, Abe.

Cooper dépensait moins d'argent depuis qu'il était avec Alex, qui avait des goûts simples, mais selon Abe, ses frais généraux étaient encore trop élevés. Le comptable ne cessait de lui rappeler qu'il allait bientôt devoir payer l'addition.

— Vous feriez mieux d'épouser la fille Madison, conclut-il avec pragmatisme.

Il se demandait si Cooper était avec Alex pour son argent. L'état de ses finances l'aurait justifié, en tout cas. Et bien que convaincu d'aimer chaque jour un peu plus la jeune femme, Cooper lui-même se posait encore la question.

Liz l'avait également appelé, scandalisée par l'acharnement des journaux à scandale.

— Quelle bande de vipères ! Et dans quel pétrin vous êtes maintenant ! Vous n'auriez jamais dû sortir avec cette fille, Cooper !

— C'est maintenant que vous me le dites ? C'est un peu tard !

Il eut un petit rire désabusé.

— Et ce mariage, alors ? demanda-t-il pour changer de sujet. Etes-vous heureuse ?

— Très, même si j'ai du mal à m'habituer à San Francisco. J'ai toujours froid, et c'est si calme !

— Vous n'avez qu'à quitter votre mari et revenir avec moi. J'ai toujours besoin de vous.

— Merci, Cooper.

Mais elle était heureuse avec Ted, et elle adorait ses filles. Elle regrettait une seule chose : avoir attendu si longtemps avant de se marier. Elle prenait peu à peu conscience de tout ce qu'elle avait sacrifié pour Cooper. Elle aurait adoré avoir des enfants à elle, mais il était trop tard à présent. A cinquante ans, elle devait se contenter des filles de Ted.

— Et Alex, demanda-t-elle, comment est-elle ?

— Un ange de grâce, répondit-il en souriant, un savoureux mélange entre un garçon manqué, Audrey Hepburn et le Dr Greene. Elle est fantastique. Vous l'adoreriez.

— Amenez-la donc à San Francisco pour un week-end !

— J'aimerais beaucoup, mais elle travaille tout le temps, ou alors elle est de garde. Elle est interne à l'hôpital, c'est une grosse responsabilité.

Liz ne pouvait s'empêcher de penser que, sur le plan professionnel, ils n'étaient pas très bien assortis, mais elle devait reconnaître qu'Alex était très jolie. Les journaux lui donnaient trente ans, ce qui la plaçait donc dans la tranche d'âge acceptable pour Cooper. Toutes les filles entre vingt et un et trente ans avaient une chance avec lui.

Liz lui demanda aussi s'il travaillait un peu. Cela faisait longtemps qu'elle ne l'avait pas vu dans un film, ni même dans une publicité. Cooper avait appelé son agent, mais rien ne se présentait pour le moment. Et, comme celui-ci le lui avait rappelé, le temps ne jouait pas en sa faveur, car il ne rajeunissait pas.

— Ces temps derniers, je n'ai pas travaillé autant que je l'aurais voulu, admit-il, mais j'ai quelques fers au feu, j'ai parlé avec trois producteurs ce matin.

— Il vous suffirait d'un premier rôle pour faire repartir la machine. Quand ils vous verront dans un grand rôle, ils vous désireront de nouveau. Vous savez que les producteurs sont des moutons...

Elle ne voulait pas le lui dire, mais elle savait bien que seul un rôle de père ou de grand-père pourrait lui convenir, donc probablement un rôle secondaire. Le problème était que Cooper tenait encore à jouer le rôle principal, et que personne ne voulait plus l'engager pour cela. Mais il ne se sentait pas vieux, et c'était la raison pour laquelle il était aussi bien avec Alex. Il ne songeait jamais à leurs quarante ans d'écart. Elle non plus, d'ailleurs. Elle avait réfléchi à la question quand elle l'avait rencontré, mais depuis qu'elle le connaissait mieux et qu'elle était tombée amoureuse de lui, leur différence d'âge n'entrait plus en ligne de compte.

Ce week-end-là, ils étaient allongés tous les deux sur la terrasse, parlant de tout et de rien, quand la sonnerie du bipeur de la jeune femme retentit. Elle était de garde, mais ce n'était pas l'hôpital qui l'appelait. Elle reconnut immédiatement le numéro de téléphone mais attendit une bonne demi-heure avant de saisir son portable pour rappeler. Cooper s'était installé dans un transat avec un journal, mais la conversation lui fit tendre l'oreille.

— Oui, absolument, je me suis bien amusée. Et toi, comment vas-tu ?

Cooper n'avait aucune idée de qui pouvait être au bout du fil, mais l'échange n'avait pas l'air très détendu, et Alex fronçait les sourcils.

— Quand ?... Je crois que je travaille. Je peux te voir à l'heure du déjeuner à l'hôpital, si je trouve quelqu'un pour me remplacer. Combien de temps seras-tu en ville ?... Parfait. A mardi.

Cooper n'arrivait pas à savoir si elle parlait à un ami ou à un avocat, mais il avait la très nette impression qu'elle ne semblait pas apprécier beaucoup son interlocuteur.

— Qui était-ce ? osa-t-il demander.

— Mon père. Il vient à Los Angeles mardi pour des rendez-vous, et il veut me voir.

Cooper demeura un instant interdit.

—Voilà qui promet d'être intéressant, dit-il enfin en reprenant contenance. T'a-t-il parlé de moi ?

— Il a juste dit qu'il m'avait vue aux Oscars. Il n'a pas prononcé ton nom. Il doit garder ça pour plus tard.

— Peut-être devrions-nous l'inviter à dîner ? proposa généreusement Cooper, bien que passablement contrarié par le fait que l'homme fût plus jeune que lui, et bien plus influent.

Non content d'être à la tête d'une fortune beaucoup plus importante que la sienne, Arthur Madison avait aussi beaucoup de pouvoir.

— Hors de question, trancha Alex en le regardant.

Elle portait des lunettes de soleil, il ne pouvait donc voir l'expression de ses yeux, mais il était sûr que celle-ci n'était ni chaleureuse ni tendre. La jeune femme ne semblait pas du tout emballée à l'idée de voir son père.

— Merci quand même, dit-elle gentiment. Je le verrai à l'hôpital à l'heure du déjeuner, et ensuite il reprendra l'avion après sa réunion.

Cooper savait qu'Arthur Madison possédait son propre 727.

— Peut-être une prochaine fois, dit-il par politesse.

Il sentait bien qu'elle n'avait pas très envie de le voir. Toutefois, il n'insista pas, devinant qu'il était inutile de vouloir en savoir plus sur le sujet.

Peu après, l'hôpital appela Alex pour une urgence, et elle ne revint pas avant le dîner. A son retour, elle se dirigea directement vers la piscine pour nager un peu. Elle y retrouva Jimmy, ainsi que Mark et ses enfants. Pour la première fois depuis qu'elle connaissait Jimmy, elle lui trouva un air presque joyeux. Quant aux enfants, ils étaient ravis de la voir. Jessica lui confia combien elle l'avait trouvée belle aux Oscars.

— Merci, répondit Alex. Je me suis bien amusée.

Jessica demeura dans l'eau avec elle pendant que les hommes jouaient à s'envoyer la balle de base-ball. Jimmy montrait à Jason comment améliorer son lancer, et le jeune garçon l'écoutait attentivement.

Dix minutes plus tard, Jessica était encore en train de poser tout un tas de questions à Alex sur les stars des Oscars et les toilettes qu'elles portaient ce soir-là, quand un sifflement retentit au-dessus de leurs têtes : la balle de Jason se dirigeait droit vers la fenêtre du salon de Cooper.

— Doux Jésus ! dit Mark doucement alors que les deux filles regardaient fixement le projectile.

— Très beau lancer ! cria Jimmy à Jason avant de réaliser où la balle allait atterrir.

Un bruit de verre cassé ponctua son exclamation. Mark et Alex échangèrent un regard ennuyé et Jason fut pris de panique.

— Oh-oh, ajouta Jessica.

Un instant plus tard, Cooper arrivait au pas de charge, dans un état de rage incontrôlable.

— Est-ce que vous vous entraînez pour entrer chez les Yankees ? A moins que ce ne soit qu'un peu de vandalisme dû à votre oisiveté ?

Il s'adressait à eux collectivement, et Alex se sentit mal à l'aise.

— C'est un accident, Cooper, intervint-elle calmement.

— Pourquoi diable lancez-vous des balles de base-ball à travers mes fenêtres ? cria Cooper à Jason.

Il avait vu le gant du lanceur et il n'avait aucun doute sur l'identité du coupable. Face à la colère de Cooper, le jeune garçon était au bord des larmes. Il savait qu'il allait se faire gronder par son père, qui lui avait ordonné de ne plus provoquer de vagues avec M. Winslow depuis qu'il avait eu affaire à lui avec son skateboard.

— C'est moi le coupable, Cooper, dit Jimmy en s'avançant. Je suis vraiment désolé. J'aurais dû faire plus attention.

La peine de son jeune ami lui brisait le cœur, et il savait que Cooper ne s'énerverait pas autant contre lui.

— Je remplacerai votre fenêtre.

— J'espère bien ! Mais je ne vous crois pas. Je pense que le responsable est le jeune M. Friedman, ici présent.

Il lança un regard noir à Jason, puis à Mark et à Jimmy, tandis qu'Alex attrapait une serviette et sortait de la piscine.

— Je la remplacerai si tu veux, Cooper, dit-elle avec générosité. Personne ne l'a fait exprès.

— Ce n'est pas un stade, ici ! s'écria Cooper avec colère. Il faut un temps fou pour faire tailler ces vitres, et elles sont très difficiles à installer.

De fait, elles étaient taillées sur mesure, et les vitres avaient été spécialement soufflées pour la maison. Les remplacer allait coûter une fortune.

— Maîtrisez vos enfants, Friedman, lança Cooper sur un ton désagréable.

Puis il disparut dans la maison, tandis qu'Alex se tournait vers les autres, confuse.

— Je suis vraiment désolée, dit-elle doucement.

C'était un aspect de la personnalité de Cooper qu'elle préférait occulter ; mais, de fait, il l'avait prévenue à plusieurs reprises qu'il détestait les enfants.

— Quel imbécile ! s'écria Jessica.

— Jessie ! la gronda Mark sévèrement, alors que Jimmy regardait Alex.

— Je suis d'accord avec Jessica, dit-il, mais je suis vraiment désolé. J'aurais dû emmener Jason sur le court de tennis pour lancer des balles. Il ne m'était jamais venu à l'idée qu'il puisse en envoyer une à travers une fenêtre.

— Ce n'est pas grave, dit Alex gentiment. Cooper n'a simplement pas l'habitude des enfants. Il aime que tout soit paisible et ordonné autour de lui.

— Ça ne marche pas comme ça, dans la vie, dit simplement Jimmy.

Lui-même vivait tous les jours au contact d'enfants, et rien n'était jamais paisible, ni ordonné, ni conforme à ce que l'on avait prévu, et c'était précisément ce qu'il aimait.

— En tout cas, pas dans ma vie à moi, commenta-t-il.

— Dans la mienne non plus, dit Alex, sincère, mais dans celle de Cooper, si. Ou du moins, c'est ce qu'il aime à croire.

Ils pensèrent tous à la sombre histoire relatée par les journaux à scandale.

— Ne t'inquiète pas, Jason, reprit-elle, ce n'est qu'une fenêtre. Pas une personne. Et contrairement aux personnes, les fenêtres peuvent toujours être remplacées.

A peine eut-elle prononcé ces mots qu'elle réalisa en regardant Jimmy qu'elle aurait mieux fait de se taire...

— Vous avez raison, dit-il doucement.

— Je suis désolée... Je ne voulais pas dire ça...

— Mais si. Et vous avez raison, je le répète. On a tous tendance à l'oublier. On est tellement attaché à ses affaires... Mais ce sont les gens qui sont importants. Le reste, c'est du vent.

— Je suis confrontée tous les jours à cette réalité, dit-elle.

Il acquiesça.

— Et moi je l'ai appris de la façon la plus douloureuse qui soit.

Il lui sourit. Il l'aimait bien et ne comprenait toujours pas ce qu'elle faisait avec un homme aussi prétentieux, qui ne pensait qu'à son image, alors qu'elle semblait si entière et si droite.

— Merci d'avoir été aussi gentille avec Jason. Je vais m'occuper de cette vitre, conclut-il.

— Non, c'est à moi de le faire, objecta Mark. C'est mon fils, je paierai. Seulement, la prochaine fois, sois prudent, dit-il à Jason.

Puis il jeta un regard faussement sévère à Jimmy.

— Et cela vaut pour toi aussi.

— Pardon, papa, murmura Jimmy avec une mine défaite.

Les trois adultes se mirent à rire, sous le regard surpris de Jason et Jessica. Jason conclut qu'il ne s'en était pas mal sorti. Hormis la colère de M. Winslow, tout le monde s'était plutôt montré indulgent envers lui. Il s'attendait vraiment à ce que son père sorte de ses gonds quand il avait vu la balle traverser la fenêtre.

— En tout cas, c'était un très bon lancer, Jason. Je suis fier de toi.

— N'en rajoutons pas non plus... dit Mark.

Il ne voulait pas donner à Cooper une raison de les expulser.

— Désormais, essayons de garder nos balles pour le court de tennis, d'accord ?

Jimmy et Jason acquiescèrent, alors qu'Alex remettait son short et enfilait son tee-shirt sur son maillot mouillé.

— On se verra bientôt, dit-elle en les quittant, ses longs cheveux encore mouillés.

Les deux hommes la regardèrent partir, et, dès qu'elle se fut éloignée, Mark prit la parole.

— Jessie a raison. Ce type est un imbécile. Et elle une fille épatante. Même s'il est très beau, il ne la mérite pas. Il va la réduire en bouillie.

— Moi je pense plutôt qu'il va l'épouser, intervint Jessica en se joignant à la conversation avec intérêt.

Elle aurait bien aimé que son père sorte avec une fille comme Alex.

— J'espère que non, dit Jimmy en passant un bras autour des épaules de Jason.

Et ils repartirent tous les quatre vers l'aile des invités. Mark avait prévu de faire un barbecue, et Jimmy accepta de rester dîner.

Au même moment, au premier étage de la maison principale, Alex grondait Cooper, qui était toujours en colère.

— Ce n'est qu'un gosse, Cooper. Tu n'as jamais fait des choses de ce genre quand tu étais petit garçon ?

— Je n'ai jamais été un petit garçon. Je suis né en costume cravate et j'ai bondi directement dans l'âge adulte, avec de bonnes manières.

— Ne fais pas l'idiot, dit-elle pour le taquiner alors qu'il l'embrassait. Et arrête de t'énerver comme ça.

— Pourquoi ? J'adore me mettre en colère. Et puis tu sais combien je déteste les gosses.

— Que se passerait-il si je t'annonçais que j'étais enceinte ? demanda-t-elle avec un air qui manqua de le faire défaillir.

— Tu es enceinte ?

— Non, mais qu'arriverait-il si je l'étais ? Il te faudrait affronter les skateboards, les carreaux cassés, les couches sales, sans compter le beurre de cacahouètes et les tartines de confiture partout sur le canapé. Tu devrais t'y préparer...

— Tu crois vraiment ? Rien qu'à t'entendre, j'en ai la nausée...

Elle sourit, et il ne put que lui rendre son sourire.

— Docteur Madison, vous avez un sens de l'humour sadique, décréta-t-il. J'espère que votre père vous battra lorsqu'il vous verra.

— C'est probable.

— Bien, vous le méritez.

Il aurait donné n'importe quoi pour assister à ce rendez-vous. Mais Alex ne l'avait pas invité et n'en avait pas l'intention.

— Quand dois-tu déjeuner avec lui, déjà ?

— Mardi.
— Et que veut-il te dire, à ton avis ?

Il était persuadé que c'était à cause de lui qu'Arthur Madison voulait parler à sa fille.

— On verra bien, répondit Alex en souriant alors qu'ils montaient bras dessus, bras dessous vers la chambre à coucher.

Elle avait un remède infaillible contre ses colères... Quand elle l'embrassa, l'incident de la balle de base-ball était déjà presque oublié, et un moment plus tard Cooper ne pensait plus du tout au carreau cassé.

16

Alex aurait pu prévoir comment se déroulerait le rendez-vous avec son père, ou tout au moins, une partie de la discussion, car les choses se passaient toujours de la même manière avec lui. Le temps passait, mais leurs rapports ne changeaient pas.

Il avait cinq minutes d'avance et attendait déjà à la cafétéria quand elle arriva. Grand et mince, il avait les cheveux gris, les yeux bleus et l'air sévère. Il fallait toujours qu'il ait un « ordre du jour », lorsqu'il la voyait ; il n'était pas capable de lui parler simplement ou de lui demander comment elle allait. On eût dit qu'il abordait un à un les points d'une sorte de liste mentale, comme s'il dirigeait un conseil d'administration. Et d'une certaine façon, c'était un peu ce qu'il était venu faire.

— Ta mère t'embrasse, lui dit-il.

Ce fut la seule parole un tant soit peu affectueuse de la conversation. Sa femme n'était d'ailleurs pas plus chaleureuse que lui, et c'était la raison pour laquelle elle supportait d'être mariée avec lui depuis tant d'années. Il contrôlait tout — sauf Alex. C'était là leur principal objet de discorde, et il menait depuis toujours un combat acharné pour gagner le bras de fer engagé entre eux.

Il lui fallut exactement dix minutes pour en venir aux faits : il n'était pas homme à perdre son temps.

— Alex, je voulais te parler de Cooper Winslow. Et je préférais ne pas le faire au téléphone.
— Pourquoi ? demanda-t-elle.

Cela ne faisait aucune différence pour elle. De toute manière, leurs échanges étaient aussi distants et froids lorsqu'ils se retrouvaient face à face qu'au téléphone.

— Je me suis dit que le problème était suffisamment grave pour qu'on se voie.

Elle songea à souligner que leur seul lien de parenté eût suffi à justifier une rencontre, mais s'en abstint. Ce genre de considération ne venait même pas à l'esprit de son père. Il fallait toujours qu'il ait une raison pour voir les gens.

— C'est un sujet délicat, et je ne vais pas tourner autour du pot.

Il ne le faisait jamais, et elle non plus d'ailleurs. Bien qu'elle ne pût se résoudre à l'admettre, sur certains points elle lui ressemblait. Elle était impitoyablement honnête, non seulement envers les autres mais également envers elle-même. Elle avait des principes et y était très attachée. La grande différence entre eux était qu'elle avait un cœur, contrairement à lui. Arthur Madison ne perdait pas de temps avec les émotions et il ne mâchait pas ses mots. S'il y avait quelque chose de désagréable à faire ou à dire, il était toujours volontaire. C'était plus fort que lui.

— Cette relation entre vous est-elle sérieuse ? demanda-t-il abruptement en la regardant droit dans les yeux.

Il la connaissait bien et cherchait à lire la réponse sur son visage. Il savait qu'elle ne lui mentirait pas, mais qu'elle ne lui ferait pas de confidence non plus. Elle considérait que ses affaires ne le regardaient en rien.

— Je ne peux pas encore me prononcer, dit-elle prudemment.

C'était la vérité.

— Sais-tu que cet homme croule sous les dettes ?

Cooper n'avait jamais rien dit de tel, mais le fait qu'il eût des locataires lui avait vite fait comprendre qu'il n'était pas très à l'aise financièrement. Il ne travaillait pas beaucoup et n'avait pas eu de rôle important depuis plusieurs années. Mais elle s'était imaginé qu'il avait probablement de l'argent de côté. Et, bien sûr, le Cottage avait beaucoup de valeur.

Son père savait cependant qu'il s'agissait du seul bien que Cooper possédait, et qu'il était hypothéqué.

— Nous ne parlons jamais de ses affaires financières, dit-elle simplement. Elles ne me concernent pas, de même que les miennes ne le regardent pas.

— T'a-t-il questionnée au sujet de tes revenus ou de ton héritage ?

— Bien sûr que non, il est beaucoup trop bien élevé pour ça, répliqua-t-elle.

De fait, Cooper était bien trop poli pour aborder ce genre de sujet avec elle.

— Il est surtout bien trop adroit, rectifia son père. Il a probablement fait une étude approfondie sur toi, exactement comme je l'ai fait sur lui. J'ai un épais dossier le concernant sur mon bureau, et le résultat n'est pas bon. Cela fait des années qu'il vit au-dessus de ses moyens, et il a une montagne de dettes. Il n'a plus un dollar en poche, je ne crois pas qu'il puisse emprunter quoi que ce soit, même un livre à la bibliothèque. Il a le chic pour attirer les femmes riches. Il a été fiancé à au moins cinq d'entre elles.

— Il a le chic pour attirer toutes les femmes, répliqua Alex. En somme, tu es venu me dire que tu pensais qu'il en voulait à mon argent ? C'est bien cela ?

Comme lui, elle allait droit au but. Ils n'étaient décidément pas si différents. Mais elle était blessée qu'il pût laisser entendre que Cooper ne voyait en elle qu'une proie facile. Elle était absolument sûre qu'il l'aimait, que le fait qu'il eût des dettes n'était qu'un malheureux hasard.

— Je suis *certain* qu'il en veut à ton argent, corrigea son père. En tout cas, tu dois au moins envisager que ses motivations ne sont pas aussi pures que tu le penses, et qu'il est en train de te piéger. Peut-être même sans en être conscient lui-même. Il est dans une situation très difficile, Alex, et cette situation peut le pousser à vouloir t'épouser, alors que dans d'autres circonstances il ne le ferait pas. Ceci mis à part, il est bien trop vieux pour toi. Je pense que tu n'as aucune idée de ce vers quoi tu te diriges. Jamais je n'aurais pu imaginer que tu sortais avec lui si ta mère ne vous avait pas vus ensemble aux Oscars. Nous avons été plutôt choqués, pour tout t'avouer. Apparemment, il a fréquenté, il y a de nombreuses années, quelqu'un que ta mère connaissait. Il n'a rien fait de mal, mais à l'époque, on disait déjà de lui que ce n'était pas un jeune homme respectable. Et j'imagine que tu es au courant pour l'histoire de l'enfant qu'il a fait à cette vedette du porno. C'est la cerise sur le gâteau.

— Une telle mésaventure peut arriver à tout le monde, répliqua-t-elle calmement.

Elle maudissait son père pour chacune de ses remarques, mais son visage n'en laissait rien paraître. Cela faisait des années qu'elle s'entraînait à lui cacher toutes ses émotions.

— Ce genre de choses n'arrive pas aux hommes responsables. C'est un play-boy, Alex. Il a mené une vie de débauche et ne s'est jamais rien refusé. Il n'a pas économisé un sou, et ses dettes sont aujourd'hui supérieures à deux millions de dollars, sans parler de l'hypothèque sur sa maison.

— S'il décroche un rôle important dans un film, dit-elle d'un air frondeur, il pourra effacer sa dette.

Quoi que pût dire son père, elle aimait Cooper et était bien décidée à le défendre.

— Le problème, c'est que cela n'arrivera pas. Il ne trouvera pas de travail. Il est trop vieux. Et s'il avait un petit retour de flamme, ce qui est peu probable, il en dépenserait certainement le fruit, comme il l'a toujours fait. Est-ce que c'est le genre d'homme que tu veux épouser, Alex ? Un homme qui dépense son argent comme s'il en pleuvait ? Et qui fera probablement de même avec le tien ? Pourquoi crois-tu qu'il te poursuive de la sorte ? Ne me fais pas croire qu'il ne sait pas qui tu es, ni qui je suis.

— Bien sûr qu'il le sait. Mais je ne lui ai jamais donné un sou et il ne me l'a jamais demandé. Il est extrêmement fier.

— Il est surtout frivole et superficiel. « Tout dans le chapeau et pas de bétail », comme disent les Texans. Il ne peut subvenir à tes besoins, ni aux siens d'ailleurs. Et qu'en est-il de cette femme qui attend son enfant ? Que va-t-il faire ?

— Il la soutiendra s'il le doit, dit-elle avec franchise, mais il ne sait même pas encore si l'enfant est le sien. Elle doit faire des tests en juillet.

— Elle ne prendrait pas le risque de l'accuser si le bébé n'était pas le sien.

— Je n'en sais rien. En fait, cela ne m'intéresse pas. Ce n'est pas agréable, mais ce n'est pas la fin du monde non plus. Ce sont des choses qui arrivent. Le plus important pour moi, c'est qu'il soit gentil avec moi, et c'est le cas.

— Pourquoi ne le serait-il pas ? Tu es riche et célibataire, et très jolie par-dessus le marché. Mais franchement, si tu ne t'appelais pas Madison, je ne crois pas qu'il aurait passé plus d'une journée avec toi.

— Et moi je suis convaincue du contraire, rétorqua-t-elle en regardant son père droit dans les yeux. De toute façon, nous ne le saurons jamais, n'est-ce pas, papa ? Je sais qui je suis et ce que je possède, mais je ne vais pas pour autant sélectionner les hommes dans ma vie en fonction de leur fonds d'investissement. Cooper vient d'une bonne famille. C'est quelqu'un de bien. Il y a des gens qui n'ont pas d'argent, c'est comme ça, et ça m'est complètement égal que ce soit son cas.

— Est-il sincère envers toi, Alex ? T'a-t-il déjà dit qu'il avait des dettes ?

Il insistait, essayant à tout prix de minimiser ce qu'elle ressentait pour Cooper et ses sentiments à lui, mais elle s'en moquait. Même si elle n'avait jamais vu ses comptes, elle savait qui il était, elle connaissait ses bizarreries, ses qualités et ses défauts. Et elle l'aimait tel qu'il était. La seule chose qui l'inquiétait, c'était son refus d'avoir des enfants. Cela la touchait vraiment, car elle savait qu'elle souhaiterait en avoir plus tard.

— Je te l'ai déjà dit, trancha-t-elle, nous n'évoquons pas nos affaires financières, ni les siennes ni les miennes.

— Il a quarante ans de plus que toi. Si jamais tu l'épousais, Dieu t'en préserve, tu deviendrais vite son infirmière.

— Eh bien, peut-être est-ce un risque à courir. Ce ne serait pas dramatique.

— Tu dis cela maintenant, mais quand tu auras quarante ans, il en aura quatre-vingts, deux fois ton âge. Alex, c'est ridicule. Sois raisonnable. Et réfléchis. Je crois que cet homme s'intéresse à ton portefeuille, pas à ton cœur.

— C'est abject de dire ça ! s'emporta-t-elle.

— Mais qui pourrait lui en vouloir ? enchaîna son père. Comment lui reprocher d'assurer ses vieux jours, en essayant de sauver sa peau par le seul moyen qu'il ait trouvé ? Pour lui, il est de toute façon trop tard pour faire autrement. Tu es le seul salut qui s'offre à lui. La fille qui attend un enfant de lui ne va pas subvenir à ses besoins ! C'est peut-être abject, Alex, mais c'est la vérité, cela saute aux yeux. Je ne suis pas en train de te demander d'arrêter de le voir, s'il compte à ce point pour toi. Mais pour l'amour de Dieu, sois prudente et, quoi qu'il arrive, ne l'épouse pas. Si tu es assez stupide pour décider de prendre ce risque, je peux t'assurer que je ferai tout pour t'en empêcher. Je lui parlerai si c'est nécessaire, et je le mettrai hors d'état de nuire. Je deviendrai son pire ennemi.

— Je savais que je pouvais compter sur toi pour ça, papa, dit la jeune femme avec un sourire écœuré.

Au fond, il ne lui voulait que du bien, mais il se comportait d'une façon tellement abominable... Il avait toujours agi ainsi avec elle. Pour lui, la seule chose qui comptait était de garder le pouvoir. Ainsi, quand Carter s'était enfui avec sa sœur, quelques heures avant leur mariage, il avait accusé Alex, lui disant que si elle l'avait mieux manipulé, son fiancé ne lui aurait pas fait un affront pareil. C'était un raisonnement typique de son père. Toutefois, elle avait entendu dire que Carter était un peu tombé en disgrâce, ces derniers temps. Il avait mal investi une importante somme appartenant à sa sœur sur le marché boursier et avait tout perdu. Heureusement, il leur restait beaucoup d'argent, mais cela prouvait qu'il n'était pas très intelligent, ce qui constituait un défaut majeur aux yeux d'Arthur Madison.

— Je sais bien que tu ne me trouves pas très gentil, et c'est vrai, concéda-t-il. Mais la situation m'inquiétait, et quand j'ai commencé à la considérer de plus près, j'ai été horrifié par ce que j'ai découvert. Cooper Winslow est peut-être charmant et très attirant, comme tu le dis, et je ne doute pas qu'il soit amusant de sortir avec lui. En apparence, il a tout pour séduire quelqu'un de ton âge, mais ce qui se cache derrière cette enveloppe alléchante est un désastre absolu, et je ne crois pas qu'il te rendra heureuse à long terme si tu l'épouses. Il n'a jamais été marié, parce qu'il n'en avait pas besoin jusqu'ici. Il n'a fait que s'amuser avec l'une avant de passer à la suivante. Ce n'est pas un homme sérieux, Alex, et l'avenir que tu aurais avec lui ne correspond pas à ce que j'ai en tête pour toi. Te voir montrée partout avec lui pour terminer abandonnée ne m'amuse pas du tout. Ou pire, mariée avec lui et contrainte de financer ses frasques. J'ai peut-être tort, mais je ne le crois pas, acheva-t-il d'un air triste.

Il perdait son temps. Ce discours ne pouvait la décider à quitter Cooper. Au contraire, il ne faisait qu'accroître son attachement envers lui, car plus elle entendait parler de l'énormité de ses dettes, plus elle était désolée pour lui.

Heureusement, la sonnerie de son bipeur vint interrompre cette déplaisante conversation. Ce n'était pas une urgence, mais elle se servit de cette excuse pour mettre fin à leur entrevue, sans qu'ils eussent avalé quoi que ce fût. Ce que son père avait à dire était si important qu'ils en avaient oublié de déjeuner. Il estimait qu'il était de son devoir de parler ainsi à sa fille. Il avait abordé le sujet avec sa femme, et comme d'habitude celle-ci avait refusé de s'en mêler, mais elle l'avait encouragé à sermonner Alex. Et il était toujours prêt à se charger de ce genre de mission. Résultat, tous deux venaient de passer une heure très désagréable.

— Il faut que je retourne travailler, déclara-t-elle en se levant.

— Je pense que tu devrais faire ton possible pour ne pas apparaître dans les journaux avec lui, Alex. Ta réputation ne va pas y gagner. Tous les coureurs de dot du pays vont se précipiter sur toi.

La vie qu'elle avait menée jusque-là avait épargné ce souci à son père, car les gens avec lesquels elle travaillait n'avaient aucune idée de qui elle était, ni surtout de qui il était, lui.

— Ils vont renifler l'odeur du sang et seront prêts pour la curée dès que Winslow en aura fini avec toi.

Encore une image poétique... Il la considérait donc comme un morceau de viande, donné en pâture aux animaux sauvages. Elle savait que son père tenait à elle, mais sa façon de l'exprimer la révoltait. Sa vision des choses lui semblait pathétique. Il soupçonnait tout le monde et imaginait toujours le pire. Pour lui, il était impensable que Cooper fût véritablement amoureux d'elle. Mais Alex, de son côté, restait convaincue qu'il l'était.

— Est-ce que tu viens à Newport cet été ? demanda-t-il dans un effort pour détendre l'atmosphère.

Mais elle fit signe que non.

— Je ne peux pas m'éloigner de l'hôpital, répondit-elle en guise d'excuse.

Même si elle avait pu, de toute façon, elle aurait préféré rester à Los Angeles plutôt que d'aller dans la maison familiale. Elle n'avait aucune envie de voir sa mère, sa sœur, Carter ni aucun de leurs amis. Elle n'avait pas davantage envie de repasser la frontière de ce monde oublié depuis longtemps. Elle demeurerait en Californie avec Cooper.

— Restons en contact, dit son père en l'embrassant sans tendresse.

— Oui, oui. Dis bonjour à maman.

Sa mère ne venait jamais voir Alex. Elle ne s'était pas déplacée une seule fois, préférant attendre la visite de sa fille à Palm Beach. Pourtant, elle était tout à fait capable de voyager et le faisait d'ailleurs volontiers pour aller rendre visite à ses amis à travers le monde. Mais elle et Alex ne partageaient rien. Elles ne se téléphonaient même pas, elles n'avaient rien à se dire. Aux yeux de Mme Madison, Alex était « un cas ». Elle ne comprenait pas pourquoi elle avait ressenti le besoin de poursuivre une carrière médicale au lieu de rester à la maison et d'épouser un gentil garçon de Palm Beach. Même si cela n'avait pas marché avec Carter, il y en avait tant d'autres comme lui ! Or c'était justement la raison pour laquelle Alex était partie. Elle ne voulait pas d'un homme comme Carter. Et pour le moment, elle était heureuse avec Cooper, malgré l'effrayant discours de son père.

Ce dernier l'accompagna jusqu'à l'ascenseur, et, quand les portes se refermèrent, il tourna les talons et s'en alla. Alex ferma les yeux en montant les étages. Elle se sentait comme engourdie. A chaque fois, son père lui faisait cet effet-là.

17

Pendant qu'Alex voyait son père, Cooper se détendait près de la piscine. Il s'était installé à l'ombre d'un arbre, toujours attentif à ne pas s'exposer pour protéger sa peau. C'était là son secret pour ne pas vieillir. Il aimait le calme et la tranquillité qui régnaient dans la propriété les jours de semaine, quand ses locataires étaient à leur travail et les insupportables enfants de Mark à l'école. Personne ne risquait de venir le déranger.

Allongé dans son transat, l'air pensif, il se demandait ce que le père d'Alex pouvait bien être venu lui dire. Il était presque certain de ne pas être étranger à cette visite, et tout aussi sûr qu'Arthur Madison n'approuvait pas sa relation avec Alex. Il espérait seulement qu'il ne perturberait pas trop Alex. Lui-même devait admettre que Madison avait de quoi s'inquiéter, étant donné sa situation financière... Et il n'avait sans doute pas eu beaucoup de mal à l'évaluer. Or, pour la première fois de sa vie, l'opinion de quelqu'un à son sujet lui importait vraiment. Pourtant, il s'était montré très scrupuleux avec Alex et ne lui avait jamais rien demandé malgré ses problèmes financiers. Elle était tellement droite qu'il était presque inconcevable de vouloir abuser d'elle. Certes, il n'avait pu s'empêcher d'y songer, mais jusque-là il s'était remarquablement bien conduit. Il commençait d'ailleurs à penser que cela signifiait qu'il était réellement amoureux d'elle, même si ce terme, au fil des ans, avait revêtu pour lui des significations bien différentes. Depuis peu, cela signifiait être merveilleusement à l'aise avec quelqu'un et vivre une relation qui ne donnait pas mal à la tête. Par le passé, il lui était arrivé de se croire amoureux, lorsqu'il aimait bien quelqu'un, tout simplement. Il y avait tant de femmes difficiles que celles qui l'étaient moins lui semblaient mériter qu'il se dise épris d'elles. Et puis, il y avait les filles comme Charlene, qui ne méritaient rien du tout. Il était tellement plus simple et plus agréable d'être avec Alex ! Elle était gentille, franche et drôle, et il n'en demandait pas plus. Pour ne rien gâcher, elle était aussi merveilleusement indépendante et, s'il était vraiment au plus mal financièrement, il savait qu'il pourrait toujours se tourner vers elle. En quelque sorte, l'argent qu'elle possédait jouait pour lui le rôle d'une police d'assurance : il n'en avait pas encore besoin, mais il était rassuré de le savoir là, au cas où... Il n'était pas avec Alex pour son argent, mais sa fortune le rassérénait. Un seul point, toujours le même, lui déplaisait et l'empêchait de s'engager plus formellement : elle était assez jeune pour avoir des enfants et en voudrait probablement un jour. Cooper déplorait cette épée de Damoclès qui risquait de perturber leur relation, mais il ne pouvait pas tout avoir. Peut-être était-ce le prix à payer pour rester avec la fille d'Arthur Madison... En réalité, la question des enfants ne s'était jamais posée sérieusement, mais il savait devoir s'y préparer. Elle ne l'avait soumis à aucune pression, et cela lui plaisait. Il y avait beaucoup de choses qui lui plaisaient en elle. Presque trop de choses.

En rentrant à la maison, encore plongé dans ses pensées, il tomba nez à nez avec Paloma, qui dépoussiérait les meubles, tout en mangeant un sandwich. Ce faisant, elle laissa tomber de la mayonnaise sur le tapis ; il le lui fit remarquer.

— Désolée, fit-elle en marchant avec ses baskets en léopard sur la tache qu'elle venait de faire.

Il avait depuis longtemps abandonné l'idée de l'éduquer. Tous deux essayaient seulement de se supporter sans s'entretuer. Quelques semaines plus tôt, il avait découvert qu'elle travaillait aussi pour les Friedman, mais tant qu'elle remplissait les engagements qu'elle avait envers lui, il s'en moquait. Il n'y avait pas de quoi se disputer. Son caractère s'adoucissait par nécessité, ou peut-être sous l'influence d'Alex...

Cet après-midi-là, les vitriers travaillaient sur la fenêtre de son salon, et Cooper, sentant remonter sa colère, constata qu'il n'était pas tout à fait remis de l'incident avec la balle de base-ball. Si un jour il avait des enfants avec Alex, il espérait au moins que ce ne seraient pas des garçons. Le simple fait d'y penser lui donnait la nausée. Exactement comme lorsque l'image de cette satanée Charlene s'imposait à son esprit. Au moins, cette semaine, elle n'était pas dans les journaux à scandale.

Il alla se servir un verre de thé glacé. Il en avait donné la recette à Paloma qui, depuis, en laissait toujours une cruche dans le réfrigérateur. C'est alors que le téléphone sonna. Il se dit que ce pouvait être Alex mais ne reconnut pas sa voix au bout du fil. Sa correspondante était une certaine Taryn Dougherty, qui disait vouloir le rencontrer.

— Etes-vous productrice ? demanda-t-il, son verre de thé à la main.

Il avait un peu délaissé son travail depuis l'incident avec Charlene. Il avait d'autres chats à fouetter.

— Non, je suis styliste. Mais ce n'est pas pour cela que je vous appelle. Je voudrais vous parler d'une question personnelle.

Il pensa alors qu'il avait affaire à une journaliste et regretta immédiatement d'avoir répondu au téléphone en se présentant sous sa véritable identité. Il était trop tard pour se faire passer pour le majordome et dire que

M. Winslow était sorti, ce qu'il faisait de temps en temps, maintenant que Livermore n'était plus là.

— De quoi voulez-vous me parler ? demanda-t-il froidement.

Il ne faisait confiance à personne ces temps-ci. A l'instar de Charlene, tout le monde semblait attendre quelque chose de lui.

— J'ai une lettre d'une de vos vieilles amies. J'aimerais vous la montrer.

Voilà qui était trop mystérieux pour être honnête. C'était sûrement une ruse. Peut-être cela venait-il de Charlene... Pourtant, la voix était douce et agréable au téléphone.

— Et de quelle amie s'agit-il ?

— Jane Axman. Je ne suis pas sûre que vous vous souveniez de son nom.

— Je ne m'en souviens pas, effectivement. Etes-vous son avocat ?

C'était peut-être encore une histoire de dette... Il recevait beaucoup d'appels de ce genre et les renvoyait toujours vers Abe. Autrefois, Liz avait pour habitude de les filtrer pour lui, mais maintenant il devait s'en charger tout seul. Pourtant, sans bien savoir pourquoi, il laissa continuer son interlocutrice.

— Je suis sa fille, annonça-t-elle.

Elle semblait ne pas vouloir en dire plus mais insistait pour le voir très vite, en assurant que leur entretien ne durerait pas longtemps. Cooper était réellement intrigué. Il se demanda si elle était jolie... Il avait envie de lui donner rendez-vous à l'hôtel Beverly Hills, mais il n'avait pas le courage de sortir, et surtout il attendait des nouvelles d'Alex, après son entrevue avec son père. Elle ne l'avait pas encore appelé, et il avait peur que son silence ne signifie qu'elle était contrariée. Si elle téléphonait, il ne voulait pas avoir à lui parler sur un téléphone portable, au milieu d'un restaurant.

— Où êtes-vous ? demanda-t-il.

— A l'hôtel Bel Air. Je viens d'arriver de New York.

Au moins, elle résidait dans un bon hôtel. Cela n'avait peut-être pas beaucoup de signification, mais c'était un début. La curiosité naturelle de Cooper fit le reste.

— J'habite tout près. Pourquoi ne passeriez-vous pas me voir ?

— Merci, monsieur Winslow, dit-elle poliment. Je vous promets de ne pas vous prendre trop de temps.

Elle voulait seulement le voir, ne fût-ce qu'une seule fois. Et lui montrer la lettre de sa mère. C'était un morceau d'histoire qu'ils devaient partager tous les deux.

Elle sonna à la grille de la propriété à peine dix minutes plus tard, et il appuya sur le bouton automatique pour la laisser entrer. Du perron de la maison, il suivit des yeux la voiture de location qui remontait lentement l'allée. La jeune femme qui en descendit était une grande blonde aux traits fins, vêtue avec goût. Cooper jugea qu'elle avait de l'allure, et lui donna une bonne trentaine d'années. En réalité, elle avait trente-neuf ans. Quelque chose en elle lui paraissait même familier, mais il ne sut dire quoi. Il ne pensait pas pour autant l'avoir déjà vue.

Elle sourit en s'approchant, puis lui serra la main.

— Merci de me recevoir. Je suis désolée de vous déranger. Il y a longtemps que je voulais vous écrire, mais comme je me trouvais en Californie, j'en ai profité pour vous passer un coup de fil...

— Et que faites-vous en Californie ? demanda-t-il en la conduisant dans la bibliothèque.

Il lui proposa un verre de vin, mais elle déclina l'offre et demanda un verre d'eau, arguant de la chaleur.

— Je ne sais pas encore très bien ce que je vais faire, dit-elle. Je viens de vendre mon atelier de design à New York. J'ai toujours voulu créer des costumes pour le cinéma, mais je crains que ce ne soit une de ces idées folles qu'on ne réalise jamais. Je me suis dit que j'allais venir ici pour commencer.

Elle voulait avant tout le rencontrer.

— Cela signifie sans doute que vous n'êtes pas mariée, dit-il en lui tendant le verre d'eau qu'elle avait demandé.

Derrière eux, Paloma se servait d'un autre verre du même service de Baccarat pour arroser les plantes.

— Je suis divorcée. Lorsque mon mari et moi nous sommes séparés, j'ai vendu mon affaire et perdu ma mère, tout cela en l'espace de quelques mois. Je me trouve donc aujourd'hui dans l'une de ces périodes rares où l'on n'a pas d'obligations et où tout semble possible. J'hésite entre trouver cela très agréable et très effrayant.

Elle n'avait pourtant pas l'air de quelqu'un qui pût être effrayé par quoi que ce fût. Au contraire, elle semblait très équilibrée.

— Alors, qu'y a-t-il dans cette lettre ? demanda Cooper avec un sourire. Vais-je hériter de quelqu'un ?

— J'ai bien peur que non...

Elle lui tendit la lettre de la femme dont il ne se souvenait pas, et ne dit plus un mot. La lettre était longue et, pendant qu'il la lisait, il leva plusieurs fois les yeux vers elle. Quand il eut terminé, il resta assis un long moment en la regardant fixement, ne sachant que dire. Qu'attendait-elle de lui ? Puis, gravement, il lui rendit la lettre. Si c'était encore un chantage, il n'y était pas préparé. Un seul lui suffisait.

— Que voulez-vous ? demanda-t-il abruptement.

Le visage de sa visiteuse prit alors une expression triste. Elle avait espéré une réponse plus chaleureuse.

— Rien du tout. Je voulais seulement vous rencontrer, au moins une fois. Et j'espérais que vous auriez envie de me connaître aussi. J'imagine que ce doit être un choc pour vous, et je vous assure qu'il en a été de même pour moi. Ma mère ne me l'avait jamais dit. J'ai trouvé la lettre après sa mort, comme elle l'avait souhaité. Mon père est mort il y a des années, et je ne sais même pas s'il a jamais été au courant.

— J'espère pour lui que non, dit Cooper.

Il était encore sous le choc, mais déjà soulagé par le fait qu'elle eût affirmé ne rien attendre de lui. Il la croyait, car elle semblait honnête et gentille. Il aurait même pu être attiré par elle, si elle n'avait pas été un peu vieille pour lui.

— Je ne crois pas que cela aurait changé quoi que ce soit pour mon père s'il avait su, dit-elle. Il était très bon avec moi. Il n'avait pas d'autre enfant, et il m'a laissé presque toute sa fortune. En tout cas, s'il savait, il ne l'a jamais montré, ni à ma mère ni à moi. C'était un homme adorable.

Cooper la regardait attentivement, et il comprit soudain la raison pour laquelle son visage lui était familier. Elle lui ressemblait. Et c'était normal. La lettre évoquait une liaison entre lui et sa mère, quarante ans plus tôt. Ils jouaient alors ensemble dans une pièce de théâtre à Londres, et leur aventure n'avait pas duré. Quand la pièce s'était arrêtée et qu'elle était rentrée à Chicago, sa mère avait découvert qu'elle était enceinte et avait décidé, pour des raisons qui la concernaient, de ne pas en parler à Cooper. Comme elle le disait dans la lettre, elle estimait ne pas le connaître suffisamment pour s'imposer à lui. C'était bien la seule femme tombée enceinte de lui qui avait réagi de cette façon... Elle avait ensuite épousé quelqu'un d'autre, donné naissance à l'enfant, et n'avait jamais dit à l'homme qui croyait être son père qu'en fait il ne l'était pas. Le père de sa fille, c'était lui, Cooper Winslow.

Et maintenant ils étaient assis là, à s'observer mutuellement. Lui qui croyait n'avoir aucun enfant en avait soudain deux. La femme de trente-neuf ans qui venait d'apparaître, et celui que Charlene affirmait porter... C'était une sensation très étrange pour quelqu'un qui détestait les enfants.

Mais Taryn n'était pas une enfant. C'était une femme adulte, qui semblait responsable et intelligente, qui avait de l'argent, et qui lui ressemblait beaucoup.

— Avez-vous une photo de votre mère ? interrogea-t-il.

Il était curieux de savoir s'il la reconnaîtrait.

— Oui, j'en ai apporté une, au cas où. Je pense qu'elle date de cette période.

Elle la sortit délicatement de son sac à main et la lui tendit. Quand il la vit, tout lui revint en mémoire. Ce visage était évidemment familier. Jane ne lui avait pas laissé une impression inoubliable, mais il se souvenait d'elle et il pensait savoir quel rôle elle jouait dans cette pièce. Elle était doublure, mais l'actrice qu'elle devait remplacer buvait beaucoup, et Cooper se souvenait être monté sur scène plusieurs fois avec elle. Mais il ne se rappelait pas grand-chose de plus. Il était assez sauvage à cette époque, et buvait lui-même beaucoup. Et surtout il n'avait que trente ans quand Taryn avait été conçue, et il y avait eu nombre de femmes depuis.

— C'est très étrange, dit-il en lui rendant la photo.

Il posa de nouveau les yeux sur sa fille. Elle était très jolie, en fait, d'une beauté assez classique, bien que plus grande que la moyenne. Un bon mètre quatre-vingts, estima-t-il. Lui-même mesurait un mètre quatre-vingt-dix, et dans son souvenir Jane était grande, elle aussi.

— Je ne sais pas quoi dire...

— Ce n'est pas grave, dit gentiment Taryn. Je voulais simplement vous voir, vous rencontrer, ne serait-ce qu'une fois. J'ai eu une belle vie, un père merveilleux, et j'adorais ma mère. J'étais fille unique. Je n'ai rien à vous reprocher, vous n'avez jamais su. C'est ma mère qui a gardé cette histoire secrète, mais je ne lui en veux pas non plus. Je n'ai aucun regret.

— Avez-vous des enfants ? demanda-t-il avec anxiété.

C'était un choc assez grand de savoir qu'il avait une fille — apprendre qu'il était grand-père eût été le coup de grâce.

— Non, je n'en ai pas. J'ai toujours travaillé, et — je dois l'avouer — je n'ai jamais voulu d'enfants.

— Ne soyez pas embarrassée, c'est génétique, affirma-t-il avec un sourire coquin. Je n'ai jamais voulu d'enfants non plus. Ils sont bruyants, sales, et ils sentent mauvais.

Elle éclata de rire. Elle le trouvait très sympathique et comprenait pourquoi sa mère était tombée amoureuse de lui au point de garder l'enfant qu'il lui avait fait. Il était charmant, amusant, un vrai gentleman à l'ancienne. Elle avait du mal à croire que sa mère et lui aient eu le même âge, tant elle le trouvait jeune. Mais sa mère avait été malade pendant des années, alors qu'il semblait en pleine forme.

— Allez-vous rester ici quelque temps ? demanda-t-il avec un intérêt sincère.

Elle lui plaisait, et sans qu'il sût bien pourquoi ni comment, il lui semblait être déjà attaché à elle. Il avait besoin de temps pour s'habituer au choc mais, curieusement, il avait envie de mieux la connaître.

— Je crois, oui.

Elle n'était pas encore sûre de ce qu'elle voulait faire, mais elle se sentait libérée maintenant qu'elle l'avait rencontré. Tout cela lui avait pesé sur le cœur depuis qu'elle savait, alors qu'à présent elle se sentait libre de reprendre le cours de sa vie, qu'elle restât ou pas en contact avec lui.

— Est-ce que je peux vous joindre à l'hôtel Bel Air ? Ce pourrait être agréable de se revoir. Peut-être voudriez-vous venir dîner un de ces soirs ?

— Ce serait formidable, dit-elle en se levant de façon à clore l'entrevue.

Elle avait tenu parole. Elle était là depuis une demi-heure et n'essayait pas de s'imposer. Elle avait fait ce qu'elle avait à faire et pouvait maintenant continuer son chemin.

Avant de partir, elle se tourna vers lui et le regarda gravement.

— Je veux vous assurer, au cas où cela pourrait vous inquiéter, que je n'ai aucune intention de parler de notre histoire à la presse. Cela restera strictement entre nous.

— Merci, dit-il.

Il était touché. C'était vraiment quelqu'un de très correct. Elle ne voulait rien de lui, seulement le rencontrer.

Et, pour lui comme pour elle, cette rencontre avait été agréable.

— Vous allez me trouver stupide de dire ça, mais je suis sûr que vous avez dû être une petite fille très gentille. Et votre maman devait être une femme très bien aussi.

Il la bénissait surtout de ne pas avoir fait de scandale et d'avoir assumé seule toutes les responsabilités. Il se demanda s'il l'avait aimée... C'était difficile à dire. Mais en tout cas, il aimait beaucoup sa fille, leur fille.

— Je suis peiné qu'elle soit décédée, dit-il.

Il était sincère. D'un seul coup, cette femme n'était plus vraiment une étrangère pour lui. Il était si troublant de se dire qu'elle avait mis au monde son enfant, qui avait grandi quelque part pendant qu'il menait sa propre vie, sans se douter de rien !

— Merci. Moi aussi je suis triste qu'elle soit morte. Je l'aimais beaucoup.

Sur le seuil, il l'embrassa sur la joue. Elle se retourna vers lui et sourit. C'était le sourire qu'il voyait dans sa glace chaque matin, celui que ses amis connaissaient si bien. Il éprouvait une sensation étrange en la regardant. La ressemblance lui sautait aux yeux, et sa mère avait dû la voir aussi... Il se demanda si son mari avait jamais su. Il espérait que non, pour son bien.

Tout le reste de la journée, Cooper demeura silencieux, assailli par un flot de pensées. Et quand Alex arriva à dix-neuf heures, il était encore songeur, et elle lui demanda s'il allait bien. Il lui assura que oui, car il voulait d'abord qu'elle lui raconte son entrevue avec son père, mais elle répondit simplement que cela s'était bien passé, sans entrer dans les détails.

— Il n'a pas été trop dur avec toi ? demanda Cooper, inquiet.

Elle haussa les épaules.

— Il est comme il est, dit-elle, philosophe, tout en se servant un verre de vin. Si on m'avait demandé mon avis, ce n'est pas le genre de père que j'aurais choisi, mais c'est le mien.

La journée avait été chargée pour elle comme pour lui, et Cooper choisit de ne pas parler de Taryn avant qu'ils ne soient tous les deux installés à table. Paloma avait laissé du poulet, et Alex y avait ajouté des pâtes, ainsi qu'une salade. C'était suffisant.

Alors qu'ils commençaient leur dîner, il la regarda et se jeta brutalement à l'eau.

— J'ai une fille, dit-il d'une voix étrange.

Alex leva les yeux vers lui.

— Elle ne peut pas le savoir, c'est trop tôt, Cooper. Elle te ment. Elle veut juste t'attendrir.

Elle était déjà agacée par ce qu'elle croyait être un nouveau piège de Charlene.

— Ce n'est pas de l'enfant de Charlene qu'il s'agit.

Il était vraiment perturbé. Il avait passé l'après-midi à penser à Taryn, après son départ. La rencontrer avait eu sur lui un effet puissant.

— Quelqu'un d'autre attend un enfant de toi? demanda-t-elle, manifestement surprise et choquée.

— Apparemment c'est arrivé à une autre femme, il y a trente-neuf ans.

Il lui raconta alors l'histoire de Taryn, et Alex l'écouta, touchée de voir à quel point il était ému.

— Quelle histoire incroyable ! dit-elle, un peu effrayée. Comment sa mère a-t-elle pu garder le secret pendant toutes ces années ? Et comment est-elle ?

Elle ne pouvait s'empêcher d'être intriguée.

— Elle est... charmante. Je l'aime bien. Je trouve qu'elle me ressemble beaucoup. En plus gracieux, bien sûr, c'est une femme, précisa-t-il galamment. Enfin, je l'ai trouvée très bien, elle est...

Il cherchait en vain le mot juste.

— Digne... Respectable... Quelque chose comme ça. Elle m'a fait penser à toi. Elle est très honnête, et très directe. Elle ne voulait rien de moi et elle m'a dit qu'elle n'allait pas parler à la presse. Elle m'a expliqué qu'elle voulait seulement me rencontrer, au moins une fois.

— Pourquoi ne l'inviterais-tu pas à revenir ? suggéra Alex, qui devinait qu'il en avait envie.

— Je crois que je vais le faire.

Mais, au lieu de cela, le lendemain il alla déjeuner avec Taryn à l'hôtel Bel Air. Ils se racontèrent leurs vies respectives et furent étonnés de constater à quel point ils se ressemblaient sur certains points. Ils parlèrent longuement de ce qu'ils aimaient et n'aimaient pas, et découvrirent qu'ils avaient les mêmes goûts dans une multitude de domaines, des desserts à la littérature. La puissance de la génétique était décidément impressionnante.

A la fin du repas, Cooper eut une idée bizarre.

— Voudrais-tu venir habiter au Cottage, pendant que tu es à Los Angeles ?

Il avait envie de passer plus de temps avec elle. Elle lui apparaissait comme un cadeau de la vie, et il ne voulait pas passer à côté. Il désirait l'avoir près de lui, au moins pour quelques jours, ou même pour quelques semaines.

— Je ne voudrais pas m'imposer, répondit-elle, prudente.

Mais il voyait clairement que la proposition la tentait.

— Tu ne t'imposerais nullement, crois-moi.

Il regrettait maintenant d'avoir des locataires dans l'aile des invités et dans la maison de gardiens. Il aurait été agréable de pouvoir l'installer là. Mais il disposait encore d'une immense suite dans la maison principale, et il était sûr qu'Alex serait d'accord pour qu'elle y prît ses quartiers pendant quelque temps.

Taryn promit d'emménager le jour suivant et, ce soir-là, Cooper annonça la nouvelle à Alex. Elle se déclara ravie pour lui et impatiente de connaître sa fille. Elle ne lui avait toujours pas livré le contenu de sa conversation avec son père, et ne tenait pas à le faire. Rétrospectivement, elle se disait qu'il était sans doute animé de bonnes intentions, mais elle savait que les horreurs qu'il avait dites auraient brisé le cœur de Cooper. Ce dernier n'avait pas besoin de savoir. Son père ne pouvait tout simplement pas comprendre un homme comme Cooper Winslow.

Et, quoi que Taryn pût apporter à son père, elle représentait, de toute évidence, quelque chose de très fort pour lui. Alex n'avait jamais vu Cooper ainsi depuis qu'elle le connaissait. Depuis qu'il s'était habitué à l'idée d'être père, il semblait incroyablement serein et heureux, et elle s'en réjouissait pour lui.

18

Taryn emménagea au Cottage avec très peu de bagages. Elle était discrète, polie, sympathique et facile à vivre. Elle ne demandait rien à Paloma et faisait bien attention de ne pas déranger Cooper. Et lorsque Alex et elle se rencontrèrent, elles s'apprécièrent aussitôt. Toutes deux étaient solides et honnêtes, et fondamentalement gentilles. Alex vit aussitôt combien Taryn et Cooper se ressemblaient. Pas seulement physiquement ; ils avaient aussi la même allure naturellement aristocratique, le même charme. C'était remarquable. Contrairement à son père, Taryn se déplaçait avec peu de bagages, et ses finances étaient saines ; à part cela, ils étaient parfaitement semblables, et Cooper était ravi de l'avoir près de lui.

Ils passèrent des journées entières à apprendre à se connaître, à se raconter leurs passés respectifs et à partager leurs points de vue sur tous les sujets possibles et imaginables. Certaines ressemblances ou différences les intriguaient tous les deux, mais Taryn appréciait la personnalité de Cooper. Lorsqu'ils se connurent mieux, elle lui demanda si sa relation avec Alex était sérieuse, et il admit qu'il n'en était pas sûr. Jamais auparavant il ne s'était montré aussi honnête ; ils ne se fréquentaient que depuis peu de temps, mais Taryn avait le don de faire ressortir le meilleur de lui-même, plus encore qu'Alex.

C'était comme si elle était soudain apparue pour faire de lui un être complet. Et lui, de son côté, lui apportait également quelque chose : maintenant qu'elle savait qu'il existait, elle voulait mieux le connaître, et elle aimait l'homme qu'elle découvrait, même si elle était consciente de ses faiblesses.

— Je suis devant un dilemme, en ce qui concerne Alex, lui avoua-t-il.

— A cause de sa jeunesse ? demanda Taryn.

Ils étaient allongés à l'ombre près de la piscine, pendant que tous les autres travaillaient. Elle avait hérité de sa peau claire et, comme lui, elle évitait instinctivement de s'exposer au soleil, si bien qu'elle avait le même teint d'albâtre que lui. Cooper disait toujours qu'il devait sa pâleur à de lointains ancêtres britanniques, et qualifiait sa peau d'« anglaise ». De toute évidence, Taryn avait la même.

— Non. Sa jeunesse ne me dérange pas, je suis habitué à fréquenter des femmes très jeunes. Elle est presque trop vieille pour moi ! ajouta-t-il avec un sourire ironique.

Tous deux rirent de bon cœur. Il avait déjà parlé de Charlene à Taryn.

— Alex est la fille d'Arthur Madison. Tu sais ce que cela signifie. Je ne cesse de me demander ce qui me pousse réellement à sortir avec elle. Je suis endetté jusqu'aux yeux...

Sa franchise émut Taryn. Ce qu'il lui disait là, même Alex l'ignorait.

— Parfois, je crains d'en vouloir à son argent. A d'autres moments, je suis persuadé que ce n'est pas le cas. Ce serait si facile, si pratique pour moi ! Trop facile peut-être. La question est : serais-je amoureux d'elle si elle était sans le sou ? Je n'en suis pas certain. Et tant que je ne connaîtrai pas la réponse à cette question, je serai coincé. C'est un problème difficile, crois-moi.

— Peut-être que cela n'a pas d'importance, observa Taryn.

— Mais peut-être que si.

Se montrer honnête envers Taryn lui procurait un soulagement énorme. Elle était la seule personne à qui il pût s'ouvrir sans crainte : elle n'avait pas de revanche à prendre sur lui, et lui n'attendait rien d'elle. Ni son amour, ni son corps, ni son argent. Il voulait simplement l'avoir dans sa vie. Jamais il n'avait connu sentiment aussi proche d'un amour inconditionnel. Et cela s'était produit du jour au lendemain, comme s'il avait toujours su qu'elle existait quelque part et avait attendu qu'elle fasse son entrée dans son existence. Il avait besoin d'elle. Et peut-être, d'une manière étrange et inattendue, Taryn avait-elle besoin de lui.

— Dès l'instant où le sexe et l'argent s'en mêlent, Taryn, ça devient un bazar inextricable. Du moins, c'est mon expérience.

Il aimait partager ses secrets avec elle et en était le premier surpris.

— Tu as peut-être raison. J'avais également un problème de cet ordre avec mon mari. Nous avons monté une affaire ensemble et, en fin de compte, ça nous a détruits. Il voulait en retirer toujours plus d'argent, et moi ce n'était pas mon but. De plus, c'était moi qui m'occupais du design et recevais les compliments, et il en était jaloux. En fin de compte, au moment du divorce, il a voulu garder l'entreprise ; pour moi, le plus simple était de vendre et de passer à autre chose. D'autant qu'il couchait avec mon assistante. Après mon départ, il a emménagé avec elle, ce qui m'a brisé le cœur.

Cooper hocha la tête.

— Tu vois donc exactement ce que je voulais dire. Argent plus sexe, et c'est la catastrophe assurée à tous les coups. Regarde : entre toi et moi, il n'y a ni l'un ni l'autre, et tout est si simple !

Il disait vrai. Du jour au lendemain, sa relation avec elle lui était devenue précieuse.

— A quel point es-tu endetté ? demanda-t-elle avec sollicitude.

— Pas mal. Alex n'est pas au courant, je ne le lui ai jamais dit. Je ne voulais pas qu'elle s'imagine que j'espérais lui soutirer de l'argent pour payer mes dettes.

— Est-ce le cas ?

— Comme je te le disais, je n'en suis pas sûr, répondit-il avec honnêteté. Ce serait certainement plus simple que de me démener comme un fou pour tourner des publicités ineptes ou je ne sais quoi d'autre. Mais c'est quelqu'un de bien, et je n'ai pas envie de me servir d'elle. Si elle était différente, peut-être que je me laisserais tenter. En ce qui te concerne, je veux que tu saches également que je n'attends rien de toi, souligna-t-il en la regardant dans les yeux.

Il ne voulait pas ajouter une dimension mercantile à une situation déjà complexe ou risquer de corrompre leur relation. Il aimait les choses telles qu'elles étaient. Tout était clair et net entre eux, et il ne voulait pas que cela change.

— Ce qu'il me faut, c'est un rôle dans un bon film, un grand rôle. Ça me remettrait le pied à l'étrier. Mais Dieu seul sait quand, et si cela se produira. Peut-être jamais. C'est difficile à dire.

Il semblait s'être fait à cette idée.

— Dans ce cas, que t'arrivera-t-il ? demanda-t-elle.

Elle s'inquiétait de le voir traiter ses problèmes financiers avec une telle désinvolture.

— Bah, on finit toujours par me proposer quelque chose.

Et, au pire, il pourrait épouser Alex, même s'il répugnait à envisager cette solution. C'était ce qu'il essayait d'expliquer à Taryn. Tout à coup, s'interrompant, il pointa du doigt les pieds de la jeune femme.

— Quelque chose ne va pas ? s'enquit-elle.

Elle avait fait une pédicure la veille, et ses ongles étaient vernis en rose ; peut-être préférait-il le rouge ? Elle n'en portait jamais, le vernis rouge évoquant trop le sang à son goût.

— Tu as mes pieds !

Il plaça sa jambe à côté de la sienne et ils rirent de bon cœur. Effectivement, ils avaient les mêmes pieds longs et fins. Taryn tendit le bras.

— J'ai aussi tes mains.

Il aurait été impossible de nier leur parenté, même si Cooper l'avait souhaité — ce qui n'était pas le cas. Au départ, il avait songé à la faire passer pour sa nièce. Mais plus le temps passait et mieux il apprenait à la connaître, et plus il avait envie de la présenter au monde entier comme sa fille. Il lui demanda ce qu'elle en pensait.

— Je n'y vois aucun inconvénient, mais je ne veux pas que ça te crée des ennuis.

— Je ne vois pas pourquoi ça me poserait problème. Nous n'aurons qu'à dire que tu es grande pour tes quatorze ans, plaisanta-t-il.

— Je te promets de ne révéler mon âge à personne, répondit-elle en riant. Cela me convient tout à fait : il n'est guère agréable de se retrouver de nouveau célibataire à mon âge. Tu te rends compte ? A près de quarante ans, je me retrouve toute seule... J'étais mariée depuis l'âge de vingt-deux ans.

— Comme ce devait être ennuyeux !

Ils rirent de nouveau. Taryn s'amusait bien avec lui et adorait leurs conversations. Elle appréciait les journées qu'ils passaient ensemble ; depuis qu'ils s'étaient retrouvés, ils ne se quittaient plus, comme pour rattraper toute une vie. Chacun savait révéler ce que l'autre avait de meilleur en lui.

— Il était temps que tu te dévergondes un peu, reprit Cooper. Nous allons devoir te trouver quelqu'un.

— Pas encore, répondit-elle d'un ton calme. Je ne suis pas prête. Je dois reprendre mon souffle. Durant les mois qui viennent de s'écouler, j'ai perdu mon mari, mon travail et ma mère, et j'ai retrouvé mon père. Cela fait beaucoup à digérer, et je vais devoir aller doucement pendant quelque temps.

— Et en ce qui concerne ton travail ? Vas-tu chercher une place dans les parages ? demanda Cooper d'un ton protecteur.

— Je ne sais pas. Comme je te l'ai dit, j'ai toujours voulu m'essayer au design de costumes de cinéma, mais c'est sans doute une idée folle... Je ne suis pas vraiment obligée de travailler : nous avons vendu notre affaire pour une somme rondelette, et maman m'a légué tout ce qu'elle avait. Mon père... mon *autre* père, se reprit-elle avec un sourire, s'est également très bien occupé de moi. Je peux prendre le temps de décider ce que je souhaite faire. Peut-être que je peux également t'aider à mettre de l'ordre dans ta vie. Je suis assez douée pour ça.

— Alors, tu dois tenir ce don de ta mère. Moi, j'ai plutôt tendance à semer le désordre sur mon passage... C'est ainsi que je fonctionne, et ça me convient. J'ai l'habitude du chaos financier.

Il faisait cet aveu avec bonne humeur et humilité, et Taryn en fut émue.

— Dis-moi si tu veux que je jette un coup d'œil sur tes comptes pour te dire ce que j'en pense.

— Peut-être pourrais-tu me traduire le charabia de mon comptable... Mais j'ai bien peur que ce ne soit assez clair : en gros, il veut que je n'achète rien et que je vende la maison. C'est un homme incroyablement ennuyeux.

— C'est souvent le cas, acquiesça-t-elle avec compassion.

Ils s'amusaient aussi, quand Alex était là ; tous trois préparaient le dîner ensemble, allaient au cinéma et bavardaient sans fin. Mais Taryn s'éclipsait toujours discrètement quand elle estimait le moment venu ; elle ne voulait pas s'imposer et risquer de les déranger, d'autant qu'elle appréciait énormément Alex et avait beaucoup de respect pour son travail.

Alex et elle étaient allongées près de la piscine et discutaient lorsque, un matin, Mark et ses enfants sortirent de l'aile des invités. Cooper lisait un livre sur la terrasse de la maison principale. Il avait attrapé un rhume et ne voulait pas nager.

Alex présenta Taryn aux Friedman mais ne leur révéla pas qui elle était. Ce ne fut pas la peine : Mark demanda aussitôt si Cooper et elle avaient un lien de parenté. Ils se ressemblaient de façon frappante, ajouta-t-il, avant de demander à Alex si elle l'avait remarqué. Les deux jeunes femmes rirent de bon cœur.

— En fait, répondit Taryn avec calme, Cooper est mon père. Nous ne nous étions pas vus depuis longtemps.

C'était l'euphémisme du siècle, et Alex rit de plus belle. Taryn avait très bien géré la situation.

— Je ne savais pas que Cooper avait une fille, observa Mark d'un air abasourdi.

— Lui non plus, répondit Taryn à mi-voix avant de plonger dans la piscine.

— Qu'est-ce qu'elle a dit ? demanda Mark, perplexe, à Alex.

— C'est une longue histoire. Ils vous raconteront tout ça un jour, éluda-t-elle.

Un moment plus tard, Jimmy apparut. Il faisait chaud, et tous avaient envie de nager. Mark parlait avec Taryn de New York et de son travail, et les enfants étaient avec des amis à eux qui venaient juste d'arriver. Alex leur demanda de ne pas mettre de musique trop fort, afin de ne pas indisposer Cooper qui ne se sentait pas très bien, et ils s'éloignèrent au bout de la piscine pour rire et bavarder. Cela lui donna, pour une fois, l'occasion de parler à Jimmy en privé. D'ordinaire, il y avait toujours du monde autour d'eux.

— Comment ça va ? demanda-t-elle, très à l'aise, allongée sur une chaise longue, tandis qu'il se mettait de la crème solaire sur les bras.

En dépit de ses cheveux bruns, il avait la peau claire. Elle lui proposa de lui en mettre sur le dos, et après un court instant d'hésitation, il la remercia et se tourna pour lui faciliter la tâche. Personne ne l'avait touché de cette façon depuis la mort de Maggie, mais Alex ne se posa pas de questions : elle étala la crème avec application, avant de lui rendre son tube.

— Bien, je suppose, répondit-il à sa question. Et vous ? Votre travail ?

— Toujours aussi chargé. Parfois j'ai l'impression que tout le monde a des prématurés ou des enfants à problèmes. Je n'ai jamais l'occasion de voir des bébés en bonne santé.

— Ce doit être déprimant, dit-il avec compassion.

— Pas vraiment. La plupart de mes petits patients finissent par recouvrer la santé. Même si certains ne s'en sortent pas... J'avoue ne pas être encore habituée à cet aspect-là de mon métier.

Lorsqu'ils perdaient l'un des bébés, c'était un coup dur pour toute l'équipe. Mais les victoires étaient merveilleuses.

— Les gosses avec qui vous travaillez n'ont pas une existence facile non plus, fit-elle valoir. Il est difficile d'imaginer ce que certaines personnes sont capables de faire à leurs enfants.

— Je ne m'y habituerai jamais non plus, admit-il.

Tous deux avaient vu beaucoup de choses dans leurs domaines respectifs. Et, chacun à sa manière, ils sauvaient tous les deux des vies.

— Pourquoi avez-vous voulu devenir médecin ? s'enquit-il, curieux pour la première fois.

— Ma mère, répondit-elle simplement.

Il sourit.

— Elle est médecin elle aussi ?

— Non ! Elle mène une vie totalement oisive. Elle fait du shopping, sort le soir et va chez sa manucure ; c'est à peu près tout. Ma sœur, pareil. Je voulais à tout prix faire autre chose.

C'était bien sûr un peu plus compliqué que cela, mais à peine. Elle s'était aussi révélée extrêmement douée pour les sciences.

— Petite, je voulais être pilote de ligne. Mais, par la suite, cela m'a semblé ennuyeux. Je me suis dit qu'un pilote, ce n'était en fait qu'une sorte de chauffeur de bus, le prestige en plus. Ce que je fais est plus passionnant et a le mérite d'être chaque jour différent.

— Mon histoire est un peu semblable à la vôtre, dit-il en souriant. Quand j'étais à Harvard, je voulais devenir joueur professionnel de hockey sur glace. Mais ma petite amie d'alors m'a convaincu que, sans dents, je serais beaucoup moins séduisant. Je me suis dit qu'elle avait raison. Même si j'aime toujours patiner.

Maggie et lui avaient souvent fait du patin à glace ensemble, mais il s'efforça de chasser cette pensée de son esprit.

— Qui est cette femme qui bavarde avec Mark ? demanda-t-il avec intérêt.

Alex sourit.

— La fille de Cooper. Elle va passer quelque temps ici. Elle vient juste d'arriver de New York.

— Je ne savais pas qu'il avait une fille, s'étonna Jimmy.

— Ç'a été une surprise pour lui aussi.

— Décidément, cela semble être son lot quotidien.

— Mais celle-ci était une bonne surprise. Elle est vraiment adorable.

Mark, en tout cas, semblait de cet avis. Ils bavardaient depuis près d'une heure, et Alex voyait que Jessica jaugeait la nouvelle venue avec intérêt. Jason, lui, était très occupé à essayer de noyer ses amis.

— Ils sont gentils, dit-elle en parlant des enfants de Mark.

Jimmy acquiesça.

— Oui, c'est vrai. Il a de la chance, du moins en ce qui les concerne. Je suppose qu'ils ne vont pas tarder à retourner chez leur mère. Ils vont lui manquer terriblement.

Alex en fut attristée. Mark avait l'air si heureux avec ses enfants !

— Peut-être retournera-t-il là-bas avec eux. Et vous ? Comptez-vous rester ici, ou finirez-vous par repartir dans l'Est ?

Elle savait qu'il était originaire de Boston. Soudain, elle songea qu'il connaissait peut-être son cousin, qui avait fréquenté Harvard à peu près en même temps que lui.

— J'aimerais rester par ici, répondit Jimmy, pensif. Même si j'ai un peu de peine pour ma mère. Mon père est mort et elle est toute seule. Elle n'a que moi.

Alex hocha la tête. Puis elle lui demanda s'il avait rencontré son cousin. Jimmy sourit.

— Luke Madison était l'un de mes meilleurs amis à l'université. Nous avions une chambre dans le même immeuble. Durant notre dernière année, nous avons fait la fête ensemble tous les week-ends !

— Je le reconnais bien là, dit-elle en riant.

— J'ai honte de l'avouer, mais cela fait bien dix ans que je ne l'ai pas vu. Son diplôme en poche, il est parti à Londres et, par la suite, nous nous sommes perdus de vue.

— Il est toujours là-bas. Et il a six enfants. Que des garçons, je crois. Moi non plus je ne le vois pas beaucoup, sinon lors les mariages, mais je n'y vais pas souvent.

— Y a-t-il une raison particulière à cela ?

Elle l'intriguait, et sa relation avec Cooper aussi. Celle-ci ne lui paraissait pas logique. Il se garda d'en parler. Sans trop savoir pourquoi, il n'aimait pas particulièrement Cooper ; c'était instinctif. Peut-être était-il jaloux. L'acteur était un vrai don Juan, qui se faisait plaisir avec une ostentation choquante. Cela allait complètement à l'encontre des principes de Jimmy.

— Il y en a un qui n'est pas passé... de mariage, je veux dire, expliqua Alex en réponse à sa question.

Il rit de cette expression.

— C'est dommage. Les mariages réussis peuvent être formidables. Je garde un merveilleux souvenir du mien — pas tant de la fête elle-même que des années qui ont suivi, d'ailleurs. Maggie et moi ne nous sommes mariés qu'à la mairie, très discrètement... C'était une fille géniale.

— J'ai de la peine pour ce qui s'est passé, dit Alex avec sincérité.

Elle le plaignait de tout son cœur, même si, dernièrement, il semblait aller un peu mieux. Il n'avait plus l'air aussi angoissé, et il était moins pâle. Il avait également pris un peu de poids. Ses soirées avec les Friedman lui faisaient du bien, et au moins il se nourrissait de nouveau. Il s'entendait particulièrement bien avec les enfants.

— C'est étrange, le chagrin. Certains jours, on a l'impression qu'il va vous tuer, et à d'autres moments, ça va. Au réveil, on ne sait jamais comment ça va se passer. Une bonne journée peut virer au cauchemar. Et une autre, qui commence si mal que vous avez envie de vous suicider, peut s'améliorer tout à coup. C'est comme la douleur physique, ou une maladie, on ne peut pas dire à l'avance comment ça va tourner. Je crois que je m'y habitue. Au bout d'un moment, ça devient une façon de vivre à part entière.

— Je suppose que le temps est le seul remède.

Cela semblait bien banal, mais c'était sans doute vrai. Le décès de Maggie remontait à près de cinq mois ; quand il avait emménagé, Jimmy paraissait à moitié mort lui-même.

— C'est comme ça pour beaucoup de choses, même si peu sont aussi douloureuses. Il m'a fallu longtemps pour me remettre du mariage qui ne s'est pas fait. Des années, en fait.

— Je crois que c'est différent. Vous avez eu du mal à faire de nouveau confiance à un homme. Moi, je vous parle de deuil. C'est plus propre, il n'y a personne à blâmer ; ça fait un mal de chien, voilà tout.

Il se montrait terriblement franc, et Alex songea que cela lui faisait sans doute beaucoup de bien de pouvoir exprimer ses sentiments.

— Votre internat se termine dans combien de temps ? demanda-t-il.

— Il me reste un an à faire. Parfois, ça me paraît une éternité. Beaucoup de jours, beaucoup de nuits. Ensuite, s'ils veulent bien de moi, je resterai sans doute à UCLA. Leur service de soins intensifs néonatals est extraordinaire. C'est une spécialité difficile, et les places sont rares... A l'origine, je voulais seulement devenir pédiatre, mais maintenant j'adore ce que je fais. Beaucoup d'adrénaline, je ne risque pas de m'endormir ! Je crois que, sans ça, je finirais par m'ennuyer.

Ils parlaient encore de tout cela lorsque Taryn et Mark vinrent vers eux. Tous deux avaient discuté des lois fiscales et des paradis fiscaux, et Mark avait été surpris de constater à quel point la jeune femme semblait bien connaître le sujet. De plus, elle avait eu l'air de s'intéresser à ce qu'il lui disait. Elle était presque aussi grande que lui, et Alex sourit en les voyant approcher. Ils formaient un joli couple, et avaient presque le même âge.

— De quoi parlez-vous, tous les deux ? demanda Mark en s'asseyant près d'eux.

— De travail, naturellement ! plaisanta Alex.

— Nous aussi.

Tandis qu'ils bavardaient, une horde d'adolescents vint se jeter dans la piscine. Alex se réjouit que Cooper ne soit pas descendu : tout ce vacarme l'aurait rendu fou. Le connaissant, il n'était guère surprenant qu'il n'ait eu qu'une enfant, et que celle-ci ait attendu trente-neuf ans pour entrer dans sa vie. C'était le bon âge, pour lui. Alex en avait d'ailleurs fait la remarque à Taryn la veille, et toutes deux avaient ri de bon cœur ; Cooper ne faisait pas mystère de son manque d'affinités avec les enfants.

Cinq minutes plus tard, les adolescents se lancèrent dans une partie de « Marko-Polo ». Mark et Jimmy se joignirent à eux.

— C'est un type bien, observa Taryn à propos de Mark. Si j'ai bien compris, il a été bouleversé par le départ de sa femme. C'est une chance que ses enfants aient décidé de revenir près de lui.

— Ce n'est pas vraiment ce que pense Cooper ! ironisa Alex.

Les deux jeunes femmes éclatèrent de rire.

— Cela dit, ce sont des enfants adorables, ajouta Alex.

— Et Jimmy ? demanda Taryn avec curiosité. Quel genre d'homme est-ce ?

— Le genre triste. Il a perdu sa femme, il y a presque cinq mois. Je crois que ç'a été très dur pour lui.

— Encore un ? Mais c'est une épidémie !

Alex secoua la tête.

— Non. Un cancer. Elle avait trente-deux ans, souffla-t-elle.

Jimmy venait de donner un point à son équipe. Il lança la balle à Jason, qui marqua à son tour. Les cris fusaient de toutes parts, et les joueurs envoyaient de l'eau partout. Levant les yeux, Alex vit Cooper qui lui faisait signe : sans doute était-il prêt à déjeuner et souhaitait-il que Taryn et elle montent le rejoindre.

— Je crois que le maître nous appelle, observa-t-elle.

Taryn suivit son regard et sourit. Même à cette distance, Alex lisait de la fierté sur le visage de Cooper lorsqu'il observait Taryn. L'entrée de celle-ci dans sa vie lui avait fait beaucoup de bien, et Alex s'en réjouissait pour lui.

— Es-tu heureuse avec lui, Alex ? lui demanda Taryn.

Elle s'interrogeait sur ce que cette relation représentait pour elle, surtout après tout ce que lui avait dit Cooper.

— Oui, répondit Alex. Dommage qu'il déteste tant les enfants. Sans cela, il serait pour moi l'homme idéal à tous points de vue.

— La différence d'âge ne te gêne pas ?

— Au début, j'y ai un peu pensé, mais maintenant j'en ai à peine conscience. Parfois, il se conduit comme un gamin !

— Mais ce n'en est pas un, rappela Taryn avec sagesse.

Avec le temps, cela prendrait de plus en plus d'importance.

— C'est ce que me dit mon père, soupira Alex.

— Il n'approuve pas votre liaison ?

Taryn n'était guère surprise : à part quelques admirateurs, peu de pères auraient voulu avoir Cooper Winslow comme gendre.

— Pour être plus exacte, je dirais qu'il n'approuve rien de ce que je fais. Ou pas grand-chose. Et ma relation avec Cooper l'inquiète.
— Je comprends ça. Que penses-tu de cette fille qui affirme porter son enfant ?
— Pas grand-chose. Pour l'instant, nous ne savons même pas si l'enfant est vraiment de lui.
— Et s'il l'était ?
Alex haussa les épaules.
— Il enverra un chèque tous les mois. Il dit qu'il ne veut pas voir le bébé ; il est furieux contre la mère.
— Je peux le comprendre. Quel dommage qu'elle refuse d'avorter ! Ce serait plus simple pour tout le monde.
— Certes. Mais si ta mère avait fait ça, tu ne serais pas là, et je suis heureuse qu'elle t'ait gardée, surtout pour Cooper. C'est important pour lui, dit Alex avec douceur.
— Pour moi aussi. Au départ, je ne le pensais pas... Mais peut-être que je l'espérais et que c'est pour cela que je suis venue. Disons que j'étais curieuse. Maintenant, en revanche, je l'aime vraiment beaucoup. Je ne sais pas quelle sorte de père il aurait été, si je l'avais connu dans ma jeunesse, mais aujourd'hui c'est un très bon ami.

Alex avait également conscience de l'effet positif que Taryn avait sur Cooper. Il semblait avoir trouvé un morceau manquant de lui-même, un morceau dont il avait jusque-là ignoré l'existence

Les deux jeunes femmes firent un petit signe de main aux autres et remontèrent lentement vers le bâtiment principal. Cooper les attendait.

— Qu'est-ce qu'ils font comme bruit ! grommela-t-il.
Son rhume le rendait grincheux.
— Ils sortiront bientôt de la piscine, le rassura Alex. Ils vont rentrer déjeuner.
— Et nous ? Si nous allions manger au Ivy ? suggéra Cooper.

Elles acquiescèrent avec enthousiasme et allèrent se changer ; vingt minutes plus tard, elles étaient prêtes à partir.

Il les conduisit au restaurant dans la vieille Rolls, et durant le trajet tous trois rirent et bavardèrent. Une fois au Ivy, ils s'installèrent en terrasse et passèrent un moment délicieux. L'après-midi se déroula agréablement, sans problèmes. Alex et Cooper échangeaient des regards et des sourires complices, et la jeune femme était satisfaite : tout allait pour le mieux dans le meilleur des mondes.

19

La fin du mois de mai approchait. Après un week-end calme et relaxant avec Cooper, Alex effectuait une garde de deux jours à l'hôpital lorsque la réceptionniste lui annonça qu'elle avait un appel. Pour une fois, elle n'était pas trop surchargée de travail.
— Qui est-ce ? demanda-t-elle en tendant la main vers le téléphone.
Elle venait tout juste de revenir de déjeuner.
— Je ne sais pas, répondit l'employée, mais c'est un appel interne.
« Sans doute un autre médecin », songea Alex.
— Dr Madison, dit-elle dans le combiné d'une voix posée et professionnelle.
— Fichtre ! Je suis impressionné.
Elle ne reconnut pas la voix de son correspondant.
— Qui est à l'appareil ?
— Jimmy. J'avais quelques examens à faire au labo, et je me suis dit que j'allais en profiter pour vous passer un petit coup de fil. Vous êtes trop occupée pour parler ?
— Non, ça va, vous tombez bien. Je crois que tout le monde dort. Je ne devrais peut-être pas dire ça trop vite, mais nous n'avons eu aucun drame, aujourd'hui. Où êtes-vous ?

Elle était heureuse de l'entendre ; elle avait passé un bon moment lorsqu'ils avaient bavardé ensemble au bord de la piscine. C'était un homme adorable, qui n'avait vraiment pas eu de chance ; il avait besoin d'être entouré, et elle était tout à fait prête à lui offrir une épaule sur laquelle pleurer, s'il en avait besoin de temps en temps. Elle savait aussi que Mark et lui étaient devenus bons amis.

— Je suis dans le labo principal.

Il avait l'air un peu perdu, et elle se demanda quels étaient ses problèmes de santé. Sans doute était-ce lié au stress. Et au chagrin.

— Voulez-vous monter me rejoindre ? Je ne peux pas quitter mon étage, mais je vous invite volontiers à venir goûter notre horrible jus de chaussette — si votre estomac tient le choc.

— Avec plaisir.

C'était ce qu'il espérait entendre lorsqu'il avait pris son courage à deux mains et l'avait appelée. Il s'était senti un peu coupable de la déranger mais ne regrettait plus son audace à présent. Elle lui indiqua le chemin à suivre et il raccrocha.

Quand il sortit de l'ascenseur, elle l'attendait près du bureau de la réceptionniste et lui fit signe de la rejoindre. Elle était au téléphone avec une mère qui venait de ramener son bébé chez elle ; tout semblait aller pour le mieux. Il avait fallu cinq mois pour que l'enfant soit en état de rentrer chez lui, et Alex était heureuse d'avoir de ses nouvelles.

— Ainsi, voilà où vous travaillez, dit Jimmy en jetant autour de lui un regard admiratif.

Derrière le bureau de la standardiste, à travers un mur de verre, il distinguait un véritable labyrinthe de machines complexes, de couveuses et de lampes, au milieu duquel s'activaient des silhouettes en blouses et masques chirurgicaux. Alex aussi en avait un autour du cou, ainsi qu'un stéthoscope ; elle portait une blouse verte. Jimmy ne pouvait s'empêcher d'être impressionné. La jeune femme était dans son élément, et ici, elle aussi était une star à part entière.

— Cela me fait plaisir de vous voir, Jimmy, dit-elle, très à l'aise, en le guidant jusqu'au bureau minuscule dans lequel était installé le lit — défait — où elle dormait durant ses gardes.

Elle ne voyait les parents de ses petits patients que dans la salle d'attente.

— Pour quelle raison êtes-vous venu à l'hôpital, si ma question n'est pas trop indiscrète ?

Elle s'inquiétait pour lui.

— J'avais seulement quelques examens de routine à effectuer. A cause de mon travail, je dois faire un check-up complet chaque année ; radio des poumons, test de la tuberculose, ce genre de choses. Et j'étais déjà en retard. Ils n'arrêtaient pas de m'envoyer des rappels, et je ne trouvais jamais le temps de venir. Finalement, ils m'ont fait savoir que je ne pourrais pas retourner travailler la semaine prochaine, si je n'avais pas fait mes examens. Et me voilà. Il m'a fallu prendre l'après-midi : on ne sait jamais combien de temps cela va durer, c'est d'ailleurs pour cela que je repoussais toujours l'échéance. Je vais sans doute devoir travailler samedi pour rattraper le temps perdu.

— C'est l'histoire de ma vie ! compatit Alex en souriant.

Elle était soulagée d'apprendre qu'il n'avait rien de grave. Elle croisa son regard sombre, et comme toujours elle éprouva un petit pincement au cœur : sa douleur se lisait encore dans ses yeux.

— Que faites-vous, exactement ? lui demanda-t-elle avec intérêt.

Elle lui tendit un gobelet en plastique rempli de café. Il but une gorgée et esquissa un sourire complice.

— Je vois que vous servez la même mort-aux-rats que nous ! Nous, nous mettons du sable dans la nôtre, ça lui donne un petit plus...

Alex éclata de rire. Elle était habituée au goût du café de l'hôpital mais était obligée de reconnaître qu'il était infâme.

— Ce que je fais ? J'arrache des enfants à des maisons où ils se font tabasser ou sodomiser par leur père, leur oncle ou deux de leurs frères... J'envoie à l'hôpital des gamins couverts de brûlures de cigarettes... J'écoute des mères qui, à la base, sont de braves femmes me dire qu'elles sont terrorisées à l'idée de devenir folles et de faire mal à leurs enfants, parce qu'elles en ont sept et pas de quoi les nourrir tous, malgré les coupons que leur donnent les services sociaux, et que leur père leur tape dessus... J'envoie des enfants de onze ans, ou parfois même de neuf, dans des programmes de désintoxication parce qu'ils se piquent... Parfois, je me contente d'écouter... ou de jouer au ballon avec quelques gosses. Je suis comme vous, je suppose : j'essaie d'améliorer les choses quand je le peux, et souvent j'échoue lamentablement et ne puis que le regretter.

Alex hocha la tête, impressionnée.

— Je ne pense pas que je pourrais faire votre métier. Voir des choses pareilles tous les jours me déprimerait trop. Moi, je suis face à de minuscules êtres qui entrent dans ce monde avec un ou deux buts de retard, et nous faisons notre possible pour rétablir l'égalité sur le terrain. Mais je pense que votre travail me dégoûterait à jamais de l'espèce humaine.

— Etrangement, ce n'est pas ce qui se produit.

Il avala une gorgée de café et ne put réprimer une grimace. Le breuvage était encore pire que celui qu'il buvait au travail, ce qui était difficile à croire.

— Parfois, cela vous donne de l'espoir. On se dit toujours que quelque chose va changer, et de temps en temps c'est ce qui se produit. Cela suffit à nous faire tenir jusqu'à la fois suivante. Et puis, quoi que l'on éprouve, il faut être là, parce que, si on s'en va, les choses ne feront qu'empirer, c'est certain. Et pour ces gosses, si les choses empirent...

Il laissa sa phrase en suspens et leurs regards se croisèrent. Alex eut alors une idée.

— Voulez-vous faire un tour dans le service ? proposa-t-elle, songeant que cela pourrait l'intéresser.

— C'est possible ?

Il paraissait surpris, mais elle hocha la tête.

— Si quelqu'un pose des questions, je dirai que vous êtes un médecin en visite chez nous. Je ne vous demande qu'une chose : en cas de code bleu, ne mettez pas les pieds dans le plat !

Elle lui tendit une blouse blanche. Il était de taille moyenne, mais musclé, et il eut du mal à faire entrer ses épaules dans le vêtement, si bien que les manches se révélèrent un peu trop courtes ; mais personne ne remarquerait pareil détail. Aucun de ceux qui travaillaient dans le service ne se préoccupait de son apparence : l'important était ce qu'ils faisaient, pas leur look.

— Ne vous inquiétez pas, répondit-il à Alex, en cas de code bleu je prendrai mes jambes à mon cou !

Mais rien de tel ne se produisit, et à aucun moment Alex ne fut appelée. Elle put lui faire faire le tour du service et lui expliquer chaque cas, chaque situation et ce qu'ils faisaient pour aider les bébés dans les couveuses. La plupart étaient si petits qu'ils ne portaient même pas de couches. Jimmy n'avait jamais vu autant de tubes et de machines — ni de bébés aussi minuscules. Le plus petit d'entre eux pesait à peine plus de 750 grammes, mais, hélas, il avait peu de chances de s'en sortir. Alex lui raconta qu'elle en avait soigné d'encore plus petits. La probabilité de survie augmentait de façon exponentielle avec le poids, ajouta-t-elle, mais dans ce service, même les bébés les plus grands étaient en danger. Jimmy eut le cœur serré à la vue des mères assises près de leurs nourrissons, effleurant des orteils ou des doigts minuscules en priant silencieusement. Le moment qui aurait dû être le plus heureux de leur existence s'était transformé en angoisse terrifiante, et parfois elles devaient vivre pendant des mois dans le doute, avant de savoir comment les choses allaient évoluer. Pour lui, il s'agissait d'un stress intolérable, et quand Alex et lui ressortirent du service, il était très impressionné.

— Mon Dieu, Alex, c'est impossible. Comment faites-vous pour supporter une pression pareille ?

S'ils faisaient la moindre erreur, ne serait-ce que pendant une fraction de seconde, ou s'ils ne réagissaient pas à temps à une situation donnée, une vie était en jeu, et l'existence de toute une famille pouvait basculer à jamais. C'était là un fardeau qu'il n'aurait pu porter, et il admirait énormément le courage de la jeune femme.

— Je crois que je serais terrorisé à l'idée de venir travailler ici chaque matin.

— Vous vous sous-estimez. Ce que vous faites est tout aussi dur. Si vous manquez un indice, si vous ne réalisez pas à temps ce qui se passe ou ne réagissez pas assez vite, un malheureux enfant risque de mourir ou d'être traumatisé à vie. Comme moi, vous devez faire confiance à votre instinct. C'est la même chose, dans deux cadres différents.

— Vous devez avoir beaucoup de cœur pour faire ce que vous faites, dit-il avec douceur.

Et il le savait, cela, il avait déjà pu s'en rendre compte. Voilà pourquoi il ne comprenait pas ce qu'elle faisait avec Cooper. Ce dernier ne s'intéressait qu'à lui-même, alors qu'Alex était entièrement tournée vers les autres. Peut-être était-ce d'ailleurs pour cette raison que cela fonctionnait entre eux.

Ils continuèrent à bavarder dans le hall un petit moment, puis une infirmière vint chercher Alex : elle devait aller voir l'état d'un patient. Jimmy prit congé.

— Merci de m'avoir laissé monter, dit-il. Je suis très impressionné.

— C'est avant tout un travail d'équipe, répondit-elle avec humilité. Je ne suis qu'un maillon de la chaîne.

Il l'embrassa sur les deux joues et lui fit un petit signe de la main lorsque les portes de l'ascenseur se refermèrent sur lui. Elle sourit et retourna au travail.

Elle ne le revit que le samedi suivant. Miraculeusement, elle avait obtenu un second samedi de congé, mais elle devait retourner à l'hôpital le lendemain. Taryn et elle étaient au bord de la piscine avec Cooper, Mark et ses enfants lorsque Jimmy sortit de la maison de gardiens et s'approcha d'eux. Taryn portait une grande capeline et, à son habitude, Cooper était installé à l'ombre de son arbre favori. Il affirmait que c'était en évitant farouchement le soleil qu'il parvenait à conserver sa peau sans défauts et son allure juvénile. Il se réjouissait de voir Taryn suivre son exemple et ne cessait de reprocher à Alex le temps qu'elle passait à s'exposer.

Pour une fois, Jimmy paraissait reposé, songea Alex en l'étudiant machinalement. Elle ne pouvait s'empêcher de considérer toutes les personnes qu'elle rencontrait comme des patients, et de faire attention à leur allure générale, leur façon de bouger ou de se comporter. Elle était incapable de mettre de côté ses réflexes professionnels et riait souvent d'elle-même.

Dès qu'il la vit, Jimmy esquissa un large sourire. Il serra la main de Cooper, laissant Taryn et Mark poursuivre la conversation, de toute évidence passionnante, dans laquelle ils étaient plongés. Pour une fois, les enfants n'avaient pas invité leurs amis à venir nager, au grand soulagement de Cooper, qui trouvait le Cottage suffisamment peuplé ainsi.

Depuis que Taryn avait emménagé, il était d'excellente humeur. Ils passaient beaucoup de temps ensemble : il l'avait emmenée déjeuner chez Spago et au Dôme, et lui avait fait découvrir tous ses endroits préférés. Il aimait la présenter autour de lui comme sa fille ; personne ne paraissait surpris, les gens s'imaginaient, en général, qu'ils avaient tout simplement oublié qu'il avait une fille. Son allure élégante et distinguée faisait le reste, et elle était accueillie partout à bras ouverts. D'ailleurs, cette découverte du petit monde d'Hollywood lui plaisait beaucoup, comme elle l'expliquait à Alex, chaque fois qu'elles se retrouvaient toutes les deux. C'était entièrement nouveau pour elle, et très amusant. Tôt ou tard, elle savait qu'elle devrait prendre une décision, rentrer à New York ou s'établir à L.A. Mais elle n'était pas pressée. Pour l'instant, elle profitait de la vie, sans contraintes.

Alex songeait que Taryn avait une influence positive sur Cooper. Elle le trouvait déjà merveilleux avant, mais maintenant il avait davantage les pieds sur terre, et surtout il s'intéressait plus aux personnes qui l'entouraient. Il n'était plus aussi égocentrique. Par exemple, lorsqu'il lui demandait de lui parler de son travail, il paraissait avoir sincèrement envie d'entendre sa réponse. Bien sûr, il avait un peu de mal à saisir ce qu'elle lui expliquait — les opérations médicales complexes auxquelles elle participait le dépassaient un peu, mais elle était habituée à ce que peu de gens puissent vraiment comprendre son quotidien. Et elle se réjouissait de voir Cooper heureux.

Il travaillait un peu, mais pas assez, disait-il. Abe se plaignait toujours. Et il avait eu des nouvelles de Liz, qui avait été abasourdie par le nombre de gens installés dans la propriété. Elle lui avait demandé si les enfants ne le dérangeaient pas trop et avait été émue par le récit de ses retrouvailles avec Taryn.

— Cooper ! Je vous laisse cinq minutes, et vous voilà entouré de toute une nouvelle cour !

Comme Alex, elle l'avait trouvé incroyablement paisible et satisfait — plus que jamais auparavant. En revanche, lorsqu'elle lui avait posé des questions à propos d'Alex, il était resté vague. Lui-même s'interrogeait sur leur relation mais ne souhaitait partager ses doutes avec personne. De plus en plus souvent, il se disait qu'il lui suffirait d'épouser la jeune femme pour ne plus jamais avoir besoin de travailler. Alors que, s'ils se séparaient, il serait éternellement contraint d'interpréter des rôles secondaires médiocres. Il était si tentant de se laisser aller ! Mais, même à son âge, opter pour la solution de facilité lui répugnait. Et si une petite voix insidieuse lui soufflait qu'il avait bien mérité de profiter un peu de la vie, il ne pouvait se résoudre à utiliser une femme aussi courageuse, travailleuse et admirable. Bien sûr, il l'aimait, et mener une vie facile serait bien agréable... Cependant, ne serait-il pas entièrement à la merci d'Alex, s'il dépendait d'elle financièrement ? Elle pourrait lui demander n'importe quoi, ou du moins essayer, et cette seule pensée lui était odieuse. Pour l'instant, le problème lui semblait encore insoluble.

Elle, de son côté, ignorait tout des questions qu'il se posait et était persuadée que tout allait bien entre eux. Ce qui était vrai, même si la conscience de Cooper lui donnait du fil à retordre et le tourmentait de plus en plus violemment ; auparavant, elle ne l'avait jamais dérangé, mais Alex avait introduit un nouvel élément dans sa vie, une sorte de lumière blanche qui avait bouleversé son échelle de valeurs. Et ses échanges avec Taryn produisaient le même effet. C'étaient deux femmes remarquables, et elles le transformaient en profondeur, plus qu'il ne l'aurait jamais cru possible. Qu'il le voulût ou non, il n'était plus le même : il fallait désormais qu'il trouve des réponses aux questions qui le tarabustaient.

L'après-midi touchait à sa fin. Jimmy avait emmené Jason acheter de nouveaux équipements sportifs, Jessie était assise au bout de la piscine avec une amie et se faisait les ongles, Taryn et Mark continuaient à bavarder calmement, et Cooper s'était endormi sous son arbre. Soudain, Mark se tourna vers Alex et proposa que tous viennent dîner chez lui. Alex jeta aussitôt un coup d'œil en direction de Taryn, qui hocha imperceptiblement la tête ; Alex accepta donc l'invitation de leur part à tous. Elle en fit part à Cooper, lorsque celui-ci se réveilla, après le départ de tous les autres.

— Nous les voyons vraiment tout le temps, se plaignit-il.

Mark et Taryn essayaient de jouer au tennis sur le court endommagé, et personne d'autre n'était à portée de voix ; Alex put donc se montrer honnête envers lui.

— Je crois que Taryn aime beaucoup Mark, expliqua-t-elle. Ça a l'air d'être réciproque, et elle avait envie que j'accepte. Mais si tu ne veux pas dîner avec les Friedman, nous ne sommes pas obligés. Elle peut y aller toute seule.

— Non, non, ça va. Quel sacrifice ne ferais-je pas pour ma fille unique ? ajouta-t-il avec une grandiloquence empreinte d'ironie. Il n'est de trop grand sacrifice, quand on aime...

En vérité, il était ravi d'avoir une fille de presque quarante ans. Alex repensa à Charlene. Ses avocats avaient de nouveau réclamé de l'argent. Elle voulait un appartement plus grand dans un quartier plus agréable, de préférence près de chez lui à Bel Air, et elle demandait si elle pourrait utiliser la piscine car, disait-elle, elle se sentait trop malade pour se rendre dans un établissement public. En apprenant cela, Cooper était entré dans une rage folle, et il avait répondu qu'il ne donnerait absolument rien à la jeune femme tant que les résultats des tests ADN n'auraient pas prouvé sa paternité. Elle devrait encore attendre cinq ou six semaines pour les faire. D'ici là — et certainement ensuite, vu la façon dont elle s'était comportée —, elle était persona non grata au Cottage et partout où se trouvait Cooper.

La réponse furieuse de ce dernier avait été quelque peu édulcorée par ses avocats avant d'être transmise à la partie adverse.

Alex était désolée pour lui : il trouvait la situation odieuse, et c'était bien compréhensible. De plus, cela créait une tension entre eux, car elle savait qu'il s'inquiétait des répercussions financières de cette affaire. Dans un procès récent, une jeune fille avait obtenu une pension alimentaire de vingt mille dollars par mois d'un homme avec qui elle n'avait eu qu'une relation de deux mois. Mais, comme Alex l'avait souligné lorsque Cooper lui avait relaté cet exemple, l'homme en question était une rock star célébrissime aux revenus colossaux. Cooper n'était pas du tout dans le même cas. Elle en avait d'autant plus conscience, maintenant qu'elle avait discuté avec son père. Cooper ne parlait jamais de ses dettes, et il dépensait sans compter, mais elle savait qu'il devait être inquiet à l'idée de verser une rente à Charlene, si le bébé de cette dernière était vraiment de lui.

Ce soir-là, ils descendirent tous les trois dans l'aile des invités à sept heures pile. Taryn portait un ensemble pantalon en soie fluide bleu pâle qui mettait en valeur sa silhouette longiligne. C'était un modèle qu'elle avait dessiné elle-même, juste avant de fermer sa maison de couture. Alex, elle, avait enfilé un pantalon en soie rouge, un chemisier blanc et des sandales dorées à hauts talons. Plus que jamais, elle ressemblait à une danseuse ou à un mannequin plus qu'à un médecin ; on était loin des sabots et de la blouse qui constituaient son quotidien à l'hôpital. Quand Jimmy les rejoignit pour le dîner, il ne put qu'apprécier le contraste.

Pendant le repas, il raconta sa visite au service des soins intensifs, tandis que Taryn et Jessie servaient les délicieux spaghettis carbonara préparés par Mark. Jimmy avait apporté une salade, et il y avait un tiramisu pour le dessert. Cooper, lui, était venu avec deux bouteilles de pouilly-fuissé millésimé. Tous écoutèrent avec attention Jimmy parler du travail d'Alex. Elle-même fut impressionnée de voir combien il avait appris et compris durant sa courte visite, et ne le reprit qu'une fois, à propos d'un bébé souffrant d'un sérieux problème cardiaque et pulmonaire. Il se souvenait parfaitement de tout le reste.

— Il semble savoir beaucoup de choses sur ton travail, commenta Cooper d'un ton sec lorsqu'ils remontèrent dans leurs appartements.

Il était plus de minuit. Taryn, elle, avait décidé de rester encore un peu bavarder avec Mark et Jimmy. Les enfants étaient sortis avec des amis, chez qui ils passeraient la nuit. La soirée avait été détendue et agréable.

— Quand est-il venu te voir à l'hôpital ? demanda Cooper.

Il paraissait mécontent, et Alex fut surprise de son ton. En fait, il avait l'air jaloux, ce qui toucha la jeune femme. Il était agréable de savoir qu'il tenait ainsi à elle.

— Il a dû faire quelques examens au labo cette semaine, pour son travail. Il est passé après prendre une tasse de café avec moi et je lui ai fait faire le tour du service. On dirait qu'il a fait très attention à ce que je racontais.

Plus encore qu'elle ne l'imaginait — mais cela, elle n'en avait pas conscience, même si Cooper, lui, l'avait senti. Il connaissait les hommes, et il avait remarqué que non seulement Jimmy s'était assis à côté d'Alex au dîner, mais qu'en plus il avait monopolisé son attention toute la soirée. Alex ne s'était rendu compte de rien et n'avait cessé de jeter des regards à Cooper, installé entre Taryn et Mark. Lui avait bien vu ce qui se passait, et il avait surveillé Jimmy de très près.

— Je crois qu'il te drague, dit-il sans ambages.

Il n'avait pas l'air content du tout. Jimmy était presque du même âge qu'Alex, et leurs centres d'intérêt professionnels étaient proches. Cooper, lui, faisait partie d'un monde tout à fait différent, et il n'avait aucune envie de lutter contre des hommes de la moitié de son âge. Il était accoutumé à être le centre de son univers, la seule étoile de ses cieux, et il n'avait pas l'intention que cela change. Il aimait que tout tourne autour de lui.

— Ne dis pas de bêtises, Cooper, le taquina Alex. Il est beaucoup trop déprimé pour draguer qui que ce soit. Depuis la mort de sa femme, c'est une véritable épave. Il dit qu'il n'arrive toujours pas à dormir, qu'il a perdu l'appétit. En fait, quand il m'en a parlé l'autre jour, je me suis vraiment inquiétée pour lui. Je crois qu'il devrait prendre des antidépresseurs. Mais je n'ai rien dit, je ne voulais pas le contrarier.

— Pourquoi ne lui fais-tu pas une ordonnance ? grommela Cooper d'un ton désagréable.

Alex noua ses bras autour du cou de son compagnon et l'embrassa.

— Je ne suis pas son médecin. En revanche, il y a quelque chose que j'aimerais te prescrire, à toi, ajouta-t-elle d'un air suggestif en glissant sa main sous sa chemise.

Cooper se détendit un peu. Il était clair qu'il n'avait pas passé une bonne soirée, contrairement à elle. Elle appréciait la compagnie des autres et aimait bavarder avec eux ; elle considérait comme une chance d'habiter tout près de gens avec qui elle s'entendait aussi bien.

— Puisqu'il est question de drague, reprit-elle, j'ai eu l'impression que Taryn et Mark étaient très attirés l'un par l'autre, pas toi ?

Il parut hésiter un instant, puis il hocha la tête. Il jugeait Mark terriblement ennuyeux.

— Je pense qu'elle peut trouver bien mieux. C'est une fille fabuleuse, et j'aimerais la présenter à des producteurs que je connais. Elle a toujours mené une vie médiocre, et j'ai l'impression que son mari était un imbécile. Ce qu'il lui faut, à mon avis, c'est un peu d'excitation, de glamour.

Alex songea qu'il ne comprenait pas. Taryn n'était pas attirée par le monde des stars, c'était d'ailleurs une des choses qu'Alex appréciait chez elle. Elle avait les pieds sur terre et avait besoin de rencontrer quelqu'un qui lui corresponde.

— Nous verrons ce qui se passera, se contenta-t-elle de répondre.

Ils se couchèrent et Cooper lui fit l'amour. Ensuite, il parut se sentir mieux. Il détestait voir des hommes plus jeunes empiéter sur son territoire, surtout lorsqu'il sentait qu'Alex les appréciait.

Lorsqu'il s'éveilla le lendemain matin, elle était déjà partie travailler. Taryn et lui se rendirent donc à Malibu, chez des amis ; il était près de vingt-deux heures lorsqu'il lui téléphona. Elle avait eu une journée chargée. Lui, de son côté, avait passé un bon moment avec sa fille. De fait, il n'y avait plus dans sa voix cette agressivité qu'elle avait remarquée la veille au soir. Elle lui dit qu'elle le verrait le lendemain à dix-huit heures, lorsqu'elle aurait fini son service. Il lui avait promis de l'emmener voir un film dont on lui avait dit beaucoup de bien, et elle se réjouissait à cette perspective.

Elle parla également à Taryn pendant une minute. Ils formaient quasiment une famille désormais. Taryn lui confia qu'elle devait sortir dîner avec Mark le lendemain, et Alex en fut ravie.

Peu après, elle alla se coucher dans son bureau. Lorsqu'elle était de garde, elle conservait toujours sa blouse pour dormir et rangeait ses sabots au pied du lit pour pouvoir les enfiler en un instant, si elle devait se lever en courant. D'ailleurs, elle ne s'endormait jamais profondément à l'hôpital. Même dans son sommeil, elle demeurait en alerte.

Cette nuit-là, le téléphone sonna à quatre heures et elle décrocha en une fraction de seconde.

— Madison, dit-elle dans l'appareil en se passant la main sur les yeux.

Avec stupéfaction, elle reconnut la voix de Mark. Aussitôt, elle songea que quelque chose devait être arrivé à l'un des enfants, ou peut-être même à Cooper. Mais elle songea très vite que si ç'avait été le cas, elle aurait été contactée directement par Taryn.

— Il y a un problème ? demanda-t-elle, bien qu'elle sût pertinemment que, sans cela, jamais il ne l'aurait appelée à une heure pareille.

— Un accident, répondit-il d'une voix catastrophée.

— A la maison ?

Peut-être Taryn et Cooper étaient-ils blessés tous les deux ?

Mais Taryn n'était pas avec Cooper. Mark ne crut pas nécessaire d'expliquer à Alex que la jeune femme se trouvait chez lui, dans sa chambre. Elle était venue prendre un verre avec lui après le dîner, et ils avaient profité de la liberté inattendue que leur laissaient les enfants, toujours en visite chez leurs amis, pour passer la nuit ensemble.

— Non, un accident de voiture, précisa-t-il.

Alex retint son souffle.

— Cooper ?

— Non. Jimmy. Je ne sais pas ce qui s'est passé. L'autre jour, nous nous disions justement que nous n'avions pas de famille dans la région à prévenir, s'il nous arrivait quoi que ce soit. Il a dû mettre mon numéro dans son portefeuille : les autorités viennent de m'appeler. On l'a emmené à l'hôpital. Je pense qu'il est aux urgences ou quelque chose comme ça. Je me suis dit que vous pourriez peut-être obtenir davantage d'informations. Taryn et moi allons partir dans une minute.

— Ont-ils dit dans quel état il était ? demanda Alex avec inquiétude.

— Non, seulement que c'était sérieux. Il est sorti de la route près de Malibu et a fait une chute d'une trentaine de mètres. Il ne reste rien de la voiture.

— Mon Dieu !

Elle songea aussitôt qu'il ne s'agissait peut-être pas d'un accident. Depuis la mort de Maggie, Jimmy était sérieusement déprimé.

— L'avez-vous vu aujourd'hui, Mark ?

— Non.

Il avait semblé en forme la veille au soir, mais cela ne voulait rien dire. Souvent les personnes suicidaires paraissaient plus heureuses une fois qu'elles avaient pris la décision d'en finir. Euphoriques, même. Même s'il avait paru normal à Alex lors de leur dîner, Jimmy pouvait avoir commis ensuite l'irréparable.

— Je descends tout de suite aux urgences, le temps de trouver quelqu'un pour me remplacer ici.

Dès qu'elle eut raccroché, elle appela un autre médecin de garde. C'était un homme très sympathique qu'elle connaissait bien et qui lui avait déjà rendu service dans le passé. Elle lui expliqua la situation et lui dit qu'elle n'aurait besoin de lui qu'une demi-heure au plus, le temps d'aller voir aux urgences de quoi il retournait. Il affirma qu'il n'y avait pas de problème et apparut, les yeux encore tout ensommeillés, moins de dix minutes plus tard. Entre-temps, elle avait appelé les urgences, mais on lui avait seulement dit que Jimmy était dans un état grave. Il était arrivé une heure plus tôt, et une équipe s'occupait de lui.

Une fois sur place, elle s'entretint avec le chef de clinique, qui lui expliqua que Jimmy avait les deux jambes, un bras, le bassin cassés, qu'il avait une blessure à la tête et était dans le coma. Elle entra dans le bloc opératoire pour le voir, mais resta à distance afin de ne pas gêner le travail de l'équipe soignante. Il avait été intubé et était relié à une douzaine de machines. Les données de ses fonctions vitales étaient irrégulières, et son visage était dans un tel état qu'Alex eut du mal à le reconnaître. Elle en eut le cœur serré.

— Quelle est la gravité de sa blessure à la tête ? demanda-t-elle au chef de clinique lorsqu'elle put lui parler à nouveau.

Il soupira.

— Nous ne le savons pas encore. Il se peut qu'il ait eu de la chance. Les résultats de son électro-encéphalogramme sont encourageants, même s'il est dans un coma assez profond. Tout dépendra de la façon dont son cerveau réagira, et cela je ne peux le prédire. Et bien sûr, impossible de dire s'il sortira de son coma.

Pour l'instant, ils avaient décidé d'attendre avant d'opérer pour diminuer la pression. Ils espéraient que l'œdème se résorberait de lui-même. C'était une question de temps — et de chance.

Profitant d'un moment de calme, Alex s'approcha de Jimmy. Son bras et ses jambes étaient plâtrés, et on avait nettoyé ses blessures ; mais il était évident qu'il était très grièvement blessé.

Elle ressortit bientôt et se rendit dans la salle d'attente. Mark et Taryn venaient d'arriver, et ils avaient l'air paniqué.

— Alors ? demanda aussitôt Taryn.

— C'est grave, dit Alex d'une voix posée. Mais ç'aurait pu être pire — et son état peut d'ailleurs encore empirer.

— Que s'est-il passé, à votre avis ? lui demanda Mark.

Jimmy buvait peu, et il était très improbable qu'il eût pris le volant ivre. Elle préféra ne pas leur parler de ses soupçons, même si elle les avait partagés avec le chef de clinique. Pour l'instant, cela importait peu. Mais si Jimmy avait bien tenté de se suicider, il faudrait le surveiller de très près lorsqu'il sortirait du coma.

« Vous le connaissez bien ? » avait demandé le médecin.

Elle lui avait répondu qu'ils étaient amis et lui avait parlé de Maggie. Il avait pris quelques notes, conclues par un grand point d'interrogation entouré en rouge.

Elle expliqua aussi clairement que possible à Mark et Taryn les dangers que représentait un éventuel œdème cérébral.

— Etes-vous en train de dire qu'il pourrait devenir... un légume ? demanda Mark avec horreur.

Au cours des mois écoulés, Jimmy et lui étaient devenus bons amis.

— C'est possible, mais nous espérons que cela n'arrivera pas. Tout dépend du temps qu'il mettra à sortir du coma. Les moniteurs indiquent que son cerveau fonctionne, actuellement, et s'il y a un changement, nous le saurons immédiatement.

— Seigneur, murmura Mark en se passant une main dans les cheveux.

Taryn avait l'air aussi désemparée que lui.

— Peut-être devrions-nous essayer de contacter sa mère.

— C'est une bonne idée, acquiesça Alex.

Jimmy était dans un état critique, et il était toujours possible qu'ils le perdent.

— Voulez-vous que je l'appelle ?

Ce n'étaient jamais des coups de téléphone faciles à passer, mais annoncer de mauvaises nouvelles faisait partie de son travail, même si c'était un aspect qu'elle détestait.

— Non, je vais le faire moi-même, répondit Mark. Je dois bien ça à Jimmy.

Courageusement, il se dirigea vers le téléphone et sortit de son portefeuille le numéro que lui avait donné Jimmy en cas d'urgence. Jamais il n'aurait cru avoir à l'utiliser un jour, et son cœur se serra.

— Dans quel état est-il ? demanda Taryn à Alex à voix basse lorsqu'il se fut éloigné pour appeler.

Alex esquissa une grimace.

— Très mal, reconnut-elle. Je suis vraiment désolée qu'une chose pareille lui soit arrivée.

Taryn lui prit les mains, et elles attendirent le retour de Mark. Il revint en s'essuyant les yeux, et il lui fallut quelques secondes pour reprendre contenance.

— Pauvre femme. J'avais l'impression d'être un criminel. D'après Jimmy, elle n'a que lui. Elle est veuve, et il est fils unique.

— Est-elle très âgée ? s'inquiéta Alex.

— Je ne sais pas, je n'ai jamais posé la question à Jimmy, répondit Mark, songeur. Elle n'avait pas l'air très vieille au bout du fil, mais c'est difficile à dire. Dès que je lui ai expliqué la situation, elle s'est mise à pleurer. Elle a dit qu'elle prendrait le premier avion. Elle devrait arriver ici dans huit ou neuf heures.

Alex repassa voir Jimmy ; son état n'avait pas évolué, et elle devait retourner travailler. Elle laissa Mark et Taryn dans la salle d'attente. Lorsqu'elle prit congé d'eux, Mark lui demanda si elle comptait appeler Cooper. Regardant sa montre, elle vit qu'il était cinq heures du matin — encore trop tôt pour réveiller Cooper.

— Je lui passerai un coup de fil vers huit heures, répondit-elle.

Elle leur donna son numéro de téléphone direct ainsi que le numéro de son bipeur, et leur demanda de la prévenir s'il se passait quoi que ce fût. Quand elle les quitta, ils étaient dans les bras l'un de l'autre et Taryn avait posé sa tête sur l'épaule de Mark.

Par chance, ce matin-là, les choses étaient particulièrement calmes dans son service. Comme prévu, elle appela Cooper juste après huit heures. Il dormait encore et fut surpris qu'elle lui téléphonât si tôt. Cependant, il lui assura que ce n'était pas un problème : son entraîneur personnel devait venir à neuf heures et il se serait levé de toute façon. Il prendrait son petit déjeuner dès l'arrivée de Paloma.

— Jimmy a eu un accident la nuit dernière, lui dit-elle sombrement lorsqu'il fut tout à fait réveillé.

— Comment le sais-tu ? demanda-t-il d'un air soupçonneux qu'elle trouva étrange.

— Mark m'a prévenue. Taryn et lui sont en bas, au service des urgences. Sa voiture a quitté la route sur Malibu Canyon Road. Il a de nombreuses fractures et est toujours dans le coma.

En entendant cela, Cooper hocha la tête. Au fil des ans, il avait vu beaucoup de choses horribles, et il savait que le malheur n'épargnait personne.

— Penses-tu qu'il va s'en sortir ?

— Pour l'instant, c'est difficile à dire. Tout dépend de l'œdème cérébral et de ses conséquences, et du temps qu'il mettra à sortir du coma. Les fractures ne le tueront pas.

— Le pauvre. Il n'a vraiment pas de chance, n'est-ce pas ? D'abord sa femme, et maintenant ça.

Elle ne lui dit pas qu'elle soupçonnait Jimmy d'être responsable de son accident. Après tout, elle n'avait aucune preuve — seulement un profond pressentiment, étayé par le peu qu'elle savait de Jimmy.

— Bon, eh bien, tiens-moi au courant.

— Veux-tu venir ici avec Taryn et Mark ?

Elle songeait qu'il aurait dû le proposer de lui-même, mais l'idée ne l'avait pas effleuré. Il ne pouvait rien faire pour Jimmy, il fallait seulement attendre ; et de toute façon, il avait horreur des hôpitaux. Ils le rendaient nerveux, sauf bien sûr lorsqu'il passait chercher Alex à la réception, ce qui lui était arrivé quelquefois.

— Je ne vois pas à quoi ça servirait, observa-t-il. Et en plus, il est trop tard pour annuler mon prof de gym.

Alex trouva cette excuse un peu faible, mais pour lui elle était parfaitement normale. Il n'avait pas la moindre envie de voir Jimmy sur un lit d'hôpital, relié à des dizaines de machines : ce genre de spectacle lui retournait l'estomac.

— Ils sont bouleversés, insista Alex.

Cooper ne mordit pas à l'hameçon. Il souhaitait éviter à tout prix d'être confronté à la réalité de la situation.

— C'est compréhensible, dit-il calmement. Mais j'ai découvert il y a des années de ça que tourner en rond dans un hôpital n'avait jamais sauvé personne. On en ressort déprimé et on énerve les médecins, c'est tout. Dis-leur que je passerai les emmener déjeuner s'ils sont toujours là-bas à midi, mais j'espère que ce ne sera pas le cas.

Il ne voulait pas réaliser la gravité du problème : c'était plus facile ainsi, pour lui.

— Je ne pense pas qu'ils veuillent laisser Jimmy tout seul, répondit-elle.

Pas plus qu'elle ne pensait qu'ils seraient d'humeur à aller déjeuner dehors. Mais cela, Cooper se refusait à le comprendre, tout comme il refusait en bloc le drame qui était en train de se produire. Regarder les choses en face aurait été trop perturbant, pour lui.

— Si ce que tu m'as dit est vrai, et je suis sûr que ça l'est, cela ne fera aucune différence pour Jimmy qu'ils soient roulés en boule dans la salle d'attente comme deux malheureux ou en train de déjeuner chez Spago.

Alex trouva cette remarque d'assez mauvais goût mais ne dit rien. A quoi bon, quand leurs façons de voir étaient si différentes ? D'ailleurs, elle savait d'expérience que les gens réagissaient à l'angoisse de manières très diverses. Cooper, lui, semblait l'éviter totalement.

A dix heures, elle téléphona de nouveau au service des urgences ; rien n'avait changé. Mark savait seulement que Mme O'Connor était dans l'avion, et qu'elle arriverait à l'hôpital peu après midi, si le vol n'avait pas de retard.

Lorsque Alex put faire une pause, elle descendit aussitôt voir Jimmy. Mark et Taryn étaient toujours assis à la même place. Mark avait une mine épouvantable ; Taryn venait d'aller fumer une cigarette à l'extérieur du bâtiment. Alex alla les voir avant de pénétrer dans le service de soins intensifs des urgences. Jimmy était isolé et sous contrôle permanent. Alex s'entretint quelques instants avec son infirmière et apprit que le blessé semblait plongé dans un coma plus profond encore qu'à son arrivée. Les choses ne se présentaient pas bien.

Silencieusement, Alex s'approcha de Jimmy et effleura du bout des doigts son épaule nue. Des moniteurs enregistraient toutes ses réactions vitales, et il avait une perfusion dans chaque bras. A la suite d'une importante hémorragie interne, on lui avait fait une transfusion. On pouvait difficilement être dans un état plus grave.

— Salut, lui dit-elle à voix basse lorsque l'infirmière s'éloigna pour la laisser seule avec lui.

L'employée savait qu'Alex était tout aussi capable qu'elle de surveiller les moniteurs.

— Qu'est-ce que vous fabriquez ici, hein ? Je pense que vous feriez mieux de vous réveiller, maintenant...

Tandis qu'elle parlait ainsi, des larmes lui picotaient les yeux. Elle était chaque jour confrontée à des tragédies dans son travail, mais là c'était différent. Jimmy était son ami, et elle ne voulait pas qu'il meure ainsi.

— Je sais que Maggie vous manque, Jimmy... Mais nous vous aimons aussi. Votre vie est ici, parmi nous. S'il vous arrive quelque chose, Jason sera démoli. Il faut revenir, maintenant, Jimmy. Il le faut...

Les larmes roulaient librement sur les joues de la jeune femme à présent, et elle resta au côté de Jimmy près d'une demi-heure, sans jamais cesser de lui parler avec douceur et fermeté. Enfin, elle l'embrassa sur la joue, lui toucha de nouveau le bras et retourna retrouver les autres dans la salle d'attente.

— Comment va-t-il ?

Mark semblait toujours paniqué, et Taryn avait l'air épuisée. Elle était adossée à un fauteuil, les yeux fermés ; elle les rouvrit et se redressa dès qu'Alex approcha.

— A peu près pareil. Peut-être que ça lui fera du bien d'entendre la voix de sa mère.

— Penses-tu vraiment que ça fera une différence ?

Taryn paraissait étonnée.

— Je ne sais pas, répondit Alex avec honnêteté. J'ai entendu des gens dire qu'ils avaient eu conscience de la présence de leurs proches, lorsqu'ils étaient dans le coma, alors que personne ne les en croyait capables. On a vu des gens revenir des portes de la mort pour des raisons plus étranges encore. La médecine est autant un art qu'une science ; et si je savais que cela pourrait aider l'un des bébés, je n'hésiterais pas à brûler des plumes de poulet ou à faire des incantations dans mon service... En tout état de cause, parler à Jimmy ne peut pas lui faire de mal.

— Nous devrions peut-être tous le faire, suggéra Mark, visiblement anxieux.

Il appréhendait sa rencontre avec la mère de son ami, surtout depuis qu'Alex lui avait demandé quel âge elle avait : maintenant, il craignait d'être confronté à une très vieille dame fragile, incapable de supporter un tel choc.

— Pouvons-nous aller le voir ?

A leur arrivée, ils l'avaient entrevu depuis la porte du service, mais à présent les choses semblaient plus calmes autour de lui. Alex alla poser la question, puis elle leur fit signe d'approcher. Cependant, elle avait plus qu'eux l'habitude des scènes de ce genre ; Taryn ne put rester qu'une minute ou deux, après quoi elle ressortit, en larmes. Mark, lui, se força à demeurer près de son ami et à lui parler comme Alex le lui avait conseillé. Bientôt, néanmoins, sa voix s'étrangla et il dut se taire. Jimmy était d'une pâleur inquiétante et semblait au seuil de la mort. Il était encore bien loin d'être tiré d'affaire.

Lorsque Taryn, Alex et Mark se retrouvèrent dans la salle d'attente, tous trois pleuraient. La matinée avait été cauchemardesque, et ils étaient épuisés et inquiets.

Ensuite, Alex dut remonter. Avant son départ, Mark lui demanda si Cooper allait venir.

— Je ne pense pas, répondit-elle calmement. Il avait un rendez-vous ce matin.

Elle n'eut pas le courage de leur avouer que c'était avec son professeur de gym. Elle savait qu'il ne s'agissait que d'une excuse, et qu'en vérité il avait peur de venir à l'hôpital.

Alex téléphona toutes les heures aux urgences pour prendre des nouvelles de Jimmy. A midi trente, Mark lui signala que Mme O'Connor venait d'arriver. Elle s'était aussitôt rendue au chevet de son fils.

— Comment est-elle ? demanda Alex, profondément inquiète pour cette femme qu'elle n'avait jamais vue.

Elle devinait qu'elle aurait le cœur brisé en voyant son fils.

— Dans un sale état, répondit Mark. Comme nous tous.

A sa voix, Alex devina qu'il avait encore pleuré. Elle en fut émue. Taryn aussi avait passé la matinée en larmes, bien qu'elle connût à peine Jimmy. C'était une telle tragédie ! Leur seule consolation — et elle était bien maigre

— était de songer qu'au moins Jimmy ne laisserait pas d'orphelins derrière lui, s'il succombait à ses blessures.

— Je vais descendre dans quelques minutes, promit Alex.

Mais il était près de deux heures lorsqu'elle put quitter son service : une urgence l'avait retenue. Elle s'excusa auprès de ses amis.

— Où est sa maman ?

— Elle est encore avec lui à l'intérieur. Cela fait plus d'une heure.

Ils ne savaient pas si c'était bon ou mauvais signe. Alex comprenait la réaction de Mme O'Connor : même à trente-trois ans, Jimmy était encore son bébé. Il n'y avait pas de différence entre elle et les mères anxieuses qui attendaient dans le service d'Alex, sinon qu'elle avait eu plus de temps pour aimer son fils et perdrait encore davantage s'il venait à mourir. Alex devinait sans peine combien elle devait souffrir.

— Je ne veux pas la déranger, dit-elle prudemment.

Mais ses deux compagnons la convainquirent d'aller jeter un œil.

Elle entra dans le service de soins intensifs en se promettant de ne pas se présenter à la mère de Jimmy, si le moment semblait mal choisi. Cependant, ce qu'elle vit la surprit. Pas de vieille dame en vue, mais une femme d'une cinquantaine d'années, menue et très séduisante. Elle faisait encore moins que cela, avec son visage sans maquillage et ses cheveux bruns attachés en queue-de-cheval. Elle était venue de Boston en jean et pull-over à col roulé et semblait être la version féminine de Jimmy, bien qu'elle fût très mince au lieu d'être athlétique et que ses grands yeux fussent bleus et non noirs.

Elle était debout à la tête du lit et parlait doucement à son fils, exactement comme Alex l'avait fait ce matin-là. Lorsqu'elle entendit entrer la jeune femme, elle releva la tête ; elle devait s'imaginer qu'Alex était l'un des méde-

cins de Jimmy, car tous portaient la même blouse et le même équipement.
— Quelque chose ne va pas ?
Elle jeta un coup d'œil paniqué aux moniteurs, puis à Alex.
— Non, je suis désolée... Je suis une amie de Jimmy... Je travaille ici. Il s'agit d'une visite non officielle.
Valerie O'Connor hocha la tête avec tristesse, et les deux femmes échangèrent un long regard. Puis la mère de Jimmy recommença à lui parler doucement.
Lorsqu'elle releva la tête, Alex était toujours là.
— Merci, dit simplement Valerie.
Alex la quitta et alla rejoindre les deux autres. Elle se réjouissait au moins que la mère de Jimmy fût assez jeune pour supporter le choc. Valerie O'Connor ne paraissait même pas assez âgée pour avoir un fils de l'âge de Jimmy. En réalité, elle avait cinquante-trois ans — elle l'avait eu à vingt ans — mais, les bons jours, elle en paraissait dix de moins.
— Elle a l'air gentille, observa Alex en s'asseyant à côté d'eux.
Elle se sentait vidée ; avoir un ami en danger de mort à l'hôpital était une rude épreuve, même pour elle.
— Jimmy l'adore, déclara Mark.
— Avez-vous déjeuné, tous les deux ?
Ils secouèrent la tête à l'unisson.
— Vous devriez descendre à la cafétéria et manger un morceau.
— Je me sens incapable d'avaler quoi que ce soit, dit Taryn.
Elle avait l'air nauséeuse.
— Pareil pour moi, renchérit Mark.
Il avait prévenu son travail qu'il ne viendrait pas ce jour-là, et depuis qu'ils étaient arrivés à l'hôpital, neuf heures plus tôt, il n'avait pas quitté la salle d'attente.
— Cooper va-t-il venir ? demanda-t-il.

Il était surpris que l'acteur ne fût pas encore arrivé et estimait qu'il aurait dû les rejoindre.

— Je ne sais pas, il faut que je l'appelle, répondit Alex.

Il lui restait encore trois heures et demie avant la fin de sa garde, et elle avait l'intention de rester à l'hôpital ensuite. Mark serait obligé de rentrer chez lui à ce moment-là pour s'occuper de ses enfants et Taryn aurait besoin de repos : elle semblait épuisée.

De retour dans son service, Alex rappela Cooper. Il revenait tout juste d'une sieste au bord de la piscine et paraissait d'excellente humeur.

— Quoi de neuf, docteur ? la taquina-t-il.

La jeune femme trouva cela déplacé. C'est alors qu'elle comprit que Cooper ne se rendait pas compte de la gravité de l'état de Jimmy. Elle entreprit donc de lui expliquer la situation plus en détail.

— Je sais, mon cœur, je sais, répondit-il avec douceur. Mais je ne peux rien y faire, alors à quoi bon déprimer ? Vous êtes déjà assez bouleversés tous les trois. Je ne peux rien ajouter à ça. Si je deviens aussi hystérique que vous, cela ne l'aidera en rien.

Il avait raison, mais malgré tout, cela la contraria. Il était trop détaché à son goût, et elle estimait qu'il aurait dû faire l'effort de les rejoindre, qu'il détestât les hôpitaux ou non. Un homme qui était proche d'eux risquait de mourir d'un instant à l'autre et cela, on ne pouvait l'ignorer.

Peut-être les questions de vie et de mort étaient-elles moins impressionnantes à l'âge de Cooper — ou au contraire plus effrayantes. Peut-être regardait-on les choses d'un autre œil, lorsque les gens de votre entourage commençaient à mourir. Malgré tout, la manière qu'il avait de fuir le problème choquait Alex.

— Tu sais bien que j'abhorre les hôpitaux, poursuivit-il. Sauf quand je viens te chercher, bien sûr. Tout ce qui touche aux soins médicaux me donne des frissons. C'est si désagréable !

Eh oui, la vie est désagréable, parfois, ne put s'empêcher de songer Alex. Comme Jimmy s'en était rendu compte à la mort de Maggie... Il lui avait dit qu'il s'était occupé d'elle jusqu'à son dernier soupir, qu'il avait refusé de la placer dans une institution ou d'embaucher une infirmière. Il voulait tout faire lui-même et estimait qu'il lui devait bien cela. Mais tout le monde ne réagissait pas de la même manière. Cooper, lui, avait beaucoup de mal à accepter tout ce qui n'était pas beau et agréable. Les comas, les accidents et les blessés lui déplaisaient fortement, si bien qu'il préférait éviter complètement de s'y frotter. Mais, en agissant ainsi, il les laissait tous tomber.

— A quelle heure rentres-tu ? demanda-t-il comme si de rien n'était. Nous allons toujours au cinéma ?

Lorsqu'elle entendit ces mots, Alex sentit quelque chose se briser en elle. Elle ne pouvait admettre une telle désinvolture.

— Non, Cooper. Je ne serais pas capable d'apprécier le film. Je vais rester ici un moment et voir si je peux aider la mère de Jimmy. Mark et Taryn ne vont pas tarder à rentrer, et je trouverais cruel de laisser la pauvre femme seule dans une ville inconnue avec un fils dans le coma. Elle n'a personne avec elle.

— Comme c'est touchant, ironisa Cooper d'un ton déplaisant. Tu ne crois pas que tu exagères un peu, Alex ? Pour l'amour du ciel, ce n'est pas ton petit ami ! Du moins, j'espère que non.

Elle ne jugea pas nécessaire de répondre à ce commentaire, qu'elle trouva insultant et déplacé. La jalousie qu'exprimait Cooper était aussi absurde que mal venue.

— Je te verrai plus tard, déclara-t-elle seulement.

— Bon, peut-être que Taryn voudra bien m'accompagner au cinéma, elle, dit-il gaiement.

Un frisson glacé la parcourut. Il se comportait comme un enfant gâté, pas comme un adulte. Et si, en temps normal, son côté immature ajoutait à son charme, elle le trouvait odieux dans les circonstances présentes.

— Cela m'étonnerait, mais tu peux toujours lui poser la question. Au revoir, dit-elle avec raideur avant de raccrocher, considérablement gênée par l'attitude de Cooper.

Lorsqu'elle descendit aux urgences à dix-huit heures, son service terminé, Mark et Taryn s'apprêtaient à partir. La mère de Jimmy était assise avec eux dans la salle d'attente et paraissait assez calme. En vérité, même si sa tristesse se lisait sur ses traits, elle semblait en meilleure forme que ses deux compagnons. Bien qu'elle aussi ait eu une journée difficile, entre la terrible nouvelle, le vol depuis Boston et les longues heures passées à parler à Jimmy, elle demeurait posée, maîtresse d'elle-même et résolue. Une fois Mark et Taryn partis, Alex lui proposa de manger quelque chose ou de boire au moins une tasse de café.

— Vous êtes très gentille, lui répondit Valerie en souriant, mais je crains de ne rien pouvoir avaler.

En fin de compte, elle accepta quelques crackers et un bol de soupe qu'Alex alla lui chercher dans la cuisine des infirmières.

— Quelle chance que vous connaissiez si bien cet endroit ! dit la mère de Jimmy avec reconnaissance en buvant une gorgée de soupe. Je n'arrive pas à réaliser ce qui vient de se passer. Mon pauvre Jimmy a déjà traversé une période si difficile quand Maggie est tombée malade et qu'elle est morte ! Et maintenant, ça... Je suis si inquiète !

— Moi aussi, acquiesça Alex avec douceur.

— Je suis vraiment contente de voir qu'il a d'aussi bons amis ici. Dieu merci, il avait donné mon numéro à Mark !

Les deux femmes continuèrent à bavarder. Valerie posa quelques questions à Alex sur son travail. Jimmy lui avait déjà parlé de Cooper, et Mark lui avait également expliqué la situation dans l'après-midi, afin qu'elle ne prît pas la jeune femme pour la petite amie de Jimmy. De toute façon, elle savait qu'il n'en était rien ; son fils et elle se parlaient très régulièrement au téléphone et il lui avait dit que personne n'avait partagé sa vie depuis la mort de son épouse. D'ailleurs, elle craignait qu'il reste seul à jamais. Maggie et lui avaient formé un couple parfait, tout comme son mari et elle. Depuis dix ans qu'elle était veuve, elle ne pensait pas pouvoir rencontrer un jour un homme qu'elle se sente capable d'aimer. A ses yeux, aucun n'arrivait à la cheville du père de Jimmy. Ils avaient été mariés vingt-quatre ans, et depuis elle avait abandonné tout espoir de connaître à nouveau l'amour. Personne n'aurait pu le remplacer, et elle ne souhaitait pas essayer.

Elles parlèrent ainsi un long moment, puis Valerie demanda à Alex de bien vouloir l'accompagner la prochaine fois qu'elle irait voir Jimmy. Elle se sentirait plus courageuse, avoua-t-elle. Alex accepta volontiers, et ensuite elles discutèrent encore et pleurèrent ensemble. Valerie ne pouvait imaginer ce que serait sa vie sans Jimmy. Elle n'avait plus que lui au monde désormais, bien qu'elle menât une vie très active : elle faisait beaucoup de bénévolat auprès des aveugles et des sans-abri de Boston. Jimmy n'en demeurait pas moins son seul enfant, et savoir qu'il était vivant, quelque part, l'aidait à tenir le coup.

Vers vingt-deux heures, Alex parvint à convaincre l'une des infirmières d'installer un lit pour Valerie dans un couloir peu fréquenté. Alex lui avait proposé de la conduire au Cottage, mais elle ne voulait pas quitter son fils, au cas où quelque chose se produirait.

Lorsque Alex appela Cooper à vingt-deux heures trente, il était sorti — au cinéma, précisa Taryn.

— Je crois que cette histoire d'hôpital le rend nerveux, expliqua Taryn.

Alex le savait déjà, mais ne pouvait contenir son irritation devant la désinvolture et la lâcheté de Cooper.

— Sois gentille, dis-lui que je coucherai chez moi ce soir. Je dois être de retour ici à cinq heures et c'est plus près. En plus, je ne veux pas le réveiller en me levant.

Taryn acquiesça et promit de transmettre le message.

— Je lui laisserai un petit mot, je suis moi-même épuisée.

Alex lui avait déjà dit que l'état de Jimmy était stationnaire.

Lorsqu'elle alla dire au revoir à Valerie, celle-ci somnolait déjà, et Alex s'éloigna sur la pointe des pieds.

Ce soir-là, allongée dans son lit, elle songea à Cooper et essaya d'analyser ce qu'elle ressentait. Il lui fallut un long moment, mais alors qu'elle commençait à sombrer dans le sommeil, elle comprit qu'en réalité, elle n'était pas en colère contre lui ; elle était déçue. Pour la première fois, elle avait découvert un aspect de la personnalité de Cooper qui lui déplaisait fortement. Et elle savait qu'en dépit de tout son amour, elle avait perdu une partie de son respect pour lui.

20

Le lendemain matin, Alex appela Cooper de l'hôpital et il lui dit qu'elle avait raté un film formidable, ce qui la laissa abasourdie. Décidément, il continuait à se cacher la réalité. Il ne lui demanda même pas de nouvelles de Jimmy. Elle lui signala tout de même que son état demeurait inchangé. Cooper se déclara désolé de l'apprendre mais changea de sujet dès qu'il le put.

— La saga continue, observa-t-il seulement d'un air presque désinvolte.

Elle eut envie de le secouer. Ne comprenait-il donc pas que la vie d'un homme était en jeu ? Apparemment, non.

Lorsqu'elle retrouva Taryn aux urgences un peu plus tard, elle lui parla de l'attitude de Cooper. Mark et Valerie étaient auprès de Jimmy.

— Je ne crois pas qu'il parvienne à regarder en face les situations difficiles, dit Taryn avec honnêteté.

Elle aussi avait été surprise de la réaction de son père, surtout lorsque, au petit déjeuner, il lui avait conseillé de ne pas aller à l'hôpital et de résister aux « énergies négatives ». Néanmoins, elle le soupçonnait de se sentir coupable de sa lâcheté. Même si son rejet était instinctif et lui semblait naturel, il savait qu'il ne se comportait pas comme il l'aurait dû, qu'il l'admît ou non. Ce qui gênait Alex, c'était cette capacité qu'il avait à faire totalement abstraction de la situation. En conséquence, il n'offrait son soutien à personne, et elle se sentait flouée. Peut-être ne pouvait-il réellement pas faire mieux, mais dans ce cas, quelle serait sa réaction si quelque chose de « négatif » lui arrivait à elle un jour ? Prendrait-il le problème à bras-le-corps ou irait-il au cinéma ? Le voir ainsi s'esquiver l'inquiétait, et elle se sentait vraiment mal à l'aise.

Ce soir-là, après son travail, elle se rendit au Cottage, laissant les autres à l'hôpital avec Valerie. Elle ne voulait pas trop mettre de pression sur Cooper, en le délaissant plusieurs jours d'affilée. Lorsqu'elle arriva à la maison, il se montra aimable et détendu ; il leur avait commandé un délicieux dîner chez Spago. C'était sa manière à lui de se faire pardonner ses coupables absences. Cooper Winslow ne faisait pas dans le « désagréable » ; sa spécialité, c'était le beau, le facile, l'amusant. L'élégant et le distingué. Il avait réussi à éliminer de son existence les choses qu'il n'aimait pas ou qui lui faisaient peur, pour ne conserver que celles qu'il jugeait distrayantes. Le problème était que la vie n'était pas ainsi, songeait Alex. En règle générale, le « désagréable » l'emportait sur le plaisant. Dans le monde de Cooper, rien de pénible ne se produisait jamais ; il prétendait que rien de tel n'existait. De même, il répugnait à l'économie, et, s'il était ruiné, il se refusait à l'admettre. Il continuait à vivre, à jouer et à dépenser sans compter, comme il l'avait toujours fait.

Malgré tout, ils passèrent une soirée très agréable et relaxante, ce qui parut presque surréaliste à Alex.

Elle téléphona à l'hôpital pour prendre des nouvelles de Jimmy, mais ne prit pas la peine de le signaler à Cooper. De toute façon, il n'y avait rien de changé, et l'espoir commençait à décliner. Cela faisait près de quarante-huit heures que le jeune homme était dans le coma, et avec chaque jour qui passait, les chances de complète guérison diminuaient. Il lui restait encore une journée, peut-être deux, pour revenir à lui, après quoi, s'il se rétablissait, il conserverait des séquelles et ne serait plus jamais comme avant. Il ne restait plus à Alex qu'à prier, maintenant, et c'est le cœur gros qu'elle alla se coucher près de Cooper, ce soir-là. Elle était triste à cause de Jimmy, bien sûr, mais aussi à cause des lacunes qu'elle découvrait chez Cooper et qui, pour elle, étaient colossales.

Le lendemain, elle avait un jour de congé, mais elle alla tout de même à l'hôpital pour rendre visite à Jimmy et passer un peu de temps avec Valerie. Afin d'avoir facilement accès à la chambre du patient, elle avait enfilé sa tenue de travail.

— Merci d'être venue avec moi, lui dit Valerie avec reconnaissance.

Alex et elle étaient toutes seules ce jour-là : Mark était retourné travailler, et Cooper avait insisté pour que Taryn l'accompagne sur le tournage d'une publicité pour une grande compagnie pharmaceutique.

Alex et Valerie passèrent des heures assises dans la salle d'attente et tinrent compagnie à Jimmy à tour de rôle. Elles lui parlaient sans relâche, comme s'il pouvait les entendre. Et, par chance, elles se trouvaient toutes les deux près de lui lorsque Alex, debout au pied du lit, vit un orteil remuer. Dans un premier temps, elle crut à un mouvement réflexe ; mais peu après, tout le pied bougea. Alex jeta un coup d'œil au moniteur, puis à l'infirmière, qui lui confirma par un petit signe de tête qu'elle aussi avait remarqué le mouvement.

Bientôt, très lentement, Jimmy posa la main sur celle de sa mère assise près de lui et la serra. Elle ne cessa de lui parler, tandis que des larmes de bonheur roulaient sur ses joues et sur celles d'Alex. Très sereinement, d'une voix assurée, elle lui dit combien elle l'aimait et se réjouissait de voir qu'il allait mieux. Il fallut encore une demi-heure pour qu'il ouvre les yeux. Enfin, il regarda sa mère.

— Salut, m'man, chuchota-t-il.
— Salut, Jimmy.

Elle lui sourit à travers ses larmes, et Alex dut ravaler un sanglot qui menaçait de l'étouffer.

— Que s'est-il passé ?

Bien qu'on lui eût enlevé, ce matin-là, le tube qui lui permettait de respirer car il y parvenait seul, il avait encore la gorge douloureuse et la voix rauque.

— Tu es un conducteur épouvantable, répondit sa mère.

Même l'infirmière eut un petit rire.

— Comment est la voiture ?

— En encore plus mauvais état que toi. Je me ferai un plaisir de t'en acheter une autre.

— D'accord, dit-il.

Il ferma les yeux, et ce n'est que lorsqu'il les rouvrit qu'il s'aperçut de la présence d'Alex.

— Mais que faites-vous ici ?

— Je n'étais pas de garde aujourd'hui, alors je suis passée vous rendre une petite visite.

— Merci, Alex, dit-il avant de s'endormir.

Le médecin arriva quelques minutes plus tard pour l'examiner.

— Gagné ! s'exclama-t-il en souriant. Nous avons réussi.

C'était une véritable victoire pour toute l'équipe. Pendant que le médecin s'occupait de lui, Valerie et Alex sortirent dans le couloir. La mère de Jimmy fondit en larmes dans les bras d'Alex : elle s'était préparée à voir son fils mourir, et elle était si soulagée que ses nerfs menaçaient de lâcher.

— Ça va aller... Tout va bien se passer, maintenant, lui chuchota Alex d'une voix apaisante, consciente de la terrible épreuve qu'elle venait de traverser.

Alex finit par convaincre Valerie de laisser Jimmy ce soir-là, et elle la conduisit à la maison de gardiens. Elle trouva une clé chez Cooper et la fit entrer. Quand elles arrivèrent, Cooper était toujours sur le tournage de sa publicité. Alex prit le temps de s'assurer que Valerie avait tout ce qu'il lui fallait.

— Vous avez été merveilleuse avec moi, lui dit Valerie, les larmes aux yeux.

Un rien la faisait pleurer à présent. Elle venait de passer deux journées épouvantables et était sérieusement secouée.

— J'aurais aimé avoir une fille comme vous.

— Et moi, j'aurais aimé avoir une mère comme vous, répondit Alex avec sincérité avant de prendre congé.

Lorsqu'elle retourna à la maison principale, elle avait le cœur léger. Elle eut le temps de prendre un bain et de se laver les cheveux avant le retour de Cooper à vingt-trois heures. Lui aussi paraissait fatigué : ç'avait été une longue journée.

— Oh, mon Dieu, je suis épuisé, se plaignit-il tout en remplissant trois coupes de champagne.

Il en offrit une à Taryn, une à Alex, et garda la dernière.

— Cette satanée publicité m'a pris plus de temps que certaines des pièces que j'ai jouées à Broadway !

Mais, au moins, il avait reçu une somme d'argent substantielle, et Taryn avait été intéressée par tout ce qu'elle avait découvert sur le tournage. En outre, cela lui avait permis de penser à autre chose qu'à Jimmy, même si elle avait appelé Alex à intervalles réguliers pour prendre des nouvelles de leur ami.

— Comment s'est passée ta journée, ma chérie ? demanda Cooper avec insouciance.

— Très bien.

Alex sourit à Taryn, qui était déjà au courant de la grande nouvelle.

— Jimmy est sorti du coma aujourd'hui. A terme, il devrait se remettre complètement de son accident. Même s'il doit rester un bon bout de temps à l'hôpital, il s'en sortira.

Sa voix tremblait en prononçant ces mots. Ç'avait été une expérience très éprouvante pour eux tous, à l'exception bien sûr de Cooper.

— Et ils vécurent heureux... conclut ce dernier en lui souriant d'un air un peu condescendant. Tu vois bien, ma chérie, que si tu ne te focalises pas sur ces problèmes-là, ils finissent par se régler d'eux-mêmes. Mieux vaut laisser Dieu prendre les choses en main et s'occuper de ses propres affaires.

Cette tirade niait purement et simplement tout ce qu'Alex faisait au quotidien. Certes, Dieu avait le dernier mot, mais elle était loin de rester les bras croisés.

— C'est une manière de voir les choses, se contenta-t-elle de répondre calmement.

Taryn, elle, souriait d'un air soulagé.

— Comment va sa mère ? s'inquiéta-t-elle.

— Elle est épuisée, mais heureuse, bien sûr. Je l'ai amenée dans la maison de gardiens.

— A son âge, j'aurais cru qu'elle préférerait prendre une chambre d'hôtel et être servie, observa Cooper.

Comme toujours, il était aussi élégant et impeccable que le matin même, lorsqu'il avait quitté le Cottage pour se rendre sur le tournage de sa publicité.

— Peut-être n'en a-t-elle pas les moyens, fit valoir Alex. En tout cas, elle n'est pas aussi âgée que nous le pensions.

Cooper parut surpris, bien que globalement assez indifférent à toute l'affaire.

— Quel âge a-t-elle ?

— Je ne sais pas. Etant donné l'âge de Jimmy, elle a sûrement une petite cinquantaine, mais on ne lui donnerait pas plus de quarante-deux, quarante-trois ans. Quarante-cinq grand maximum.

— Elle a cinquante-trois ans, précisa Taryn, je lui ai posé la question. Elle est incroyablement belle. On jurerait que c'est la sœur de Jimmy.

— Bien ! Au moins, nous n'avons pas à craindre qu'elle fasse une chute dans la maison et se casse le col du fémur, plaisanta Cooper.

Il était ravi que toute cette histoire fût terminée, et soulagé pour Jimmy, bien sûr — il avait toujours eu horreur des mélodrames. Au moins, maintenant, tout pouvait revenir à la normale.

— Bon ! Que faisons-nous demain, tous les trois ? s'enquit-il gaiement.

Il venait de gagner de l'argent et était d'excellente humeur. Et maintenant qu'il savait que Jimmy s'en sortirait, plus aucun nuage ne troublait son horizon. Alex fut soulagée de voir qu'il n'était tout de même pas totalement indifférent au sort du jeune homme.

— Moi, demain, je travaille, lui rappela-t-elle.
— Encore ?

Il paraissait déçu.

— Quel ennui ! Je pense que tu devrais prendre un jour de congé. Nous irions faire des courses sur Rodeo Drive.
— Ce serait avec plaisir.

Alex lui sourit. Il était si charmant et si gamin par moments qu'il était difficile de lui en vouloir longtemps. Cependant, elle ne pouvait oublier sa réaction face à l'accident de Jimmy, son incapacité à affronter la vérité et à s'émouvoir du drame.

— Je crois qu'à l'hôpital ils seraient un tout petit peu contrariés, si je préférais aller faire du shopping plutôt que travailler. Je me demande comment je pourrais leur expliquer ça.
— Dis-leur que tu as la migraine. Dis-leur que tu soupçonnes la présence d'amiante dans les plafonds et que tu vas leur faire un procès.
— Je vais plutôt aller travailler, tout simplement, dit Alex en riant.

A minuit, ils allèrent tous se coucher. Cooper et elle firent l'amour, et lorsqu'elle se leva pour se rendre à l'hôpital le lendemain matin, elle embrassa son beau visage endormi. Elle lui avait pardonné son manque de compassion pour Jimmy ; certaines personnes étaient tout simplement incapables de gérer les accidents ou les problèmes médicaux, alors que, pour elle, c'était son travail quotidien et, de ce fait, elle avait du mal à comprendre leur réaction. Mais elle songea en même temps que tout le monde ne pouvait pas faire ce qu'elle faisait. En réalité, elle éprouvait un besoin impérieux de trouver des excuses à Cooper, de lui laisser le bénéfice du doute, au moins pour cette fois. Pour elle, l'amour était avant tout un mélange de compassion, d'efforts mutuels et de pardon. La définition de Cooper aurait certainement été quelque peu différente ; il aurait parlé de beauté, d'élégance et de romantisme. Et avant tout, il aurait insisté sur la facilité. C'était là que le bât blessait. Pour Alex, l'amour n'était pas toujours facile, alors que Cooper exigeait qu'il le fût.

A l'heure du déjeuner, elle passa voir Jimmy. Sa mère venait de partir prendre un sandwich à la cafétéria, et pendant une minute ils parlèrent d'elle, de la femme extraordinaire qu'elle était. Alex lui dit combien elle l'appréciait, et Jimmy sourit. Il était allongé dans son lit, très calme, et lui annonça qu'il quitterait le service des soins intensifs dans l'après-midi.

— Merci d'avoir passé du temps près de moi, quand j'étais dans les vapes. Maman m'a dit que vous étiez restée toute la journée avec elle, hier. C'est très gentil de votre part, Alex, merci infiniment.

— Je ne voulais pas la laisser ici toute seule. Il y a de quoi inquiéter n'importe qui.

Elle le regarda, hésita, puis décida de jouer franc jeu. Il allait suffisamment bien pour qu'elle lui pose la question qui la tourmentait depuis l'accident.

— Alors, que s'est-il passé ? s'enquit-elle. Je suppose que vous n'aviez pas bu.

Elle était assise tout à côté de lui, et il lui prit la main sans réfléchir.

— Non, non... Je ne sais pas. Je crois que j'ai perdu le contrôle de la voiture. Les pneus devaient être trop vieux... ou les freins... Quelque chose dans ce genre-là.

— Est-ce ce que vous vouliez ? demanda-t-elle avec douceur. Avez-vous fait en sorte que cela se produise, ou vous êtes-vous simplement laissé aller, quand c'est arrivé ?

Sa voix n'était plus qu'un murmure, et pendant un long moment, il la regarda en silence.

— Pour être honnête, Alex, je ne sais pas... Je me suis posé la même question. J'étais dans une espèce de brouillard... Je pensais à elle... Dimanche, c'était son anniversaire. Je crois que, pendant une fraction de seconde, je me suis laissé aller. J'ai senti que je commençais à déraper, et je n'ai pas réagi tout de suite. Après, quand j'ai essayé de redresser la voiture, je n'ai pas réussi. Puis tout est devenu noir, et je me suis réveillé ici.

C'était exactement ce qu'elle avait soupçonné. Et il semblait aussi horrifié qu'elle.

— C'est terrible à admettre, reprit-il. Jamais je ne recommencerais, mais pendant une seconde, je me suis entièrement remis entre les mains du Destin... Et heureusement, il a estimé que mon heure n'était pas venue.

— C'est un sacré risque que vous avez pris là, observa Alex d'une voix triste.

Cela lui faisait mal de songer que Jimmy souffrait à ce point.

— Il me semble qu'une bonne thérapie serait de mise.

— Oui, vous avez raison. J'y pensais dernièrement. Je ne supporte plus de me sentir aussi mal. J'ai l'impression de me noyer et de ne pas avoir la force de remonter à la surface. Cela peut paraître paradoxal, ajouta-t-il en désignant du menton ses plâtres et les moniteurs auxquels il était toujours branché, mais en fait je me sens mieux maintenant.

Cela se voyait.

— Je suis heureuse de l'entendre, dit Alex, soulagée. Malgré tout, j'ai bien l'intention de garder un œil sur vous. Je vais vous harceler jusqu'à ce que je vous voie sautiller de joie dans l'allée de la maison.

Il rit.

— Je ne suis pas près de sautiller, que ce soit de joie ou d'autre chose, observa-t-il.

Il passerait un certain temps en chaise roulante, puis avec des béquilles. Sa mère lui avait déjà proposé de rester pendant toute sa convalescence. Les médecins estimaient qu'il lui faudrait entre six et huit semaines pour remarcher. Il parlait déjà de retourner travailler dès que possible, ce qui était bon signe.

— Alex, dit-il avec émotion, merci de vous inquiéter de moi. Comment avez-vous su ce qui s'était passé ? ajouta-t-il, impressionné qu'elle eût deviné son rôle dans l'accident.

— Je suis médecin, vous vous souvenez ?

— Certes, mais en règle générale, il est plutôt rare que les prématurés s'amusent à sauter en voiture du haut des falaises.

— Je ne sais pas pourquoi, mais dès que Mark m'a parlé de l'accident, j'ai deviné ce qui s'était passé. Je crois que je l'ai senti.

— Vous êtes une femme intelligente.

— Je tiens beaucoup à vous, corrigea-t-elle avec sérieux.

Il hocha la tête. Lui aussi tenait énormément à elle, mais il avait peur de le lui avouer.

Lorsque sa mère revint avec son sandwich, Alex prit congé d'eux pour retourner travailler. Valerie ne put s'empêcher de chanter les louanges de la jeune femme à son fils. Elle l'impressionnait et l'intriguait à la fois.

— Mark dit que c'est la petite amie de Cooper Winslow. N'est-il pas un peu vieux pour elle ? demanda-t-elle avec intérêt.

Elle n'avait pas encore fait la connaissance de Cooper, mais elle savait qui il était et avait beaucoup entendu parler de lui, tant par ses locataires que par Alex.

— Apparemment, elle ne le pense pas, répondit Jimmy.

— Comment est-il ? s'enquit sa mère entre deux bouchées de son sandwich au pain complet à la dinde.

Jimmy était encore condamné à n'avaler que du liquide, et la voir manger ainsi lui donnait faim. C'était la première fois depuis bien longtemps qu'il éprouvait une telle sensation. Peut-être avait-il bel et bien réussi à exorciser ses démons, songea-t-il. En fin de compte, cet accident aurait peut-être des conséquences positives.

— Cooper est arrogant, séduisant, charmant, insouciant et égoïste comme pas deux, dit-il en réponse à sa mère. Le seul problème, c'est que Alex n'a pas l'air de s'en apercevoir, ajouta-t-il, visiblement contrarié.
— N'en sois pas si sûr, dit Valerie d'un ton calme.
Tout à coup, elle se demanda s'il n'était pas amoureux de la jeune femme. Mais si c'était le cas, en avait-il seulement conscience ?
— Souvent, les femmes voient les choses, mais elles décident de ne s'en préoccuper que plus tard. Elles les classent dans un dossier, en quelque sorte. Mais cela ne veut pas dire qu'elles sont aveugles. Alex est très brillante.
— Elle est formidable, renchérit Jimmy, ce qui confirma les soupçons de sa mère.
— J'en suis certain. Ne t'inquiète pas, elle ne fera pas de bêtise. Peut-être qu'il lui convient pour l'instant, même s'ils ont l'air bizarrement assortis, d'après ce que j'ai pu voir et entendre dire.
Elle fut néanmoins impressionnée lorsque, le lendemain, Jimmy fut transféré dans une chambre seule et reçut de Cooper un gigantesque bouquet de fleurs. Dans un premier temps, elle se demanda si Alex l'avait commandé de sa part, mais elle comprit vite que non : c'était le type de bouquet qu'envoyait un homme, pas une femme. Un homme habitué à surprendre les femmes et à les séduire. Il ne serait jamais venu à l'idée de Cooper d'envoyer moins de quatre douzaines de roses.
— Tu as vu ça, maman ? Tu crois qu'il veut m'épouser ? plaisanta Jimmy.
— J'espère bien que non ! répondit-elle en riant.
Mais elle espérait tout autant que Cooper ne voulait pas épouser Alex. Cette dernière méritait mieux qu'une star de cinéma vieillissante. Après lui avoir parlé pendant plusieurs heures, Valerie en était persuadée. Il lui fallait un homme jeune qui l'aime, qui s'intéresse à elle, s'occupe d'elle et veuille lui donner des enfants. Comme Jimmy. Naturellement, Valerie était trop fine pour faire

une remarque à ce sujet. Alex et Jimmy étaient amis, et pour l'instant c'était tout ce qu'ils souhaitaient.

Alex rendit visite à Jimmy chaque jour, qu'elle fût de service ou non. Elle descendait le voir dès qu'elle faisait une pause, lui apportait des livres pour qu'il ne s'ennuie pas trop et lui racontait des anecdotes amusantes. Le soir tard, elle s'asseyait longuement près de lui et ils parlaient pendant des heures de choses importantes, comme le travail de Jimmy, ses parents, sa vie avec Maggie, et sa souffrance depuis qu'il l'avait perdue. Alex lui parla de Carter et de sa sœur. De ses parents, et de la relation qu'elle avait rêvé d'avoir avec eux étant enfant et qu'elle n'avait jamais eue, parce que tous deux en étaient incapables. Petit à petit, ils se confièrent tous leurs secrets, et leur intimité s'accrut. Ils n'en avaient absolument pas conscience, bien sûr, et si quiconque leur avait posé des questions, ils auraient affirmé qu'il ne s'agissait que d'amitié. Seule Valerie savait la vérité et devinait que l'alchimie entre eux était bien plus puissante que cela. Elle en était d'ailleurs ravie ; le seul hic, c'était Cooper...

Ce week-end-là, elle eut l'occasion de le découvrir. Jusqu'alors, elle ne l'avait jamais croisé dans la propriété, et elle dut bien admettre qu'il était impressionnant. Il correspondait tout à fait à la description que Jimmy avait faite de lui : égocentrique, arrogant, amusant et d'un charme ravageur. Cependant, il était aussi plus que tout cela, même si Jimmy était encore trop jeune pour s'en apercevoir. En Cooper, Valerie, elle, reconnut aussitôt un homme vulnérable et effrayé. En dépit de son allure juvénile et de toutes les jeunes femmes dont il s'entourait, il savait qu'il arrivait au terme du chemin. Et elle comprit vite qu'il était terrifié. De tomber malade, de vieillir, de perdre son physique, de mourir. Cela, elle l'avait déjà deviné à son refus de s'intéresser à l'accident de Jimmy, et ses yeux le lui confirmèrent. Derrière le rire et la jovialité, se cachait un homme triste. Il avait beau avoir en apparence tout ce qu'il pouvait désirer, elle éprouvait de la compassion pour lui. Cooper Winslow était un homme trop effrayé pour faire face à ses démons. Le reste était pure apparence. Elle savait cependant que Jimmy n'aurait jamais compris cela si elle avait essayé de le lui expliquer.

Il ne fallut pas longtemps non plus à Valerie pour comprendre que cette histoire grotesque de jeune femme enceinte de lui flattait Cooper. Bien sûr, il s'en plaignait ouvertement, mais en fait il se servait de cela pour torturer subtilement Alex. C'était une manière de lui dire que d'autres femmes le désiraient et voulaient des enfants de lui. Cela signifiait qu'il était non seulement jeune, mais aussi viril et puissant.

Valerie ne pensait pas qu'Alex était réellement amoureuse de lui. En réalité, il l'impressionnait, et elle trouvait en lui le père attentif qu'elle n'avait jamais eu.

Décidément, les habitants du Cottage et de ses dépendances formaient un groupe intéressant, estima Valerie. Elle trouvait en tout cas que Mark et Taryn avaient l'air faits l'un pour l'autre.

Mais, plus que tout, elle se découvrit fascinée par la complexité du personnage de Cooper. Au premier abord, lui ne parut guère impressionné lorsqu'ils se rencontrèrent : Valerie ne ressemblait en rien aux femmes auxquelles il faisait la cour d'ordinaire. Elle était d'ailleurs d'une autre génération. En revanche, il apprécia sa grâce, son style, son élégance simple, et il en fit la remarque à Alex quand ils se retrouvèrent seuls dans leur chambre. Ce jour-là, Valerie portait un pantalon et un haut gris avec un rang de perles. Il n'y avait rien chez elle de prétentieux ou d'ostentatoire, et elle avait l'air d'autant plus jeune qu'elle ne faisait aucun effort particulier pour dissimuler son âge. Elle respirait l'éducation et la classe.

— Dommage qu'elle ne soit pas riche, observa Cooper. Elle a tellement d'allure, c'est du gâchis. Hélas, nous en sommes tous là, ajouta-t-il en riant.

Alex était la seule du petit groupe à avoir vraiment de l'argent en abondance, mais il ne lui servait à rien : sa fortune lui était complètement indifférente. Cooper estimait d'ailleurs que, de même que les jeunes ne savaient pas apprécier leur jeunesse, les philanthropes ne savaient pas apprécier leur argent. Lui partait du principe que ce dernier était là pour être dépensé et permettre à son propriétaire de passer du bon temps. Alex, elle, dissimulait sa fortune ou l'ignorait. Elle avait besoin d'apprendre à en profiter. Il lui aurait volontiers donné des leçons, mais hésitait pour le moment. Toujours cette satanée conscience... Il s'évertuait à la mettre entre parenthèses, mais sans succès. C'était nouveau pour lui, et infiniment pénible.

Cooper revit Valerie le lendemain, près de la piscine. Elle était assise à l'ombre de l'arbre préféré de l'acteur ; elle avait décidé de prendre une journée de repos et de ne rendre visite à Jimmy que dans la soirée. Elle était confortablement installée sur une chaise longue et portait un bikini noir très sobre qui lui allait à merveille. Pour son âge, elle avait un corps superbe, et Alex comme Taryn la regardaient avec envie, en espérant vieillir aussi bien. Lorsqu'elles le lui avaient dit, Valerie s'était contentée de répondre qu'elle avait de la chance ; elle était naturellement ainsi et n'avait pas beaucoup d'efforts à faire pour le demeurer. Néanmoins, elle s'était déclarée sensible aux compliments des deux jeunes femmes.

Par la suite, Cooper l'invita à prendre une coupe de champagne chez lui et elle accepta, avant tout pour pouvoir dire qu'elle avait vu l'intérieur du Cottage. Elle fut aussitôt frappée par la beauté des lieux et leur sobriété. Il n'y avait rien d'ostentatoire dans la décoration ; tout était d'un goût parfait, aussi bien les antiquités, splendides, que les tissus, exquis. A l'évidence, c'était la maison d'un homme dans la force de l'âge, comme elle le fit remarquer à Jimmy un peu plus tard. Et une fois encore, elle songea qu'Alex n'y paraissait pas à sa place, même si, pour l'instant, Cooper et elle semblaient heureux ensemble.

Elle commençait à se demander si l'acteur n'avait pas des intentions sérieuses concernant Alex. Il se montrait si attentionné, si aimant ! Il était clair qu'il éprouvait des sentiments pour elle, mais avec Cooper il était difficile de connaître la profondeur de ces sentiments. Tout, dans sa vie, semblait superficiel, à commencer par ses émotions. Néanmoins, Valerie le croyait capable d'épouser la jeune femme pour quantité de mauvaises raisons — pour prouver quelque chose au monde entier ou, pire, pour profiter de la fortune des Madison. Par affection pour Alex, Valerie espérait que Cooper serait sincère, mais rien n'était sûr...

En tout cas, Alex, elle, ne paraissait pas inquiète. Elle semblait parfaitement à l'aise avec Cooper et heureuse de résider au Cottage, surtout avec Taryn.

— Tu as des amis adorables, dit Valerie à Jimmy lorsqu'elle lui rendit visite à l'hôpital, ce soir-là.

Elle lui dit combien elle aimait la maison de Cooper, et même la maison de gardiens.

— Je comprends que tu t'y sentes bien.

Elle aussi. Cette maisonnette avait quelque chose de campagnard, d'apaisant.

— Est-ce que Cooper t'a fait des avances ? demanda-t-il avec curiosité.

— Bien sûr que non ! s'exclama-t-elle en riant. J'ai à peu près trente ans de trop pour lui. Il est trop intelligent pour sortir avec des femmes de mon âge : nous lisons en lui comme dans un livre ouvert. Remarque, cela lui ferait du bien d'essayer, mais je n'ai pas l'énergie de m'attaquer à quelqu'un comme lui. Trop de travail, conclut-elle avec un sourire espiègle.

A vrai dire, elle n'avait l'énergie de « s'attaquer » à aucun homme. Ni l'énergie, ni l'envie. Comme elle le disait toujours, c'était terminé pour elle. Elle était contente de vivre seule et de passer un peu de temps avec son fils. Elle avait promis de rester à son côté durant sa convalescence et tous deux se réjouissaient de partager ces quelques semaines. Cela faisait des années que cela ne leur était pas arrivé.

— Tu devrais peut-être faire un peu concurrence à Alex, la taquina Jimmy.

— Elle gagnerait haut la main ! Et ce serait mérité, fit valoir Valerie en riant.

Savoir si la jeune femme aurait intérêt à l'emporter, c'était une autre question...

21

Juin arriva. La relation de Mark et Taryn continuait à s'épanouir, même s'ils demeuraient aussi discrets que possible, car ni l'un ni l'autre ne souhaitaient troubler les enfants de Mark. Jessica et Jason étaient pourtant très à l'aise avec la jeune femme, si bien que lorsque les vacances scolaires arrivèrent, ils déclarèrent n'avoir aucune envie d'aller chez leur mère à New York. Janet ne les avait vus qu'une fois depuis leur installation au Cottage, et elle insista auprès de Mark pour qu'ils viennent dans l'Est. Elle voulait aussi qu'ils restent près d'elle jusqu'à son mariage. Elle avait prévu d'épouser Adam durant le week-end du 4 juillet.

— Pas question que j'y aille, décréta Jessica, têtue, quand ils en discutèrent.

Jason avait déjà dit qu'il ferait la même chose que sa sœur, quoi qu'elle décidât. Or, Jessica était toujours furieuse contre leur mère.

— Je veux rester ici avec toi et voir mes amis. Il est hors de question que j'assiste au mariage.

— C'est un autre problème, et nous pourrons en discuter après. Jessica, tu ne peux pas refuser de voir ta mère.

— Si, je peux. Elle t'a quitté pour ce minable.

— C'est un problème entre elle et moi, et cela ne te regarde pas, répondit Mark avec fermeté.

Il voyait cependant que Janet s'était sérieusement mis les enfants à dos. Et Adam n'avait pas arrangé les choses... Il s'était montré maladroit avec les enfants et leur avait clairement fait comprendre que leur mère et lui sortaient ensemble bien avant qu'elle ne quitte la Californie. C'était stupide de sa part, et cela avait fait beaucoup de tort à Janet. Néanmoins, Mark estimait que les enfants devraient tôt ou tard lui pardonner.

— Tu dois quand même la voir. Allons, Jess, elle t'aime très fort, plaida-t-il.

— Je l'aime aussi, admit Jessica avec honnêteté. Mais je suis furieuse contre elle.

Elle venait tout juste d'avoir seize ans et était en pleine période de conflit avec sa mère. Dans cette affaire, Jason se comportait davantage en spectateur, même si l'attitude de Janet l'avait visiblement déçu. En vérité, les deux enfants étaient, tout simplement, plus heureux avec leur pères.

— Et je te préviens, poursuivit Jessica, il est hors de question que je retourne à l'école là-bas.

Mark n'avait pas encore abordé le sujet mais, en fait, Janet voulait que les enfants aillent vivre avec elle le plus vite possible, et elle avait prévu de les réinscrire au lycée à New York à la rentrée.

En fin de compte, il dut appeler Janet pour en discuter avec elle.

— Je n'arrive pas à les convaincre, Janet. J'essaie, mais ils ne veulent rien entendre. Ils n'ont pas envie d'aller à New York maintenant, et ils refusent catégoriquement d'assister au mariage.

A ces mots, Janet éclata en sanglots.

— Ils ne peuvent pas faire ça ! s'exclama-t-elle. Il faut que tu te débrouilles pour qu'ils viennent.

— Je ne peux pas les droguer et les mettre dans l'avion de force, observa Mark, mécontent de cette inconfortable position d'intermédiaire.

Janet était responsable de ce qui se passait et refusait de l'admettre. Pourtant, il n'éprouvait aucune colère ni aucun désir de vengeance envers elle. Il était heureux avec Taryn.

— Et si tu venais ici pour leur parler ? suggéra-t-il. Cela faciliterait peut-être les choses.

C'était une proposition sensée, mais Janet la repoussa catégoriquement.

— Je n'ai pas le temps, je suis trop occupée par les préparatifs du mariage.

Adam et elle avaient loué une maison dans le Connecticut et invité deux cent cinquante personnes à la réception.

— Eh bien, sache que tes enfants ne seront pas là, à moins que tu ne trouves quelque chose pour les faire changer d'avis. Moi, j'ai tout essayé.

— Oblige-les à venir, s'énerva Janet. Je les traînerai devant le tribunal, s'il le faut.

— A quatorze et seize ans, ce ne sont plus des bébés. Ils sont assez grands pour que le tribunal tienne compte de leur avis.

— Ils se comportent comme des enfants mal élevés !

— Non, les défendit-il d'un ton calme. Ils sont blessés. Ils pensent que tu leur as menti à propos d'Adam. Et c'est ce que tu as fait. Il leur a clairement fait comprendre que tu m'avais quitté pour lui. Je suppose que c'était son ego qui le faisait parler ainsi, mais eux ont bien saisi le message.

— Il n'a pas l'habitude des enfants.

Elle cherchait des excuses à Adam mais savait pertinemment que Mark avait raison.

— L'honnêteté est souvent la meilleure solution.

Jamais il n'avait menti à ses enfants, et Janet non plus, avant de rencontrer Adam. Elle était tellement amoureuse de ce dernier qu'elle faisait tout ce qu'il souhaitait, et c'était la cause de son conflit avec les enfants.

— Je ne peux pas t'aider, à moins que tu fasses un effort de ton côté. Pourquoi ne viendrais-tu pas passer un week-end ici ?

En fin de compte, elle céda. Elle prit une chambre au Bel Air pour deux jours, et Mark parvint à convaincre les enfants de dormir à l'hôtel avec elle. A la fin du week-end, tous les problèmes n'étaient pas résolus, mais ils avaient au moins accepté d'aller passer la fin du mois de juin à New York. Janet avait promis de ne pas les forcer à assister au mariage, s'ils ne le souhaitaient pas. Elle était certaine de parvenir à les convaincre lorsqu'ils seraient sur place. En revanche, Jessica et Jason lui avaient clairement dit qu'ils n'envisageaient pas d'étudier ailleurs qu'à Los Angeles à la rentrée. Janet savait qu'elle ne pouvait les contraindre à vivre avec elle, mais elle avait dit à Mark que, si elle acceptait de les laisser chez lui, ils devraient établir un planning très précis pour que les enfants viennent la voir à New York au moins un week-end par mois. Il avait accepté et promis d'essayer de persuader Jessica et Jason.

Ces derniers estimaient avoir remporté une grande victoire, puisque leur mère les laissait habiter chez leur père, et ils étaient de bien meilleure humeur la semaine suivante, lorsqu'ils s'envolèrent pour New York. Ils seraient absents quatre semaines et, aussitôt après leur départ, Taryn emménagea dans l'aile des invités avec Mark. Tout se passait bien : Jessica et elle étaient les meilleures amies du monde. L'adolescente n'éprouvait pas du tout envers Taryn la même hostilité qu'envers Adam, et Jason non plus. Mais bien sûr, Taryn n'était pas la cause de la rupture de leurs parents, et elle s'était toujours montrée honnête vis-à-vis d'eux, ce qui lui conférait un avantage certain par rapport à l'amant de leur mère.

Jamais auparavant elle n'avait particulièrement apprécié les enfants de ses connaissances, et elle était surprise de se découvrir aussi à l'aise avec ceux de Mark. Elle les trouvait respectueux, amusants, affectueux et faciles à vivre, et les aimait de plus en plus.

— Tu sais, lui dit Mark d'un ton pensif quelques jours après leur départ, s'ils doivent rester avec moi de façon permanente, il va falloir que je me mette en quête d'une maison. Je ne peux pas rester éternellement ici.

Il n'y avait pas d'urgence, mais il déclara qu'il commencerait ses recherches au cours de l'été. Ainsi, s'ils trouvaient une maison à leur goût mais devaient y faire des travaux, ils pourraient toujours rester dans l'aile des invités jusqu'à la fin de leur bail en février. Il admit cependant qu'il serait triste de quitter le Cottage.

Cette conversation les conduisit inévitablement à parler de leur avenir commun.

— Que dirais-tu de venir vivre avec nous ? lui demanda-t-il avec sérieux.

La vie était si étrange, parfois ! Cinq mois plus tôt, il était anéanti par le départ de Janet, et maintenant il avait rencontré cette femme merveilleuse, qui lui convenait parfaitement et avait, de surcroît, su séduire ses enfants.

— Voilà une proposition intéressante, dit-elle en se penchant pour déposer un baiser sur ses lèvres. Je crois que je pourrais me laisser convaincre, si les circonstances s'y prêtaient.

Elle n'était absolument pas pressée de se remarier, et Cooper lui avait d'ores et déjà proposé de reprendre l'aile des invités ou la maison de gardiens si l'un de ses « hôtes » venait à partir. Mais, en vérité, elle préférait vivre avec Mark et les enfants, où qu'ils aillent.

— Il faut que tu sois certain que cela ne dérangera pas Jessica et Jason, Mark. Je ne veux en aucun cas être perçue comme une intruse.

— Ne t'inquiète pas, c'est à Adam qu'ils en veulent, pas à toi, mon amour.

Il sourit. Il y avait peu de chances que les enfants se rendent au mariage de leur mère, et il ne parvenait pas à leur en vouloir.

Le temps que Taryn et lui passèrent seuls ne fit que consolider leur relation et renforça leur désir de l'officialiser rapidement. En vérité, les choses allaient si vite que Taryn s'en ouvrit à son père. Il ne fut pas surpris par la nouvelle, mais un peu déçu.

— J'aurais préféré te voir avec quelqu'un d'un peu plus excitant, avoua-t-il avec franchise.

Il lui parlait comme s'il l'avait connue depuis son enfance. De fait, il se sentait très protecteur vis-à-vis d'elle. En trois mois, elle s'était fait une place dans son cœur et dans sa vie, et il aurait aimé qu'elle demeure au Cottage avec lui.

— Je ne pense pas que j'aimerais sortir avec quelqu'un de « plus excitant », fit valoir Taryn. Je suis même certaine du contraire. J'ai déjà un père excitant, c'est bien suffisant ! Je recherche quelqu'un d'apaisant, de stable et de fiable. Mark est tout cela, et c'est quelqu'un de bien.

Cooper était obligé de le reconnaître, même si tout ce qui se rapportait au droit fiscal lui paraissait d'un ennui mortel.

— Et ses enfants ? N'oublie pas que nous avons génétiquement horreur des gamins Pourras-tu supporter de vivre avec ces deux petits monstres ?

Jamais il ne l'aurait avoué, mais depuis quelque temps il trouvait les deux adolescents beaucoup moins pénibles, et même presque agréables. Presque.

— Je les aime vraiment beaucoup. Non, plus que ça. Je crois que je les aime tout court.

— Oh, Seigneur, ayez pitié !

Il leva les yeux au ciel, avec une horreur feinte.

— Ce pourrait être fatal. Et il y a pire, réalisa-t-il. Cela ferait quasiment d'eux mes petits-enfants ! Je les tuerai de mes mains s'ils s'avisent de le dire à quiconque. Je ne serai jamais le grand-père de qui que ce soit. Ils n'auront qu'à m'appeler M. Winslow.

Elle éclata de rire, et ils continuèrent à bavarder un moment. Mark et elle avaient parlé de se marier l'hiver suivant. Et ils espéraient tous deux que les enfants n'y verraient aucune objection.

— Et Alex et toi ? demanda Taryn à son père lorsqu'ils eurent épuisé le sujet.

— Je ne sais pas, reconnut Cooper, visiblement troublé. Ses parents viennent de l'inviter à Newport, et elle a refusé d'y aller. Je pense qu'elle a tort. Mais de toute façon, je ne pourrais pas l'accompagner. Son père n'approuve guère notre relation. Ce que je comprends très bien, mieux sans doute qu'Alex. Je ne sais pas, Taryn... J'ai l'impression de ne pas être juste envers elle. Ce genre de chose ne m'a pourtant jamais posé de problème dans le passé. Je dois devenir sénile, ou tout simplement vieux.

— A moins que tu ne grandisses, dit-elle avec douceur.

Avec le temps, elle avait découvert toutes ses faiblesses, ou en tout cas beaucoup d'entre elles, mais elle l'aimait tout de même. Quoique différent du père avec lequel elle avait grandi, c'était quelqu'un de bien. Toute sa vie, il avait vécu dans un monde très particulier, qui l'avait choyé et gâté. Il n'était guère surprenant qu'il eût quelques lacunes affectives. Pourtant, Alex et Taryn avaient su l'obliger à ouvrir les yeux, et elles avaient remis en cause tout son système de valeurs. Qu'il le voulût ou non, il avait changé.

Il y réfléchissait encore cet après-midi-là, lorsqu'il descendit faire quelques longueurs dans la piscine. Taryn et Mark étaient sortis et Alex travaillait, comme toujours. Jimmy était rentré de l'hôpital quelques jours plus tôt et se reposait dans sa chambre de la maison de gardiens.

Cooper se réjouissait d'être un peu seul pour faire calmement le tri dans ses pensées, et il fut surpris de trouver Valerie dans la piscine. Elle nageait lentement, les cheveux relevés en chignon sur le sommet de sa tête. A son habitude, elle ne portait quasiment aucun maquillage. Son maillot de bain noir, très sobre, soulignait ses courbes juvéniles. Il était indéniable que c'était une belle femme — une très belle femme, même. Un peu trop vieille au goût de Cooper, mais très belle. En tout cas, il avait trouvé jusque-là sa conversation agréable. Elle avait les pieds sur terre et une vision de la vie très simple et très claire.

— Bonjour, Cooper, dit-elle en souriant comme il s'asseyait sur l'une des chaises longues.

Il avait finalement décidé de ne pas nager. Il préférait la regarder, bien qu'il regrettât un peu sa présence : il avait beaucoup de choses en tête, entre Alex et le test ADN de Charlene qui approchait.

— Bonjour, Valerie. Comment va Jimmy ? demanda-t-il poliment.

— Ça va. Il est frustré de ne pas pouvoir marcher, mais rien de grave. Il dort, pour le moment, alors j'en profite pour me détendre un peu. Il est lourd et ce n'est pas facile de l'aider, avec tous ses plâtres.

— Vous devriez embaucher une infirmière. Vous ne pouvez pas tout faire vous-même.

Son dévouement lui paraissait aussi admirable qu'absurde.

— J'aime m'occuper de lui. Cela fait longtemps que je n'en ai pas eu l'occasion... Et c'est probablement la dernière fois que je pourrai le faire.

Cooper réalisa soudain qu'il avait manqué de tact. Sans doute n'avait-elle pas les moyens d'offrir une infirmière à Jimmy. Même si elle avait beaucoup de classe en effet, il était évident qu'elle n'était pas très riche. Certes, son fils payait un loyer exorbitant, mais Cooper le soupçonnait de prélever la somme sur l'assurance vie qu'il avait dû toucher à la mort de son épouse. Tôt ou tard, cet argent s'épuiserait, et Jimmy serait contraint de vivre plus modestement.

— Alex est partie travailler ? demanda aimablement Valerie en sortant de l'eau pour venir s'installer près de lui.

Elle était décidée à ne pas rester très longtemps pour ne pas le déranger. Il paraissait préoccupé.

— Naturellement. La malheureuse travaille bien trop, mais que voulez-vous, elle aime ça.

D'une certaine manière, il respectait cela. Elle n'avait nul besoin de gagner sa vie, et sa passion pour son travail n'en était que plus admirable — ou absurde...

— J'ai vu un de vos vieux films, hier soir, reprit Valerie, avant de lui donner le titre.

Elle l'avait regardé au milieu de la nuit, après avoir terminé de s'occuper de Jimmy.

— Vous êtes un acteur remarquable, Cooper.

Cela l'avait surprise.

— C'était un excellent film.

Très loin des rôles médiocres qu'il interprétait aujourd'hui.

— Vous étiez un acteur hors du commun, et vous pourriez l'être encore.

— Je suis trop paresseux, répondit-il avec un sourire las. Et trop vieux. Il faut travailler terriblement dur pour faire des films comme ça. J'ai perdu l'habitude, je ne saurais plus.

— Peut-être que vous vous trompez.

Elle avait plus confiance en lui que lui-même, tant elle avait été impressionnée par la qualité de son interprétation. Jamais elle n'avait vu ce film auparavant, et elle n'en avait même pas entendu parler. Il devait avoir à peu près cinquante ans à l'époque du tournage, et elle l'avait trouvé d'une beauté à couper le souffle.

— Vous aimez votre métier, Cooper ?

— Autrefois, je vous aurais répondu oui, sans hésiter. Ce que je fais maintenant n'est guère stimulant, Valerie.

Ce n'était qu'une question d'argent facile, rapidement gagné. Cela faisait si longtemps qu'il avait accepté de se vendre au plus offrant qu'il se souvenait à peine d'un « avant ».

— J'attends toujours de me voir offrir un rôle vraiment bon, mais on ne m'a rien proposé depuis bien longtemps.

Il semblait à la fois triste et découragé.

— Peut-être que si vous faisiez un petit effort pour chercher, vous seriez surpris. Le monde mérite de vous voir de nouveau dans un grand film. J'ai vraiment adoré celui que j'ai vu hier.

— Je suis heureux de l'entendre.

Il lui sourit, et pendant un moment ils ne dirent rien. Il songeait à ce qu'elle venait de lui dire ; il savait qu'elle avait raison.

— Je suis désolé de ce qui est arrivé à votre fils, dit-il enfin. Ça dû être atroce, pour vous.

Pour la première fois, il comprenait presque ce qu'elle avait pu éprouver.

— C'est vrai, reconnut-elle avec honnêteté. Il est tout ce que j'ai. Si je le perdais, ma vie n'aurait plus aucun sens.

Grâce à sa relation toute neuve avec Taryn, Cooper pouvait presque s'identifier à Valerie. Du moins, il devinait qu'il souffrirait atrocement s'il devait arriver quelque chose à sa fille, et il comprenait que pour Valerie, qui avait passé des années et des années avec Jimmy, la souffrance aurait été pire encore — inconcevable. C'était la première fois qu'il exprimait une compassion sincère depuis l'accident de Jimmy, et Valerie lui en fut reconnaissante.

— Depuis combien de temps êtes-vous veuve ? s'enquit-il avec curiosité.

— Dix ans. J'ai l'impression que ça fait une éternité.

Elle lui sourit. Elle était visiblement en paix avec elle-même et avec son existence. Elle avait remis son sort entre les mains du destin, sereinement, et elle n'inspirait nullement la pitié. Cooper la trouvait même très forte.

— Maintenant, j'ai l'habitude, conclut-elle.

— Envisagez-vous parfois de vous remarier ?

C'était une étrange conversation qu'ils avaient là, confortablement assis sous les arbres, au bord de la piscine, en cette journée de juin. Tous deux réfléchissaient à la vie et à ce qu'elle signifiait pour eux. Valerie était suffisamment mûre pour se mettre à la place de Cooper, mais assez jeune encore pour ne pas avoir perdu son appétit de vivre, son envie d'être heureuse et de s'amuser. Il aimait s'entretenir avec elle et, bien que mûre, elle lui paraissait merveilleusement jeune d'esprit. Elle avait dix-sept ans de moins que lui ; Alex, quarante.

— Me remarier ? Je n'y pense même pas, répondit franchement Valerie. Je ne cherche pas, à vrai dire. Je me suis toujours dit que s'il existait un autre homme sur terre fait pour moi, il finirait par me trouver, et jusqu'ici ça n'a pas été le cas. Cela ne me dérange pas. J'ai eu la chance de vivre un mariage heureux, cela me suffit.

— Peut-être quelqu'un vous surprendra-t-il un de ces jours.

— Peut-être, acquiesça-t-elle, très à l'aise.

Cela ne semblait pas la préoccuper, et cette attitude sereine plut à Cooper. Il avait horreur des gens désespérés.

— Vous vous intéressez bien plus à ces choses-là que moi, dirait-on, observa-t-elle en souriant.

Elle n'ajouta pas que, si elle avait recherché un compagnon selon les mêmes critères d'âge que Cooper, elle aurait dû sortir avec le fils de Mark, Jason.

— Quels sont vos projets pour ce soir ? demanda-t-il tout à coup.

Alex travaillait, et il se sentait seul. Parfois, il lui était difficile d'être fidèle à une femme si souvent absente. Dans le passé, il avait toujours eu plusieurs petites amies en même temps, si bien que jamais il n'avait été contraint, comme maintenant, de passer des soirées entières en solitaire. Heureusement qu'il avait Taryn près de lui, sans quoi c'eût été encore pire.

— Je vais préparer le dîner, répondit Valerie en souriant. Voudriez-vous vous joindre à nous ? Je suis sûre que Jimmy serait content de vous voir.

Cooper n'était passé rendre visite au convalescent qu'une fois depuis son retour de l'hôpital, et il n'était resté que quelques minutes. Il avait ensuite expliqué à Alex combien il détestait tout ce qui avait, de près ou de loin, un rapport avec la maladie.

— Je peux commander un dîner chez Spago, proposa-t-il, soudain reconnaissant à Valerie de son invitation.
Il l'appréciait et se réjouissait de leur amitié naissante. Avec elle, il avait l'impression d'être avec une sœur.
— Jamais ! Mes pâtes sont bien meilleures que les leurs, déclara-t-elle avec hauteur.
Il éclata de rire.
— Je me garderai bien de le dire au chef. Mais je serai ravi de les goûter.
Lorsqu'il les rejoignit pour dîner ce soir-là, Jimmy ne dissimula pas sa surprise. Sa mère avait oublié de le prévenir et, au début, le jeune homme se sentit un peu mal à l'aise. Quand Alex lui rendait visite à l'hôpital, ils avaient passé beaucoup de temps ensemble ; il lui avait confié tous ses secrets et avait entendu la plupart des siens. Il ne savait pas si Cooper était au courant, et dans quelle mesure l'acteur était jaloux de cette intimité. Mais il constata vite que Cooper avait surtout envie de bavarder avec sa mère. Il ne tarissait pas d'éloges sur sa cuisine.
— Vous devriez ouvrir un restaurant, dit-il, impressionné. Peut-être que nous devrions transformer le Cottage en hôtel ou en centre de thalasso.
Abe lui avait de nouveau répété qu'il serait bientôt obligé de vendre s'il ne trouvait pas rapidement de l'argent. Et Cooper commençait à manquer d'arguments à opposer au comptable. Contrairement à ce dernier, en effet, Cooper ne considérait pas Alex comme la solution à tous ses problèmes.
Jimmy se retira aussitôt après le repas. Valerie l'aida à se coucher, puis elle rejoignit Cooper dans le salon, où ils bavardèrent pendant des heures. Ils parlèrent de Boston, de l'Europe, des films qu'il avait faits et des gens qu'il connaissait, et ils eurent la surprise de constater qu'ils avaient de nombreux amis communs. Valerie affirma mener une vie très tranquille, mais Cooper découvrit qu'elle fréquentait de nombreux membres de la jet set. Elle se contenta d'expliquer que son mari était ban-

quier, mais elle n'apporta pas de précisions supplémentaires et Cooper ne lui en demanda pas. Il se sentait bien avec elle, tout simplement, et lorsqu'il se leva pour prendre congé d'elle, tous deux furent stupéfaits de constater qu'il était déjà deux heures du matin. Cooper était de très bonne humeur : il avait passé une excellente soirée.

Ce soir-là, Alex avait essayé de le joindre plusieurs fois et avait été surprise de ne pas le trouver : il avait omis de lui parler de l'invitation de Valerie, et elle n'avait pas songé à téléphoner chez les O'Connor.

Cette nuit-là, Cooper demeura un long moment allongé dans le noir, songeant à sa conversation avec Valérie. Il allait bientôt devoir prendre des décisions, il le savait... Il ne s'endormit que fort tard, et son sommeil fut troublé par de nombreux cauchemars mettant en scène Charlene et le bébé.

22

Après son dîner avec Jimmy et Valerie, les choses empirèrent considérablement pour Cooper. Il avait rendez-vous avec Abe le lendemain, et le comptable lui déclara sans ambages que, s'il ne trouvait pas, dans les trois mois, une solution à ses problèmes financiers, il serait bel et bien contraint de vendre le Cottage.

— Vous devez de l'argent à l'Etat, à des dizaines de boutiques, à des hôtels, des bijoutiers... Votre tailleur londonien vous réclame quatre-vingt mille dollars. Parfois je me demande s'il y a quelqu'un sur cette terre à qui vous ne devez pas quelque chose. Si vous ne payez pas vos arriérés d'impôts avant la fin de l'année, et si vous ne remboursez pas vos cartes de crédit, vous n'aurez même pas la possibilité de vendre le Cottage : il sera saisi.

La situation était encore plus tragique que Cooper ne le pensait, et pour une fois il écouta ce que son comptable avait à lui dire.

— Je crois que vous devriez épouser Alex Madison, conclut Abe, toujours terre à terre.

Cooper fut offensé par cette suggestion.

— Ma vie amoureuse n'a rien à voir avec mes problèmes financiers, Abe, dit-il avec hauteur.

Mais son comptable ne lui cacha pas qu'il trouvait ses scrupules extrêmement déplacés. Il tenait une occasion en or. Pourquoi ne pas en profiter ?

Alex venait de travailler trois jours d'affilée lorsqu'elle rentra au Cottage, épuisée, le lendemain soir. Elle avait remplacé deux collègues coup sur coup et avait été confrontée à une série d'urgences : bébés en détresse respiratoire ou cardiaque, mères hystériques, et elle avait même dû appeler la police lorsqu'un père avait menacé un médecin avec un revolver parce que son enfant, grand prématuré, était mort en couveuse. Elle avait l'impression d'être passée sous un rouleau compresseur et n'avait qu'une envie : prendre un bon bain et se coucher près de Cooper. Elle ne se sentait même pas la force de lui décrire ce qu'elle avait traversé.

— Mauvaise journée ? s'enquit-il d'un ton détaché.

Elle se contenta de hocher la tête, au bord des larmes, tant elle était épuisée. Elle aurait aimé voir Jimmy mais n'avait pas le courage de descendre à la maison de gardiens ; elle lui avait promis, au téléphone, de passer le lendemain matin. Elle l'appelait aussi souvent qu'elle le pouvait, car elle savait qu'il s'ennuyait à mourir et que son immobilité forcée le rendait fou. Cependant, les deux derniers jours avaient été si cauchemardesques à l'hôpital qu'elle n'avait pas pu bavarder avec lui. Elle avait l'impression d'avoir été prise en otage sur une autre planète.

— *Trois* mauvaises journées, expliqua-t-elle.

Comme Cooper lui proposait de lui préparer à dîner, elle eut un sourire las.

— Très honnêtement, je n'aurais pas la force de manger, répondit-elle. Je n'ai qu'une envie, plonger dans la baignoire et aller directement au lit. Je suis désolée, Cooper, je serai de meilleure compagnie demain.

Mais le lendemain matin, lorsqu'elle le rejoignit pour le petit déjeuner, elle le trouva étrangement silencieux. Le regard dans le vide, il paraissait plongé dans ses pensées. Elle lui prépara des œufs au bacon et lui servit un jus d'orange dans un verre de son cher service de Baccarat. Il mangea en silence, avant de pousser un long soupir.

— Il faut que je te parle, dit-il avec un air sérieux qu'elle ne lui avait jamais vu.

— Ça ne va pas ?

Il ne répondit pas tout de suite.

— Alex... Il y a des choses que tu ignores à mon sujet, déclara-t-il enfin. Des choses que je ne souhaitais pas te dire. Et que je préférais continuer à ignorer moi-même, ajouta-t-il avec un sourire triste. Je suis criblé de dettes. J'ai bien peur d'être une sorte d'enfant prodigue et d'avoir toujours jeté l'argent par les fenêtres. Le problème c'est que, contrairement au gosse de la parabole, je n'ai pas de père vers qui me tourner. Le mien est mort depuis longtemps, et de toute façon il n'avait pas un sou vaillant. Il avait tout perdu pendant la crise de 29. Quant à moi, je suis mal barré, comme on dit. Avec tout ce que je dois, je risque de devoir vendre le Cottage.

L'espace d'un instant, elle se demanda s'il allait lui emprunter de l'argent. Cela ne l'aurait pas ennuyée : ils étaient assez proches l'un de l'autre pour qu'il se montre honnête envers elle, et elle préférait entendre la vérité, même désagréable, de sa bouche plutôt que de rester dans l'ignorance. De toute façon, son père l'avait déjà mise au courant des problèmes financiers de Cooper.

— Je suis désolée, dit-elle simplement. Mais ce n'est pas la fin du monde. Il y a pire.

Comme le cancer, ou la mort... Brièvement, elle songea à ce qui était arrivé à Maggie O'Connor.

— J'en doute. Mon standing est très important, pour moi. A tel point qu'il m'est arrivé de vendre mon âme pour le préserver : j'ai tourné dans des films innombrables, j'ai même dépensé de l'argent que je n'avais pas pour continuer à vivre comme je le souhaitais, comme j'estimais devoir vivre. Ce n'est pas quelque chose dont je suis fier, mais je ne peux le nier.

Il avait décidé de se montrer parfaitement franc. Il n'avait pas le choix : c'était la voix de sa conscience qui, pour la première fois, s'exprimait par sa bouche.

— Veux-tu que je t'aide ? demanda Alex en lui jetant un regard plein de tendresse.

Elle l'aimait vraiment, et même s'il ne voulait pas lui donner d'enfant, elle était prête à faire ce sacrifice pour lui ; elle estimait qu'il en valait la peine.

Mais la réponse de Cooper la surprit.

— Non. C'est pour cela que j'ai voulu te parler ce matin. T'épouser aurait été la solution de facilité, pour moi. Mais, à long terme, je n'aurais pu supporter de toujours m'interroger sur mes véritables motivations. Pour tout te dire, je ne sais pas si je t'aime assez pour t'épouser. J'aime être avec toi, nous passons de bons moments ensemble, et je n'ai jamais rencontré de femme comme toi. Mais, pour moi, tu es avant tout une solution, la réponse à mes prières. Si je me laissais aller à te demander en mariage, les gens s'empresseraient de me traiter de gigolo, et ils auraient raison. Et toi aussi, tu finirais par me reprocher d'avoir agi par intérêt. Sans parler de la réaction de ton père... Mon comptable, lui, serait ravi, mais moi je ne pourrais plus me regarder en face, Alex. Je ne suis pas assez amoureux de toi pour t'épouser, mais je t'aime assez pour ne pas te lier à moi par égoïsme.

— Tu es sérieux ? demanda la jeune femme, horrifiée. Qu'es-tu en train de me dire, exactement ?

Elle connaissait la réponse à cette question mais ne voulait pas regarder la réalité en face.

— Je suis trop vieux pour toi. Je pourrais être ton grand-père, Alex. Je ne veux pas d'enfants, que ce soient les tiens, ceux de Charlene ou ceux de qui que ce soit. Maintenant, par la grâce de Dieu, j'ai une fille. C'est une adulte, et une femme formidable, et je n'ai jamais rien fait pour elle... Je suis trop vieux, trop pauvre et trop fatigué, et toi tu es trop jeune et trop riche. Nous devons tout arrêter.

A mesure qu'Alex l'écoutait, une boule se formait dans sa gorge.

— Pourquoi ? Je ne te demande pas de m'épouser. Je n'ai pas besoin de me marier, Cooper. Et me reprocher d'être trop riche, c'est... c'est de la discrimination.

Il sourit de cette remarque, mais tous deux avaient les larmes aux yeux. Rompre avec elle le rendait malade, même s'il savait que c'était la meilleure chose à faire.

— Il faut que tu te maries, et que tu aies des enfants, plein ! Tu seras une mère formidable. D'une minute à l'autre, je vais être impliqué dans un énorme scandale à cause de Charlene. Je ne peux pas y faire grand-chose, mais je peux au moins t'épargner d'être salie par cette affaire. Je ne veux pas te faire de tort, et je ne veux pas que tu résolves mes problèmes financiers. Je suis sérieux.

Il ne s'était jamais montré aussi franc envers quiconque, mais il estimait lui devoir cela.

— Mais... tu ne m'aimes pas ? demanda-t-elle d'une toute petite voix.

Elle lui faisait penser à une fillette que l'on vient de faire entrer à l'orphelinat — et c'était exactement ce qu'elle ressentait. Il la rejetait, comme ses parents avant lui, et comme Carter. En cet instant, elle avait l'impression de porter le poids du monde sur ses épaules.

— Honnêtement, je n'en sais rien, répondit-il. Je ne suis même pas sûr de savoir ce qu'est l'amour. Mais en tout cas, ce n'est pas quelque chose qui devrait exister entre une fille de ton âge et un vieux monsieur comme moi. Ce n'est pas naturel, et ce n'est pas bien. Ce n'est pas dans l'ordre des choses, et t'épouser par intérêt ne changerait rien à cela, au contraire. Pour une fois, j'aimerais faire preuve d'un minimum de dignité, et non me contenter de jouer à l'homme digne. Je veux agir pour le mieux, et en l'occurrence ce que j'ai de mieux à faire, c'est de te laisser libre et de me tirer seul d'embarras.

Il lui avait fallu faire un effort colossal pour lui dire tout cela, et la mine décomposée d'Alex lui brisait le cœur. Il n'avait qu'une envie, la prendre dans ses bras et lui dire qu'il l'aimait ; car il l'aimait, assez pour ne pas vouloir gâcher sa vie en restant avec elle.

— Je crois que tu devrais rentrer chez toi, maintenant, dit-il tristement. C'est dur pour nous deux, je le sais, mais crois-moi, c'est pour le mieux.

Les yeux pleins de larmes, elle se leva pour débarrasser la table du petit déjeuner. Ensuite, elle monta à l'étage faire ses valises. Lorsqu'elle redescendit, Cooper était assis dans la bibliothèque, avec une mine d'enterrement.

— C'est horrible d'avoir une conscience, n'est-ce pas ? murmura-t-il.

C'étaient Taryn et elle qui lui avaient fait découvrir la sienne, et il n'était pas sûr d'être heureux de ce cadeau empoisonné. Mais il était trop tard pour l'ignorer.

— Je t'aime, Cooper, dit Alex.

Malgré elle, elle espérait qu'il changerait d'avis et lui ferait signe de venir dans ses bras, de rester après lui. Mais il n'esquissa pas un geste.

— Moi aussi, je t'aime, petite fille... Prends bien soin de toi.

Elle hocha lentement la tête, puis elle se dirigea vers la porte. Elle avait l'impression d'être une princesse de conte de fées chassée de son palais et abandonnée à la solitude et à l'obscurité. Elle n'arrivait pas à comprendre ce qui avait poussé Cooper à agir ainsi et ne pouvait s'empêcher de se demander s'il y avait quelqu'un d'autre dans sa vie.

Or, oui, en quelque sorte, il y avait quelqu'un : Cooper lui-même. Il avait enfin découvert cette partie de lui qui lui avait toujours fait défaut.

En larmes, Alex remonta la grande allée en voiture, certaine de s'être bel et bien transformée en citrouille, cette fois. Pourtant, elle n'avait pas changé. C'était Cooper qui, enfin, s'était mué en prince véritable.

23

Jimmy ne comprenait pas pourquoi il n'avait pas de nouvelles d'Alex. Elle n'avait pas appelé, n'était pas venue le voir ; et Valerie affirmait ne pas l'avoir croisée, de la semaine, au bord de la piscine. Elle n'avait pas vu Cooper non plus, et quand enfin elle l'aperçut, il avait l'air si morose qu'elle hésita presque à lui parler. Elle se contenta de nager lentement jusqu'à ce qu'il lui adresse la parole. Il prit des nouvelles de Jimmy.

— Il va mieux. Il passe son temps à se plaindre, et il ne supporte plus de m'avoir sur le dos. Cela lui fera du bien de pouvoir se déplacer avec des béquilles.

Cooper hocha la tête. Ensuite, Valerie lui demanda comment allait Alex.

Il y eut un silence interminable, puis Cooper regarda Valerie, et elle lut dans ses yeux quelque chose qu'elle n'y avait jamais vu. Contrairement à son habitude, il avait l'air extrêmement malheureux. Il avait toujours été capable de très bien dissimuler ses sentiments — même vis-à-vis de lui-même ; c'était chez lui un don inné. Mais il l'avait perdu. Il n'était plus un dieu, mais un simple mortel. Et les mortels souffraient. Parfois même beaucoup.

— Nous ne nous voyons plus, dit-il d'une voix triste.

Valerie, qui était en train de se sécher les cheveux avec une serviette, s'immobilisa. Elle avait conscience du courage qu'il avait fallu à Cooper pour lui faire cet aveu.

— Je suis désolée, dit-elle sans oser lui demander ce qui s'était passé.

Il avait tout expliqué à Taryn, et cette dernière avait déjeuné avec Alex ; elle avait ensuite dit à Cooper combien la jeune interne était malheureuse. Taryn avait de la peine pour eux deux, mais elle estimait que Cooper avait pris la bonne décision, surtout pour Alex, même s'il allait falloir du temps à l'intéressée pour s'en rendre compte. Il s'était senti un peu mieux lorsque Taryn lui avait dit cela. Il avait besoin de tout son soutien.

— Moi aussi, je suis désolé, avoua-t-il à Valerie avec honnêteté. Renoncer à elle, c'était comme renoncer à la dernière de mes illusions. Mais c'est mieux ainsi.

Il ne lui parla pas de ses dettes ni de son refus d'épouser Alex pour son argent. Il lui suffisait de savoir qu'il ne l'avait pas fait. La vertu a cela de bien qu'elle se suffit à elle-même... Il avait beau se répéter cela tous les soirs, Alex lui manquait tout de même. Et, pour une fois, il n'avait aucune envie de se trouver au plus vite une autre petite amie, surtout une jeune.

— C'est dur d'être adulte, pas vrai ? lui demanda Valerie avec compassion. Moi, je déteste ça.

— Moi aussi, acquiesça-t-il en souriant.

C'était vraiment une femme bien. Et Alex aussi, ce qui expliquait qu'il n'eût pu se résoudre à l'utiliser. Peut-être avait-il été réellement amoureux pour la première fois de sa vie.

— Voulez-vous dîner avec nous ? lui proposa Valerie.

Mais il secoua la tête. Contrairement à son habitude, il n'avait envie de voir personne. Il n'avait pas envie de parler ou de faire la fête.

— Dommage. Jimmy et vous pourriez vous asseoir tous les deux et vous lamenter ensemble sur votre sort.

— Je suis presque tenté, répondit-il en riant. Peut-être dans quelques jours.

Ou quelques années. Quelques siècles. Il était surpris de constater qu'Alex lui manquait à ce point. Elle était devenue comme une délicieuse habitude. Trop délicieuse ; il aurait fini par étouffer ou par lui faire beaucoup de mal, et il ne voulait surtout pas en arriver là.

Pendant plusieurs jours, Valerie ne dit rien à Jimmy, mais lorsqu'il recommença à se plaindre du silence d'Alex, elle finit par lui raconter ce qu'elle savait.

— Je crois qu'elle a ses propres problèmes en ce moment, commença-t-elle avec douceur.

— Qu'est-ce que ça veut dire ? rétorqua Jimmy, peu aimable.

Il ne supportait plus d'être coincé sur une chaise roulante avec un plâtre à chaque jambe. Et il était furieux contre Alex, qui l'avait complètement abandonné.

— Je crois que Cooper et elle ont arrêté de se voir. En fait, j'en suis sûre. J'ai vu Cooper à la piscine, il y a quelques jours, et c'est lui qui me l'a annoncé. Ils doivent être très affectés tous les deux, et je pense que c'est pour cette raison qu'elle ne t'a pas donné de nouvelles.

A ces mots, Jimmy demeura immobile un long moment. Pendant plusieurs jours, il ne fit rien et réfléchit, puis il appela Alex à l'hôpital, mais on lui dit qu'elle n'était pas de service. Il n'avait pas son numéro chez elle, et quand il lui laissa un message sur son bipeur, elle ne rappela pas. Ce n'est qu'une semaine plus tard qu'il parvint à la joindre à son travail.

— Qu'est-ce qui t'arrive ? Tu es morte ou quoi ? aboya-t-il lorsqu'elle décrocha enfin.

Toute la matinée, il s'était montré désagréable envers sa mère. Ses conversations avec Alex lui manquaient ; c'était la seule personne à qui il eût ouvert son cœur, et sa disparition le laissait désemparé.

— Oui, je suis morte... Ou quelque chose d'approchant. J'ai été très occupée...

Elle avait l'air au bord des larmes. De fait, cela faisait deux semaines qu'elle n'arrêtait pas de pleurer.

— Je sais, dit-il d'un ton radouci, conscient de son chagrin. Ma mère m'a raconté ce qui s'était passé.

— Et comment le sait-elle ? s'étonna Alex.

— Je crois que c'est Cooper qui lui a parlé. Il l'a rencontrée au bord de la piscine ou quelque chose comme ça. Je suis désolé, Alex. Je sais que tu dois être triste.

Lui pensait que cette rupture était une bonne chose, mais il ne voulait pas la contrarier davantage en le lui disant.

— Oui, je suis triste. C'est compliqué. Cooper a fait une espèce de crise de conscience.

— Cela fait du bien d'apprendre qu'il en a une.

Même après ce qui s'était passé, Jimmy n'arrivait pas à apprécier l'acteur. Surtout s'il avait fait souffrir Alex. Mais, dans les situations de ce type, le chagrin était inévitable ; la séparation de deux vies qui s'étaient rapprochées pour n'en faire qu'une, fût-ce brièvement, était toujours douloureuse.

— La semaine prochaine, on va remplacer mes plâtres par d'autres, plus petits et plus légers, avec lesquels je pourrai enfin me déplacer. Me permettras-tu de venir te voir à ce moment-là ?

— Bien sûr. Cela me fera plaisir.

Elle n'avait pas envie d'aller le retrouver au Cottage, de crainte de croiser Cooper. Ç'eût été trop difficile pour elle, et peut-être même pour lui.

— Est-ce que je pourrai te rappeler ? Mais je ne sais pas comment te joindre. A l'hôpital, tu es toujours très occupée, et je n'ai pas ton numéro personnel.

— Je n'en ai pas. Je dors dans un panier de linge sale, sur une pile de vêtements crasseux, répondit-elle dans un soupir.

— Voilà qui a l'air intéressant.

— Oh non, crois-moi. Zut, Jimmy, je me sens tellement mal ! Je suppose qu'il a raison d'agir comme il le fait, mais je crois que je l'aimais vraiment... Il dit qu'il est trop vieux pour moi, et qu'il ne veut pas d'enfants. Et... il a tout un tas d'autres problèmes qu'il ne veut pas que je résolve à sa place. J'imagine qu'il a l'impression de s'être conduit avec noblesse... Quelle bêtise !

— Moi, je trouve qu'il s'est bien comporté, dit Jimmy avec franchise, et qu'il a agi pour le mieux. Il a raison : il est trop vieux pour toi, et tu devrais avoir des enfants. Réfléchis, quand tu auras cinquante ans, lui en aura quatre-vingt-dix !

— Peut-être cela n'a-t-il pas d'importance, dit-elle d'un ton plaintif.

Pour l'instant, Cooper lui manquait encore. Elle n'avait jamais connu d'homme comme lui.

— Peut-être que ça en a. Es-tu vraiment prête à abandonner tout espoir d'avoir un jour des enfants ? Tu sais que, même si tu l'avais convaincu de te faire un bébé, il n'aurait pas voulu participer à son éducation.

Jimmy avait raison. Lorsque le jeune homme avait eu son accident, Cooper avait complètement disparu de la circulation, parce qu'aller le voir à l'hôpital aurait été « désagréable ». A long terme, il lui fallait un homme capable de faire face au désagréable comme à l'agréable, et Cooper ne serait jamais cet homme. C'était d'ailleurs un aspect de sa personnalité qui l'avait beaucoup déçue.

— Je ne sais pas, je me sens mal, c'est tout, soupira-t-elle.

Cela lui faisait du bien de se confier de nouveau à Jimmy ; leur amitié lui avait manqué. Depuis sa rupture, elle n'avait parlé qu'avec Taryn, qui s'était montrée compréhensive mais lui avait également dit qu'elle estimait que Cooper avait eu raison d'agir ainsi. Au fond d'elle-même, Alex le pensait aussi ; simplement, cela faisait mal.

— Tu te sentiras sans doute comme ça pendant un moment, lui dit Jimmy avec compassion.

Il savait ce qu'elle éprouvait, pour l'avoir connu, en bien pire, à la mort de Maggie. Mais, depuis son accident de voiture, il allait beaucoup mieux.

— Quand ils m'enlèveront mes plâtres, nous irons dîner ensemble, un soir.

— Je ne suis pas d'une compagnie très agréable, le prévint-elle.

Il sourit.

— Moi non plus, la plupart du temps. Je suis odieux avec ma pauvre mère, je ne sais pas comment elle fait pour me supporter.

— Je la soupçonne de t'aimer.

Il promit de la rappeler le lendemain, et le fit ; elle semblait aller un peu mieux. Il lui téléphona ainsi tous les jours, jusqu'à ce qu'on lui eût ôté ses plâtres. Puis, pour fêter sa liberté recouvrée, il l'emmena dîner. Valerie les conduisit en voiture jusqu'au restaurant et fut soulagée de trouver Alex en meilleure forme qu'elle ne l'avait craint. Ç'avait été un coup dur, mais peut-être était-ce préférable, à terme. C'était difficile à dire, bien sûr, mais la mère de Jimmy l'espérait.

Cooper lui en avait reparlé ; pour se changer les idées, il s'était jeté à corps perdu dans une série de publicités. Et il s'inquiétait des résultats du test ADN de Charlene. La dernière chose qu'il souhaitât était un bébé à entretenir, sans parler de Charlene, contre laquelle il était toujours furieux.

« Je vous jure, Valerie, que je ne sortirai plus jamais avec aucune femme », lui avait-il encore affirmé la veille.

Il fulminait littéralement, et elle s'était moquée de lui.

« C'est étrange, mais je ne vous crois pas. En fait, je ne vous croirais pas, même si vous aviez quatre-vingt-dix-huit ans et étiez sur votre lit de mort, Cooper Winslow ! Les femmes ont été au cœur de toute votre existence. »

Au cours des dernières semaines, ils étaient devenus amis, et ils se montraient très ouverts et très francs l'un envers l'autre.

« C'est vrai, avait-il reconnu, pensif. Mais, dans la plupart des cas, ce n'étaient pas les bonnes. Alex, ce n'est pas pareil ; si je n'avais pas su qu'elle était si riche, les choses se seraient peut-être passées autrement. Mais j'étais au courant, dès notre rencontre. Cela a toujours joué un rôle dans mes sentiments pour elle, et je n'ai pas été capable de dissocier les deux éléments : ce que j'éprouvais pour elle et ce que j'attendais d'elle. A la fin, je ne supportais plus cette situation. »

Il avait réfléchi des milliers de fois à la question et ne pouvait toujours pas y apporter de réponse, si bien qu'il avait la certitude d'avoir pris la bonne décision. Il en était même venu à admettre devant Valerie qu'Alex était trop jeune pour lui — une première.

« Vous avez bien fait, Cooper, lui avait-elle répété. Même s'il aurait été compréhensible que vous cédiez à la tentation de l'épouser. C'est une fille formidable et qui vous aime ; vous auriez pu tomber bien plus mal.

— Moi aussi je l'aime, mais, en vérité, je n'avais pas *envie* de l'épouser. Pas vraiment. Et je n'avais surtout aucune envie d'avoir des enfants avec elle. J'avais l'impression qu'il *fallait* que je l'épouse, ou du moins que c'était la meilleure chose à faire, parce que j'avais besoin de son argent. C'était ce que mon comptable espérait me voir faire. »

Cela n'avait fait que renforcer la conviction de Valerie : heureusement qu'il n'avait pas demandé Alex en mariage !

« Mais qu'allez-vous faire pour résoudre vos problèmes financiers ? lui avait-elle demandé avec inquiétude.

— Jouer dans un grand film, avait-il répondu, pensif. Ou dans des dizaines de mauvaises publicités. »

Il avait déjà annoncé à son agent qu'il était prêt à accepter des rôles très différents de ceux qu'on lui avait confiés par le passé. Il voulait bien jouer un homme âgé, ou même le père de quelqu'un ; il n'espérait plus obtenir un rôle principal. Il lui avait fallu faire appel à toute sa volonté pour se résoudre à cela, et son agent n'en était pas revenu. Cela dit, ce dernier avait déclaré qu'il lui serait ainsi bien plus facile de lui trouver un bon rôle.

Cooper ne redevint vraiment lui-même qu'au début du mois de juillet ; de son côté, Alex allait enfin mieux également. Valerie avait conduit plusieurs fois Jimmy à l'hôpital pour lui rendre visite, et un week-end où elle savait Cooper absent, la jeune femme vint même dîner avec eux, Mark et Taryn dans la maison de gardiens. Les enfants devaient rentrer après le week-end du 4 juillet : ils avaient fini par accepter d'assister au mariage de leur mère. Ils affirmaient toujours qu'Adam était un « pauvre type », mais ils étaient prêts à faire un geste pour Janet. Mark était très fier d'eux.

— Nous allons nous fiancer, annonça Mark en regardant Taryn avec un sourire.

Ils avaient tous les deux l'air un peu intimidés, mais il était clair que cette perspective les remplissait de joie. Ils étaient visiblement très amoureux l'un de l'autre.

— Félicitations ! s'exclama Alex.

Elle ne put éviter de ressentir un petit pincement au cœur. Cooper lui manquait encore, et elle regrettait toujours que leur relation eût été si brève.

Jimmy claudiquait dans la pièce sur ses béquilles, et sa mère essayait de le convaincre de passer la fin de l'été dans leur maison de Cape Cod.

— Je ne peux pas laisser tomber mon travail, maman. Il faudra que j'y retourne tôt ou tard.

Il avait déjà promis de s'y rendre la semaine suivante, avec ses béquilles. Il ne pourrait pas aller chez les enfants, mais recevrait au moins certains d'entre eux dans son bureau. Valerie avait accepté de l'emmener travailler en voiture et avait décidé de rester près de lui jusqu'à ce qu'il puisse de nouveau marcher correctement et conduire.

— J'ai l'impression d'être un gamin, avec ma mère qui me conduit partout et m'emmène même aux toilettes, dit-il à Alex avec un sourire embarrassé.

— Tu devrais te réjouir de l'avoir, le gronda la jeune femme.

Ils passèrent tous ensemble une soirée très agréable, mais lorsqu'elle reprit sa voiture pour rentrer chez elle, Alex ne put s'empêcher de se demander ce que faisait

Cooper. Elle savait qu'il était parti deux jours en Floride afin de tourner une publicité pour un bateau de croisière. Mais il ne l'avait pas appelée : il estimait préférable qu'ils ne se parlent pas pendant quelque temps, même s'il espérait qu'ils puissent être amis un jour. Pour le moment, de toute façon, une telle perspective n'était pas pour réjouir Alex : elle était toujours amoureuse de lui.

Comme prévu, les enfants de Mark rentrèrent au Cottage après le 4 juillet. Et, moins d'une semaine plus tard, Alex vit, en consultant son agenda, que le jour du test d'ADN de Charlene était arrivé. Les résultats mettraient environ dix jours à parvenir à Cooper, et elle se demanda ce qui se passerait.

Deux semaines plus tard, jour pour jour, Cooper en personne l'appela. Il était fou de joie et avait tenu à partager la nouvelle avec elle, dès l'instant où il l'avait apprise.

— Il n'est pas de moi ! s'exclama-t-il avec exubérance après avoir poliment pris des nouvelles d'Alex. J'ai pensé que tu aimerais le savoir, alors je t'ai tout de suite appelée. N'est-ce pas merveilleux ? Je n'ai plus cette épée de Damoclès au-dessus de la tête.

— Sait-on qui est le père ? s'enquit Alex.

Elle se réjouissait pour lui, même si elle éprouvait un petit pincement au cœur en entendant de nouveau sa voix.

— Non, et à vrai dire je m'en fiche complètement. Ce n'est pas moi, voilà tout ce qui m'importe. Jamais je n'ai été aussi soulagé de ma vie. Je suis trop vieux pour avoir des enfants, légitimes ou pas.

C'était une manière de rappeler à Alex — et peut-être de se rappeler à lui-même — qu'il n'était pas l'homme qu'il lui fallait. Elle lui manquait, mais chaque jour il était davantage persuadé d'avoir fait le bon choix en mettant un terme à leur relation. Il avait plus que jamais la certitude que la place de la jeune femme était auprès d'un homme qui voudrait fonder une famille avec elle.

— Je parie que Charlene est déçue, observa Alex, pensive.

— Suicidaire, plutôt. Le père doit être un employé de station-service, et elle n'aura jamais de pension alimentaire et d'appartement à Bel Air. Crois-moi, je ne la plains pas.

Cela faisait des mois que Cooper n'avait pas été aussi détendu, et la semaine suivante Alex vit en couverture d'un journal à scandale un gros titre proclamant : « LE FAMEUX "ENFANT DE L'AMOUR" DE COOPER WINSLOW N'ÉTAIT PAS DE LUI ! » Sans doute l'information avait-elle été divulguée par l'attaché de presse de Cooper. Ce dernier était ainsi vengé ; ce qui le laissait libre et sans attaches, avec ses dettes impayées et Alex qui se languissait toujours de lui. Pourtant, il lui avait bien répété, lorsqu'il l'avait appelée, qu'il n'avait pas l'intention de revenir vers elle. Il ne lui semblait plus convenable de sortir avec des femmes de quarante ans ses cadettes. Les temps avaient changé, et lui aussi.

— Je sais, je sais, soupira-t-elle lorsque Jimmy lui reprocha de travailler encore plus qu'à l'ordinaire.

Il se plaignait de ne jamais la voir.

— Oui, c'est vrai, il me manque encore. Il n'y a pas beaucoup de gens comme lui sur terre.

— Heureusement ! la taquina-t-il.

Lui-même avait recommencé à travailler et se sentait bien mieux. Il dormait paisiblement, et bien que cela ne se vît pas du tout, il affirmait être en train de s'empâter, avec tous les petits plats que lui cuisinait sa mère. Il lui restait encore un mois de rééducation avant qu'on ne le débarrasse pour de bon de ses derniers plâtres.

Il insista pour emmener Alex dîner dehors et voir un film. Il était d'excellente humeur, et au fil de la soirée Alex recouvra à son tour le sourire. Elle avait l'impression de redevenir peu à peu elle-même et était contente d'être avec lui. Cela faisait six mois que Maggie était morte, un mois que Cooper avait quitté Alex, et les blessures affectives des deux jeunes gens commençaient à cicatriser.

— Tu sais, je crois que tu devrais recommencer à sortir. Avec des hommes, je veux dire, déclara Jimmy un soir qu'ils s'étaient retrouvés dans un restaurant chinois.

Pour une fois, il avait pris un taxi : sa mère avait un rendez-vous et il ne voulait pas la déranger de nouveau. Alex lui avait promis de le reconduire au Cottage en voiture.

— Vraiment ? demanda-t-elle d'un air amusé. Et qui t'a chargé de prendre ma vie amoureuse en main ?

— N'est-ce pas à ça que servent les amis ? Tu es trop jeune pour faire éternellement le deuil d'un type avec qui tu n'as passé que quelques mois. Tu dois prendre le monde à bras-le-corps et recommencer.

Il y avait quelque chose de paternel dans sa façon de présenter les choses. Ils passaient toujours de bons moments ensemble, et aucun sujet n'était tabou entre eux. Ils étaient parfaitement à l'aise l'un envers l'autre et tenaient beaucoup au lien amical très étroit qui les liait.

— Eh bien, merci, docteur Folamour. Et pour ta gouverne, je ne suis pas encore prête.

— Fadaises ! Ne me raconte pas n'importe quoi. Tu as peur, c'est tout.

— Non, c'est faux ! Bon, d'accord, tu as raison, admit-elle. Mais je suis aussi trop occupée. Je n'ai pas le temps de sortir : je suis médecin.

— N'essaie pas de m'impressionner, ça ne marche pas avec moi. Tu étais déjà médecin lorsque tu as rencontré Cooper. Qu'est-ce qui a changé ?

— Moi. Je suis blessée.

Mais elle disait cela en souriant. En vérité, elle n'avait tout simplement pas encore trouvé quelqu'un avec qui elle eût envie de sortir ; il n'était pas facile de soutenir la comparaison avec Cooper Winslow. Même si leur relation n'avait pas duré aussi longtemps qu'elle l'aurait voulu, il s'était montré merveilleux envers elle.

— Je ne pense pas que tu sois blessée. A mon avis, tu es paresseuse et effrayée.

— Et toi ? contra-t-elle comme ils finissaient leurs *dim sum*.

— Moi ? Je suis tout bonnement terrifié. C'est différent. De plus, je suis en deuil.

Il avait prononcé ces mots d'un ton grave, mais il ne semblait plus aussi anéanti que lors de leurs premières conversations ; il avait repris le dessus.

— Mais moi aussi, un de ces jours, je sortirai avec quelqu'un. Ma mère et moi en avons longuement parlé. Elle a vécu la même chose que moi quand mon père est mort, et elle dit qu'elle a fait une grosse erreur en refusant de retourner dans le monde. Je crois qu'elle le regrette aujourd'hui.

— Ta mère est géniale, dit Alex avec admiration.

Elle avait beaucoup d'affection pour Valerie et répétait souvent à Jimmy combien il avait de la chance de l'avoir pour mère.

— Oui, je sais. Mais je crois que, malgré ça, elle se sent terriblement seule. En ce moment, elle est très heureuse de vivre avec moi, et je lui ai dit qu'elle devrait s'installer dans la région.

— Penses-tu qu'elle le fera ? demanda Alex avec intérêt.

— Honnêtement, j'en doute. Elle aime Boston, elle s'y sent à l'aise. Et elle adore notre maison de Cape Cod. Elle y passe généralement tout l'été. Dès que je serai débarrassé de mes plâtres, elle s'empressera d'y retourner, et je crois qu'elle en a vraiment hâte. Elle n'aime rien tant que s'occuper de cette maison.

— Et toi ? Tu aimes y aller ?

— Parfois.

Il avait beaucoup de souvenirs de Maggie, là-bas, et il savait qu'il serait difficile pour lui d'y être confronté lorsqu'il y retournerait. Il avait d'ailleurs décidé de ne pas s'y rendre avant l'été suivant. D'ici là, il espérait que ce serait plus facile pour lui, et sa mère avait affirmé qu'elle comprenait. Elle se montrait toujours très compréhensive, surtout maintenant : elle se réjouissait avant tout qu'il soit vivant.

— A vrai dire, je déteste notre maison de Cape Cod, reprit-il. On dirait celle de Cooper, en encore plus grand. J'ai toujours pensé qu'il était idiot d'avoir une résidence secondaire de cette taille. Quand j'étais gamin, je regrettais que nous n'ayons pas quelque chose de plus modeste, comme les autres enfants. Moi, j'avais toujours ce qu'il y avait de plus grand, de plus beau, de plus cher. C'était embarrassant.

La maison des Madison à Palm Beach était plus énorme encore, et Alex avait toujours détesté cela aussi. Elle le lui dit.

— J'imagine que ça a été très traumatisant pour toi, plaisanta Jimmy tandis qu'ils buvaient leur thé.

Ils étaient comme deux gamins qui se taquinaient constamment.

— Il n'y a qu'à te voir maintenant : tu ne portes plus jamais de vêtements convenables. Je ne crois pas que tu possèdes un jean qui ne soit pas déchiré. Tu conduis une voiture qui a l'air tout droit sortie d'une décharge, et d'après ce que tu me dis, ton appartement ressemble à un entrepôt de l'Armée du Salut. Il est clair que tu as une phobie psychotique de tout ce qui est cher ou en bon état.

Il ne s'en rendait pas compte, mais il aurait pu tenir le même discours à Maggie, et d'ailleurs, à maintes reprises, il ne s'en était pas privé.

— Es-tu en train de te plaindre de mon look ? demanda-t-elle d'un air amusé, pas du tout vexée par ses remarques.

— Non, je dirais même que tu as pas mal d'allure, pour quelqu'un qui passe quatre-vingt-dix pour cent de son existence en pyjama d'hôpital. Le reste du temps, tu es superbe... En revanche, je n'ai rien d'élogieux à dire sur ta voiture.

— Ni sur ma vie amoureuse, ou plutôt mon absence de vie amoureuse. Avez-vous d'autres critiques à formuler, monsieur O'Connor ?

— Oui, répondit-il en plongeant son regard dans le sien.

Pour la première fois, il remarqua qu'elle avait les yeux couleur de velours brun.

— Tu ne me prends pas au sérieux, Alex.

Sa propre voix résonna étrangement à ses oreilles tandis qu'il prononçait ces mots.

— Que suis-je censée prendre au sérieux ? s'étonna la jeune femme.

— Je crois que je suis en train de tomber amoureux de toi, répondit-il avec douceur.

Il n'était pas certain de sa réaction et craignait qu'elle ne le haïsse de lui avoir fait cet aveu. Sa mère l'avait encouragé à lui parler lorsqu'ils avaient eu une conversation à ce sujet, la veille.

— Tu es en train de *quoi ?* Mais ma parole, tu es fou !

Elle avait l'air abasourdie.

— Ce n'est pas exactement la réponse que j'espérais. Et oui, peut-être que je suis fou. Quand tu sortais avec Cooper, j'en étais malade. J'ai toujours pensé que ce n'était pas l'homme qu'il te fallait. Mais moi, je n'étais tout simplement pas prêt à être cet homme, expliqua-t-il avec franchise sous le regard stupéfait d'Alex. Je ne suis pas encore sûr d'être prêt, mais j'aimerais bien l'être un jour. Ou du moins poser ma candidature pour le poste.

« Ce sera sans doute difficile pour moi au début, à cause de Maggie. Mais peut-être pas autant que je me l'imagine. C'est comme de me faire enlever mes plâtres et de marcher de nouveau... Une chose est sûre : tu es la seule femme pour qui je me sente capable d'éprouver des sentiments aussi forts que pour Maggie. C'était quelqu'un d'incroyable, et toi aussi. Bon sang, je ne sais plus ce que je raconte.

Une chose est certaine : je suis là et je tiens à toi, et j'aimerais voir ce qui se passerait si nous nous donnions une chance, tous les deux. Maintenant, tu dois penser que je suis un dangereux malade, parce que je parle sans arrêt et que je dis n'importe quoi...

Elle posa doucement sa main sur la sienne.

— Tout va bien, dit-elle d'une voix apaisante. Moi aussi, j'ai peur... et je t'aime beaucoup, depuis le début... Quand j'ai cru que tu allais mourir, après l'accident, j'étais paniquée, je ne souhaitais qu'une chose : que tu sortes du coma et reviennes à toi. Et c'est ce qui s'est passé... et maintenant, Cooper n'est plus là. Moi non plus, je ne sais pas ce qui va se produire. Allons-y doucement, d'accord ? Et nous verrons...

Il lui sourit en silence. Il ne savait pas très bien ce qui venait de se passer entre eux, ce qu'ils s'étaient dit, à part qu'ils s'aimaient beaucoup. Mais peut-être était-ce suffisant. Ils méritaient tous deux de partager leur vie avec la bonne personne ; il restait encore à voir s'ils étaient réellement cette « bonne personne » l'un pour l'autre, mais c'était déjà un début. Ils avaient chacun entrouvert leur porte ; pour l'instant, cela suffisait.

Quand elle le ramena à la maison de gardiens, après le dîner ce soir-là, ils se sentaient à la fois heureux et mal à l'aise, pleins d'espoir et effrayés. Elle l'aida à sortir de la voiture et à monter les marches, puis il se retourna vers elle avec un sourire et se pencha pour l'embrasser. Il faillit glisser et tomber, et elle le gronda.

— Tu n'es pas un peu fou de m'embrasser ici ? Tu aurais pu te casser la figure du haut de l'escalier et nous tuer tous les deux !

Il rit et la regarda avec tendresse.

— Arrête de me crier dessus ! protesta-t-il sans cesser de sourire.

— Alors, arrête de faire des bêtises pareilles.

Sa phrase se perdit contre la bouche de Jimmy, qui l'embrassait de nouveau.

Lorsqu'elle le quitta quelques minutes plus tard, elle se retourna et lui lança :

— Dis à ta mère que je la remercie !

Oui, elle remerciait Valerie d'avoir encouragé Jimmy à vivre, à se battre et à faire enfin son deuil de Maggie, au moins un petit peu. Alex et lui ne s'étaient pas fait de promesses, ne s'étaient donné aucune garantie, mais tous deux étaient pleins d'espoir. Ils étaient jeunes, et la vie avait encore de nombreuses surprises à leur réserver.

Alex souriait toute seule en s'engageant sur la route pour rentrer chez elle. Elle songeait à Jimmy ; et dans sa chambre de la maison de gardiens, ce dernier souriait aussi, pensif. La vie était parfois semblable à une route dangereuse, peuplée de démons et de souffrances. Mais sa mère avait eu raison : il était temps de donner une seconde chance au destin. Temps de prendre un nouveau départ.

24

Ce soir-là, pendant que Jimmy et Alex partageaient leur dîner chinois, Cooper et Valerie étaient sortis de leur côté. Il lui avait promis de l'emmener à l'Orangerie ; cela faisait deux mois qu'elle s'occupait sans discontinuer de Jimmy, et il avait estimé qu'elle méritait au moins une soirée de vraie détente. De surcroît, il appréciait leur amitié et se sentait terriblement seul depuis sa rupture avec Alex. Dans le passé, il s'était toujours empressé de se jeter tête la première dans une nouvelle histoire pour soigner ses chagrins d'amour, mais cette fois il avait voulu passer un peu de temps seul — une première, pour lui.

C'était aussi la première fois depuis un mois qu'il sortait au restaurant, et Valerie se révéla d'excellente compagnie. Ils semblaient partager la même opinion sur une multitude de sujets.

Ils aimaient les mêmes opéras, la même musique, les mêmes villes d'Europe. Il connaissait Boston presque aussi bien qu'elle, et ils adoraient New York tous les deux. Avant la naissance de Jimmy, elle avait vécu un certain temps à Londres avec son mari, et c'était une des destinations de prédilection de Cooper. Même en matière de nourriture et de restaurants, ils avaient les mêmes goûts.

Ils passèrent une soirée agréable et reposante, et ils parlèrent de Taryn et Mark. Il lui raconta comment Taryn était entrée dans sa vie. Et elle lui dit à quel point Jimmy ressemblait à son père. Ils réussirent ainsi à aborder tous les sujets qui leur tenaient à cœur. Bien sûr, Cooper parla d'Alex.

— Pour être honnête, Valerie, j'étais fou d'elle. Cependant, je ne pense pas que ç'ait été bien. Je ne suis pas certain qu'elle soit assez âgée pour s'en rendre compte, mais je crois que nous aurions été malheureux en fin de compte. Ça faisait déjà un bon mois que je me posais des questions, mais par égoïsme je m'accrochais à elle.

Lorsque, finalement, il avait renoncé à être égoïste, il s'était senti mieux.

Ils parlèrent aussi de Charlene, et de la grosse erreur qu'il avait faite en ayant une liaison, même brève, avec celle-ci. Il ne lui cacha rien ; Alex lui avait enseigné la franchise. Il s'ouvrit même de ses graves problèmes financiers. Il avait récemment revendu une de ses Rolls, ce qui était un grand pas pour lui. Au moins, pour une fois dans sa vie, il regardait les choses en face. Liz aurait été fière de lui, et Abe l'était presque. Quant à son agent, il affirmait essayer de négocier pour lui un rôle important — mais il disait toujours cela.

— Peut-être qu'être adulte n'est pas si terrible que ça, avoua-t-il à Valerie.

C'était un gros progrès par rapport à ce qu'il lui avait dit après sa rupture avec Alex, un mois plus tôt.

— Pour moi, c'est une nouveauté : je n'ai jamais été adulte, avant.

Son insouciance avait d'ailleurs toujours fait partie de son charme. Mais il réalisait qu'un jour ou l'autre, il y avait un lourd tribut à payer.

— Je voulais aller en Europe cet été.

Il avait envisagé d'emmener Alex à l'Hôtel du Cap, mais elle n'aurait pu quitter son travail. Et il n'avait pas les moyens de s'offrir un tel voyage, de toute façon.

— Je crois que je vais plutôt rester dans les parages et me chercher du travail.

— Voudriez-vous venir passer quelques jours avec moi à Cape Cod quand je repartirai, Cooper ? J'ai une vieille maison confortable, là-bas. Elle appartenait à ma grand-mère, mais je dois dire que je ne l'entretiens pas aussi bien qu'elle. C'est de plus en plus dur... Cela dit, même si elle tombe un peu en ruine, elle a beaucoup de charme. J'y ai passé tous mes étés depuis mon enfance.

Cette demeure était importante pour elle, et elle avait envie de la montrer à Cooper ; elle était certaine qu'il l'apprécierait.

— Cela me ferait très plaisir, dit-il avec un sourire chaleureux.

Il était heureux de passer du temps avec elle. C'était une femme qui avait souffert, mais cela lui avait beaucoup appris et elle avait tiré le meilleur de ses expériences douloureuses. Elle n'était ni triste, ni déprimée, ni pathétique, mais au contraire paisible, calme et sage. Il se sentait bien en sa compagnie, et ce depuis leur toute première rencontre. Il appréciait leur amitié et songeait qu'elle pourrait fort bien évoluer avec le temps en quelque chose de plus fort. Pourtant, jamais auparavant il n'avait été attiré par une femme de l'âge de Valerie ; mais maintenant, il éprouvait une forte aversion pour les femmes comme Charlene, et il ne souhaitait plus faire souffrir ou décevoir quelqu'un comme Alex. Il était enfin temps pour lui de se chercher une compagne plus proche de son âge. Certes, Valerie avait près de vingt ans de moins que lui, mais c'était pour lui un énorme progrès par rapport aux nymphettes qu'il avait fréquentées jusque-là.

— Y a-t-il quelqu'un dans votre vie, Valerie ? demanda-t-il avec douceur.

Avant de se lancer dans quoi que ce fût, il voulait être sûr que personne ne l'attendait à Boston ou Cape Cod. Elle secoua la tête et lui sourit.

— Depuis la mort de mon mari, il y a dix ans, je n'ai jamais eu envie de me lancer dans une relation.

Cooper écarquilla les yeux.

— Quel gâchis ! s'exclama-t-il.
C'était une femme hors du commun, qui méritait de partager sa vie avec quelqu'un.

— Je commence à être moi aussi de cet avis, reconnut-elle. Et j'avais peur que Jimmy ne commette la même erreur. J'ai beaucoup discuté de cela avec lui. Il a besoin de temps, je le comprends ; cependant, il ne peut pas pleurer Maggie éternellement. C'était une fille formidable, et une épouse parfaite pour lui, mais maintenant elle n'est plus là, et il faudra bien qu'il aille de l'avant.

— Il y parviendra, assura Cooper. La nature l'y poussera. C'est bien ce qui m'est arrivé à moi, et plus d'une fois, plaisanta-t-il. Peut-être trop souvent, ajouta-t-il, redevenu sérieux. Il est vrai que je n'ai jamais connu de grand chagrin comme celui-là.

Et il respectait Valerie et Jimmy pour cela. Ils avaient fait un long chemin — et, à sa manière, lui aussi. Il espérait seulement qu'Alex se remettrait vite de leur rupture et ne garderait pas d'amertume envers lui. Il savait à quel point Carter l'avait blessée, et il ne voulait pas en rajouter. Il souhaitait sincèrement qu'elle s'en sorte le plus vite possible.

Après le dîner, ils rentrèrent au Cottage et se promenèrent un moment. La propriété était si belle, si calme en cette chaude nuit d'été ! Ils s'assirent près de la piscine et reprirent leur conversation. On entendait des rires s'échapper de l'aile des invités ; Taryn s'y trouvait avec Mark et les enfants, bien qu'elle eût réintégré sa chambre dans l'aile principale lorsque ces derniers étaient rentrés de New York.

— Je crois qu'ils vont bien ensemble, observa Cooper. C'est amusant, le cours que prennent les choses, n'est-ce pas ? Il était anéanti, quand sa femme l'a quitté ; et maintenant il a Taryn, et ses enfants veulent vivre avec lui. Jamais il n'aurait pensé que cela se produirait. Le destin est prodigieux, parfois.

— C'est exactement ce que je disais à Jimmy tout à l'heure. Il faut qu'il fasse confiance à l'avenir, et tout ira bien.

— Et vous, Valerie ? Est-ce que tout va bien pour vous ? demanda-t-il avec douceur en lui prenant la main.

— J'ai tout ce qu'il me faut, affirma-t-elle, satisfaite de son sort.

Elle n'attendait pas grand-chose de la vie. Elle avait Jimmy ; il avait survécu à son terrible accident. Cela lui suffisait pour le moment. Elle n'osait demander davantage.

— Vraiment ? Voilà qui est original. Rares sont les gens qui estiment avoir tout ce qu'il leur faut. Peut-être n'êtes-vous pas assez exigeante.

— Je crois que si. Il ne me manque que quelqu'un avec qui partager mon bonheur... Mais je peux m'en passer sans problème.

— J'aimerais venir vous voir à Cape Cod, si votre invitation de tout à l'heure tient toujours.

— Bien sûr. Et je serais ravie que vous l'acceptiez.

— J'adore les vieilles maisons. Et Cape Cod. Il y a quelque chose de merveilleusement suranné, là-bas. Ce n'est pas aussi affecté que Newport, qui m'a toujours semblé un peu prétentieux, même si les maisons y sont sublimes.

Il aurait aimé voir celle des Madison, mais cela ne risquait pas d'arriver, du moins pour le moment. Peut-être un jour, quand Alex et lui seraient devenus amis... En tout cas, il se réjouissait à la perspective d'aller voir Valerie à Cape Cod. Il avait envie de vacances simples dans un endroit confortable, auprès d'une femme qu'il appréciait et avec qui il pourrait parler. Cela lui paraissait d'autant plus merveilleux qu'ils n'attendaient rien l'un de l'autre ; s'ils devaient partager quelque chose, cela viendrait directement du cœur. Pas de mobiles cachés ni de questions, rien à gagner : ce serait totalement pur.

Ils demeurèrent un petit moment assis en silence, puis il la ramena jusque chez elle. Il la laissa devant la porte d'entrée et lui sourit. Cette fois, il avait envie d'aller doucement. Il n'était pas pressé ; ils avaient toute la vie devant eux. Valerie partageait ce sentiment, et elle lui rendit son sourire.

— J'ai passé une excellente soirée, Valerie. Merci d'avoir accepté de dîner avec moi, dit-il avec sincérité.

— Moi aussi, j'ai passé une soirée très agréable. Bonne nuit, Cooper.

— Je vous appellerai demain, promit-il.

Elle lui fit un petit signe de la main et entra à l'intérieur de la maison. Elle n'avait pas prévu que les choses évoluent de cette façon, et cette amitié la surprenait favorablement. Pour l'instant, elle n'avait pas besoin d'aller plus loin et ignorait si cela changerait un jour ; elle se contentait d'apprécier ce que lui offrait la vie.

25

Cooper avait prévu d'appeler Valerie le lendemain, comme promis. Mais, à neuf heures ce matin-là, il reçut un coup de fil de son agent, qui lui demanda de venir à son bureau aussi vite que possible. Il ne souhaitait pas lui révéler ce qu'il avait à lui dire par téléphone. Bien qu'irrité par tout ce mystère qu'il jugeait infantile et superflu, Cooper se présenta dans les bureaux de l'imprésario à onze heures. Sans un mot, l'homme lui tendit un scénario.

— Qu'est-ce que c'est ? demanda Cooper, blasé.

Dans sa vie, il avait eu des millions de scripts entre les mains.

— Lisez-le, et dites-moi ce que vous en pensez. C'est le meilleur scénario que j'aie jamais lu.

Cooper s'attendait à un petit rôle de figuration, ou à une courte apparition dans son propre rôle. C'était tout ce qu'on lui proposait depuis des années.

— Ils sont prêts à me trouver une petite place ?

— Pas la peine : le film a été écrit pour vous.

— Combien offrent-ils ?

— Nous en discuterons quand vous aurez lu le script. Rappelez-moi cet après-midi.

— Je jouerais qui ?

— Le père.

L'agent ne voulut pas en dire plus. Cooper ne protesta pas ; il n'était pas en position de se plaindre de ne pas tenir le rôle principal.

Il rentra chez lui et se plongea dans la lecture du scénario. Il fut réellement impressionné. Il s'agissait indéniablement d'un rôle au potentiel extraordinaire. Tout dépendrait ensuite du réalisateur et des moyens mis en œuvre. Sa lecture terminée, Cooper décida qu'il devait en savoir plus.

— Bon, je l'ai lu, dit-il lorsqu'il rappela son agent.

Il était intéressé, naturellement, mais ne sautait pas de joie, car il ignorait encore trop de choses.

— Maintenant, dites-moi tout ce qu'il y a à savoir.

L'agent énuméra les noms.

— Schaffer produit, Oxenberg dirige. Le héros masculin est Tom Stone, l'héroïne soit Wanda Fox, soit Jane Frank. Ils veulent que vous jouiez le père, Cooper, et avec une distribution pareille, vous êtes assuré de décrocher un Oscar.

— Combien proposent-ils ? demanda Cooper en s'efforçant de garder son calme.

Cela faisait des années qu'il n'avait pas travaillé avec de telles stars. S'il acceptait le rôle, ce serait sans doute l'un de ses meilleurs films. Mais il n'était pas sûr d'être très bien payé... Néanmoins, même pour la gloire, cela valait la peine. Le tournage aurait lieu à New York et Los Angeles, et il durerait entre trois et six mois. De toute façon, Cooper n'avait rien d'autre à faire, à part une série de publicités qu'il n'avait d'ailleurs aucune envie de tourner.

— Alors, combien ? demanda-t-il de nouveau, en se préparant au pire.

— Cinq millions de dollars, et cinq pour cent des recettes. Qu'en dites-vous ?

Il y eut un long silence abasourdi.

— Vous êtes sérieux ?

— Tout à fait. Vous avez une sacrée bonne étoile, Cooper. Jamais je n'aurais cru avoir un pareil film à vous proposer. Si vous voulez le rôle, il est à vous. Mais ils aimeraient avoir une réponse aujourd'hui.

— Appelez-les. Je suis prêt à signer ce soir s'ils le souhaitent. Ne laissez pas passer ça.

Cooper avait du mal à reprendre sa respiration tant il était sous le choc. Enfin, la chance lui souriait ! Il n'arrivait pas à y croire.

— Ne vous inquiétez pas, Cooper, c'est vous qu'ils veulent. Vous êtes parfait pour le rôle, et ils le savent.

— Oh, mon Dieu !

Cooper avait les mains qui tremblaient quand il raccrocha le combiné. Il s'empressa d'aller prévenir Taryn.

— Tu te rends compte de ce que cela signifie ? lui demanda-t-il. Je vais pouvoir garder le Cottage, payer mes dettes et même mettre un peu d'argent de côté pour mes vieux jours.

C'était un rêve devenu réalité, une chance extraordinaire. Cela signifiait aussi qu'il pourrait appeler Alex et lui annoncer qu'il avait les moyens de subvenir à ses besoins... Mais il n'avait pas envie de téléphoner à Alex. Au lieu de cela, il courut jusqu'à la porte d'entrée.

— Félicitations, Cooper ! cria Taryn derrière lui. Mais où vas-tu ?

Il ne répondit pas. Il descendit le chemin conduisant à la maison de gardiens au pas de charge et frappa à la porte.

Jimmy était au travail, mais Valerie était là. Lorsqu'elle ouvrit la porte, elle portait un pantalon en lin noir et un tee-shirt blanc ; elle jeta un regard interrogateur à son visiteur. Il avait l'air d'un fou, avec ses yeux écarquillés et ses cheveux en bataille. Jamais personne ne l'avait vu ainsi, mais il s'en moquait : il fallait qu'il lui annonce la grande nouvelle.

— Valerie, je viens d'obtenir un rôle incroyable, dans un film qui devrait rafler tous les Oscars, l'année prochaine. Et même si ça ne marche pas si bien que ça, je vais pouvoir régler tous mes... euh, petits problèmes. C'est un vrai miracle. Je ne sais pas ce qui s'est passé. Je vais sur-le-champ chez mon agent signer le contrat.

Il bégayait presque tant il était surexcité, et Valerie lui sourit.

— Je suis heureuse pour vous, Cooper ! Personne ne méritait cela plus que vous.

— Je n'en suis pas si sûr, mais je suis bien content que ce soit à moi que ça arrive ! répondit-il en riant. C'est exactement ce que vous aviez prédit : je joue le père au lieu du héros.

— Je suis certaine que vous serez fabuleux, dit-elle avec sincérité.

Il sourit de nouveau.

— Merci. Accepterez-vous de dîner avec moi, ce soir ?

Il voulait fêter la grande nouvelle avec elle, et il comptait inviter aussi Jimmy, Taryn et Mark. L'espace d'un instant, il regretta de ne pouvoir convier Alex, mais il savait qu'il était encore trop tôt. Il allait tout de même l'appeler pour lui annoncer qu'il était tiré d'affaire.

— Vous êtes sûr de souhaiter m'avoir à dîner deux jours de suite ? Vous risquez de vous lasser.

— Vous n'avez pas le droit de refuser, déclara-t-il en s'efforçant de prendre un air sévère.

Mais il n'y parvint pas, tant il était heureux.

— Bien, dans ce cas. Avec plaisir.

— Et amenez Jimmy.

— Impossible. Il sort, ce soir.

Elle savait qu'il avait de nouveau rendez-vous avec Alex. Ils découvraient de nouvelles facettes de leur relation, mais il était trop tôt pour qu'ils répondent ensemble à l'invitation de Cooper : ce serait trop dur pour Alex.

— Je lui dirai tout de même, reprit-elle.

Bien sûr, il refuserait de venir : très logiquement, il préférerait passer la soirée avec Alex plutôt qu'avec Cooper. Ce n'était pas par animosité envers l'acteur, simplement il mettait toutes ses forces désormais dans sa propre vie sentimentale, et Valerie jugeait cela sain et raisonnable.

— Je vous appellerai à mon retour pour vous dire où nous irons. Chez Spago, je pense, cria-t-il par-dessus son épaule alors qu'il remontait le chemin à la hâte.

Cinq minutes plus tard, il était en route pour le bureau de son agent ; il revint au Cottage une heure après, le contrat signé en poche. Il annonça à Taryn et Valerie qu'il avait réservé une table chez Spago pour vingt heures.

Ensuite, il téléphona à Alex à l'hôpital. Elle prit aussitôt l'appel : c'était la première fois qu'elle avait de ses nouvelles depuis les résultats du test ADN de Charlene, près d'un mois plus tôt. Son cœur battait la chamade et ses mains tremblaient lorsqu'elle décrocha le combiné, mais elle s'efforça de parler d'une voix calme.

Il lui raconta ce qui s'était passé et elle se réjouit pour lui, de plus en plus impressionnée à mesure qu'il lui donnait des détails. Quand il eut terminé, il y eut un long silence. Il savait quelle question elle se posait, et il en connaissait la réponse : il y avait songé pendant tout le trajet de retour chez lui.

— Est-ce que cela change quelque chose entre nous, Cooper ? demanda-t-elle en retenant son souffle.

Elle n'était plus vraiment sûre de ce qu'elle voulait, à présent, mais il fallait qu'elle lui pose la question.

— J'y ai réfléchi, Alex. Et j'aimerais pouvoir te répondre que oui ; mais ce serait mentir. Même une fois mes dettes payées, je suis trop vieux pour toi. Les gens continueraient à penser que c'est ton argent que je veux. Et il n'est pas naturel pour une fille de ton âge d'être avec un homme comme moi. Il te faut un mari et des enfants, une vraie vie, peut-être auprès de quelqu'un qui fait le même genre de travail que toi. Je crois que si nous essayions de nous lancer dans quelque chose de permanent, nous ferions une erreur colossale. Je suis vraiment navré de t'avoir fait du mal, Alex. J'ai beaucoup appris grâce à toi, mais je regrette que ç'ait été à tes dépens. Je pense, désormais, que nous avons tous les deux besoin de fréquenter des gens qui soient plus proches de nos âges respectifs. Je le sens au plus profond de moi. Si cela peut te consoler, une partie de moi est restée près de toi, et y sera toujours ; prends-en soin. Mais ne revenons pas en arrière, ce serait une erreur que nous regretterions tous les deux. Nous devons aller de l'avant, désormais.

Après le temps qu'ils avaient passé ensemble et ce qu'ils avaient vécu tous les deux, elle aurait pu espérer un autre dénouement, mais elle ne le contredit pas. Elle aussi avait beaucoup réfléchi à tout cela, au cours des dernières semaines, et ses conclusions n'étaient guère différentes. Il lui manquait terriblement, et elle avait passé avec lui des moments inoubliables, mais quelque chose au fond d'elle la retint d'essayer de le convaincre ; en vérité, elle non plus ne souhaitait pas revenir en arrière.

Elle avait envie d'aller de l'avant avec Jimmy, maintenant. Cela lui semblait juste, positif, plus encore que tout ce qu'elle avait vécu avec Cooper. Jimmy et elle partageaient les mêmes passions, le même amour de leur prochain ; d'ailleurs, ils exerçaient tous deux des métiers en rapport avec les enfants en difficulté. Jimmy était fasciné par ce qu'elle faisait, alors que Cooper n'avait pas voulu en entendre parler. Elle-même n'avait jamais vraiment appartenu au monde de l'acteur. Bien qu'elle eût passé du bon temps avec lui, elle s'était toujours sentie en visite, en touriste près de lui : émerveillée, mais pas à sa place. Elle avait beaucoup plus de choses en commun avec Jimmy, même si elle ne pouvait affirmer encore que leur relation serait un succès. Ni l'un ni l'autre ne pouvait en être sûr.

— Je comprends, Cooper, dit-elle d'une voix douce. Et cela me rend malade de l'admettre, mais je crois que je suis d'accord avec toi. Du moins, c'est ce que me dit ma tête, et je suis certaine que mon cœur finira par être d'accord aussi.

Une partie d'elle-même répugnait à le laisser partir, sans doute parce qu'il était le père aimant et insouciant dont elle avait toujours rêvé et qu'elle n'avait jamais eu.

— Tu es courageuse, lui dit-il.

— Merci. Est-ce que tu m'inviteras à la première ?

— Oui. Et tu pourras même venir à la cérémonie des Oscars avec moi.

— C'est noté.

Elle sourit, heureuse pour lui.

Après leur conversation, elle se sentit mieux, plus légère. La bonne fortune de Cooper les avait libérés tous les deux. Non seulement elle lui permettait de payer ses dettes, mais surtout elle lui rendait sa confiance en lui et sa tranquillité d'esprit. Elle était vraiment contente pour lui, et quand Jimmy vint la retrouver à l'hôpital, ce soir-là, pour l'emmener dîner, elle était d'excellente humeur. Dès qu'il monta près d'elle dans sa voiture, il sentit qu'il y avait quelque chose d'inhabituel.

— Tu as l'air heureuse. Il y a du nouveau ?

— J'ai eu Cooper au téléphone, aujourd'hui. Il a décroché un grand rôle dans un film et a résolu pas mal de ses problèmes.

Jimmy ne put s'empêcher de paniquer, bien qu'il sût que sa mère passait la soirée avec Cooper.

— Quel genre de problèmes ? A propos de vous deux ?

— Oui, entre autres.

Elle ne souhaitait pas parler à Jimmy des dettes de Cooper. Elle estimait que ç'eût été trahir la confiance de ce dernier.

— Je pense que nous avons tous les deux réalisé que nous n'étions pas faits l'un pour l'autre. C'était bien, mais à long terme il nous aurait fallu autre chose.

Elle se sentait plus libre et plus à l'aise que jamais.

— Que veux-tu dire, il t'aurait fallu autre chose ? s'inquiéta Jimmy.

— Comme toi, par exemple, idiot ! répondit-elle en souriant.

— C'est ça qu'il t'a dit ?
— Pas exactement. Ça, je l'ai trouvé toute seule, comme une grande. Je suis médecin, tu sais, le taquina-t-elle.

Il se détendit. Pendant une minute, il avait craint le pire : Cooper était un redoutable adversaire, et Jimmy se sentait franchement désavantagé par rapport à lui. L'acteur avait tellement de charme ! Cependant, pour Alex, ce que Jimmy avait à offrir était bien plus important. Il y avait chez lui une tendresse et une générosité de cœur qui avaient su la conquérir. Cooper avait raison, elle avait besoin de partager sa vie avec un homme aux centres d'intérêt proches des siens. A bien des égards, Jimmy et elle étaient faits l'un pour l'autre.

Comme promis, Cooper, Valerie, Taryn et Mark dînèrent ensemble chez Spago, ce soir-là. L'ambiance était à la fête, avec un Cooper tout simplement euphorique. Des gens s'arrêtaient près de leur table pour lui parler. Un article paraîtrait au sujet de son film le lendemain, et la nouvelle avait déjà commencé à se répandre.

— Quand commence le tournage ? demanda Mark avec intérêt.

— Nous partirons à New York en octobre et devrions être de retour pour Noël. Ensuite, le tournage se poursuivra en studio ici.

Ce qui lui laissait deux mois de détente avant de se mettre à travailler.

— J'aimerais aller en Europe en septembre, précisa-t-il en regardant Valerie.

Peut-être s'y rendraient-ils ensemble, après sa visite à Cape Cod ? Cooper pouvait se le permettre maintenant, et souhaitait inviter Valerie.

— Qu'en pensez-vous ? lui demanda-t-il avec douceur, un peu plus tard, profitant d'un moment où les autres discutaient entre eux.

— Intéressant, répondit-elle avec un sourire indéchiffrable. Nous verrons comment se passe votre séjour à Cape Cod.

Il y avait encore beaucoup de choses qu'ils ignoraient.
— Ne soyez pas si raisonnable ! la gronda-t-il.
Mais il ne pouvait s'empêcher d'admirer son intelligence et sa modération. Il avait le sentiment d'avoir enfin rencontré la femme de sa vie.
— J'adorerais aller à l'Hôtel du Cap.
Elle parut tentée, et ils rirent tous deux de bon cœur. Ils ressentaient une irrésistible attirance l'un pour l'autre mais savaient qu'ils ne devaient pas se précipiter. Tout viendrait en temps voulu, et c'est ce que Valerie dit à Cooper un peu plus tard, tandis qu'ils se promenaient, comme la veille, dans la propriété. Cooper acquiesça ; mais il dut admettre qu'il se passait tout à coup tant de choses dans sa vie qu'il avait l'impression d'être un enfant lâché dans un magasin de bonbons. Il ne savait plus où donner de la tête, et il avait envie de partager sa joie avec elle.
Il lui parla de la conversation qu'il avait eue avec Alex cet après-midi-là et avoua se sentir libéré.
— Je crois que Jimmy et elle ont commencé à se voir plus fréquemment, déclara Valerie avec prudence.
Elle ne voulait pas se montrer indiscrète mais tenait également à ce que Jimmy et Cooper ne soient pas mal à l'aise l'un vis-à-vis de l'autre. Pendant un petit moment, Cooper demeura pensif, puis il soupira et la regarda. L'espace d'un instant, tous ses instincts de mâle possessif s'étaient réveillés, mais il savait que c'était absurde.
— Je crois qu'ils seront bien ensemble, Valerie, dit-il enfin. Comme nous.
Il lui sourit, lui prit la main, et un peu plus tard, au moment de prendre congé d'elle devant sa porte, il l'embrassa. Pour eux tous, c'était une période de nouveaux départs ; il était amusant de constater à quel point le destin faisait bien les choses, si on lui en laissait le temps. L'attente avait été longue pour Valerie, un peu moins pour Cooper, mais ils s'étaient enfin trouvés. Et le film idéal dont Cooper avait tant rêvé s'était présenté.

Tout semblait pour le mieux dans le meilleur des mondes, et il l'embrassa de nouveau.

Elle se glissa sans bruit dans la maison de gardiens, songeant à Cooper. Il n'était pas du tout le type d'homme qu'elle s'était attendue à rencontrer, mais elle était heureuse. Avec lui, elle se sentait elle-même, comme une femme en train de tomber amoureuse de son meilleur ami. De son côté, Cooper éprouvait la même chose, et il n'avait plus qu'une hâte : se retrouver avec elle à Cape Cod.

26

Jimmy se fit ôter ses plâtres à la date prévue, au début du mois d'août. A ce moment-là, le film que Cooper s'apprêtait à tourner faisait la une de tous les journaux, et il était reçu partout comme un vrai héros. Tout le monde le félicitait, et il croulait soudain sous les propositions ; mais il était bien décidé à quitter Los Angeles avec Valerie pour quelques semaines. Ensuite, il se rendrait en Europe, qu'elle accepte de l'accompagner ou non. Elle avait promis de prendre sa décision à Cape Cod.

Lorsqu'ils partirent pour la côte Est, Jimmy marchait de nouveau normalement. Alex et lui se voyaient beaucoup, et tout allait pour le mieux entre eux. Mark et Taryn s'apprêtaient à emmener les enfants passer deux semaines à Tahoe ; Jimmy et Alex, qui avaient tous les deux du travail, demeureraient seuls en ville.

La veille du départ, Valerie prépara l'un de ses mémorables dîners de pâtes. Cooper et elle prendraient l'avion pour Boston, et de là ils se rendraient à Cape Cod en voiture. Alex n'était pas présente : elle travaillait. Mais Valerie avait déjeuné avec elle ce jour-là à l'hôpital pour lui dire au revoir avant son départ. Mark, Taryn et les enfants étaient là, en revanche, et Cooper avait endossé son rôle de propriétaire grincheux. Il demanda à Jason combien il avait cassé de vitres dernièrement, et le jeune garçon eut l'air totalement mortifié ; mais ensuite, Cooper l'invita à venir assister à une journée de tournage, lorsque l'équipe du film serait de retour à L.A., et Jason parut enchanté. Jessica demanda si elle pourrait venir aussi et emmener quelques amies.

— Je suppose que, de toute façon, je n'ai pas le choix, soupira-t-il d'un air de martyr en jetant un coup d'œil à Taryn et Mark. Quelque chose me dit que, dans les mois qui viennent, nous finirons par être de la même famille. Je ferai tout ce que vous voudrez, à condition que vous ne parliez jamais de moi comme de votre grand-père, fût-ce par alliance. Ma réputation a beaucoup souffert au fil des ans, mais je ne crois pas qu'elle survivrait à ça. On me confierait des rôles de vieux monsieur !

Tout le monde éclata de rire. Jessica et Jason s'étaient peu à peu habitués à lui : ils adoraient Taryn et étaient prêts à accepter Cooper en prime. L'idée que tous pussent, en fin de compte, être liés d'une manière ou d'une autre leur paraissait amusante et exotique. Même Alex et lui feraient en quelque sorte partie de la même famille, si Jimmy et elle se mariaient et si Valerie et lui restaient ensemble, ce qu'il espérait de tout son cœur. Tout cela était étrange, et même un peu incestueux, mais ils en avaient tous tiré avantage, même les enfants de Mark.

— J'espère que les toilettes fonctionneront, cette année, à Marisol, plaisanta Jimmy tandis qu'ils finissaient tous leur dessert.

Cooper lui jeta un regard interrogateur, et Valerie s'empressa de réprimander son fils.

— N'essaie pas de faire peur à Cooper, voyons ! La maison est très vieille, c'est vrai, mais tout de même.

— Attendez, attendez... Vous avez dit Marisol ? demanda Cooper d'un air surpris.

— Oui, acquiesça Jimmy. C'est la maison de maman à Cape Cod. Elle a été construite par mes arrière-grands-parents, qui s'appelaient Marianne et Solomon — d'où le nom de Marisol.

Cooper regardait tour à tour Valerie et son fils. Il paraissait avoir été frappé par la foudre.

— Oh, mon Dieu, Marisol ! Vous m'aviez caché ça, dit-il à Valerie sur un ton de reproche.

On eût dit qu'il venait d'apprendre qu'elle avait passé les dix dernières années en prison.

— Caché quoi ? demanda-t-elle d'un air innocent en lui servant un autre verre de vin.

Le dîner avait été succulent, mais pour le moment Cooper avait d'autres choses en tête.

— Vous savez exactement de quoi je parle, Valerie. Vous m'avez menti, dit-il d'un ton sévère.

Tous les convives échangeaient des coups d'œil inquiets. Aucun ne comprenait de quoi il retournait.

— Je ne vous ai pas menti, je me suis contentée de ne pas tout vous expliquer. Je ne pensais pas que c'était important.

— Et je suppose que votre nom de jeune fille est Westerfield ?

Elle répondit par une sorte de grognement indistinct et un hochement de tête.

— Espèce de tricheuse ! Vous devriez avoir honte ! Vous avez fait semblant d'être pauvre.

Il paraissait réellement choqué. Les Westerfield possédaient l'une des plus grosses fortunes sinon du monde, du moins des Etats-Unis.

— Je n'ai fait semblant de rien, protesta-t-elle nerveusement, nous n'en avons pas discuté ensemble.

Elle s'efforçait de garder son calme, mais en vérité cela faisait un certain temps qu'elle appréhendait la réaction de Cooper.

— Je suis allé une fois à Marisol. Votre mère m'avait invité à l'époque, parce que je tournais un film non loin de là. Cette maison est plus grande que l'Hôtel du Cap ! Valerie, vous vous êtes conduite de façon très malhonnête.

Heureusement, il n'avait pas l'air en colère. Les Westerfield étaient la plus grosse famille de banquiers de la côte Est, l'équivalent américain des Rothschild ; ils étaient liés de près ou de loin aux Astor, aux Vanderbilt, aux Rockefeller et à toute l'aristocratie financière du pays. A côté des Westerfield, les Madison passaient pour des indigents ; et toute cette fortune était entre les mains de Valerie, une femme qui ne devait de comptes à personne.

Heureusement, maintenant que les finances de Cooper allaient mieux, ou étaient sur le point d'aller mieux, une telle alliance n'avait rien de choquant. D'autant que Valerie n'était pas une gamine et savait parfaitement ce qu'elle faisait.

Malgré tout, il était abasourdi qu'elle ne lui eût rien dit. C'était la femme la plus humble et la plus discrète qu'il eût jamais rencontrée, à tel point qu'il l'avait prise pour une pauvre veuve vivant sur une pension médiocre. En tout cas, cela expliquait que Jimmy ait pu louer la maison de gardiens si facilement. Cela expliquait beaucoup de choses, en fait, comme toutes les célébrités que connaissait Valerie et tous les endroits qu'elle avait visités.

Il la regarda en silence un long moment, réfléchissant à ce qu'il venait d'apprendre, puis soudain il se carra dans son fauteuil et éclata de rire.

— Eh bien, laissez-moi vous dire quelque chose : je ne vous plains plus du tout.

Il n'avait pas pour autant l'intention de la laisser l'entretenir. S'ils se mariaient, il était bien décidé à s'occuper d'elle. Il voulait qu'il en aille ainsi. Elle serait aussi économe qu'elle le souhaiterait sur son propre budget, mais ce serait lui qui financerait leurs extravagances — et il y en aurait beaucoup.

— Et si je rencontre des problèmes de tuyauterie à Marisol, j'appellerai un plombier, petite sorcière ! poursuivit-il. Mais qu'auriez-vous fait si je n'avais pas obtenu ce rôle ?

Dans ce cas, il se serait retrouvé avec elle dans la même situation qu'avec Alex... Ou presque, car les obstacles qui s'étaient dressés entre Alex et lui étaient plus nombreux. Il y avait leur différence d'âge, le problème des enfants, la peur d'être perçu comme un gigolo, la réprobation évidente d'Arthur Madison. Avec Valerie, tout était différent : elle était la femme qu'il lui fallait. Et de toute façon, il était tiré d'affaire financièrement, pour la première fois depuis bien des années.

— Si vous appelez un plombier à Marisol, le prévint Jimmy, maman risque de faire une attaque. Elle estime que tous les dysfonctionnements de la maison font partie de son charme. Je vous ai parlé de la toiture qui fuit, des volets qui tombent ? L'année dernière, j'ai failli me casser une jambe quand le porche s'est affaissé. Ma mère adore tout réparer elle-même.

— Seigneur, j'ai hâte de voir ça ! s'exclama Cooper.

Il adorait déjà la propriété, dont il était tombé amoureux lors de sa première visite. Immense, elle était composée d'innombrables maisons d'invités, villas et hangars à bateaux ; et il se souvenait d'une grange gigantesque pleine de voitures de collection, dans laquelle il aurait pu passer tout un week-end. C'était l'une des plus célèbres propriétés de la côte Est. Les Kennedy y avaient souvent séjourné lorsqu'ils résidaient à Hyannis Port, et le président y avait dormi. Lorsque les autres invités eurent pris congé, Cooper secouait toujours la tête avec incrédulité.

— Ne me mentez plus jamais, dit-il à Valerie d'un ton de reproche.

— Je n'ai pas menti, je suis restée discrète, c'est tout.

— Un peu trop discrète, peut-être ? demanda-t-il en lui souriant.

D'une certaine manière, il se réjouissait de ne pas avoir su la vérité plus tôt. C'était mieux ainsi.

— On n'est jamais trop discret, affirma-t-elle d'un ton péremptoire.

Cela faisait partie de ce qu'il aimait en elle : son élégance, sa simplicité. Cela expliquait cette distinction naturelle qu'il avait tout de suite repérée chez elle. Même en jean et chemise blanche, elle demeurait une véritable aristocrate.

Et tout à coup, il réalisa ce que cela signifiait également pour Alex. Jimmy était exactement l'homme qu'il lui fallait : il faisait partie de son monde, tout en le rejetant exactement comme elle. Même Arthur Madison ne pourrait rien trouver à redire à leur liaison. Cooper sentit une grande satisfaction l'envahir. Les choses s'étaient passées exactement comme elles devaient se passer, non seulement pour lui mais pour elle aussi. Qu'elle le sût ou non, elle était sur la bonne voie.

Tandis que Valerie débarrassait la table et mettait le lave-vaisselle en marche, Cooper lui jeta un regard interrogateur.

— Est-ce qu'Alex est au courant ?

— Connaissant Jimmy, cela m'étonnerait, répondit Valerie en souriant. C'est encore moins important pour lui que pour moi.

Cela ne leur importait pas, parce que cela faisait partie d'eux, de leur être. Ils n'avaient pas inventé leur fortune, ils ne l'avaient pas acquise ou gagnée, ils n'avaient pas eu à se marier pour l'obtenir. Ils l'avaient toujours eue, et c'était pour cela qu'ils pouvaient se permettre de vivre comme ils le souhaitaient. Richement ou pauvrement, discrètement ou avec ostentation, c'étaient eux qui décidaient. Alex était taillée dans la même étoffe ; son argent ne signifiait rien pour elle, et elle aimait s'en passer.

— Quelle est ma place dans tout cela ? demanda sans ambages Cooper à Valerie en l'attirant à lui.

Il avait compris qu'elle était réellement la femme de sa vie, qu'elle en fût déjà consciente ou pas, et il était bien décidé à l'en convaincre tôt ou tard. Pas par intérêt, mais simplement à cause de ce qu'elle représentait pour lui.

— Une place très confortable, je crois. Vous êtes habitué au luxe. Je crains même que nous ne soyons pas assez élégants pour vous.

Cela faisait longtemps qu'il vivait très bien. De plus, maintenant qu'il avait signé ce contrat, il avait de nouveau les moyens de se faire plaisir sans compter — et de gâter Valerie. Ce qu'il avait précisément l'intention de faire.

— Je m'adapterai, dit-il en riant. Je vois que mon destin est déjà tout tracé : je vais devoir dépenser tout mon argent pour réparer votre vieille bicoque !

— N'y pensez pas ! Je l'aime telle qu'elle est, à moitié en ruine. Je trouve que cette décrépitude lui donne un charme fou.

— Vous aussi vous avez un charme fou, dit-il en la serrant plus étroitement contre lui, et pourtant vous n'êtes pas décrépite.

Il savait qu'il l'aimerait toujours, même si elle devait un jour perdre sa beauté juvénile. D'ailleurs, il avait de grandes chances d'être « décrépit » le premier ; n'avait-il pas dix-sept ans de plus qu'elle ? C'était une femme encore jeune, et extraordinairement riche... Mais ni trop jeune, ni trop riche, puisqu'il avait désormais lui aussi de l'argent.

— Valerie, voulez-vous m'épouser ? lui demanda-t-il.

Sur la pointe des pieds, Jimmy s'engagea dans l'escalier montant à l'étage, un sourire aux lèvres. Il appréciait Cooper bien davantage, maintenant que tout était fini entre Alex et lui. Il commençait même à penser que c'était un type bien.

— A terme, je crois bien que oui, répondit Valerie avec un sourire.

Il l'embrassa, puis il prit congé. Ils devaient partir à l'aube le lendemain.

Le chauffeur les conduisit à l'aéroport dans la Bentley. Cooper emportait quatre valises, et encore avait-il dû se limiter. Valerie n'en avait qu'une.

En quittant la maison, Cooper avait dit au revoir à Taryn, et Valerie avait serré Jimmy dans ses bras de toutes ses forces, avant de lui répéter au moins dix fois de bien faire attention à lui.

Cooper et Valerie dormirent tous deux dans l'avion et, lorsqu'ils se réveillèrent, ils étaient presque arrivés. Elle lui raconta l'histoire de Marisol, qu'il ne connaissait que partiellement. Il l'écouta avec fascination, ravi à l'idée de revoir la sublime demeure. Dans son souvenir, c'était l'endroit le plus beau et le plus romantique de la terre.

Il loua une voiture à l'aéroport de Boston et ils prirent la route de Cape Cod. Lorsqu'ils arrivèrent à destination, il retrouva Marisol exactement comme dans son souvenir, mais peut-être plus belle encore, car cette fois il s'y trouvait avec elle.

Pendant leur séjour, il l'aida à planter des clous, réparer des moustiquaires, rafistoler des meubles en rotin. Ils restèrent trois semaines, et jamais il n'avait été aussi heureux, bien qu'il n'eût jamais travaillé autant de sa vie. Il aimait faire tout cela avec elle, et elle se défendait au moins aussi bien que lui. Elle avait toujours un marteau et des clous dans sa poche, et une tache de peinture sur le bout du nez. Il était fou d'elle et appréciait chaque minute passée près d'elle.

Le jour de la fête du travail, ils prirent l'avion pour Londres où ils passèrent trois semaines. De là, Cooper rentra directement à New York pour commencer le tournage de son film. Valerie passa quelques jours à Boston, avant de le rejoindre à New York. Pendant toute la durée de leur séjour, ils demeurèrent au Plaza. Puis, juste avant Thanksgiving, ils repartirent tous les deux en Californie. Entre-temps, Taryn et Mark s'étaient mariés au cours d'une cérémonie très simple au lac Tahoe. Seuls Jason et Jessica étaient présents.

Alex et Jimmy vivaient à présent ensemble dans la maison de gardiens. Elle avait renoncé à son studio et entrepris de transformer la chambre de Jimmy en panier à linge. Son internat touchait à sa fin, et on lui avait promis un poste permanent en néonatalogie à l'hôpital d'UCLA. Jimmy et elle parlaient de se marier, mais il n'avait pas encore rencontré Arthur.

Cooper les invita tous pour le dîner de Thanksgiving, même Alex, et il se réjouit de voir à quel point Jimmy et elle semblaient heureux. Wolfgang leur fit livrer une dinde, que Paloma servit, vêtue d'un nouvel uniforme rose et de ses baskets en léopard. Les lunettes en strass avaient été remisées pour l'hiver. Au grand soulagement de tout le monde, Paloma aimait beaucoup Valerie, et c'était réciproque.

La presse à scandale publia la nouvelle la semaine avant Noël — tout comme les magazines *People*, *Time*, *Newsweek*, tous les journaux respectables et les agences de presse, sans oublier CNN. Les gros titres étaient à peu près les mêmes partout : LA RICHE VEUVE ÉPOUSE UNE STAR DE CINÉMA, ou COOPER WINSLOW ÉPOUSE L'HÉRITIÈRE DES WESTERFIELD. Dans les deux cas, les photographies les montraient, souriants et heureux, lors de la petite réception qu'ils avaient donnée pour l'occasion ; c'était l'attaché de presse de Cooper qui avait transmis ces photos aux médias.

Le lendemain, Valerie descendit de la chambre de Cooper, les bras chargés de serviettes de toilette trouvées dans l'armoire à linge.

— Voilà qui tombe très bien, annonça-t-elle à son mari.

Cooper disposait d'une semaine de liberté avant de reprendre le tournage à Los Angeles, et il essayait de la convaincre d'aller passer quelques jours à Saint-Moritz, mais jusque-là elle n'avait pas semblé intéressée. Elle estimait qu'ils étaient très bien chez lui, tous les deux.

— Qu'est-ce qui tombe bien ? demanda-t-il en levant la tête.

Il étudiait des changements de dernière minute apportés au scénario. Le tournage se passait très bien, et il avait déjà d'autres propositions pour le printemps. Il pourrait exiger un cachet plus important encore, et Abe était ravi.

— Je viens de trouver une pile de serviettes marquées de ton monogramme dont tu ne sembles pas te servir, et puisque je suis redevenue une *W,* je pensais que nous pourrions peut-être les expédier à Marisol. Nous avons désespérément besoin de serviettes, là-bas.

— Je te soupçonne de m'avoir épousé pour ça, la taquina-t-il. « Pas question d'acheter de nouvelles serviettes pour Marisol ! Je dois me marier avec un homme dont le nom commence par *W*... » Me laisseras-tu t'en commander ? Ce sera mon cadeau de mariage.

— Bien sûr que non. Celles-ci sont très bien. Pourquoi en acheter de nouvelles quand on en a qui font parfaitement l'affaire ?

— Je t'aime, Valerie, dit-il en lui souriant.

Il se leva de son fauteuil et traversa la pièce pour la rejoindre. Il lui passa un bras autour des épaules et la força à poser ses serviettes.

— Prends tout ce que tu veux. Il doit également y avoir de vieux draps marqués *W.* Sinon, nous pourrons toujours en trouver dans une vente de charité.

— Merci, Cooper, répondit-elle.

Et elle se hissa sur la pointe des pieds pour l'embrasser, songeant à quel point l'année qu'ils venaient de vivre avait été extraordinaire.

Vous avez aimé ce livre ?
Vous souhaitez en savoir plus sur Danielle STEEL ?
Devenez, gratuitement et sans engagement, membre du **CLUB DES AMIS DE DANIELLE STEEL** et recevez une photo en couleurs dédicacée.

Il vous suffit de renvoyer ce bon accompagné d'une enveloppe timbrée à vos nom et adresse, au *CLUB DES AMIS DE DANIELLE STEEL — 12, avenue d'Italie — 75627 PARIS CEDEX 13.*

CLUB DES AMIS DE DANIELLE STEEL
12, avenue d'Italie — 75627 Paris cedex 13
Monsieur — Madame — Mademoiselle
NOM :
PRENOM :
ADRESSE :
CODE POSTAL :
VILLE :
Pays :
Age :
Profession :

La liste de tous les romans de Danielle Steel publiés aux Presses de la Cité se trouve au début de cet ouvrage. Si un ou plusieurs titres vous manquent, commandez-les à votre libraire. Au cas où celui-ci ne pourrait obtenir le ou les livres que vous désirez, écrivez-nous pour le ou les acquérir par l'intermédiaire du Club.

*Composé par Nord Compo
à Villeneuve-d'Ascq*